CHARLES LOVETT

Jane Austens Geheimnis

Buch

England 1796. Während ihrer Arbeit an einem Roman begegnet die junge Jane Austen dem reizenden Reverend Mansfield. Schon bald verbindet sie eine tiefe Freundschaft mit dem älteren Herrn, der Janes schriftstellerische Versuche sehr bewundert. Auch Mansfield selbst hat bereits etwas veröffentlicht: eine Sammlung erbaulicher Erzählungen mit dem Titel »Ein kleines Buch allegorischer Geschichten«. Nun bereitet er die zweite Auflage dafür vor, eifrig unterstützt von Jane Austen.
Im London der Gegenwart hat Sophie Collingwood gerade einen Job in einem Antiquariat angetreten – und steht schon vor einer großen Herausforderung: Kurz hintereinander bitten zwei unterschiedliche Kunden Sophie darum, ein obskures Werk ausfindig zu machen: Reverend Mansfields »Kleines Buch allegorischer Geschichten«. Beide Kunden bestehen zudem auf einem Exemplar aus der zweiten Auflage von 1796.
Was hat es mit diesem Buch auf sich? Durch ihre Recherchen kommt Sophie einem Geheimnis um Jane Austen auf die Spur, das sie in höchste Gefahr bringt …

Autor

Charlie Lovett hat früher als Antiquar gearbeitet, ist ein begeisterter Büchersammler und gehört dem »Grolier Club« an, Amerikas bedeutendstem Club für Bücherliebhaber. Er lebt mit seiner Frau abwechselnd in Winston Salem, North Carolina, und Kingham im englischen Oxfordshire. Nach dem New-York-Times-Bestseller »Das Buch der Fälscher« ist »Jane Austens Geheimnis« sein zweiter Roman.
Mehr zum Autor und seinen Büchern finden Sie unter
http://charlielovett.com

Charlie Lovett

Jane Austens Geheimnis

Roman

Aus dem Englischen
von Ulrike Laszlo

GOLDMANN

Die Originalausgabe erschien 2015 unter dem Titel
»First Impressions«
bei Viking Penguin, a member of the Penguin Group (USA)
Published in Penguin Books 2015

Der Verlag weist ausdrücklich darauf hin, dass im Text enthaltene externe Links vom Verlag nur bis zum Zeitpunkt der Buchveröffentlichung eingesehen werden konnten. Auf spätere Veränderungen hat der Verlag keinerlei Einfluss. Eine Haftung des Verlags ist daher ausgeschlossen.

Dieses Buch ist auch als E-Book erhältlich.

Verlagsgruppe Random House FSC® N001967

1. Auflage
Deutsche Erstveröffentlichung August 2015
Copyright © der Originalausgabe 2014 by Charles Lovett
Copyright © der deutschsprachigen Ausgabe 2016
by Wilhelm Goldmann Verlag, München,
in der Verlagsgruppe Random House GmbH,
Neumarkter Str. 28, 81673 München
Umschlaggestaltung: UNO Werbeagentur, München,
Umschlagfoto: FinePic®, München
Redaktion: Friederike Arnold
AB · Herstellung: Str.
Satz: IBV Satz- und Datentechnik GmbH, Berlin
Druck und Bindung: GGP Media GmbH, Pößneck
Printed in Germany
ISBN: 978-3-442-48404-1
www.goldmann-verlag.de

Besuchen Sie den Goldmann Verlag im Netz

*Für Janice,
die für mich immer das sein wird,
was Elizabeth für Darcy ist.*

Steventon, Hampshire, 1796

Jane genoss ihre einsamen Spaziergänge sehr, und so war sie weiter gelaufen als beabsichtigt, in Gedanken mehr bei der Geschichte, die sie bald zu schreiben hoffte, als bei dem Buch, das sie vor Kurzem gelesen hatte. Der Anblick einer unbekannten Gestalt, die über ein Buch gebeugt auf einem Zaunübertritt saß, riss sie aus ihren Tagträumen. Auf den ersten Blick wirkte der Mann düster – er trug eine schäbige Kutte, auf seinem faltigen Gesicht lag ein grimmiger Ausdruck, und in seiner alten Hand hielt er zweifellos eine Sammlung von angestaubten Predigten. Selbst das Wetter schien zu dieser Einschätzung zu passen, denn während um ihn herum überall die Sonne strahlte, saß er im Schatten der einzigen Wolke, die am Himmel über Hampshire hing. Als ihr klar wurde, wie weit sie sich von zu Hause entfernt hatte, hielt Jane es für das Beste, rasch umzukehren, ohne den Geistlichen aus seinen Gedanken zu reißen, so wie er es unwissentlich bei ihr getan hatte. Auf dem langen Heimweg über die in der Sommerhitze flimmernden Felder vergnügte sie sich damit, sich eine Charakterbeschreibung des alten Mannes auszudenken, um diese dann, wie so viele andere, zur möglichen Verwendung für einen noch nicht geschriebenen Roman im Gedächtnis abzuspeichern. Sie beschloss, dass es sich bei ihm um einen begeisterten Naturkundler handelte, dessen Leidenschaft jedoch nicht schönen Schmetterlingen oder Wildblumen galt. Nein, er war Experte für

Gartenschnecken und konnte sechsundzwanzig Arten unterscheiden.

Bis zum Ende der Woche hatte Jane die mitleiderregenden Details seines Lebens ausgearbeitet. Von der Liebe enttäuscht hatte er sich der Naturkunde zugewandt, wo er bei der Annäherung an seine Forschungsobjekte mit weniger Zurückweisung rechnen konnte. Je mehr seine Leidenschaft dafür wuchs und je öfter er mit zunehmender Begeisterung in seinem Freundeskreis darüber sprach, umso seltener wurde er zum Dinner eingeladen, bis er schließlich die meisten Abende allein mit seinen Büchern und Schnecken verbrachte. Er war eine melancholische Figur. Umso schockierender war es, dass er eines Sonntagmorgens auf der Kirchenbank der Familie Austen saß, ihr ein breites Lächeln schenkte und sie mit ihrem Namen begrüßte.

Jane hatte die Familienprozession vom Pfarrhaus zu der kleinen Steinkirche St. Nicholas, wo ihr Vater Pfarrer war, angeführt. Die Kirche stand am äußeren Rand des Dorfes, umgeben von ebenen grünen Wiesen. Auf dem kleinen Weg, der hinter dem Tor der Pfarrei zur Kirche führte, schlossen sich die Austens einigen Dorfbewohnern an. Nach dem Austausch von Höflichkeiten mit ihren Bekannten blieb Jane keine Zeit mehr, um auf den Gruß des Fremden zu antworten, denn schon begann der Gottesdienst, und ihre Mutter und ihre Schwester Cassandra ließen sich zwischen ihr und ihm nieder; von ihren sechs Brüdern wohnte derzeit keiner in Steventon.

Die tiefe Baritonstimme, mit der er in das Loblied einstimmte, klang ganz und gar nicht melancholisch. Jane bekam den spitzen Ellbogen ihrer Schwester Cassandra zu spüren, weil sie, anstatt aufmerksam der Evangelienlesung zu folgen, aus dem Augenwinkel den Fremden betrachtete. Die

Predigt ihres Vaters nahm sie kaum wahr – sie war viel zu sehr damit beschäftigt, die Geschichte des Fremden in Gedanken umzuschreiben. Als die Messe endete, konnte sie ihre Neugier kaum mehr zügeln und war fest entschlossen, sich dem Mann angemessen vorzustellen und etwas über seinen wahren Charakter zu erfahren.

»Geht schon vor, ich werde auf Vater warten«, sagte sie zu ihrer Mutter und Cassandra, als sie neben der alten Eibe standen, die an der Westseite der Kirche emporragte. Da ein Geistlicher, der die Erlaubnis hatte, sich auf die Kirchenbank der Austens zu setzen, ihrem Vater sicherlich bekannt war, ging Jane davon aus, dass Mr. Austen sie ihm vorstellen würde. Doch zu ihrer Überraschung klopfte ihr plötzlich jemand auf die Schulter, und als sie sich umdrehte, stand der Fremde vor ihr und begrüßte sie fröhlich.

»Miss Jane Austen, wenn ich mich nicht irre.«

»Sie sind mir gegenüber im Vorteil, Sir«, erwiderte Jane. »Sie kennen meinen Namen, aber ich weiß nicht, wie Sie heißen.«

»Mansfield. Reverend Richard Mansfield, zu Ihren Diensten.« Er deutete eine Verbeugung an. »Aber wir sind uns ja schon einmal beinahe begegnet.«

»Wie darf ich das verstehen, Sir?«

»Vor zwei Tagen tauchten Sie aus einem wogenden Kornfeld auf Lord Wintringhams Land auf und blieben abrupt stehen, als Sie mich mit einem Buch in der Hand auf einem Zauntritt vor dem Busbury Park entdeckten. Damals hielt ich Sie für eine Frau, die, ohne viel nachzudenken, impulsiv handelt, doch nun habe ich den Verdacht, dass ich mich geirrt habe.« Seine Augen funkelten in der Morgensonne, und sein vorher unverbindliches Lächeln schien mit einem Mal nur für Jane allein bestimmt zu sein.

»Ich hoffe, dass das nicht nur ein Verdacht bleibt, Mr. Mansfield. Meine guten Bekannten werfen mir zwar einige Schwächen vor, aber geistige Trägheit oder ungestümes Handeln wurden mir noch nie angelastet.«

»Und was bemängelt man dann an Ihnen?«

»Am schlimmsten, so wurde mir gesagt, sei meine übertriebene Neigung, mir Geschichten über meine Bekanntschaften auszudenken und mir voreilig Meinungen über andere Menschen zu bilden.«

»So wie über mich, als Sie mich allein mit meinem Buch in der Hand sahen?«

»Sie tun mir unrecht, Sir. Erstens gehen Sie davon aus, dass ich Sie tatsächlich gesehen habe, zweitens, dass ich mir über Ihr Erscheinungsbild ausreichend Gedanken gemacht habe, um mir eine Meinung zu bilden, und drittens, dass meine Meinung falsch war.«

»Zu Ihrem ersten Punkt«, begann Mr. Mansfield. »Ich habe Sie beobachtet, und auch wenn Sie mit Ihren Gedanken weit weg gewesen sein mögen, so lag Ihr Blick doch direkt auf mir; zweitens hat mir Ihr Vater zu meiner Überraschung erzählt, dass Sie vorhaben, Romane zu schreiben, also gehe ich davon aus, dass jeder Mensch, dem Sie begegnen, leicht ein Opfer Ihrer Fantasie werden kann. Und drittens konnten Sie wohl unmöglich erraten, inwieweit sich unsere Interessen überschneiden.«

»Ich gebe zu, dass ich gar nicht an mögliche gemeinsame Interessen gedacht habe. Ich stellte mir vor, Sie seien ein Naturforscher, der gerade … Aber Sie werden lachen, wenn ich Ihnen das verrate.«

»Ich lache sehr gern«, ermutigte Mr. Mansfield sie.

»Ich stellte mir vor, Sie würden ein Buch über Gartenschnecken lesen.«

Jetzt lachte Mr. Mansfield tatsächlich herzhaft, bevor er ihr verriet, um welches Buch es sich in Wahrheit gehandelt hatte. »Vielleicht schockiert es Sie, Miss Austen, aber ich habe einen Roman gelesen.«

»Einen Roman? Das schockiert mich wirklich, Sir. Halten Sie Romane nicht für unsinniges Geschwätz? Für mich persönlich sind sie das Dümmste, was je geschaffen wurde.«

»Dann lesen Sie also Romane?«

»Romane! Sie überraschen mich, Mr. Mansfield. Wie können Sie nur annehmen, dass eine junge Frau wie ich, und noch dazu die Tochter eines Geistlichen, ihre Zeit mit so schrecklichen Dingen wie Romanen verbringen könnte.«

»Sie machen sich lustig über mich, Miss Austen.«

»Keineswegs, Mr. Mansfield. Sie wissen zwar, dass ich gerne einen Roman *schreiben* würde, aber daraus können Sie nicht schließen, dass mein Interesse an solchen Büchern so groß ist, dass ich sie tatsächlich *lesen* würde.« Da Mr. Mansfield vom Alter her ihr Großvater hätte sein können, wagte Jane es, ihm kurz zuzuzwinkern, bevor sie sich zum Pfarrhaus umdrehte. Die Menge der Kirchenbesucher hatte sich zerstreut, und in der Morgenstille waren nur noch Vogelgezwitscher und das Blätterrauschen der Eibe zu hören. Jane freute sich, dass Mr. Mansfield sich ihr anschloss, als sie den von Bäumen gesäumten Weg entlangschritt. Die Sommersonne stand bereits hoch am Himmel, und sie war dankbar für den kühlenden Schatten.

»Der kürzeste Weg nach Busbury Park liegt in der anderen Richtung, Mr. Mansfield«, sagte sie.

»Das ist richtig, aber Sie stellen schon wieder Vermutungen an, Miss Austen. Erstens, dass ich da wohne, und zweitens, dass ich dort mein Mittagessen einnehmen werde.«

»Und hat mich die Fantasie einer Romanschreiberin wieder getäuscht?«

»Nicht ganz«, erwiderte Mr. Mansfield. »Ich bin tatsächlich Gast in Busbury Park, aber da ich mich dort mit kaltem Hammelfleisch begnügen müsste, hat Ihr Vater mich zum Mittagessen ins Pfarrhaus eingeladen.«

»Ich muss gestehen, dass es mir leidtut, das zu hören, Mr. Mansfield.«

»Und warum? Ist es Ihnen etwa peinlich, in der Begleitung eines Romanlesers gesehen zu werden?«

»Ganz im Gegenteil – gerade weil Sie ein Romanleser sind, habe ich gehofft, Sie ganz für mich zu haben. Sobald wir das Pfarrhaus betreten, werden Sie sich mit meiner Mutter und meiner Schwester Cassandra anfreunden, und nach dem Mittagessen werden Sie sich zweifellos mit meinem Vater in sein Arbeitszimmer begeben und die anderen Familienmitglieder sich selbst überlassen.«

»Bestimmt kann ich sowohl das Pfarrhaus besuchen als auch eine ganz besondere Freundschaft zu der jüngsten Tochter des Pfarrers pflegen, Miss Austen.«

Jane hakte sich bei dem Geistlichen unter. »Ich glaube, das würde mir sehr gefallen, Mr. Mansfield.«

Oxfordshire, Gegenwart

Nach fünf Jahren in Oxford beherrschte Sophie Collingwood die Kunst, im Gehen zu lesen. Sie kannte jede Biegung des Themsepfads von Oxford nach Godstow und besaß die Fähigkeit, instinktiv jedem entgegenkommenden Fußgänger auszuweichen. Eine nützliche Gabe für jemanden, der sich völlig in ein Buch vertiefen konnte; meist befand sie sich selbst mittendrin in den Romanzen, Krimis oder Abenteuergeschichten, die sich auf den Seiten vor ihr abspielten. An einem sonnigen Tag im Juli spazierte sie den Pfad gegenüber von Port Meadow entlang, der weiten Fläche, wo schon seit Jahrhunderten Pferde und Rinder grasten. Auf der Themse machte sich eine vierköpfige Picknickgesellschaft flussabwärts in einem Stechkahn auf den Heimweg, und das leise Geräusch des über das Wasser gleitenden flachen Flussboots sorgte für die perfekte Untermalung. Als Sophie über den Rand ihrer zerlesenen Ausgabe von *Mansfield Park* blickte, entdeckte sie inmitten dieses Idylls einen jungen Mann, der unter einem Baum lag und ein Buch las. Die Art, wie er sich gekonnt lässig ausstreckte und bewusst nachlässig gekleidet hatte, strahlte eine Mischung aus Arroganz und Gleichgültigkeit aus. »Schlampig« war das beste Wort, um ihn zu beschreiben, fand Sophie – das ungewaschene Haar, die zerrissene Jeans, das verblichene T-Shirt. Seine Aufmachung verblüffte und verärgerte sie gleichermaßen. Sie gab sich auch nicht immer die größte Mühe, gut auszusehen, aber wenn sich jemand anstrengte, *schlecht* auszusehen, empfand sie das als unhöflich. Als sie auf seiner Höhe angelangt war, grüßte er sie mit gedehntem amerikanischem Akzent.

»Wie geht's?«, fragte er, aber Sophie hob nur ihr Buch ein Stück höher und ging an ihm vorbei, als hätte sie seine Stimme wegen des Windes nicht gehört. Nachdem sie um die nächste Flussbiegung gegangen und aus seinem Blickfeld verschwunden war, fiel ihr plötzlich etwas ein. Diese Stimme hatte sie schon einmal gehört. Vor zwei Tagen im Bear. Sie hatte an der Theke Drinks für ihre Freundinnen bestellen wollen, die gerade über die Unterschiede zwischen *Mansfield Park* und *Überredung* diskutierten, als diese aufdringliche Stimme den Hintergrundlärm übertönte.

»Was mich echt nervt, sind die Weiber, die einen Fankult um diese Austen betreiben. Sie tun so, als drehe sich die ganze Welt um irgend so eine Tussi, die vor zweihundert Jahren ein paar Seifenopern geschrieben hat.« Und dann imitierte er eine englische Frauenstimme: »Meiner Meinung nach wird *Mansfield Park* von der Gesellschaft nicht richtig gewürdigt.« Sophie ging mit den Drinks in der Hand zu ihrem Tisch zurück, und seine Stimme ging glücklicherweise im Lärm der Menge unter, aber der Schaden war schon angerichtet – er hatte nämlich ihre Bemerkung zitiert, die sie vor weniger als fünf Minuten über *Mansfield Park* gemacht hatte. Als sie ihren Freundinnen davon berichtete, lachten sie gemeinsam darüber und waren sich schnell einig, dass dieser eingebildete Amerikaner ein Idiot war.

Nach einem kleinen Glas Bitter im Garten des Trout machte Sophie sich auf den Rückweg nach Oxford. Für die sechseinhalb Kilometer nach Christ Church würde sie eine gute Stunde brauchen – genügend Zeit, um bis zur Hochzeit von Fanny und Edmund zu gelangen. Doch gerade als die

Ereignisse für die beiden jungen Liebenden unausweichlich schienen, hörte Sophie schon wieder diese unerträgliche Stimme.

»Was lesen Sie denn da?«, ertönte sie, und dieses Mal sprach er lauter, so dass Sophie nicht so tun konnte, als hätte sie ihn nicht gehört.

»Es geht Sie zwar nichts an«, erwiderte Sophie, »aber ich lese ein Buch von Jane Austen.«

»Ein Mensch, ob Herr oder Dame, der kein Vergnügen an einem guten Roman hat, muss unerträglich stumpfsinnig sein.«

Sophie war so verblüfft, dass sie beinahe unwillkürlich gelächelt hätte. Ein Zitat von Jane Austen war das Letzte, was sie nach seinen Bemerkungen im Bear von ihm erwartet hätte.

»Überrascht es Sie, das aus meinem Mund zu hören?«

»Na ja, es ist schon ein wenig merkwürdig, dieses Austen-Zitat von einem ... einem ...«

»Von einem was?«, fragte er. »Von einem primitiven, unkultivierten, unwissenden Dilettanten zu hören?«

»Das habe ich nicht gemeint«, entgegnete Sophie. »Es ist nur so, dass die meisten Leute dieses Buch nicht gelesen haben.«

»*Northanger Abbey*?«

»Genau.«

»Und Sie wundern sich darüber, dass ich überhaupt etwas von Austen gelesen habe, obwohl ich keine Tweedjacke trage und nicht in einer staubigen Bibliothek sitze.«

»Ganz im Gegenteil«, erwiderte sie höflich. »Das Ufer der Themse an einem sonnigen Sommertag ist der perfekte Ort, um Austen zu lesen.«

»Nun, um ehrlich zu sein, gibt es zwei Gründe dafür, warum ich diesen Satz so genau zitieren kann. Erstens habe ich ihn gestern auf einem T-Shirt in dem Laden in der Bodleian Library gesehen, also ist es gar nicht so merkwürdig, wie Sie vielleicht denken.«

Sophie gelang es kaum, ihren Ärger zu verbergen. »Und der zweite Grund?«, fragte sie eisig.

Er hielt eine zerfledderte Taschenbuchausgabe von *Northanger Abbey* hoch. »Ich habe diese Stelle gerade gelesen, etwa zehn Minuten bevor Sie hier aufgetaucht sind. Ich bin Eric. Eric Hall.« Ohne aufzustehen, streckte er ihr die Hand entgegen und warf gleichzeitig sein Haar zurück. Sophie gab sich Mühe, sich nicht anmerken zu lassen, dass sie ihn für einen Blödmann hielt. Trotzdem spürte sie, dass sich hinter seiner bewusst lässigen Aufmachung und seiner beinahe einstudiert wirkenden Unverfrorenheit etwas Weicheres verbarg. Nicht nur weil er tatsächlich Jane Austen las, sondern vor allem weil er gespannt auf eine Reaktion von ihr wartete – wie ein kleiner Junge, der sich nach Anerkennung sehnte.

»Sophie.« Sie reichte ihm die Hand, verriet ihm allerdings nicht ihren Nachnamen.

»Freut mich, Sie kennenzulernen.«

»Tatsächlich? Ich dachte, Sie könnten Frauen, die Austen verehren, nicht leiden.«

»Wie kommen Sie denn auf diese Idee?«

»Das haben Sie selbst gesagt. Im Bear. Und sind Sie nicht der Meinung, Jane Austen habe lediglich ein paar Seifenopern geschrieben?«

»Das haben Sie gehört? Ich meinte damit eigentlich nur, dass ich Leute nicht mag, die etwas glühend bewundern, wovon sie gar nichts verstehen«, erwiderte Eric. »Sie müssen zugeben, dass in Oxford eine Menge Mädchen herumlaufen, die Jane Austen in erster Linie mit Colin Firth in einem nassen Hemd verbinden.«

Sophie lächelte unwillkürlich – sie gestand es sich nur ungern ein, aber da hatte Eric nicht ganz unrecht. Sie erinnerte sich an ein rehäugiges Mädchen, das sich im Bear zum Literaturkreis ihrer Freundinnen gesellt hatte. Sie hatte sich weitgehend im Hintergrund gehalten, aber aus ihren wenigen Beiträgen zur Diskussion hatte man schließen können, dass für sie Mr. Darcys wesentlicher Charakterzug die »hinreißende« Art war, wie sein nasses Haar über seine Stirn hing.

»Falls Sie sich auf dem Rückweg nach Oxford befinden, würde ich mich Ihnen gern anschließen«, fuhr Eric fort. »Dann können wir uns weiter über Jane Austen unterhalten, wenn es Ihnen recht ist.« Er stand auf, verzichtete darauf, sich das Gras und die Erde von der Hose zu klopfen, und steckte sein Buch in die Tasche.

»Versprechen Sie mir, dabei nicht meine Stimme zu imitieren?«, fragte Sophie.

»Wie meinen Sie das?«

»Meiner Meinung nach wird *Mansfield Park* von der Gesellschaft nicht richtig gewürdigt.« Sie bemühte sich, seine Imitation von ihr so gut wie möglich wiederzugeben.

»Das waren Sie?«

Sophie starrte ihn nur finster an.

»Also bitte, dieses ganze Gerede darüber, dass *Mansfield Park* nicht richtig gewürdigt wird, ist aber auch wirklich klischeehaft. Man kann das Werk vielleicht nicht so gut verfilmen wie die anderen, aber gewürdigt wird das Buch doch trotzdem.«

»Selbst wenn Sie recht hätten – darum geht es doch gar nicht.«

»Und worum geht es dann?«

»Darum, dass Sie ein Blödmann sind.«

»Na gut, aber wäre es nicht interessanter, sich mit mir zu unterhalten, als allein zurückzugehen?«

Sie musterte ihn und entdeckte in seinen Augen eine innere Anspannung, die nicht zu seiner lässigen Art zu passen schien. »Nur geringfügig«, erwiderte sie schließlich seufzend.

»Prima.« Eric lief los in Richtung Oxford. Sie begriff nicht, wie es dazu kam, aber als sie den Rand von Port Meadow erreichten, waren sie in ein Gespräch über den jugendlichen Stil von *Northanger Abbey* vertieft.

»Morgen ist Samstag – ich spiele mit dem Gedanken, nach Steventon zu fahren«, sagte Eric, als ihre Unterhaltung kurz ins Stocken geriet. »Möchten Sie mitkommen?« Sophie war tatsächlich noch nie in Steventon gewesen, dem Dorf in Hampshire, wo Jane Austen die ersten fünfundzwanzig Jahre ihres Lebens verbracht und die ersten Entwürfe von drei ihrer Romane verfasst hatte. Sie würde sehr gern dorthin fahren, aber nicht mit ihm. Und sie musste lachen, weil er so leicht zu durchschauen war.

»Funktioniert das tatsächlich?«, fragte sie.

»Was meinen Sie damit?«

»Diese Masche. Sie bemühen sich, den Lieblingsautor einer Frau herauszufinden, und bieten ihr dann an, mit ihr zu Jane Austens Geburtsort, zu George Orwells Grabstätte oder zu Charles Dickens' Stammkneipe zu fahren.«

»Ich mag Dickens nicht.«

»Wie kann man denn Dickens nicht mögen?«

»All diese Armut. Das deprimiert mich. Austens Heldinnen landen am Schluss zumindest immer in einem hübschen großen Haus.«

»Abgesehen davon, dass Sie mir nicht sympathisch sind, habe ich für morgen bereits andere Pläne«, erklärte Sophie.

»Oh, ich glaube nicht, dass ich Ihnen wirklich unsympathisch bin«, meinte Eric.

»Was glauben Sie dann?«

»Sie sind interessiert an mir, und obwohl Sie mich für unhöflich und ungehobelt halten, glauben Sie, vielleicht endlich jemanden kennengelernt zu haben, der Jane Austen ebenso schätzt wie Sie.«

»Als ich Sie neulich am Abend darüber habe reden hören, hielt ich Sie sofort für einen Volltrottel.« Sophie ärgerte sich darüber, dass er ihre Gedanken so genau erraten hatte. Sie war zwei Jahre mit Clifton zusammen gewesen, aber er hatte nie gewusst, was sie dachte. Dieser Kerl kannte sie gerade seit zwanzig Minuten und las in ihr wie in einem offenen Buch. Das war verstörend.

»Der erste Eindruck ist oft irreführend«, stellte Eric fest. »Fragen Sie nur Eliza Bennet. Begleiten Sie mich nach Steventon.«

»Ich habe schon was anderes vor.«

»Was denn?«

»Ich muss übers Wochenende nach Hause fahren. Meine Mutter organisiert eine Art ... Ausstellung.«

»Eine Ausstellung?«

»Gartenskulpturen«, antwortete Sophie. »Sie ist wie besessen von ihrem Garten und hält ihn für den schönsten in ganz Oxfordshire.«

»Was pflanzt sie dort an?«

»Alles, was einen lateinischen Namen trägt. Pflanzen mit englischem Namen sind meiner Mutter nicht gut genug – es muss schon etwas Lateinisches sein.« So scharf hatte Sophie das eigentlich nicht formulieren wollen. Im Grunde gefiel ihr die Vorliebe ihrer Mutter für die lateinische Sprache – sie erinnerte sie an ihren Onkel Bertram, der ihr, als sie noch ein kleines Mädchen war, zum Einschlafen Werke von Horaz vorgelesen hatte.

»Dann ist Gartenpflege wohl nicht Ihr Hobby.«

»Ich sitze gern in einem Garten und lese ein Buch«, erwiderte Sophie. »Und ich kann eine Blume von einem Busch und einen Busch von einem Baum unterscheiden, aber einen grünen Daumen habe ich mit Sicherheit nicht.«

»Und Ihr Vater?«

»Was soll mit meinem Vater sein?«

»Wie ist Ihr alter Herr denn so?«, fragte Eric.

»Oh, bitte, nicht ›alter Herr‹. Sie sind Amerikaner; das klingt aus Ihrem Mund ziemlich merkwürdig.«

»Tut mir leid. Also, was für ein Sportsfreund ist er?«

Sophie verdrehte die Augen. »Er geht gern auf die Jagd. Meine Eltern sind schon ein lustiges Pärchen. Meine Mutter möchte immer alles wachsen sehen, während mein Vater lieber alles totschießt.«

»Das klingt so, als würden Sie Ihre Eltern nicht sehr mögen.«

»Meine Mutter und ich verstehen uns ganz gut. Sie macht sich zwar nicht viel aus Büchern, aber wir sitzen gern miteinander in der Küche und unterhalten uns am Morgen bei einer Tasse Kaffee. Dafür habe ich allerdings nicht mehr so oft Zeit wie früher.« Plötzlich erkannte Sophie, dass sie sich, obwohl sie sich herzlich wenig für den Garten ihrer Mutter interessierte, auf den Morgen nach der Gartenschau freute, auf eine lange, gemütliche Unterhaltung mit ihrer Mutter.

»Also haben Sie eher ein Problem mit Ihrem Vater? Nervt er nur, oder geht es da noch um mehr?«

Weil ihr Erics Frage ein wenig zu weit ging, lenkte sie die Unterhaltung rasch auf ihn.

»Und Sie? Sind Sie einer der amerikanischen Auslandsstudenten?«, erkundigte sie sich.

»Wohl kaum«, erwiderte er. »Dafür bin ich schon ein wenig zu alt.« Er erzählte ihr, dass er nach seinem Hochschulabschluss in Geisteswissenschaften zwei Jahre lang in Berkeley gelehrt habe, sich nun einen neuen Job suchen müsse und sich ein Jahr freigenommen habe, um quer durch Europa zu trampen und gute Bücher an schönen Orten zu lesen. »Proust in Paris, Dante in Rom und Jane Austen im ländlichen England. Wahrscheinlich halten Sie das für ein wenig großspurig.«

»Nein, das klingt wundervoll.« Sophie konnte sich keine bessere Beschäftigung für ein Sabbatical vorstellen. »Aber wenn Sie per Anhalter unterwegs sind, wie wollten Sie dann morgen mit mir nach Steventon fahren?«

»Gute Frage«, sagte Eric. Mittlerweile hatten sie Osney Lock erreicht. Er beugte sich über das weiße Metallgeländer, das die handgekurbelte Schleuse aus dem neunzehnten Jahrhundert mit den hölzernen Toren von dem schmalen Pfad trennte. Sie beobachteten, wie das Wasser langsam durch die Schleuse strömte und ein langes, schmales Kanalboot nach oben hob. Sophie gefielen diese Schleusen, und sie blieb fast immer stehen und sah den Booten zu.

»Ich hätte jemanden aufgetrieben und mir ein Auto geliehen«, fuhr Eric fort, während der Bootsmann die stromaufwärts gerichteten Tore hochkurbelte und das Boot wieder langsam Fahrt aufnahm. »Ich kann sehr überzeugend sein.«

Sie wusste nicht genau, wie er es angestellt hatte, denn eigentlich hatten sie beide den Blick auf das Kanalboot gerichtet, doch plötzlich schaute er ihr direkt in die Augen, und ihr wurden die Knie weich. Das verzweifelte Flehen nach Anerkennung in seinem Blick war verschwunden; stattdessen sah sie nun in seinen Augen ein gewisses Selbstvertrauen, das sie ein wenig ängstigte, aber auch anzog. Sophie drehte sich um und betrat rasch wieder den Pfad nach Oxford. Er konnte in der Tat sehr überzeugend sein, das war ihr jetzt klar. Sie beschloss, ihm nie wieder in die Augen zu schauen.

»Ich verstehe mich auch nicht gut mit meinem Vater«, sagte er und passte sich ihrem Schritt an.

»Das schockiert mich«, erwiderte Sophie. »Ich meine, ungepflegt und arbeitslos – da sollte er doch wirklich stolz auf Sie sein.«

»Sarkasmus! Gut gemacht!«

Vielleicht war sie wirklich ein bisschen zu barsch gewesen – schließlich hatten sie sich nett unterhalten –, aber die Art, wie er ihr in die Augen geschaut hatte, hatte sie völlig aus der Fassung gebracht. »Es tut mir leid«, sagte sie ein wenig freundlicher. »Erzählen Sie mir etwas über Ihren Vater.«

»Ich würde lieber über Ihren reden. Ich freue mich schon darauf, ihn kennenzulernen.«

»Oh, dazu wird es wohl kaum kommen.«

»Man kann nie wissen.«

»Doch, da bin ich mir sicher. Sie haben weder einen Job noch einen ordentlichen Haarschnitt und sind ein Buchliebhaber. Damit verkörpern Sie alles, was mein Vater verabscheut.«

»Sie müssen mich unbedingt mit ihm bekannt machen. Ich könnte auch lernen, mit einer Waffe umzugehen.«

»Ihnen eine Waffe in die Hand zu geben halte ich für keine gute Idee«, meinte Sophie.

»Ich bin davon überzeugt, dass er von mir begeistert sein wird, auch wenn ich unbewaffnet bin.«

»Sie haben eine recht hohe Meinung von sich, richtig?«

»Eigentlich nicht«, erwiderte Eric. »Nicht so wie Sie. Ich bin ja nur ein Amerikaner. Vielleicht sollten wir es lieber dabei belassen, uns nett zu unterhalten und ein bisschen Spaß miteinander zu haben.«

»Wie kommen Sie auf die Idee, dass ich eine so hohe Meinung von mir selbst habe?«

»Na ja, Sie halten sich für etwas Besseres, richtig?«

Sophie war betroffen. Mittlerweile waren sie an den sanft geschwungenen Bögen der Folly Bridge angelangt, und vor ihnen, am Ende einer langen Steintreppe, brauste der Oxforder Verkehr vorbei.

»Hören Sie.« Eric hielt sie behutsam am Arm fest. »Ich mache beim ersten Mal sehr oft keinen guten Eindruck. Aber denken Sie doch einmal nach – wir mögen beide Jane Austen und Spaziergänge auf dem Land, und ich bin ein ungehobelter Amerikaner, der Ihre Eltern zum Wahnsinn treiben würde. Also bin ich doch eigentlich ein guter Fang.«

Sophie starrte nach unten auf die Steine vor ihren Füßen und spürte, wie ihre Wangen heiß wurden.

»Wir müssen ja nicht gleich heiraten oder so«, fügte Eric hinzu. »Aber mir hat unser gemeinsamer Spaziergang gefallen, und ich würde mich freuen, wenn wir ein wenig mehr Zeit miteinander verbringen könnten. Vielleicht bei einer Tasse Kaffee. Ich bin ohnehin nur noch ein paar Tage in Oxford.«

Sophie brannte darauf, ihn anzuschauen, ihm ihre Telefonnummer zu geben, ihm sogar zum Abschied einen Kuss auf die Wange zu drücken und dann schwungvoll ihr Haar zurückzuwerfen und davonzugehen. Aber so etwas lag ihr nicht. Und ihr klang immer noch seine gefühllose Imitation von ihr in den Ohren und verdrängte beinahe das Gefühl, das sie bei seinem Blick in ihre Augen empfunden hatte.

Den Kopf immer noch gesenkt trat sie einen Schritt zurück. »Es hat mich gefreut, Sie kennenzulernen, Eric.« Sie war schon die Hälfte der Stufen vom Flussufer zur Straße hinaufgestiegen, als sie sich spontan noch einmal umdrehte. »Ich heiße übrigens Collingwood. Sophie Collingwood. Sie können mich in Christ Church erreichen. Hinterlassen Sie mir einfach eine Nachricht beim Pförtner.«

Zehn Minuten später befand sie sich in der oberen Bibliothek von Christ Church, umgeben von neoklassizistischen Bücherregalen aus auf Hochglanz poliertem Eichenholz, angefüllt mit in Leder, Pergament oder Stoff gebundenen Büchern, den größten Schätzen der Bibliothek. Sie arbeitete in einem modernen Raum im Erdgeschoss, es war ihr Lieblingsraum im College. Ihrer Meinung nach wurde er in Oxford nur noch von der Duke Humfrey's Library in der Bodleian Library übertroffen. In den letzten fünf Jahren war sie während ihres Studiums immer hierhergekommen, wenn sie einen ruhigen Ort zum Nachdenken brauchte, einen Platz, wo sie sich sammeln konnte, bevor sie sich wieder in die raue Welt von Oxford zurückbegab. Vor drei Wochen hatte Sophie ihr Studium beendet, und nun nutzte sie die langen Ferien, um sich Gedanken über ihre berufliche Zukunft zu machen. Die College-Bibliothekarin hatte ihr zugesagt, dass sie ihren Teilzeitjob bis zum Beginn des neuen Semesters behalten konnte. Also durfte Sophie noch einige Wochen in dieser Bildungswelt verbringen – einer Welt, in der sie sich ihr ganzes Leben lang befunden hatte und wo man auf alles eine Antwort fand, wenn man nur an der richtigen Stelle suchte. Jetzt stand sie in der Mitte des prächtigen Raums und überlegte, ob sie auf ihre Fragen in den unschätzbaren Büchern eine Antwort finden würde: Was sollte sie mit einem Mann wie Eric anfangen? Wie gelang es ihr, ihre scharfen Kanten ein wenig abzuschleifen? Und, vor allem, wie sollte es nun in ihrem Leben weitergehen?

Hampshire, 1796

»Ich habe mir gedacht, dass einer jungen Frau, die Bücher ebenso liebt wie ich, ein solcher Ort gefallen könnte«, sagte Mr. Mansfield.

»Und wie immer hatten Sie recht, Mr. Mansfield.« Jane ließ ihre Finger über die Reihe der glänzenden Buchrücken aus Leder gleiten und seufzte hörbar.

Sie waren von seiner Lordschaft, dem Earl von Wintringham, in die Bibliothek im Busbury House eingeladen worden, und Jane war überwältigt. Die Büchersammlung im Arbeitszimmer ihres Vaters in Steventon konnte kaum mithalten mit dieser Schatzkammer. Die Bücherregale schienen sich meilenlang zu erstrecken und waren so hoch, dass man kaum bis ganz hinauf blicken konnte.

»Eigentlich bleibe ich lieber in meinen eigenen vier Wänden«, sagte Mr. Mansfield. »Aber da Sie erwähnten, dass Sie gerade *Camilla* zu Ende gelesen haben, macht es Ihnen vielleicht Freude, in der Sammlung seiner Lordschaft nach neuem Lesestoff zu suchen.«

»In der Tat, Mr. Mansfield. In einer so prächtigen Bibliothek wie der von seiner Lordschaft könnte ich mein ganzes Leben mit der Suche nach Büchern verbringen. Offensichtlich sind Sie nicht nur nach Hampshire gekommen, um hier möglicherweise Freundschaft mit romanbegeisterten jungen Damen zu schließen. Es überrascht mich, dass Sie nicht in diesem Raum wohnen.«

Obwohl sie sich erst seit zwei Wochen kannten, kam es Jane so vor, als seien sie und Mr. Mansfield alte Freunde. Wie sie am Tag ihrer ersten Begegnung bei dem Mittagessen im Pfarrhaus erfahren hatte, war Reverend Richard Mansfield der Pfarrer von Croft-on-Tees, Yorkshire. Als er einige Monate zuvor achtzig Jahre alt geworden war, hatte ihm sein Arzt geraten, sich in ein milderes Klima zu begeben, also hatte er einen Vikar angestellt und war nach Hampshire gereist. Nun war er Gast von Edward Newcombe, dem Earl von Wintringham, in Busbury Park. In früheren Jahren war Mr. Mansfield Lehrer gewesen, und Robert und Samuel, die beiden Söhne des Earls, hatten zu seinen Schülern gehört. Seit dieser Zeit war er ein Freund der Familie und hatte nun ein nicht mehr genutztes Pförtnerhaus am östlichen Ende der langen Auffahrt bezogen.

»Ich werde regelmäßig von seiner Lordschaft zum Dinner eingeladen«, sagte Mr. Mansfield, als Jane eine aufwändig gebundene Ausgabe von *Amelia* aus einem Regal zog, »aber wohnen möchte ich hier nicht. Ein zugiges Pförtnerhaus ist mehr nach meinem Geschmack.«

»Und wie ich vermute, schätzen Sie Ihre Unabhängigkeit, die Sie hier nicht hätten«, meinte Jane. Mr. Mansfield lächelte.

»Lassen Sie es mich einmal so sagen: Die Unterhaltung an der Tafel seiner Lordschaft gestaltet sich anders als die Gespräche, die ich mit Ihnen führen kann, Miss Austen. Da wird viel zu viel geklatscht, vor allem wenn wie derzeit die Schwester seiner Lordschaft mit ihren Töchtern aus London zu Besuch ist.«

»Sie lesen also lieber einen Roman über Intrigen, als sich bloße Spekulationen von der Schwester seiner Lordschaft über ihre Nachbarn anzuhören.« Jane hob die Ausgabe von *Amelia* in die Luft und schwenkte sie hin und her.

»Sie mögen scherzen, Miss Austen, aber Sie haben ins Schwarze getroffen. Erst vor drei Tagen erzählte uns Lady Mary, vor Begeisterung beinahe atemlos, dass sie bei einem Aufenthalt bei einer Cousine seiner Lordschaft in Kent gehört habe, dass ein Junggeselle mit einem Einkommen von viertausend Pfund im Jahr in ein Haus in der Nachbarschaft eingezogen sei. Man hätte glauben können, es handle sich um ein so bedeutungsschweres Ereignis wie die Französische Revolution.«

»Aber Lady Mary hat Töchter, wie Sie sagten«, entgegnete Jane. »Also war diese Neuigkeit für sie gewiss wichtiger als ein paar Tausend geköpfte französische Adlige.«

»Ich befürchte, ich kann Ihrer jugendlichen Logik nicht folgen.«

»Jede Mutter weiß, dass ein Junggeselle von solchem Stand dringend eine Frau braucht. Das ist Ihnen doch sicher auch bekannt, Mr. Mansfield. Ohne Zweifel hat Lady Mary eine hohe Meinung von ihren Töchtern und ist daher davon überzeugt, dass er eine von ihnen auswählen wird. Seine Tochter mit einem reichen Mann zu verheiraten ist selbstverständlich wichtiger als alles, was sich in Frankreich ereignen könnte.«

»Ich hätte es nicht für möglich gehalten, Miss Austen, aber Sie scheinen möglicherweise tatsächlich zu viele Romane gelesen haben.« Mr. Mansfield zwinkerte ihr zu.

»Nun, dann werde ich *Amelia* lieber wieder ins Regal zurückstellen und mir diese Ausgabe von *The Spectator* ausleihen, um zu sehen, ob sie tatsächlich ›meinen Geist durch Moral lindert‹.«

Auf dem Anwesen Busbury Park stand jetzt im Sommer

alles in voller Blüte, und Jane besuchte Mr. Mansfield beinahe jeden Tag. Sie spazierten durch die Gärten, an den Kutschenpfaden entlang und über die Felder, wo sie hin und wieder einen Blick auf das beeindruckende Haupthaus erhaschten, sich aber meist an dem Ausblick über die sanften Hügel des Anwesens erfreuten. Jane beobachtete mit Freuden die Schafe, die sich zur heißesten Tageszeit unter den vereinzelten Bäumen auf den Wiesen zusammendrängten. Sie genoss den Blick auf die Steinbrücke am anderen Ende des Sees und die weite Aussicht von einer bestimmten Anhöhe über die Felder von Hampshire. Sie unterhielten sich ausschließlich über Bücher – darüber, welche sie gelesen hatten, welche sie noch lesen wollten und, in Janes Fall, welche sie zu schreiben hoffte. Wenn sie nach ihren Spaziergängen zum Pförtnerhaus zurückkehrten, las Jane ihm immer das letzte Kapitel ihres derzeitigen Projekts vor, ein Roman in Briefen mit dem Titel *Elinor und Marianne*. Mit geschlossenen Augen lauschte Mr. Mansfield dem sanften Klang ihrer Stimme, und sobald sie geendet hatte, dachte er schweigend eine Weile über das Gehörte nach. Jane war dann immer sehr angespannt, denn sie schätzte seine Meinung sehr und wusste, dass er ihr sie nicht vorenthalten würde. Oft war er mit jedem Wort einverstanden, aber manchmal verzog er das Gesicht und machte einige Verbesserungsvorschläge.

»Kein Grund, Grimassen zu schneiden, Mr. Mansfield«, sagte Jane einmal. »Ich nehme Ihnen Ihre Kritik nicht übel. Ganz im Gegenteil – ich fühle mich geehrt, dass Sie mir Ihre ehrliche Meinung mitteilen. Denn mit Ihrer Hilfe, wie ich hinzufügen möchte, kann sich meine Arbeit nur verbessern.«

»Ich hatte einfach den Eindruck, dass sich Ihre jüngeren

Figuren besser zusammenbringen ließen, wenn Sir John Middleton ein umgänglicherer Mensch wäre.«

»Ich muss zugeben, dass ich mir noch nicht sehr viele Gedanken über Sir Johns Charakter gemacht habe«, sagte Jane. »Aber ich glaube, Sie haben recht. Und ich müsste nicht sehr viel umschreiben, um ihn einige Picknicks und Bälle veranstalten zu lassen.«

»Für mich ist es ein Zeichen, dass ein Roman gut geschrieben ist, wenn die Nebencharaktere ebenso gut geschildert werden wie der Held und die Heldin.«

»Weise gesprochen, Mr. Mansfield. Und ich habe bisher denjenigen Figuren, die in meinem Roman nur kurz die Bühne betreten, zu wenig Leben eingehaucht. Ein Fehler, den ich zu korrigieren versuchen werde.«

»Sie haben mir erzählt, dass Sie Ihren Entwurf auch im Pfarrhaus vorlesen, Miss Austen. Geben Ihnen die Zuhörer dort auch Ratschläge? Schlägt Ihnen Ihre Schwester Cassandra auch Verbesserungen vor?«

»Leider nein, Sir. Obwohl ich sie oft darum bitte. Wahrscheinlich glaubt sie, ihre ehrliche Reaktion könnte meine Gefühle verletzen oder unserer engen Beziehung schaden. Also erklärt sie bei jedem Kapitel, dass es ›großartig‹ sei oder, was noch schlimmer ist, ›das beste bisher‹, ohne mir einen Hinweis darauf zu geben, wie man die vorherigen, schlechteren Kapitel so gut gestalten könnte wie das letzte. Ihre Ehrlichkeit, Sir, ist einer der vielen Gründe, warum ich Ihre Freundschaft so sehr zu schätzen weiß.«

Ein weiterer Grund war, dass Mr. Mansfield in seinem Alter keine Gefahr als Verehrer darstellte. Obwohl Jane mit Begeisterung über das Liebeswerben und das Eheglück ihrer Figuren schrieb, war sie sich nicht sicher, wie sie reagieren würde, wenn sie selbst umworben werden würde. Die

Möglichkeit, so viel Zeit mit einem Seelenverwandten zu verbringen, ohne dabei den geringsten Gedanken an eine Romanze verschwenden zu müssen, machte aus Mr. Mansfield den perfekten Gefährten für sie.

Oxfordshire, Gegenwart

»Natürlich kannst du mich besuchen«, sagte Onkel Bertram. »Du weißt doch, dass du hier immer willkommen bist.«

»Dieses Mal will ich dich nicht nur besuchen«, erklärte Sophie. »Ich brauche einen Rat.«

Ihre Begegnung mit Eric Hall am Tag zuvor hatte ihr klargemacht, dass sie in ihrem Leben an einem Scheideweg angelangt war. Deshalb hatte sie, während sie im Zug nach Kingham saß und vor dem Fenster die grünen Felder von Oxfordshire vorbeiflogen, den Menschen angerufen, der ihr immer geholfen hatte, den richtigen Weg zu finden – ihren Onkel Bertram.

»Dann geht es wohl um etwas, was du nicht am Telefon besprechen möchtest?«, fragte Onkel Bertram.

»Wir haben in diesem Jahr eigentlich schon darüber gesprochen«, erwiderte Sophie. »Darüber, was ich jetzt, nach Abschluss meines Studiums, machen soll. Aber jetzt ist alles noch komplizierter.« Sophie hielt einen Moment inne und lauschte dem geduldigen, gleichmäßigen Atem ihres Onkels. »Ich habe gestern einen Mann kennengelernt, der sich ein Jahr freigenommen hat, um durch Europa zu reisen und Bücher zu lesen.«

»Klingt wundervoll.«

»Na ja, auf ihn trifft das eher nicht zu. Aber er hat mich zum Nachdenken gebracht.«

»Eine sehr wichtige Eigenschaft bei einem Mann«, meinte

Bertram. »Ich muss jetzt los zu einem Vortrag im Victoria and Albert Museum, aber du kannst diese Woche kommen, wann immer du willst. Dann können wir uns ausführlich unterhalten.«

Sophies Schwester wartete in Kingham am Bahnsteig auf sie. Nachdem sie sich umarmt hatten, hievte Victoria Sophies Reisetasche in den Kofferraum des Land Rovers, und sie machten sich auf die zehnminütige Heimfahrt.

Bayfield House, das Landhaus, in dem Sophie aufgewachsen war, stand auf einem Hügel und bot einen Blick über ein weites Tal, in dem Schafe grasten. An der gegenüberliegenden Seite schloss sich das dunkle Grün des Wäldchens Bayfield Wood an. Die meisten Häuser in den umliegenden Städten und Dörfern hatte man aus den für diese Gegend typischen honigfarbenen Steinen erbaut, aber Bayfield war ein graues, dreistöckiges Gebäude mit einem Innenhof, in den Victoria nun den Wagen lenkte. Für einige Besucher wirkte das Landhaus kalt und imposant, aber für Victoria und Sophie, die als Kinder begeistert alle geheimnisvollen Ecken und Winkel erkundet hatten, war Bayfield ihr Heim.

Obwohl es in Bayfield eine beeindruckende Bibliothek gab, stellten Bücher für ihren Vater schon immer Dekorationsgegenstände und keine Wissens- und Inspirationsquellen oder Werke mit Erzählungen dar. Das Zimmer war abgeschlossen und wurde nur bei den monatlichen Führungen für Touristen geöffnet, die sich englische Landhäuser anschauen wollten. Und wenn die jährlichen Gesellschaften stattfanden, anlässlich der drei in seinen Augen wichtigsten Fest- und Feiertage: Weihnachten, das Pferderennen in Ascot und die Henley Royal Regatta. Selbst dann blieben die Gittertüren der Bücherschränke verschlossen. Als Sophie mit sechs Jahren es gewagt hatte, ihn zu fragen, ob sie sich in der Bibliothek etwas zu lesen heraussuchen dürfe, hatte ihr Vater geantwortet: »Diese Bücher sind nicht zum Lesen da.«

Sophies Liebe zu Büchern und die offensichtliche Abneigung ihres Vaters gegen die Bibliothek in seinem Haus war nur einer der Gründe, warum sie sich im Laufe der Jahre immer mehr voneinander entfernt hatten. Eric Hall hatte das wohl irgendwie gespürt, aber Sophie hatte nicht mit ihm darüber reden wollen. Bei ihrer Geburt hatte es Komplikationen gegeben, und ihre Mutter hatte danach keine weiteren Kinder mehr bekommen können. Sie wusste, dass ihr Vater ganz vernarrt in Victoria war, es Sophie hingegen übel nahm, dass sie kein Junge war. Er hatte sich sehnlichst einen Sohn gewünscht, und solange sie zurückdenken konnte, hatte er Sophie das, mal mehr und mal weniger deutlich, spüren lassen. Auch deshalb hatte sie sich wahrscheinlich seinem jüngeren Bruder Onkel Bertram zugewandt.

Nur an Weihnachten, wenn Bertram zu Besuch kam, wurden die Buchschränke geöffnet. Jedes Jahr riss Sophies Onkel die Türen zur Bibliothek auf, holte aus einer Tasche der Seidenweste, die er immer zum Weihnachtsessen trug, einen winzigen goldenen Schlüssel und schloss die Bücherschränke auf. Er stöberte nie in den Regalen oder überlegte, welche Tür er öffnen sollte; er schien immer genau zu wissen, was er wollte, und nachdem er das Zimmer betreten hatte, zog er sofort ein Buch aus einem Regal, schloss die Schranktür wieder ab, steckte den Schlüssel zurück in die Tasche und rief: »Ich wünsche mir frohe Weihnachten!« Sophie war das einzige Familienmitglied, das an dieser Zeremonie Interesse zeigte. Victoria, dreieinhalb Jahre älter als sie, hatte ihr den Ursprung einmal erklärt, als sie noch Kinder waren.

»Es gibt eine Vereinbarung zwischen ihm und unserem

Vater«, flüsterte sie. »Onkel Bertram hat Vater eine gewisse Geldsumme oder etwas von seinem Erbe gegeben, um das Haus nicht aufgeben zu müssen. Daher darf er sich immer an Weihnachten ein Buch aus der Bibliothek holen.«

»Vater sagt, diese Bücher sind nicht zum Lesen da«, erwiderte Sophie.

»Ich wette, Onkel Bertram liest sie.« Victoria zwinkerte ihrer kleinen Schwester zu.

»Das ist mal wieder eine von Mutters klassischen Veranstaltungen«, sagte Victoria, als sie aus dem Wagen stiegen. »Gute Absichten und scheußliche Skulpturen.«

Sophie lachte. »Du hast mir gefehlt, Tori.«

»Edinburgh ist viel zu weit weg«, sagte ihre Schwester. Sie arbeitete seit sechs Monaten für eine Internet-Werbeagentur in Schottland. »Aber heute können wir uns endlich wieder auf den neuesten Stand bringen. Glaub mir, auf die Kunstgegenstände wirst du bestimmt nicht viel Zeit verschwenden.«

Die Skulpturen waren in der Tat hässlich. Es sah beinahe so aus, als hätte der Künstler Gipsabdrücke von den unansehnlichsten Menschen genommen, die er finden konnte, dann einige Körperteile abgebrochen und sie im Garten verteilt. An Bäumen hingen Arme, Köpfe schwammen im Teich, Beine ragten neben den Rosensträuchern aus der Erde. Das sollte eine Art gesellschaftliches Statement sein. Sophie und Victoria waren allerdings der Ansicht, dass der Künstler sich für seine Aussage besser einen anderen Beruf wählen sollte.

»Wir dürfen auf keinen Fall sagen, dass wir es schrecklich finden«, befahl Mrs. Collingwood ihren Töchtern, als sie sich an den Tisch mit den Erfrischungen stellten. »Wir lächeln nur, schenken Tee aus und denken daran, dass es für einen guten Zweck ist.«

»Aber hast du es gewusst?«, fragte Sophie. »Ich meine, wie schlecht die Sachen sind?«

»Ach, Schätzchen, natürlich nicht. Aber morgen früh werden wir uns köstlich darüber amüsieren.«

Also verbrachte Sophie den Tag damit, in ihrem Lieblingssommerkleid durch den Garten zu spazieren, den Gästen mitzuteilen, dass es in der Laube Tee und Gebäck gebe, den alten Damen, die zu müde waren, um sich von den Bänken am Teich zu erheben, Getränke zu bringen, und mit ihrer Schwester zu plaudern, während sie gemeinsam Geschirr spülten.

Am späten Nachmittag, als die Gäste sich nach und nach verabschiedeten, gingen die beiden Schwestern durch den Garten und sammelten leere Tassen ein. Ihre Mutter unterhielt sich mit einem jungen Mann und rief Sophie zu sich.

»Sophie, komm her. Ich möchte dich mit jemandem bekannt machen.«

»Bloß gut, dass ich im Augenblick einen festen Freund habe.« Victoria kicherte und gab ihr einen spielerischen Schubs. Ihre Mutter war für ihre Kuppeleiversuche bekannt.

Zuerst erkannte sie ihn nicht. Sein Haar war geschnitten, und er war frisch rasiert. Er trug eine neue, makellose Jeans, und in dem karierten Button-down-Hemd sah er beinahe zivilisiert aus.

»Sie müssen Sophie sein.« Er streckte ihr die Hand entgegen. Sie war kurz davor zu sagen: »Wie ich sehe, haben Sie meine Mutter bereits kennengelernt, Eric«, doch dann sah er ihr in die Augen – wie war ihm das wieder gelungen? –, und sein Blick brachte sie dazu mitzuspielen.

»Ja, Sophie Collingwood.« Sie drückte seine Hand, so fest sie nur konnte. Hoffentlich tat ihm das ein wenig weh.

»Eric Hall«, sagte er. »Ich habe gerade die Ziersträucher Ihrer Mutter bewundert.«

»Das verstehe ich gut«, erwiderte Sophie. »Sie sind wirklich bewundernswert.«

Sophies Mutter ignorierte den sarkastischen Tonfall ihrer Tochter. »Eric ist ein ebenso großer Bücherliebhaber wie du, Sophie. Das hindert ihn jedoch nicht daran, einen schönen Garten zu schätzen zu wissen.«

»So ist es«, bestätigte Eric. »Oder wunderbare Skulpturen. Besonders gut gefallen mir die Torsos neben dem Rhododendron.« Sophie und ihre Mutter tauschten Blicke und unterdrückten ein Lachen. »Ich würde mir gern den Garten näher anschauen, aber sicher sind Sie zu beschäftigt, Mrs. Collingwood.«

»Sophie wird Sie gern herumführen. Nicht wahr, Sophie?«

»Mit größtem Vergnügen«, antwortete Sophie. Ihre Eltern versuchten ständig, sie zu verkuppeln – meistens mit einem reichen jungen Mann, der dann eines Tages Bayfield House für die Collingwoods weiter erhalten sollte. Daher amüsierte es Sophie sehr, dass ihre Mutter sie nun mit dem trampenden Akademiker Eric Hall zusammenbringen wollte.

»Also Mr. Hall, was hat Sie nach Bayfield House verschlagen?«

»Ich wollte mir die Skulpturen anschauen«, erwiderte Eric.

»Ach, hören Sie doch auf, Sie wissen ebenso wie ich, dass dieses Zeug grässlich ist.« Sophie drehte sich um und ging weiter im Garten umher.

»Nun, dann haben wir schon wieder etwas gemein.«

»Wie haben Sie uns überhaupt gefunden?«, fragte Sophie mit echtem Interesse. Obwohl sie sich ein wenig darüber ärgerte, dass er uneingeladen aufgetaucht war, war ein Spaziergang mit ihm immer noch angenehmer, als den alten Damen Tee zu bringen.

»In jeder Teestube in Oxford hängen Plakate mit dem Hinweis auf eine Gartenschau mit Skulpturen in Bayfield House aus. Und ich habe Ihnen ja gesagt, dass ich mir jederzeit einen Wagen leihen kann.«

»Aber ich habe Ihnen nicht erzählt, dass Bayfield House mein Zuhause ist.«

»Nein, das haben Sie nicht. Ich hatte Glück – die einzige andere Gartenschau, die heute in Oxfordshire stattfindet, ist nur vierzig Meilen von hier entfernt. Ich hätte gleich wissen müssen, dass Sie das Haus meinten, das in der Nähe von Adlestrop liegt.«

»Wieso Adlestrop?«

»Das wissen Sie doch«, erwiderte Eric. »Jane Austens Cousinen lebten hier. Und sie hat sie dort besucht. Zwei- oder dreimal?«

»Dreimal.« Sophie lächelte. »Wie war die andere Gartenschau?«

»Die Skulpturen waren viel besser, aber die Leute dort nicht annähernd so nett.«

»An Ihrer Anmache sollten Sie noch arbeiten.« In dem Moment, als sie das gesagt hatte, tat Sophie ihr schroffer Tonfall leid.

»So abscheulich bin ich gar nicht. Und ich versuche nicht, Sie ins Bett zu bekommen oder so. Ich wollte einfach nur einen schönen Nachmittag auf dem Land verbringen, und das gern in Ihrer Gesellschaft.«

»Ich weiß. Es tut mir leid.« Sophie hatte sich gestern in der Bibliothek von Christ Church fest vorgenommen, sich nicht mehr so abwehrend zu verhalten und nicht immer gleich anzunehmen, dass jeder Mann, den sie kennenlernte, ihr – wie

Clifton – das Herz brechen würde. Denn genau das tat sie seit geraumer Zeit, wie sie sich schließlich eingestanden hatte. »Vielleicht sollten wir noch einmal von vorn anfangen?«

»Warum nicht? Hi, ich bin Eric Hall.« Als er ihr die Hand entgegenstreckte, war Sophie entzückt – und zu ihrem Erstaunen gleichzeitig ein wenig enttäuscht, dass er nicht versuchte, sie ins Bett zu bekommen.

»Sophie Collingwood.« Als sie dieses Mal seine Hand schüttelte, versuchte sie nicht, ihm die Finger zu zerquetschen. »Nehmen Sie es mir bitte nicht übel, das Leben an der Universität hat mich in Bezug auf Männer ein wenig zynisch gemacht.«

»Hören Sie«, begann Eric, »es tut mir leid, was ich an diesem Abend in dem Pub gesagt habe. Ich könnte jetzt behaupten, ich sei betrunken gewesen oder so, aber ich habe mich tatsächlich wie ein Vollidiot benommen, und dafür möchte ich mich entschuldigen.«

»Entschuldigung angenommen.«

»Wie war es, in einem so herrschaftlichen Landhaus aufzuwachsen?«

»Das Schönste daran waren die vielen leeren Räume, in die man sich mit einem guten Buch zurückziehen konnte. Und die Wälder und Felder, wo ich mit meiner Schwester herumlaufen konnte. Das Schlimmste war das ständige Gejammer meines Vaters darüber, dass nicht genügend Geld da sei, um dieses Dach zu reparieren oder jene Wand wieder aufzubauen. Und dass ich ständig gefragt wurde: ›Wie war es, in einem so herrschaftlichen Landhaus aufzuwachsen‹?«, frotzelte sie.

»Dann wechsle ich lieber schnell das Thema. Ihre Mutter hat mir erzählt, dass Sie eine wahre Bibliophilin sind.«

»Meine Mutter hat das Wort ›Bibliophilin‹ verwendet?«

»Nicht direkt.« Eric lachte. »Sie sagte in etwa, dass es einem Wunder gleichkäme, wenn Sie sich einen Nachmittag lang von Ihren Büchern weglocken ließen.«

»Eine Bibliophilin, aufgewachsen in einer Familie, die dieses Wort nicht einmal kennt.« Sophie seufzte. »Das bin ich.«

»Wie haben Sie Ihre Liebe zu Büchern entdeckt?«

Sie lehnte sich gegen die Mauer am Rand des Gartens und schaute über die leuchtende Landschaft von Oxfordshire auf die fünf Meilen entfernte Hügelkette, wo sich die Silhouette des Kirchturms von Stow-on-the-Wold abzeichnete.

»Durch meinen Onkel Bertram«, antwortete sie.

Sophie hatte Onkel Bertram schon immer gemocht. Er hatte ihr Geschichten erzählt und sich auf eine Weise mit ihr unterhalten, wie es die anderen Erwachsenen in Bayfield House nur selten taten. Als sie acht Jahre alt war, hatte ihr Onkel sie in der Weihnachtszeit zu einem Theaterstück für Kinder nach London eingeladen. »Er hat mich auch mit acht eingeladen«, sagte Victoria, die mittlerweile schon elfeinhalb und daher natürlich viel klüger war. »Es wird dir dort nicht gefallen. In seiner Wohnung riecht es komisch, und es gibt keine Spielsachen. Und auch keinen Garten.« Von dem Märchenstück war Sophie nicht begeistert – sie fand es ziemlich albern. Als Onkel Bertram sie nach dem Theater fragte, was sie zu Abend essen wolle, fiel ihr nichts ein, also lud er sie zu einer Pizza ein. Sophie mochte Pizza nicht besonders gern.

An der Tür vor seiner Wohnung in Maida Vale biss sie die Zähne zusammen und wappnete sich gegen den Geruch, vor dem Victoria sie gewarnt hatte, doch als sie hineingingen und Bertram alle Lichter einschaltete, stellte Sophie fest, dass es hier eigentlich recht gut roch. Nach einer Mischung aus

Staub und Kerzenwachs, und wenn sie tief einatmete, brannte es ein kleines bisschen in der Nase. Beinahe so, als wäre die Luft elektrisch aufgeladen. Erst als sie das Wohnzimmer betrat, begann sie zu ahnen, woher der Geruch kam. Die Wände waren vom Boden bis zur Decke mit Bücherregalen bedeckt. Und auch auf den Tischen, den Fensterbänken und sogar auf dem nicht eingesteckten Fernseher türmten sich, ordentlich aufgestapelt, Bücher. Da Sophie die Bibliothek in ihrem Zuhause nicht erforschen durfte, hatte sie bisher nur ihre Schulbücher in der Hand gehabt. Und ein paar Bilderbücher, die in der untersten Schublade eines Schranks im Kinderzimmer aufbewahrt wurden. Sie spürte sofort, dass hier alles anders war. Natürlich war es auch eine Bibliothek, aber diese Bücher hier waren tatsächlich gelesen worden und nicht wie in Bayfield House in langen Reihen nach passenden Einbänden sortiert. Aus fast jedem Buch ragten Papierstreifen. Sie fragte sich, ob Onkel Bertram damit wohl die besten Stellen markiert hatte.

»Wie wäre es mit einer Geschichte?«, fragte ihr Onkel, nachdem er ihre Mäntel aufgehängt hatte.

»Ja, bitte.«

»Was möchtest du gern hören?«

»Such du etwas aus.«

Sie machten es sich auf dem Sofa bequem, Bertram mit einer Tasse Tee und Sophie mit einem Becher Kakao. Er fing an zu lesen, und plötzlich befand sich Sophie in einer anderen Welt. Das unterschied sich ganz und gar von den unbedeutenden Kindergeschichten, die ihre Mutter ihr vor dem Schlafengehen vorlas – darin lag viel, viel mehr.

»*Der Wind in den Weiden*«, begann Onkel Bertram. »Kapitel eins. Am Flussufer. Der Maulwurf hatte den ganzen Morgen schwer geschuftet und in seinem kleinen Heim Frühjahrsputz gehalten.« Sophie schloss die Augen und versenkte sich in die Geschichte.

Nach jedem Kapitel sagte Onkel Bertram: »Das ist wohl genug für heute«, aber Sophie bedrängte ihn jedes Mal so lange, bis er weiterlas. »Jetzt sollten wir uns ein anderes Buch aussuchen«, sagte er schließlich. »Du musst schleunigst ins Bett.« Nachdem er ihr versprochen hatte, ihr im Bett noch etwas vorzulesen, putzte sich Sophie schnell wie der Blitz die Zähne und zog sich ihren Schlafanzug an. Dabei entdeckte sie, dass nicht nur im Wohnzimmer, sondern auch in allen anderen Räumen überall Bücherregale standen. Selbst der enge Gang wurde durch die hohen Regale noch schmaler.

»Wie heißt dieses Buch?«, fragte sie, als Onkel Bertram ein kleines, brüchig aussehendes Buch aus dem Regal neben ihrem Bett zog.

»*Die Oden von Horaz*«, antwortete er. Aber als er dann zu lesen begann, verstand Sophie kein Wort.

»Das verstehe ich nicht.«

»Es ist in lateinischer Sprache geschrieben«, erklärte Onkel Bertram. »Stell dir vor, es wäre Musik, und hör einfach nur zu.«

Und so schlief sie bei dem musikalischen Ton von Onkel Bertrams Stimme ein, während er ihr aus Horaz' Werk vorlas und Bilder von der Ratte, dem Maulwurf und dem Kröterich vor ihrem geistigen Auge tanzten. Erst viel später dachte sie darüber nach, ob ihre Begeisterung Onkel Bertrams liebevoller Zuwendung, seiner sanften Stimme oder der Geschichte selbst zu verdanken war. Sie wusste nur, dass sie noch nie so glücklich gewesen war.

Den Rest des Wochenendes blieben sie in der Wohnung. Am folgenden Morgen las Onkel Bertram ihr das Ende von *Der Wind in den Weiden* vor, während Sophie sich Tee und

Toast zum Frühstück schmecken ließ. Danach erkundete sie jedes Zimmer und kletterte auf eine Trittleiter, um auch die Regale zu erreichen, die sich weit über ihrem acht Jahre alten Kopf befanden. Onkel Bertram hatte die Bücher nicht nach Autorennamen oder Titeln sortiert oder, was die kleine Sophie noch mehr verblüffte, nach ihrer Größe oder Farbe. »Man muss ein Buch lesen, um dann den richtigen Platz im Regal dafür zu finden«, erklärte ihr Onkel Bertram. Und er zeigte ihr, dass er *Der Wind in den Weiden* (»ein Buch über das Leben am Fluss«) neben *Drei Mann in einem Boot* (»ein Buch über einen Bootsausflug auf der Themse«) gestellt hatte. Daneben stand *Alice im Wunderland* (»eine Geschichte, die zum ersten Mal am Ufer der Themse erzählt wurde«), und dann kam *Die Traumdeutung* von Freud (»weil *Alice* eine Traumgeschichte ist«) und so weiter. Sophie konnte es kaum erwarten, alle diese Bücher zu lesen und zu verstehen, wie sie miteinander verbunden waren. Wenn die anderen Bücher ebenso aufregend waren wie *Der Wind in den Weiden*, dann konnte sie sich im Leben nichts Schöneres vorstellen, als die in den Bücherregalen ihres Onkels verborgenen Rätsel zu lösen. Sie begriff nicht, dass diese Bibliothek so lebendig war, während die in Bayfield House so tot schien.

»Warum schaut sich Vater die Bücher in seiner Bibliothek nie an?«, fragte Sophie, als sie am Abend mit Onkel Bertram am Küchentisch saß und Tomatensuppe löffelte.

»Dein Vater hatte schon immer eine Abneigung gegen die Bibliothek«, sagte Onkel Bertram. »Ich glaube, er fühlt sich manchmal als ihr Gefangener.«

»Warum?«

»Nun, unser Vater starb, als wir noch sehr jung waren, und da dein Vater der Ältere war, erbte er das Anwesen – also das Haus, in dem du lebst, und all die Gärten und Felder ringsherum. Und natürlich auch die Bücher in der Bibliothek.«

»Und du hast keine Bücher bekommen?«

»Nicht direkt«, erwiderte Onkel Bertram. »Unser Vater hat vor seinem Tod bestimmt, dass keines der Bücher oder Möbelstücke aus dem Haus verkauft und verschenkt werden darf, wenn dein Vater und ich uns darüber nicht einig sind.«

»Und du wolltest nicht, dass alle diese Bücher verkauft werden!«, rief Sophie fröhlich.

»Richtig. Dein Vater brauchte Geld und glaubte, es sei am besten, die Bücher zu verkaufen. Und da er sich für Bücher nicht interessierte – schon gar nicht für alte staubige –, war er wegen meiner Entscheidung nicht sehr gut auf mich zu sprechen.«

»Aber die alten staubigen Bücher sind die schönsten.«

»Das ist meine und deine Meinung, aber dein Vater denkt anders darüber.«

»Dann hast du dir also diese Bücher alle selbst gekauft?« Sophie fuhr mit ihrem Löffel durch die Luft.

»Fast alle. Dein Vater und ich haben eine Vereinbarung getroffen. Ich stimmte dem Verkauf von einigen Bildern und anderen Dingen zu, damit er das Geld für die Reparaturen am Haus aufbringen konnte, und er erklärte sich damit einverstanden, dass ich jedes Jahr ein Buch aus der Familienbibliothek mit nach Hause nehmen darf.«

»Das Weihnachtsbuch!«

»Genau, das Weihnachtsbuch. Deswegen suche ich mir jedes Jahr an Weihnachten ein Buch aus, das ich dann behalten darf.« Er nahm ihre Hand und führte sie in ein kleines Schlafzimmer am Ende des Flurs. »Siehst du dieses Regal neben meinem Bett? Das sind all die Bücher, die ich in den letzten Jahren mitgenommen habe. Eine ganz besondere Sammlung.«

»Es ist bestimmt sehr aufregend, wenn man in eine große Bibliothek gehen und sich dort ein beliebiges Buch aussuchen darf.«

»Es freut mich, dass du das so siehst, Sophie, denn ich möchte, dass du das auch tust. Such dir irgendein Buch in meiner Wohnung aus, und nimm es mit nach Hause.«

»Wirklich?« Sie strahlte ihn an.

»Ja, wirklich. Schließlich ist bald Weihnachten.«

»Irgendein Buch?«

»Irgendein Buch. Aber überleg dir gut, welches du haben willst«, mahnte Onkel Bertram. »Ein gutes Buch ist wie ein guter Freund. Es wird dich den Rest deines Lebens begleiten. Am Anfang wird es spannend und abenteuerlich sein, und Jahre später wird es zu etwas Tröstlichem, Vertrautem werden. Und am allerbesten ist, dass du sein Geheimnis irgendwann an deine Kinder, Enkel oder irgendjemand, den du liebst, weitergeben kannst.«

»Und welches Buch haben Sie sich ausgesucht?«, fragte Eric, als Sophie verstummte.

»Das kann ich Ihnen nicht sagen.« Zum ersten Mal, seit sie angefangen hatte, ihm diese Geschichte zu erzählen, sah sie ihn direkt an. »Das ist zu persönlich.«

»Moment mal, verstehe ich das richtig? Sie erzählen mir intime Details über Ihre Familie und deren finanzielle Verhältnisse und über Ihre Beziehung zu Ihrem Onkel, aber den Titel dieses Buchs wollen Sie mir nicht verraten? Zu persönlich?«

»Richtig«, bestätigte Sophie. »Was könnte persönlicher sein als ein Buch?«

»Ich finde es merkwürdig, dass Sie bei einem Gespräch mit einem Ihnen vollkommen Fremden gerade an dieser Stelle die Grenze ziehen.«

»*Vollkommen* sind Sie nicht gerade.« Sophie drehte sich um und ging zurück. Die meisten »Kunstliebhaber« waren verschwunden und hatten Teetassen auf den niedrigen Mauern und Gartenbänken zurückgelassen.

»Es war *Stolz und Vorurteil*, oder?« Eric beschleunigte seine Schritte.

»Ich war erst acht Jahre alt.«

»Schon, aber ich wette, Sie waren für eine Achtjährige bestimmt außergewöhnlich. Jane Austen hat mit sieben Samuel Richardson gelesen, und ich kann mir gut vorstellen, dass Sie mit acht Jane Austen gelesen haben.«

»Wie kommen Sie auf die Idee, dass sich Jane Austen bereits mit sieben Jahren mit Samuel Richardson beschäftigt hat?«

»Keine Ahnung. Wahrscheinlich habe ich es irgendwo gelesen.«

»Ich glaube nicht, dass das stimmt.«

»Trotzdem bin ich immer noch davon überzeugt, dass Sie sich *Stolz und Vorurteil* ausgesucht haben.«

Aber Sophie hatte sich damals für ein anderes Buch entschieden, und zwar für eine übergroße Ausgabe von *Grimms Märchen* mit düsteren, schaurigen Illustrationen von Arthur Rackham. Erst Jahre später hatte sie entdeckt, dass es sich um eine signierte und limitierte Ausgabe im Wert von mehreren Hundert Pfund handelte, aber Onkel Bertram hatte sie, ohne zu zögern, seiner achtjährigen Nichte gegeben. Das Buch hatte immer noch einen Ehrenplatz in ihrer Sammlung und stand als Erstes in der Reihe der sechzehn Bücher, die sie sich im Lauf der Jahre als Weihnachtsgeschenk bei Onkel Bertram hatte aussuchen dürfen.

Nach diesem Besuch wurde Onkel Bertram Sophies ganz besonderer Freund. Er liebte alle Familienmitglieder, wie er ihr sagte, aber Sophie wusste, dass die Beziehung zwischen ihnen anders war. Ihre Mutter bemerkte, wie viel Freude Sophie die Besuche bei Onkel Bertram machten, und sorgte dafür, dass Mr. Collingwoods Abneigung gegen seinen jüngeren Bruder dieses Verhältnis nicht belastete. Je mehr Zeit Sophie mit ihrem Onkel verbrachte, umso mehr entfernte sie sich von ihrem Vater. Aber das störte sie nicht. Onkel Bertram verstand sie auf eine Weise, wie es ihr Vater nie tun würde. Es lag nicht nur an ihrer gemeinsamen Begeisterung für Bücher. Sophie hatte sich schon als kleines Mädchen nach Geheimnissen und Abenteuern gesehnt, nach irgendetwas, was über ihr Alltagsleben in Bayfield House hinausging. Zu Hause fand sie Mysterien nur in Büchern, aber ihre Besuche bei Onkel Bertram waren echte Abenteuer.

Als sie zehn Jahre alt war, holte Onkel Bertram Sophie jedes zweite Wochenende ab und nahm sie mit nach London, eine Routine, die sie beibehielten, bis Sophie sich an der Universität einschrieb. Während der langen Ferien an Ostern und im Sommer verbrachte sie oft ein oder zwei Wochen in der Stadt. Onkel Bertram und sie schlenderten dann durch Londons Straßen und erkundeten irgendein Stadtviertel oder besuchten ein Gebäude, das etwas mit Literatur zu tun hatte. Sie gingen in Museen und Büchereien mit seltenen Büchern und sahen sich Theaterstücke oder Musicals an, die eine literarische Vorlage hatten. Aber vor allem kauften sie ein, und Sophie gab mit Begeisterung ihr mühsam gespartes Taschengeld für »staubige, alte Bücher« aus. Onkel Bertram kannte jeden Buchladen in der Stadt, jeden Verkaufsstand mit Antiquitäten, bei dem man meist weiter hinten auf ein verstecktes Bücherregal stieß, jeden Straßenverkäufer auf den Antikmärkten in der Portobello Road oder in Camden Passage, der ein oder zwei Bücher auf seiner ausgebreiteten Decke anbot. Und nach ihrem Bücherbummel machten sie es sich in seiner Wohnung in Maida Vale vor dem Kaminfeuer bequem und lasen. Am Anfang las Onkel Bertram immer Sophie vor, doch schon bald wechselten sie sich nach jedem Kapitel von *The Ingoldsby Legends*, *Der geheime Garten* oder *Robinson Crusoe* ab.

Sophie gefielen vor allem die Anfangssätze – sie bargen so viele Möglichkeiten in sich. Am liebsten mochte sie die einfach gehaltenen. »Alice fing an sich zu langweilen; sie saß schon lange bei ihrer Schwester am Ufer und hatte nichts zu thun« oder »Ob ich schließlich der Held meines eigenen Lebens werde, oder ob jemand anders diese Stelle einnehmen wird, das sollen diese Blätter zeigen« oder »In einem Loch im Boden, da lebte ein Hobbit«. Und sie erinnerte sich immer noch sehr gut an einen frostigen Tag im Winter, als sie und ihr Onkel nach einem Nachmittag auf Büchersuche in der Abenddämmerung in die Wohnung zurückgekehrt waren und er aus einem der oberen Regale ein Buch genommen hatte. Er hatte es sich mit einer Tasse Tee in seinem Sessel gemütlich gemacht und ihr eine Zeile vorgelesen, die für Sophie, obwohl sie erst zehn Jahre alt war, so faszinierend und geheimnisvoll klang, dass sie kaum erwarten konnte zu erfahren, wie es weiterging: »Es ist eine allgemein anerkannte Wahrheit, dass ein Junggeselle im Besitz eines schönen Vermögens nichts dringender braucht als eine Frau.«

Hampshire/Kent, 1796

◈

»In ein paar Tagen werde ich Hampshire leider verlassen müssen, Mr. Mansfield.« Jane stand an dem See, der in der Augusthitze schimmerte. »Mein Bruder und seine Frau haben mir aus Kent geschrieben, und ich werde sie für einige Wochen besuchen.«

»Sie werden mir sehr fehlen, Miss Austen, aber wahrscheinlich wird es mich noch mehr betrüben, von den Dashwoods getrennt zu sein. Wollen Sie mich wirklich an einem so heiklen Punkt in Ihrer Geschichte verlassen?«

»Das lässt sich leider nicht vermeiden, Sir. Aber vielleicht möchten Sie der Erfinderin der Dashwoods einen ermutigenden Brief schreiben, damit Sie das Ende bald zu lesen bekommen.«

»Verstehe ich das richtig, Miss Austen? Sie halten die Damen Dashwood als Geiseln und fordern als Lösegeld einen Brief von mir?«

»Genau so ist es.« Jane lachte. »Wie soll ich ohne Ihre Ermutigung in einer Umgebung wie Kent auch nur ein Wort zu Papier bringen?«

»Meiner Meinung nach brauchen Sie überall lediglich Papier und Tinte, um schreiben zu können, aber Sie dürfen sich trotzdem auf mich als Ihr Briefpartner verlassen, Miss Austen.«

Während sie das Tal durchquerten und auf das Pförtnerhäuschen zugingen, fiel Mr Mansfield in ein für ihn ungewöhnliches Schweigen. Jane vermutete zuerst, dass es an dem steilen Hügel liegen könnte, und machte sich Sorgen um sein Befinden, denn als sie vor wenigen Tagen den gleichen Pfad genommen hatten, hatte er sie pausenlos darüber ausgefragt, wie sie mit der Lektüre von *The Spectator* vorankam.

»Fühlen Sie sich nicht wohl, Mr. Mansfield?«, erkundigte sie sich schließlich. »Ich habe Sie noch nie so schweigsam erlebt, außer wenn Sie in ein Buch vertieft sind.«

»Bitte verzeihen Sie mir, Miss Austen. Ich denke nur im Stillen sorgfältig über meine Worte nach, damit ich Sie nicht verletze.«

»Machen Sie sich darüber bitte keine Sorgen, Mr. Mansfield. Sind Sie böse auf mich?«

»Natürlich nicht«, erwiderte er. »Nichts liegt mir ferner; allerdings zwingt mich Ihre bevorstehende Abreise dazu, eine Meinung zu äußern, die Sie hoffentlich so wohlwollend aufnehmen, wie sie gemeint ist.«

»Da bin ich mir ganz sicher, Mr. Mansfield. Aber Sie jagen mir Angst ein. Sagen Sie mir, was Sie auf dem Herzen haben.«

»Ich mache mir Sorgen«, begann er, brach dann aber wieder ab.

»Sorgen?«, fragte Jane. »Was bereitet Ihnen Sorgen? Hoffentlich nicht etwas Ungehöriges, was ich gesagt oder getan habe?«

»Nein, das nicht. Ich mache mir Sorgen um Mr. Willoughby.«

Jane lachte auf. »Mr. Willoughby? Bitte sagen Sie mir, was Ihnen an ihm nicht gefällt. Ich bin erleichtert, dass nicht ich, sondern er Ihre Missbilligung erregt hat, schließlich ist er eine erfundene Figur und lässt sich daher viel leichter umformen als meine Person.«

»Ich habe den Eindruck, dass Mr. Willoughby bereits bei seiner ersten Begegnung mit den Dashwoods den Eindruck eines Schurken erweckt. Das Entsetzen über Miss Mariannes Zurückweisung wäre viel beeindruckender, wenn wir keinerlei Verdacht hätten, dass Willoughby ein falsches Spiel spielt, bis sich sein wahrer Charakter zeigt.«

»Dann sollte Willoughby zu Beginn eher als Held auftreten?«

»Richtig, genau so habe ich es gemeint. Ich hoffe, Sie finden meinen Vorschlag nicht unverschämt.«

»Mr. Mansfield, ich weiß Ihre Kritik wirklich zu schätzen, und da mache ich auch bei Mr. Willoughby keine Ausnahme.« Vertieft in ihre Unterhaltung trat Jane auf eine quer über den Pfad wachsende Wurzel und stolperte. Mr. Mansfield griff rasch nach ihrem Arm, um sie zu stützen, und die beiden gingen weiter. »Vielleicht ist es tatsächlich so einfach«, meinte Jane.

»Sie haben offensichtlich schon eine Idee«, sagte Mr. Mansfield. »Aber ich muss gestehen, dass ich mir nicht vorstellen kann, was Ihnen so plötzlich eingefallen ist.«

»Marianne könnte allein spazieren gehen, stolpern und, weil sie keinen hilfsbereiten Achtzigjährigen neben sich hat, stürzen. Sie verstaucht sich den Knöchel, und Willoughby rettet sie. Damit lernen wir ihn als Held kennen.«

»Ich bin erleichtert, dass Sie nicht nur meine Kritik akzeptieren, sondern das Problem auch noch so schnell gelöst haben. Ich wollte Sie einfach nicht nach Kent reisen und dort über einen Willoughby schreiben lassen, der weniger darstellt, als er sein könnte.«

»Und dafür bin ich Ihnen sehr dankbar«, erwiderte Jane. Sie hatten das Pförtnerhaus erreicht, und Jane, die früh am nächsten Morgen abreisen wollte, verabschiedete sich. »Vergessen Sie nicht, dass Sie versprochen haben, mir zu schreiben. Ich freue mich auf jeden Ihrer Briefe, sogar - oder sollte ich sagen, vor allem – wenn sie Kritik an meinen Entwürfen enthalten.« Mr. Mansfield begleitete sie durch das Gutstor und sah ihr nach, als sie sich auf den Weg nach Steventon machte. Bevor sie durch die Öffnung in der Hecke die Straße verließ und quer über die Felder weiterlief, drehte sie sich noch einmal um und warf einen letzten Blick zurück. Mr. Mansfield stand neben dem Pförtnerhaus und winkte ihr nach.

Tatsächlich war Janes Aufenthalt in Kent so angefüllt mit Besuchen, Bällen und langen Unterhaltungen mit ihrem Bruder Edward und dessen bezaubernden Frau Elizabeth, dass sie außer den obligatorischen Briefen an Cassandra kaum Zeit zum Schreiben fand. Sie brachte es nicht über sich, Mr. Mansfield zu gestehen, dass sie mit den Abenteuern der Familie Dashwood noch kaum weitergekommen war, und so beantwortete sie seine ermutigenden Briefe lediglich kurz und berichtete über die Neuigkeiten in der Familie und den einen oder anderen Ball. Schließlich erhielt sie folgende Antwort von Mr. Mansfield:

Liebe Miss Austen,
Busbury Park ist ein sehr einsamer Ort ohne Sie. Weder die Haushälterin Mrs. Harris noch die Schwäne auf dem See können sich mit mir über literarische Themen unterhalten, und die Bewohner des Haupthauses interessieren sich mehr für die Jagd als für Bücher. Natürlich missgönne ich Ihrem Bruder den Besuch seiner Schwester nicht, aber Sie müssen bald zurückkehren, damit mein Geist nicht verkümmert. Und bitte bringen Sie die Dashwoods

mit. Ich vermisse sie, wenn auch nicht so sehr wie ihre Schöpferin.

Mit herzlichen Grüßen
Reverend Richard Mansfield

Jane legte den Brief auf die Frisierkommode und stellte überrascht fest, dass plötzlich eine große Leere in ihr entstand. Schon seit Beginn ihres Besuchs fühlte sie sich ein wenig merkwürdig, beinahe so, als würde sie sich selbst aus der Ferne beobachten, aber bis zu diesem Augenblick hatte sie nicht weiter darüber nachgedacht. Nun begriff sie, dass ihr Mr. Mansfield nicht nur fehlte, sondern dass sie ihn sogar schrecklich vermisste. Natürlich fehlten ihr auch Cassandra und ihre Eltern, und sie freute sich darauf, wieder in den Schoß ihrer Familie zurückzukehren, aber diese Sehnsucht nach Mr. Mansfield war etwas völlig anderes. Es ähnelte nicht der Sehnsucht einer Geliebten, denn obwohl sie dieses Gefühl noch nie verspürt hatte, hatte sie in Romanen genug darüber gelesen und wusste, dass die Symptome anders waren. Aber er war mehr als nur ein Freund oder Gefährte für sie geworden.

In dieser Nacht lag sie wach in ihrem Bett und dachte über ihre Gefühle für Mr. Mansfield nach. Natürlich war sie ihm dankbar für seine liebenswürdige Ermutigung, für seine ehrliche Kritik und seine einfühlsamen Vorschläge, aber das würde man vielleicht auch für einen Schullehrer empfinden. Nein, es gab keinen Zweifel daran: Jane liebte Mr. Mansfield. Es war nicht die Liebe einer Heldin für einen Helden, sondern eine viel bedächtigere, sanftere Liebe, eher geistig als leidenschaftlich, eher … Das Wort *onkelhaft* kam ihr in den Sinn, aber obwohl sie ihre Onkel liebte, war ihr Verhältnis zu ihnen nicht mit dem zu Mr. Mansfield zu vergleichen. Bei ihm spürte sie eine geistige Übereinstimmung, die, wie sie annahm, selbst unter Eheleuten sehr selten vorkam. Es war so, als wäre ein Teil ihres Geistes in ihm verankert und ein Teil seines Geistes in ihr, und wenn sie von ihm getrennt war, fehlte ihr ein Teil ihrer selbst. Vielleicht waren ihre Gefühle für ihn und nicht der ausgefüllte Zeitplan der eigentliche Grund, warum sie sich nicht weiter mit *Elinor und Marianne* beschäftigt hatte.

Sein Brief traf einige Tage vor Janes Rückreise nach Hampshire ein und verstärkte ihr Verlangen, wieder nach Hause zu fahren. Der Gedanke daran, bald nicht nur Cassandra und ihre Eltern wiederzusehen, sondern sich vor allem wieder regelmäßig mir Mr. Mansfield treffen zu können, machte ihr die Trennung von ihrem Bruder und dessen Familie erträglicher, wenn nicht sogar sehr leicht.

Oxfordshire, Gegenwart

»Wir schließen den Garten in wenigen Minuten«, sagte Sophie zu Eric mit einem Blick auf ihre Armbanduhr. »Es war sehr nett von Ihnen vorbeizukommen.«

»Ich finde es großartig, wie Engländer ihren Gästen mitteilen, dass sie gehen sollen.« Eric lachte. »›Es war sehr nett von Ihnen vorbeizukommen‹ klingt viel höflicher als ›Verschwinden Sie jetzt‹. Aber Ihre Mutter hat mich zu einem späten Abendessen eingeladen.«

»Das hätte ich mir denken können.«

»Es ist schon erstaunlich, was ein junger Mann hier erreichen kann, wenn er gründlich rasiert ist und seine Bewunderung für einen Zierstrauch kundtut.«

»Ich sage es Ihnen nur ungern, aber alles, was Sie brauchen, um von meiner Mutter eingeladen zu werden, ist ein Y-Chromosom und einen Pulsschlag.«

»Wenn es Ihnen lieber ist, dann gehe ich.« Eric ergriff Sophies Hand, in einiger Entfernung plauderte Mrs. Collingwood gerade mit ihren letzten Gästen.

Sophie warf einen Blick auf ihre Hand, die in seiner lag. Sie hatte das Gefühl, als würde sie unter Strom stehen, und das erregte und beunruhigte sie zugleich.

»Nein«, erwiderte sie. »Gehen Sie nicht. Da Sie meine Mutter um den Finger gewickelt haben, sollten Sie auch bleiben.«

»Eigentlich habe ich gehofft, andere Familienmitglieder um den Finger wickeln zu können.«

»Tja, meine Schwester hat zurzeit einen Freund, und ich glaube nicht, dass Sie meinen Vater mögen werden.« Sophie lachte.

»Ich habe eher den Eindruck, dass *Sie* Ihren Vater nicht mögen. Wir kommen in unseren Unterhaltungen immer wieder auf diesen Punkt zurück.«

»Es ist nicht so, dass ich ihn nicht mag.« Sie entzog ihm ihre Hand und ging auf das Haus zu. »Ich habe nichts gegen die Jagd und Barbour-Jacken; es ist nur einfach nicht mein Ding. Da blättere ich lieber in einem alten Taschenbuch.«

»Manchmal glaube ich, da steckt mehr dahinter, aber Sie müssen es mir nicht erzählen, wenn Sie nicht wollen.«

Sie gingen in entspanntem Schweigen weiter, bis Eric fragte: »Was ist eigentlich ein spätes Abendessen? Etwas anderes als ein Dinner?«

»Ein spätes Abendessen findet in der Küche und nicht im Esszimmer statt, und das heißt, dass Mutter sich keine Gedanken um ihre Frisur macht und sich niemand zum Essen umzieht.«

»Es ist wirklich toll, dass ich Sie kennengelernt habe, Sophie Collingwood.«

»Dazu erlaube ich mir kein Urteil.«

Sophie, Eric, Victoria, Mrs. Collingwood und ein paar andere Gäste nippten im Salon bereits über eine Stunde an ihren Cocktails, als Sophies Vater endlich erschien. Anscheinend hatte er beschlossen, dass es sich um ein sehr spätes Abendessen handelte. Eric hatte in der Zwischenzeit bereits alle für sich eingenommen, hauptsächlich wegen seines amerikanischen Akzents und seiner Geschichte von dem »erstaunlichen Zufall«, dass er Sophie auf dem Themsepfad begegnet sei und »die zauberhafte junge Dame« dann bei dieser Gartenschau wiedergetroffen habe.

»Du hast mir gar nicht gesagt, dass du Eric bereits kennst.« Sophies Mutter zog sie zu der Ecke, wo ihr Vater stand.

»Du hast mich nicht gefragt«, entgegnete Sophie. »Außerdem würde ich nicht behaupten, dass ich ihn kenne.«

»Er scheint ein netter Kerl zu sein«, sagte Mr. Collingwood. »Was macht er in Amerika?« Sophie war klar, dass er wissen wollte, womit er seinen Lebensunterhalt verdiente. Mr. Collingwood bewunderte alle aus dem Landadel, die ihre ältesten Söhne mit amerikanischen Erbinnen verheiratet hatten.

»Er ist Schweinebauer, Vater«, erwiderte Sophie. »Er stammt aus einer langen Linie von Schweinebauern.«

»Und damit verdient man gut?« Ihr Vater nahm ihren sarkastischen Ton offensichtlich nicht wahr.

»Ich mache mir noch einen Drink«, erklärte sie.

Zuerst verlief das Abendessen gar nicht so schlecht. Ihre Mutter schien ihre Begeisterung für Eric etwas zu zügeln – ein Rat ihres Mannes, der wegen der Schweine in Erics Vergangenheit misstrauisch war – und versuchte nicht, sie so schamlos wie sonst zu verkuppeln. Mr. Collingwood vertiefte sich mit einem anderen Gast in eine Unterhaltung über das Verbot der Fuchsjagd. Eric saß Sophie an dem breiten Tisch gegenüber und aß schweigend seinen Salat. Zwischen ihnen stand ein wuchtiger Tafelaufsatz mit Blumen aus dem Garten, doch hin und wieder erhaschte sie einen Blick von ihm und entdeckte ein schelmisches Funkeln in seinen Augen. Der Hauptgang verlief friedlich; Eric unterhielt sich mit Victoria zu seiner Linken über die Spiele der Collingwood-Mädchen während ihrer Kindheit in Bayfield. Erst als Sophies Vater zum Nachtisch Trifle servierte, begann alles aus dem Ruder zu laufen.

»Wie ich höre, haben Sie hier in Bayfield House eine große Büchersammlung, Mr. Collingwood.« Eric zwinkerte Sophie zu. Sie versuchte verzweifelt, ihn mit einem Blick zum Schweigen zu bringen, aber sie war nicht sehr geschickt darin, mit ihrem Mienenspiel Feinheiten auszudrücken – und selbst wenn, hätte sich Eric wohl kaum von ihr aufhalten lassen. »Sind Sie oft in der Bibliothek?«

»Nein, nicht oft«, erwiderte ihr Vater mit gespielter Höflichkeit, wie Sophie erkannte. »Hin und wieder empfangen wir dort Gäste.«

»Ich meinte eigentlich, ob Sie sich oft mit den Büchern beschäftigen. Es muss eine wahre Freude sein, eine so wunderbare Sammlung zur Hand zu haben.«

»›Freude‹ ist nicht das Wort, das ich dafür benutzen würde«, entgegnete Mr. Collingwood leise und offensichtlich mit der Absicht, Eric davon abzuhalten, dieses Thema zu vertiefen.

»Und erweitern Sie Ihre Sammlung regelmäßig?«, fragte Eric weiter.

»Ob ich …?« Mr. Collingwood wirkte so schockiert, als hätte Eric ihn gefragt, ob er im Salon öfter Menschenopfer darbrachte. »Ob ich die Sammlung *erweitere?*«

»Ja. Sicher gehen Sie oft zu Auktionen und antiquarischen Buchmessen.«

»Junger Mann, wenn Sie mit einem Mühlstein um den Hals im Meer schwimmen müssten, würden Sie sich dann noch einen zweiten umhängen?«

»Ich kann nicht schwimmen«, erklärte Eric. »Hab's nie gelernt.«

»Darum geht es doch gar nicht. Ich habe kein Interesse daran, die Bibliothek von Bayfield House zu erweitern, ganz im Gegenteil.« Ihr Vater versuchte verzweifelt, sich ein anderes Thema einfallen zu lassen, um nicht über die Familienfinanzen sprechen zu müssen, und Sophie wollte ihn gerade retten und das bevorstehende Musikfestival in Chadlington erwähnen, als Eric unverdrossen fortfuhr:

»Dann sorgt bestimmt Ihr Bruder dafür, dass die Familiensammlung sich vergrößert. Sophie hat mir erzählt, dass er ein richtiger Büchernarr ist.«

»Mein Bruder?« Mr. Collingwoods Gesicht rötete sich, und er umklammerte den Löffel, mit dem er die Nachspeise ausgeteilt hatte, wie einen Dolch, mit dem er gleich auf Eric losgehen würde. »Es geht Sie zwar nichts an, aber mein Bruder war eine Enttäuschung für meinen Vater, und nun ist er eine Enttäuschung für mich. Er hat seine Erbschaft für eine Wohnung, vollgestopft mit wertlosen alten Büchern, verplempert und keinen müden Cent dafür verwendet, das Familienanwesen instand zu halten. Allerdings gibt Ihnen das nicht das Recht, ihn einen Narren zu nennen. Nun, etwas Nachspeise?«

Er hielt einen Löffel voll Nachspeise über Erics Schüssel, und Sophie befürchtete, dass ihr Vater, falls Eric Ja sagte, den Pudding so vehement in die Schale klatschte, dass alle am Tisch ein paar Spritzer abbekommen würden.

»Eric muss jetzt gehen«, warf Sophie hastig ein. »Hast du nicht gesagt, du müsstest spätestens um elf Uhr wieder in Oxford sein, Eric?«

»Meine Güte, wie die Zeit vergeht.« Eric stand auf. »Ich bedanke mich ganz herzlich, Mrs. Collingwood. Mr. Collingwood, ich hoffe, wir können unsere Unterhaltung irgendwann einmal fortsetzen.«

Sophies Vater schien darauf keine Antwort zu wissen, und Sophie packte Eric am Handgelenk und zog ihn sanft zur Tür.

»Gute Nacht.« Eric winkte allen am Tisch mit seiner freien Hand zu.

Als sie im Garten angelangt waren, versuchte Eric, Sophie an sich zu ziehen. »Vielen Dank, dass Sie mich gerettet haben.«

Sophie schob ihn von sich und ließ seine Hand los. »Warum haben Sie ihn so provoziert?«, fragte sie. »Ich habe Ihnen doch gesagt, dass die Bibliothek für meinen Vater ein heikles Thema ist.«

»Ich habe nur allen gezeigt, dass er eine Witzfigur ist. Ich habe geglaubt, das würde Ihnen gefallen.«

»Mein Vater ist keine Witzfigur.«

»Irgendwie schon. Das haben Sie doch selbst gesagt.«

»Mag sein, aber ich darf ihn so nennen. Sie dürfen das nicht.« Sophie bemühte sich, auf Eric böse zu sein – eine solche Szene zu machen war unverzeihlich –, aber jedes Mal wenn sie daran dachte, wie ihr Vater den Löffel voll Pudding wie eine Waffe geschwungen hatte, konnte sie ein Lachen kaum unterdrücken.

»Ich wollte Sie nur zum Lachen bringen. Wenn man Jane Austen kennt, findet man das doch lustig. Ihr Vater ist genau wie Thomas Palmer aus *Verstand und Gefühl*.«

»Mein Vater ist nicht wie Thomas Palmer«, widersprach Sophie, aber sie kicherte, als ihr klar wurde, wie treffend dieser Vergleich war.

»Ich würde sehr gern Ihren Onkel Bertram kennenlernen, ich sammle nämlich auch Bücher.«

»Onkel Bertram würde bestimmt mit Ihnen fertigwerden.« Sophie lächelte. Sie konnte sich gut vorstellen, dass ihr Onkel herzhaft lachen würde, wenn sie ihm von Eric, ihrem Vater und dem Pudding erzählte.

»Aber ich werde ihn wohl nie treffen.« Erics Stimme klang plötzlich ernst.

»Da haben Sie wohl recht.« Sie seufzte leise. »Hören Sie,

Eric, es war wirklich nett, dass Sie uns besucht haben, so getan haben, als würden Ihnen diese schrecklichen Skulpturen gefallen, sich mit mir über Bücher unterhalten haben und all das, aber es ist spät, und ich bin müde. Und ich muss wieder hineingehen und meinen Vater besänftigen und ihm erzählen, dass Amerikaner keine Manieren haben oder so etwas in der Art. Also sollten Sie jetzt besser gehen.«

»Küss mich.«

»Wie bitte?«

»Wir sind zwei Liebende aus einem alten Roman in einem vom Mond beschienenen Garten. Küss mich.«

Sophie hatte plötzlich das Gefühl, dass sie im Augenblick nichts lieber täte als genau das. Gut, er verhielt sich hin und wieder wie ein Idiot, aber er mochte Jane Austen, und er war durch ganz Oxfordshire gefahren, um sie zu finden. Und er brachte sie zum Lachen – und jetzt, mit dem frisch geschnittenen Haar, sah er gar nicht so übel aus.

»Ich dachte, Sie hätten kein Interesse daran, mich ins Bett zu kriegen.«

»Hab ich auch nicht. Ich möchte dich nur küssen.«

»Ich weiß nicht, ob das eine gute Idee ist.«

»Schau, ich breche morgen früh nach Frankreich auf. Dann geht es weiter nach Italien und dann zurück nach Amerika. Wenn ich diesen Garten verlasse, werden wir uns nie wiedersehen, aber wir werden uns immer an diesen Kuss in einer lauen Sommernacht erinnern.«

»Sie sind unverbesserlich.« Sophie war kurz davor nachzugeben.

»Küss mich.« Er ging nicht auf sie zu und versuchte auch nicht, nach ihrer Hand zu greifen. Er blieb einfach im Mondlicht stehen, das durch die Blätter der Weide fiel, und wiederholte seine Worte noch einmal so leise, dass sie wie

Schatten wirkten. »Küss mich.« Und Sophie stellte sich auf die Zehenspitzen und drückte sanft ihre Lippen auf seine. Er umarmte sie nicht, berührte sie nicht einmal, nur mit seinen Lippen. Er küsste sie nur, und sie küsste ihn. Ihre Knie wurden weich, ihr Herz raste, und einen Moment lang glaubte sie, ein Feuerwerk zu sehen. Dann trat er einen Schritt zurück, fuhr ihr mit der Hand durch das Haar und flüsterte: »Leb wohl, Sophie.« Als er gegangen war, blieb sie auf dem Rasen stehen, fröstelte trotz der warmen Nachtluft und fragte sich, was zum Teufel da gerade geschehen war.

Hampshire, 1796

Jane war noch keine vierundzwanzig Stunden wieder in Hampshire, als sie sich auf den Weg nach Busbury Park machte und auf Mr. Mansfield traf, der sich soeben auf seinen Nachmittagsspaziergang begeben wollte. »Sosehr ich mich auch freue, Sie wiederzusehen, so sehr bedauere ich es auch zu hören, dass die Dashwoods in den vergangenen Wochen stark vernachlässigt wurden«, erklärte er.

»Ich versichere Ihnen, dass ich sie, jetzt, wo ich mich wieder in Ihrer Gesellschaft befinde, nicht mehr vernachlässigen werde, bis das Ende geschrieben ist.« Jane hatte ihm nichts von der Erkenntnis über ihre Gefühle zu ihm erzählt. Dafür war später noch Zeit. Im Augenblick wollte sie nur mit ihm über Literatur reden und die geistige Verbindung, die ihr in Kent so sehr gefehlt hatte, wieder spüren.

»Ich hoffe, dass Sie trotz der Dashwoods noch Zeit finden werden, einen armen alten Mann zu besuchen, der nur wenige Freunde hat und dem der Tag oft sehr lang wird.«

»Sie zeichnen Ihr Selbstporträt mit viel Pathos, Mr. Mansfield.« Jane lächelte. »Aber trotz Ihrer Übertreibungen versichere ich Ihnen, dass ich zu Ihnen kommen werde, wann immer es die Dashwoods mir erlauben.«

Als der Herbst über Hampshire hereinbrach und es kühl wurde, kürzten Jane und Mr. Mansfield ihre Spaziergänge ab und tranken stattdessen Tee am Kaminfeuer im Wohnzimmer des Pförtnerhäuschens. Jane schrieb jetzt, wo sich ihr Roman dem Ende näherte, schneller, und oft verbrachte sie fast ihre gesamte Besuchszeit mit Vorlesen. Anfang Oktober war sie fast fertig, und da sie gern noch länger vorgelesen hätte, kam ihr ein plötzlicher Wetterumschwung gerade recht. Ein kleiner Rest Sommerwärme, kurz bevor unausweichlich der Herbst Einzug hielt, erlaubte es ihnen, einen ausgedehnten Spaziergang auf dem Anwesen zu unternehmen.

»Ich war schockiert, als Sie mir gestern von Mr. Ferris' Heirat vorgelesen haben«, sagte Mr. Mansfield, als sie in einen von Eichen bestandenen Weg einbogen. »Ich war mir so sicher, dass Elinor und Mr. Ferris füreinander bestimmt sind, aber da habe ich mich wohl geirrt.«

»Die Geschichte ist noch nicht zu Ende, Mr. Mansfield.«

»Schon, aber Mr. Ferris hat mit Lucy Steele eine junge, gesunde Frau geheiratet, und selbst wenn Sie sie sterben ließen, sollte Elinor Dashwood niemals die zweite Wahl eines Mannes sein.«

»Mr. Mansfield, ich habe den Verdacht, dass Sie mich dazu bringen wollen, Ihnen das Ende zu verraten. Selbst wenn ich es schon wüsste, würde ich es Ihnen auf keinen Fall sagen.«

»Natürlich haben Sie als Romanschriftstellerin das Recht, den Ausgang für sich zu behalten, bis Sie das Buch beendet haben, doch ich kann kaum glauben, dass Sie so kurz vor dem Ende das Schicksal aller Beteiligten noch nicht genau im Kopf haben.«

»Bin ich eine Romanschriftstellerin, Mr. Mansfield?« Jane war noch nie so bezeichnet worden, aber es gefiel ihr.

»Eine Frau, die einen Roman schreibt, ist eine Romanschriftstellerin. Ich glaube, selbst der große Lexikograph Mr. Johnson würde Sie so bezeichnen.«

»Aber ich kann ja noch gar keinen Roman vorweisen.

Nichts von dem, was ich bisher geschrieben habe, wurde auf Papier gedruckt oder gebunden.«

»Glauben Sie denn, dass ein Roman erst zu einem Roman wird, wenn er gedruckt und gebunden ist, Miss Austen?«

»Ja, genau so stelle ich mir das vor, Mr. Mansfield. Man würde Christopher Wren doch auch nicht als Architekt bezeichnen, wenn er nur ein paar wertlose Entwürfe gemacht hätte, aus denen niemals Gebäude entstanden wären.«

»Sie halten doch wohl das, was Sie geschrieben haben, nicht für wertlose Entwürfe.«

»Wenn mich niemand dafür bezahlt, sind sie wertlos«, entgegnete Jane. »Ist das nicht Mr. Johnsons Definition?«

»Nein«, widersprach Mr. Mansfield. »Wenn ich mich nicht täusche, lautet Mr. Johnsons Definition von wertlos ›ohne Wert‹.«

»Und welchen Wert haben meine Entwürfe?«

»Alles, was anderen Freude macht, hat unschätzbaren Wert«, erklärte Mr. Mansfield. »Und Sie haben mit Ihrem Roman nicht nur mir, sondern auch allen im Pfarrhaus, denen Sie ihn vorgelesen haben, großes Vergnügen bereitet. Aber wir schweifen ab. Sie wollten wissen, ob Sie eine Romanschriftstellerin sind. Lassen Sie mich Ihnen eine Frage stellen, Miss Austen: Könnten Sie aufhören zu schreiben?«

»Auf keinen Fall. Die Ideen zu meinen Geschichten verdrängen alle anderen Gedanken in meinem Kopf, bis ich sie zu Papier gebracht habe.«

»Und legen Sie großen Wert auf die Wahrhaftigkeit Ihrer Figuren und achten die Gefühle Ihrer Leser?«

»Obwohl ich keine Leser im herkömmlichen Sinne habe, glaube ich schon, dass ich das tue.«

»Dann, Miss Austen, gibt es keinen Zweifel daran – Sie sind eine Romanschriftstellerin.«

Schweigend gingen sie eine Weile weiter, während Jane seine Feststellung verdaute. »Wissen Sie, wie Mr. Johnson das Wort ›Roman‹ definiert, Mr. Mansfield?«, fragte sie schließlich.

»Allerdings. Als ›eine kleine Geschichte, die üblicherweise von Liebe handelt‹.«

»Eine kleine Geschichte«, wiederholte Jane. »Das Schreiben eines Romans kommt mir als Aufgabe nicht mehr so einschüchternd vor, wenn jemand glaubt, dass man dazu nur eine kleine Geschichte erfinden muss.«

»Und das bringt mich zurück zu meiner großen Sorge angesichts Elinors und Mr. Ferris' Schicksal. Für mich scheint es unmöglich, dass aus ihnen ein Liebespaar wird. Bitte sagen Sie mir, was Sie für die beiden vorgesehen haben.«

Aber Jane warf nur den Kopf in den Nacken und lächelte. »Was für ein herrlicher Spaziergang, wenn sich die Blätter verfärben.«

Oxfordshire, Gegenwart

In dieser Nacht lag Sophie lange wach und sehnte sich nach einem guten Roman, um sich von dem Kuss abzulenken. Kurz bevor sie ins Bett gegangen war, hatte Victoria den Kopf in Sophies Zimmer gesteckt und schelmisch gegrinst.

»Also, was ist nun mit diesem Eric Hall? Willst du ihn heiraten, umbringen oder mit ihm ins Bett gehen?«

»Ihn umbringen«, erwiderte Sophie, obwohl sie eher glaubte, dass das eine Lüge war. »Ganz bestimmt.«

»Das bezweifle ich.« Victoria verschwand mit einem Lächeln auf dem Gesicht, nachdem Sophie ihr versprochen hatte, dass sie am nächsten Morgen ausführlich darüber reden würden.

Nun war Sophie mit ihren Gedanken an diesen verdammten Kuss allein. Natürlich war sie schon mal von einer Party in Oxford nach Hause gewankt und hatte im Schatten mit irgendeinem Typen geknutscht, an dessen Namen sie sich am nächsten Tag nicht mehr erinnern konnte. Seit ihrer Trennung von Clifton war das tatsächlich öfter vorgekommen. Aber dieses Mal hatte sie keinen Schluck getrunken und es ganz bewusst getan, obwohl sie wusste, dass es zu nichts führen würde. Mochte sie ihn überhaupt? Wenn sie daran dachte, wie er sie zum Lachen gebracht und wie wohl sie sich bei den Spaziergängen am Fluss oder im Garten in seiner Gesellschaft gefühlt hatte, kam es ihr schon so vor. Aber wenn sie sich ins Gedächtnis rief, wie er sich in dem Pub und beim Abendessen ihrem Vater gegenüber verhalten hatte, verspürte sie den Wunsch, ihm ins Gesicht zu schlagen. Aber das konnte sie nicht tun, denn er war nicht mehr da. Im Geiste ging sie jede Seite von Jane Austens Werken durch, auf der Suche nach einem Kuss wie dem im Garten. Was würde Eliza Bennet davon halten? Oder Marianne Dashwood? Ich mag ihn nicht, sagte sie sich immer wieder, während sie an die rissige Decke starrte. Ich mag ihn nicht. Aber wenn das stimmte, warum fühlte sie sich dann bei dem Gedanken, dass er nie wieder zurückkommen würde, so elend?

Um drei Uhr gab sie schließlich auf und schlich sich nach unten. An einem Haken in der Küche fand sie den Schlüssel zur Bibliothek. Obwohl sie keine Ahnung hatte, wo ihr Vater den Schlüssel für die Bücherschränke aufbewahrte, beruhigte es sie, in dem dunklen Raum zu sitzen und den Geruch der vielen Bücher einzuatmen. Sie beschloss, am folgenden Tag nach London zu fahren und mit Onkel Bertram eine antiquarische Buchmesse zu besuchen. Dann würde sie nicht mehr an Eric denken. Sie konnte sich sehr gut vorstellen, was ihr Onkel sagen würde, wenn sie ihm das alles erzählte: »Stürz dich ins Leben, Sophie; genieß das Abenteuer!« Als sie endlich einschlief, hörte sie seine Stimme: »Manchmal denkst du einfach zu viel über alles nach.«

Am Sonntagmorgen herrschte in Bayfield House wie immer Stille. Sophies Vater zog sich seine Tweedsachen an und fuhr ins Grüne, und ihre Mutter streifte sich ihre Arbeitshandschuhe über und ging in den Garten. Ein Besuch in der Kirche stand nur selten auf dem Programm. Als sie am späten Morgen aufwachte, hörte Sophie jedoch laute Stimmen und Telefongeklingel. Türen wurden zugeschlagen, jemand lief die Treppen hinauf und hinunter, und im Hof wurde ein Motor angelassen, und ein Wagen brauste davon und schleuderte Kies gegen die Hausmauer. Trotz des Tumults schien niemand bemerkt zu haben, dass die Bibliothek offen war und Sophie auf dem Sofa lag. Schließlich tappte sie verschlafen in die Küche, um sich eine Tasse Tee zu holen. Ihre Mutter saß am Tisch und starrte auf eine unberührte Scheibe Toast. Victoria stand am Fenster und sah mit regloser Miene hinaus.

»Guten Morgen«, sagte Sophie zaghaft.

»Er ist nach London gefahren«, sagte Mrs. Collingwood, beinahe so, als hätte sie ihre Tochter gar nicht gehört.

»Wie bitte?«

Bevor Sophie sich versah, hatte ihre Schwester sie umarmt und schluchzte an ihrer Schulter. Sophies Puls beschleunigte sich vor Angst.

»Dein Vater ist nach London gefahren, um etwas zu erledigen«, erklärte Mrs. Collingwood.

»Was ist los?«, fragte Sophie, nachdem Victoria sie losgelassen und sich auf einen Stuhl gesetzt hatte. »Was hat Vater denn an einem Sonntag zu erledigen?«

»Schenk dir eine Tasse Tee ein, und setz dich, Sophie.« Ihre Mutter wandte ihr das Gesicht zu, und Sophie sah, dass sie geweint hatte – ihre sonst so unerschütterliche Mutter hatte Tränen vergossen. Ihre Augen waren rot und verquollen, und in der Hand hielt sie ein zerknülltes Taschentuch. Sophie spürte, wie sich ihr Magen zusammenkrampfte.

»Mutter, Tori, was ist passiert?«

»Setz dich«, befahl ihre Mutter tonlos.

Sophie gehorchte und griff nach der Hand ihrer Mutter.

»Oh, mein armes, armes Kind.«

»Ich?«, fragte Sophie. »Was meinst du damit?«

Mrs. Collingwood starrte ihre Tochter ausdruckslos an, bevor sie fortfuhr. »Es geht um Onkel Bertram«, flüsterte sie kaum hörbar.

»Onkel Bertram?« Sophie ließ die Hand ihrer Mutter los.

»Er hatte einen Unfall«, sagte Victoria.

»Einen Unfall? Was soll das heißen? Geht es ihm gut? Wo ist er?«

»Er ist ... Sophie, dein Onkel Bertram ist tot.«

»Nein.« Sophie gelang es nicht, diese Worte zu begreifen. »Nein, das ist er nicht. Sag mir, was geschehen ist.«

»Er ist ausgerutscht und die Treppe vor seiner Wohnung hinuntergestürzt.« Victoria nahm die Hand ihrer Schwester.

»Nein«, wiederholte Sophie, riss sich los und stand auf. »Nein. Ich möchte mit ihm sprechen. Ich muss mit ihm reden. Wo ist er?«

»Es heißt, er hat sich das Genick gebrochen«, sagte Victoria mit dumpfer Stimme. »Sie haben ihn heute Morgen gefunden.«

»Das kann nicht sein.« Sophies Blick ging ins Leere. »Ich habe doch gerade noch mit ihm gesprochen.« Die Luft in der Küche schien plötzlich knapp zu werden. Irgendetwas lief hier falsch, völlig falsch. Vielleicht schlief sie noch, und es war nur ein Alptraum.

»Dein Vater ist nach London gefahren, um sich ... um alles zu kümmern. Er möchte, dass die Beerdigung hier stattfindet, wir müssen jetzt tapfer sein und ... Sophie? Sophie, alles in Ordnung?«

Sophie glaubte, noch etwas zu hören, aber die Stimme kam vom Ende eines langen schwarzen Tunnels, und dann fiel sie, immer weiter und weiter, und alles war wieder in Ordnung. Sie war zwölf Jahre alt und ging mit Onkel Bertram, schwer beladen mit Einkäufen, von einer Buchmesse nach Hause.

»Bin ich eine Büchersammlerin, Onkel Bertram?«, fragte sie, als sie die ruhigen Straßen von Maida Vale erreichten.

»Was tust du mit einem Buch, wenn du es bekommst?«, wollte Onkel Bertram wissen.

»Ich lese es«, antwortete Sophie. »Oder ich bitte dich, es mir vorzulesen.«

»Und dann?«

»Dann stelle ich es in mein Regal, damit ich jederzeit wieder darin blättern kann, wenn ich möchte.«

»Und würdest du es jemals wegwerfen oder verkaufen?«

»Natürlich nicht«, erwiderte Sophie. »Was für eine dumme Frage!«

»Ich habe noch eine dumme Frage, und dann kann ich dir sagen, ob du eine echte Büchersammlerin bist.«

»Welche?«, sagte sie ernst.

»Wenn du ein neues Buch gelesen hast und es in dein Regal stellst, liegt es dir dann am Herzen?«

»Oh, ja!«, rief Sophie.

»Dann bist du eine Büchersammlerin«, erklärte Onkel Bertram. »So wie ich ein Büchersammler bin.«

Sie lachte fröhlich. »Ich freue mich, dass ich so bin wie du, Onkel Bertram.«

»Darüber freue ich mich auch.«

»Sophie! Sophie, alles in Ordnung?« Onkel Bertram war verschwunden, und über ihr tauchten verschwommene Gesichter auf. Sie lag auf etwas Kaltem, Hartem, ihr ganzer Körper war mit Schweiß bedeckt. Alles über ihr – Gesichter, Risse in irgendetwas Weißem, Farbkleckse – drehte sich immer langsamer, bis sie plötzlich auf dem Küchenboden lag und nach oben zu ihrer Mutter und ihrer Schwester schaute. Und Onkel Bertram war tot, und ihr ganzes Leben war auf den Kopf gestellt.

Hampshire, 1796

Jane blieb nicht viel Zeit, um das Gefühl zu genießen, dass sie tatsächlich eine Romanschriftstellerin sein könnte. Was am folgenden Tag geschah, ließ vorerst keinen Gedanken an das Romanschreiben mehr zu. Und obwohl sie sich bisher für einen im Allgemeinen guten Menschen gehalten hatte – von der Erbsünde einmal abgesehen –, war sie nun davon überzeugt, dass sich bei ihr Tugend und Untugend mit großer Wahrscheinlichkeit nicht im Gleichgewicht befanden. Also suchte sie Mr. Mansfield beim nächsten Mal nicht als Freund oder gleichgesinnten Literaturliebhaber auf, sondern als Geistlichen – vielleicht sogar als Beichtvater.

»Ein herrlicher Tag für einen Spaziergang«, begrüßte Mr. Mansfield sie, als er die Tür des Pförtnerhäuschens öffnete und Jane vor ihm stand. »Ich habe schon gehofft, dass Sie vorbeikommen. Ich bin soeben mit einem neuen Roman fertig geworden und möchte gern mit Ihnen darüber sprechen. Ich hole nur schnell meinen Mantel, dann können wir über die Felder spazieren, während ich Ihnen alles darüber erzähle.«

»Ich würde lieber im Haus mit Ihnen reden, Mr. Mansfield.« Jane hielt den Blick auf den Boden gesenkt.

»Wenn Ihnen das lieber ist.« Er trat einen Schritt zur Seite, um sie ins Haus zu lassen. »Dann stelle ich rasch den Teekessel auf.«

»Das ist nicht nötig, Mr. Mansfield. Können wir uns bitte setzen, damit ich Ihnen mein Herz ausschütten kann?«

»Haben Sie Sorgen?«

»Große Sorgen, Sir. Und im Pfarrhaus kann ich niemanden damit behelligen. Meine Nichte Anna spielt, mein Bruder Henry ist zu Besuch, und alle erzählen sich Geschichten, singen Lieder und sind fröhlich. Dort ist kein Platz für den Trübsinn in meinem Herzen. Selbst meine liebe Cassandra möchte ich damit nicht belasten, ganz besonders nicht sie.«

»Sie können Ihre Sorgen mit mir teilen«, sagte Mr. Mansfield. »Ich bin schließlich nicht nur Ihr Freund, sondern auch Priester.«

»Sie sind mein Fels in der Brandung, Mr. Mansfield.«

»Gott ist Ihr Fels in der Brandung, mein Kind.«

»Und mit ihm habe ich bereits gesprochen, sehr lange.«

»Dann wenden Sie sich jetzt an mich.«

»Gestern habe ich, wie schon viele Male zuvor, meinen Vater bei einem Besuch in einem bestimmten Haus in Whitchurch begleitet, wo eine begüterte Witwe ein Heim für gefallene Frauen, die Buße tun und ein neues Leben beginnen wollen, gegründet hat. Vater ist schon seit einigen Monaten der Seelsorger dieser Frauen, die oft zu krank sind, um wieder entlassen zu werden. Der örtliche Pfarrer ist, wie er mir sagte, mit seinen anderen Pflichten zu beschäftigt. Viel zu oft muss mein Vater dieses Haus besuchen, wenn eine dieser armen Frauen im Sterben liegt, und er weiß, dass die Anwesenheit einer jungen Frau, wie ich es bin, ein Trost ist für diejenigen, die schon bald vor dem ewigen Richter stehen werden.

Gestern war es wieder einmal so weit, und nachdem Vater mit den Kranken gebetet und die Krankensalbung vorgenommen hatte, blieb ich allein am Bett einer Frau zurück, die etwa in meinem Alter war, aber durch eine Krankheit so entstellt war, dass ich sie nicht erkannt hätte, selbst wenn sie meine Schwester gewesen wäre.

Mit dem Tod vor Augen verspürte sie das Bedürfnis, mir ihre Lebensgeschichte zu erzählen, und ich hörte ihr gern zu; ich wusste, dass ich ihr dadurch ein wenig Trost spenden konnte. Sie sei, so erzählte sie mir, vor zehn Jahren nach London gekommen, ohne einen Pfennig in der Tasche und ohne jegliche Zukunftsperspektive. Vom Betteln konnte sie nicht leben, und so ging sie schon bald dem einzigen Beruf nach, der ihr eine Überlebensmöglichkeit bot – dieser sündhaften und heimtückischen Beschäftigung, die in unserer Hauptstadt immer mehr um sich greift. Als sie diesen verhängnisvollen Schritt getan hatte, gelang es ihr trotz aller Versuche nicht mehr, sich aus diesem üblen Sumpf zu befreien. Sie brachte zwei Kinder zur Welt, die beide in ihren Armen starben, denn obwohl sie ihre Tugend geopfert hatte, verdiente sie immer noch nicht genug, um eine Familie zu ernähren. Als eine Krankheit ihr Gesicht entstellte und sie ihrer restlichen Schönheit beraubte, sank der Preis für ihre Dienste immer weiter, bis sie schließlich auf der Straße landete. Dort fand sie ein Geistlicher und brachte sie in das Heim in Whitchurch. Nun konnte sie nur noch auf ihren Tod warten. So etwas habe ich schon viel zu oft in diesem Haus gehört, aber ich war trotzdem tief bewegt. Mit letzter Kraft griff sie nach meinen Händen, so dass ich mir meine Tränen nicht vom Gesicht wischen konnte.

Und dann tat sie etwas höchst Merkwürdiges. Sie setzte sich in ihrem Bett auf, schaute mir in die Augen und sagte: ›Ich vergebe dir, Jane.‹«

»So ungewöhnlich ist das nicht«, meinte Mr. Mansfield. »Viele Menschen verspüren auf dem Sterbebett das Verlangen, Vergebung auszusprechen, und da Sie die einzige Anwesende waren, wandte sie sich natürlich an Sie.«

»Aber sie nannte mich Jane, Mr. Mansfield.«

»Sicher, ›Miss Austen‹ wäre angemessener gewesen.«

»Und es ist gleichermaßen erstaunlich, denn wir sind einander nicht vorgestellt worden. Ich kannte ihren Namen nicht, und sie konnte meinen nicht wissen.«

»Und trotzdem hat sie Sie mit Ihrem Vornamen angesprochen.«

»Um das zu verstehen, muss ich Ihnen erzählen, was in Reading geschah, Mr. Mansfield.«

Oxfordshire, Gegenwart

—

»So hübsch hat es hier noch nie ausgesehen.« Victoria drückte die Hand ihrer Schwester. »Das hätte ihm gefallen.«

»Er liebte Bücher«, sagte Sophie. »Der Staub war ihm immer gleichgültig.«

»Geht es dir gut?«

»Nein, aber frag mich später noch mal.«

Die beiden standen in der Bibliothek von Bayfield House, in der sich schon bald eine Menge Besucher einfinden würden. Ihr Vater hatte beschlossen, die Bibliothek für den Empfang nach Bertrams Beerdigung zu öffnen, und die Haushälterin hatte die Möbel abgestaubt, die Fenster geputzt und die Türknäufe poliert.

»Tori, glaubst du wirklich, dass Onkel Bertrams Tod ein Unfall war?«, fragte Sophie.

»Was sonst?«

»Ich weiß es nicht. Vater sagte, er sei auf der Treppe gestolpert, weil er gelesen habe.«

»Nun, er hat immer gelesen. Das weißt du doch am besten.«

»Schon, aber nicht beim Gehen. Ich erinnere mich, dass wir einmal die Elgin Avenue entlanggingen und ich dabei gelesen habe. Er ermahnte mich, das nicht zu tun, weil ich sonst eines Tages vor ein Taxi laufen würde. Ich habe gelacht, mein Buch in die Tasche gesteckt und gesagt, dass das nie passieren werde, weil es in dieser Gegend unmöglich sei, ein Taxi zu bekommen.«

»Aber glaubst du nicht, dass er vielleicht beim Spazierengehen gelesen hat, wenn du nicht dabei warst?«

»Das ist schon möglich, aber irgendetwas an der Sache kommt mir komisch vor.«

»Du hast zu viele Krimis gelesen«, meinte Victoria. »Deshalb wird bei dir aus allem ein Agatha-Christie-Szenario.«

»Du hast recht, das ist dumm von mir. Vielleicht suche ich einfach jemanden, dem ich die Schuld geben kann.«

»Aber es gibt keinen Schuldigen.«

»Würde es dir etwas ausmachen, mich ein paar Minuten allein zu lassen?«

»Natürlich nicht.« Victoria küsste Sophie leicht auf die Wange. »Ich hab dich lieb.«

»Das weiß ich«, erwiderte Sophie. »Das weiß ich.«

Allein in der Bibliothek ließ Sophie sich auf dem Sofa vor dem Kamin nieder, wo sie erst vor Kurzem Zuflucht gesucht hatte. Ihre Unterhaltung mit Bertram über das Lesen beim Gehen ging ihr nicht aus dem Kopf. Tori hatte recht, Sophies Fantasie ging manchmal mit ihr durch. Vor allem in ihrer Kindheit, als sie sich selbst als eine Art Hercule Poirot oder Miss Marple gesehen hatte. Aber irgendetwas an Onkel Bertrams Tod stimmte nicht. Es gab nur eine Möglichkeit, diese Gedanken zu verscheuchen. Sie holte einen Brief aus der Tasche ihrer schwarzen Kostümjacke. Er war an diesem Morgen mit der Post gekommen, und sie wusste nicht, wie oft sie ihn seither gelesen hatte. Jetzt entfaltete sie ihn noch einmal und flüsterte die Worte in der leeren Bibliothek.

Liebe Sophie,
es tut mir so leid, was mit deinem Onkel geschehen ist. Ich habe es von einem Buchhändler hier in Paris erfahren. Ich weiß, dass ich manchmal ein wenig gefühllos wirke, aber

bitte glaub mir, dass ich es wirklich ernst meine, wenn ich dir mein Beileid ausspreche. Wenn dein Onkel dir ähnlich war, und ich nehme an, das war tatsächlich der Fall, dann war er ein ganz besonderer Mensch. Ich kann nur erahnen, wie sehr du ihn vermisst, und auch wenn es nur ein schwacher Trost ist, hoffe ich, dass du weißt, dass meine Gedanken in dieser schweren Zeit bei dir sind. Für mein Verhalten bei dem Abendessen entschuldige ich mich. Ich befürchte, ich habe mich den ganzen Tag über ziemlich selbstsüchtig benommen, aber unsere Freundin Jane würde sagen: »Selbstsucht muss man immer verzeihen, denn es ist ein Leiden, das nicht geheilt werden kann.« Wahrscheinlich sollte ich mich auch für den Kuss entschuldigen, aber das werde ich nicht tun, denn ich bereue ihn nicht. Ich werde die nächsten Wochen unter dieser Adresse zu erreichen sein, aber ich nehme nicht an, dass dir zum Schreiben zumute ist.

Dein Eric Hall

Obwohl sie Eric wahrscheinlich nie wiedersehen würde, tröstete sein Brief sie sehr. Außer der liebevollen Zuwendung ihrer Schwester war er eine von zwei Quellen, die ihr in den letzten Tagen Trost gespendet hatten. Die andere hatte sich aufgetan, als sie und Victoria mit dem Zug nach Oxford gefahren waren, um einige Bücher aus Sophies Zimmer zu holen. Sie war mit einer Kiste mit den sechzehn Büchern nach Hause zurückgekehrt, die sie sich an Weihnachten aus Onkel Bertrams Bibliothek hatte heraussuchen dürfen. Die Bücher standen auf einem Regal neben ihrem Bett, in der chronologischen Reihenfolge, in der sie sie bekommen hatte. Nur *Stolz und Vorurteil* hatte sie aus irgendeinem Grund mit *Dr. Samuel Johnson. Leben und Meinungen* von Boswell vertauscht. In Bayfield House hatte sie den Inhalt der Kiste sorgfältig auf ihrer Frisierkommode aufgestapelt und den Rücken jedes Buches sanft berührt, bevor sie es an seinen Platz gestellt hatte.

Erst als alle Weihnachtsbücher eingeräumt waren und sie darüber nachdachte, wie sie jedes von ihnen ausgesucht hatte, wurde ihr die Bedeutung ihrer Unterhaltung mit Onkel Bertram im vergangenen Dezember bewusst.

Sie saßen in Onkel Bertrams Wohnung am Kaminfeuer und waren beide in ein Buch vertieft. Er las Thomas Carlyle und sie *Am grünen Rand der Welt*. Sie war gerade an der großartigen Stelle angelangt, wo sich anscheinend alle Mächte des Universums gegen den Protagonisten verschworen hatten. Aber sie wusste, dass er siegen und Gabriel und Bathsheba den Weg in die Kirche und zu ihrem Glück finden würden.

Sie legte das Buch in den Schoß, um ihre Augen für einen Moment zu entspannen, und Onkel Bertram tat es ihr nach.

»Gefällt es dir hier?«, fragte er, während beide in das verglühende Kaminfeuer starrten.

»Onkel Bertram.« Sophie lachte. »Was für eine dumme Frage. Ich bin nirgendwo glücklicher als hier.«

»Du bist nirgendwo glücklicher als dort.« Bertram deutete auf ihr aufgeschlagenes Buch. »Aber ich meinte eher allgemein. Gefällt es dir in London?«

»Natürlich. Du bist der einzige Collingwood, der mich wirklich versteht.«

»Ich dachte, ich hätte dich gelehrt, besser zuzuhören«, sagte Bertram. »Du hast meine Frage immer noch nicht beantwortet. Lass mich bei dieser Überlegung einmal beiseite – und auch Thomas Hardy und Jane Austen und Charles Dickens –, und sag mir, ob du gern in London leben würdest.«

Sophie schwieg eine Weile. London verband sie automatisch mit Onkel Bertram. Sie war so gut wie nie in der Stadt gewesen, ohne ihn zu besuchen, und es kostete sie große Mühe, sich vorzustellen, ob ihr London ohne ihn gefallen könnte.

»Wahrscheinlich schon«, erwiderte sie schließlich. »Wenn ich an all das denke, was wir uns hier angesehen und unternommen haben, neige ich dazu, Dr. Johnson recht zu geben.«

»Wenn er sagt, dass ein Mensch, der von London genug hat, auch vom Leben genug hat?«, fragte Bertram.

»Genau. Aber für mich bist immer noch *du* Londons größte Attraktion.«

»Dann könntest du dir also vorstellen, nach Oxford hierherzuziehen?«

»Ich habe noch keine Ahnung, was ich nach Oxford machen werde«, erwiderte Sophie. »Das weißt du doch. Aber ich würde auf jeden Fall gern in der gleichen Stadt leben wie du.«

»Aber ich werde nicht immer hier sein. Ich bin kein junger Mann mehr.«

»Natürlich bist du das«, widersprach Sophie. »Zumindest zu jung, um eine solche Unterhaltung zu führen.«

»Und du, meine Liebe, bist vielleicht noch zu jung, um die Notwendigkeit einer solchen Unterhaltung zu begreifen. Ich möchte dir etwas sagen.«

Sophie beugte sich auf ihrem Stuhl vor und legte sanft die Hand auf den Arm ihres Onkels. »Du bist doch nicht etwa krank?«

»Nein, nein.« Bertram stand auf. »Ich hoffe, was ich dir sagen möchte, betrifft die ferne Zukunft. Aber eines Tages, wenn meine Zeit gekommen ist, möchte ich dir all das hinterlassen.« Er fuhr mit der Hand durch die Luft und beschrieb mit einer Geste das ganze Zimmer.

»Die Bücher?« Sophie stockte vor Freude einen Moment lang der Atem, bis sie begriff, dass dieses Geschenk den Tod ihres Onkels bedingte.

»Nicht nur die Bücher, sondern auch die Wohnung. Ich kenne niemanden, der sich hier wohler fühlen würde.«

»Oh, Onkel!« Sophie schlang die Arme um ihn. »Aber ich hoffe, dass ich bereits eine sehr alte Frau sein werde, wenn ich einmal ohne dich vor diesem Kaminfeuer sitze.«

»Das hoffe ich auch. Aber ich war der Ansicht, du solltest es wissen. Und da du noch eine Weile warten musst, bis dir alle diese staubigen alten Bücher gehören, und da die Adventszeit fast vorüber ist, schlage ich vor, dass du dir jetzt dein Weihnachtsbuch für dieses Jahr aussuchst.«

Jetzt würde Sophie schon bald ihre Weihnachtsbücher in Onkel Bertrams Wohnung zurückbringen und zu seinen anderen Büchern stellen. Nur dass es sich nun nicht mehr um Onkel Bertrams Wohnung und seine Bücher handelte. Jetzt gehörte alles ihr. Aber obwohl die Bücher, die sie sich in den vergangenen Jahren ausgesucht hatte, ein Trost für sie waren, war die Aussicht, die gesamte Bibliothek ihres Onkels zu besitzen, ganz und gar nicht tröstlich. Bei der Vorstellung, ohne ihren Onkel in der gemütlichen Wohnung mit all den herrlichen Büchern zu sitzen, überkam sie das Gefühl, dass irgendetwas auf dieser Welt völlig falsch lief.

»Sophie, es ist Zeit.« Victoria stand an der Türschwelle, eine Silhouette in ihrem schwarzen Kleid, und streckte Sophie ihre Handtasche entgegen. Fünf Minuten später saßen sie auf dem Rücksitz eines schwarzen Wagens und fuhren mit knirschenden Reifen die Auffahrt hinunter.

Die einfache Trauerfeier fand in der örtlichen Pfarrkirche statt. Onkel Bertram war eingeäschert und auf dem Kirchhof begraben worden. Eigentlich hätte es ein kalter Wintertag sein müssen, mit tiefhängenden Wolken und einem scharfen Wind, der durch das ungemähte Gras des Friedhofs pfiff. Aber das Wetter war herrlich, es war warm, der Himmel blau und der grüne Rasen auf dem Friedhof gestutzt. Und eine sanfte Brise hielt die Hitze von der schwarz gekleideten Trauergemeinde fern.

Zurück in Bayfield House fühlte Sophie sich als inoffizielle Haupttrauernde. Sie ging langsam durch die Menge der Besucher – entfernte Cousins und Cousinen, die sie noch nie zuvor gesehen hatte, Geschäftspartner ihres Vaters, Freunde ihrer Mutter –, ohne mit jemandem zu reden. Victoria und ihre Mutter kümmerten sich um die Gäste, und Sophie fühlte sich einsamer als während der ganzen Woche. Sie spähte in der Bibliothek durch das Metallgitter eines Regals, als sie neben sich plötzlich eine Stimme hörte.

»Mein Beileid, Miss Collingwood. Ihr Onkel war ein großartiger Mann.« Sophie drehte sich um und sah den kleinen, rundlichen Augustus Boxhill vor sich. Der Mann mit dem schütteren Haar gehörte zu den bedeutendsten Antiquariatsbuchhändlern Londons. Sie war ihm bereits etliche Male bei ihrer Büchersuche mit Onkel Bertram in seinem Laden in Cecil Court begegnet.

»Es freut mich, dass Sie gekommen sind, Mr. Boxhill.«

»Ich vermute, dass Sie und ich möglicherweise die einzigen Menschen hier sind, die Ihren Onkel wirklich gekannt haben«, sagte der Buchhändler und ließ den Blick durch das Zimmer schweifen.

»Scheint die Erstausgabe von *Die Fahrt der Beagle* zu sein.« Sophie deutete mit einer Kopfbewegung auf ein paar Bücher am Ende des Regals. »Mein Vater wird sich sicher freuen, wenn er erfährt, was sie ihm bei einer Auktion einbringen könnten.«

»Dank Ihres Onkels wissen Sie mehr über Bücher als die meisten Sammler, die doppelt so alt sind wie Sie«, stellte Mr. Boxhill fest.

»Und ohne meinen Onkel habe ich niemanden mehr, mit dem ich mich darüber unterhalten kann.«

»Bertram war ein guter Kunde, aber, was noch wichtiger ist, ein guter Freund. Er hätte gewiss gewollt, dass ich Sie wissen lassen, dass es viele gibt, die Ihre Leidenschaft teilen. Sie sind nicht allein, Sophie.«

»Ich weiß«, erwiderte sie leise. »Das ist sehr freundlich von Ihnen, Mr. Boxhill.«

»Falls ich irgendetwas für Sie tun kann …« Er zog eine Visitenkarte aus seiner Tasche und drückte sie ihr in die Hand. »Sie können sich jederzeit an mich wenden.«

Aber was kann er denn für mich tun, dachte Sophie. Und überhaupt, was sollte *sie* tun? Onkel Bertrams Tod und ihr Erbe – seine Bücher und seine Wohnung – machten die Entscheidung, was sie jetzt, nach Abschluss ihres Studiums, mit ihrem Leben anfangen sollte, viel dringlicher. Eigentlich war sie davon ausgegangen, noch einige Wochen darüber nachzudenken zu können. Wieder einmal vernahm sie die Stimme ihres Onkels, der ihr riet, sich ins Leben zu stürzen und das Abenteuer zu genießen, aber sie hörte auch seine Bücher nach ihr rufen, und sie konnte sich gut vorstellen, in seiner Wohnung zu sitzen und zu lesen und durch all seine Bücher mit ihm in Verbindung zu bleiben. Sie wägte die Vorzüge eines ruhigen Lebens in einer Wohnung voller Bücher und eines gewagten Sprungs in eine Welt außerhalb ihres vertrauten Umfeldes ab und bemerkte gar nicht, dass der Geräuschpegel im Hintergrund allmählich sank. Allein in der Bücherei schaute sie aus dem Fenster in den Garten und sagte laut: »Warum eigentlich nicht beides?«

»Alles in Ordnung, Sophie?« Victoria betrat das Zimmer.

»Vielleicht schon bald«, erwiderte Sophie. »Ich habe eine Entscheidung getroffen.«

»Worüber?«

»Ich werde nach London gehen.«

»Um zu bummeln?«

»Um dort zu leben.«

»Und was willst du dort machen?«

»Das weiß ich noch nicht.« Sophie drehte sich zu ihrer Schwester um. »Aber es wird sicher aufregend werden.«

Am nächsten Sonntag wartete Sophie mit einem kleinen Koffer und der Kiste mit ihren Weihnachtsbüchern auf den Zug nach London. Erics Brief steckte noch immer in ihrer Tasche – irgendwie hatte er ihr dabei geholfen, den Mut aufzubringen und ihren Plan durchzuführen. Victoria war zu ihrer Arbeitsstelle in Edinburgh zurückgekehrt, und nachdem sie die lästigen Anwälte endlich losgeworden waren und die Papierflut bewältigt hatten, war wieder Ruhe in Bayfield House eingekehrt. Sophie hatte ihren Job in Christ Church gekündigt und plante, am Ende der langen Ferien, bevor ihr Mietvertrag auslief, nach Oxford zurückzufahren und ihre restlichen Sachen zu holen.

»Bist du sicher, dass du zurechtkommst, Schätzchen?«, fragte ihre Mutter, als der Zug im Bahnhof einfuhr.

»Nein«, erwiderte Sophie. »Ganz und gar nicht. Aber ich war lange genug in Oxford. Onkel Bertram glaubte, dass ich mich in London wohlfühlen würde, also gehe ich jetzt dorthin.«

»Du rufst uns doch an.« Ihre Mutter sah sie hoffnungsvoll an.

»Natürlich, Mutter.« Sophie umarmte sie und drückte sie fest an sich.

Sophie hatte ihrer Schwester versprochen, dass sie nicht mehr über die Todesumstände ihres Onkels nachgrübeln würde, aber als sie und Mr. Faussett, der mit der Abwicklung von Bertrams Erbe beauftragt war, die Stufen zu Bertrams Wohnung hinaufstiegen, spielte sie unwillkürlich in Gedanken zwei mögliche Abläufe durch. In einem Szenario verließ Onkel Bertram seine Wohnung, vertieft in einen Roman, rutschte auf einem Werbeflugblatt für chinesisches Essen aus und stürzte kopfüber die lange Treppe hinunter. So lautete die offizielle Version. Aber in der zweiten Variante sah Sophie eine schattenhafte Gestalt mit ihrem Onkel kämpfen und ihn die Treppe hinunterstoßen. Ihr lief ein Schauder über den Rücken, als sie an der Stelle vorbeikam, wo, wie sie glaubte, die Leiche ihres Onkels gelegen hatte.

»Wir müssen noch einige Formalitäten erledigen, Miss Collingwood.« Mr. Faussetts Stimme klang in Sophies Ohren gezwungen fröhlich. »Aber es gibt keinen Grund, warum Sie nicht gleich hierbleiben könnten. Wir haben alles für Sie sauber machen lassen.« Er lehnte sich gegen den Türrahmen.

Sofort als sie die Tür öffnete, wusste Sophie, dass etwas nicht stimmte. Es roch nicht mehr ein wenig muffig nach Staub, Papier und Leder, sondern nach Zitrone, Lavendel und Bleiche. Sophie umklammerte ihre Bücherkiste wie einen Rettungsring und trat über die Schwelle. Ja, die Wohnung war so sauber wie nie zuvor – in der Luft hing kein Staub mehr –, aber da war noch etwas anderes. Erst als sie durch den Gang in das Wohnzimmer ging, sah sie es: Die Bücherregale waren leer. Meter für Meter leere Regale. In dem Zimmer befand sich kein einziges Buch mehr. Sophie ließ ihre Kiste fallen und stieß einen Schrei aus. Ohne auf den verblüfften Anwalt zu achten, rannte sie durch die Wohnung. Jedes Zimmer bot das gleiche Bild: widerwärtige Sauberkeit und leere Regale. Bis auf den Inhalt ihrer Kiste im Wohnzimmer gab es in der gesamten Wohnung kein einziges Buch mehr.

»Was haben Sie getan?«, kreischte sie beinahe hysterisch.

»Ich verstehe nicht, was Sie meinen, Miss Collingwood. Gibt es ein Problem?«

»Ein Problem? Ein Problem! Natürlich gibt es ein Problem. Schauen Sie sich doch um. Wo sind sie?«

»Wo ist was?«

»Die Bücher! Wo sind seine ... nein, *meine* Bücher?«

»Sind das nicht Ihre Bücher? Dort auf dem Boden?«

»Nicht diese, sondern all die anderen Bücher. Diese Wohnung war voll mit Büchern. Wo sind sie?«

»Ah, ich verstehe. Wir haben uns gemäß dem Testament Ihres Onkels um alles gekümmert.«

»Gemäß dem Testament meines Onkels? Was soll das heißen? Onkel Bertram hat mir diese Bücher hinterlassen. Das hat er mir selbst gesagt.«

»Möglicherweise war das seine Absicht«, erwiderte Mr. Faussett. »Ich nehme an, er hat sein Testament selbst aufgesetzt, was generell nicht zu empfehlen ist. Er hat Ihnen seine Wohnung und die Möbel hinterlassen, aber der Rest des Nachlasses sollte seinem letzten Willen nach veräußert werden und der Erlös Ihrem Vater zukommen.«

»Der Rest des Nachlasses! So bezeichnen Sie seine Bücher?«

»Nun, hätte er ›Einrichtung‹ statt ›Möbel‹ geschrieben, wären die Bücher möglicherweise darin enthalten gewesen. Aber so ...«

»Sie haben die Bücher meines Onkels veräußert?« Sophie ließ sich auf ihren Lieblingssessel fallen, in dem sie Hunderte Stunden gesessen und gemeinsam mit Onkel Bertram gelesen hatte.

»Ja, wir haben sie verkauft. Ihr Onkel hatte Schulden, und die einzige Möglichkeit, sie zu begleichen, die Erbschaftssteuer zu bezahlen und die Wohnung nicht auch noch zu verlieren, war eben ...«

»Dann hätten Sie die Wohnung verkaufen und die Bücher behalten sollen«, sagte Sophie resigniert.

»Das war leider nicht möglich. Aus gesetzlichen Gründen. Wir haben eine Menge Händler herbestellt, und dann ging alles ganz schnell.«

Sophie hatte keine Kraft mehr zu schreien. Sie hatte das Gefühl, als wäre ihr das Herz aus der Brust gerissen worden. Die Bibliothek, die Onkel Bertram sein ganzes Leben lang aufgebaut hatte, war nun in alle Himmelsrichtungen zerstreut. Sie konnte nicht mehr durch seine Sammlung für immer mit ihm in Verbindung bleiben, sondern musste sich mit den sechzehn Büchern als Andenken an ihn zufriedengeben.

»Wissen Sie, wer sie gekauft hat?«, fragte Sophie leise.

»Welche Händler?« Natürlich konnte sie es sich nicht einmal leisten, auch nur einen winzigen Bruchteil der Sammlung zurückzukaufen, aber sie wollte es trotzdem wissen.

»Ich kann Ihnen eine Liste schicken«, bot Mr. Faussett ihr an.

»Danke.«

»Wenn ich sonst nichts mehr für Sie tun kann, Miss Collingwood ... Ich habe noch einen Termin. Ich lasse

Ihnen meine Karte hier, für den Fall, dass Sie irgendetwas brauchen.«

»Nein, das ist alles«, erwiderte Sophie. »Danke.« Der Anwalt legte seine Visitenkarte auf Onkel Bertrams Schreibtisch und verließ die Wohnung.

Nachdem er gegangen war, blieb Sophie fast eine Stunde lang still sitzen; ihr Kopf war ebenso leer wie die Regale um sie herum. Schließlich stand sie auf und sammelte die Bücher ein, die aus der Kiste auf den Boden gerutscht waren. Sie waren jetzt noch wertvoller für sie, und sie untersuchte alle genau nach Schäden, bevor sie sie neben dem Kamin sorgfältig aufgereiht in ein Regal stellte. Flüchtig dachte sie daran, ihre Weihnachtsbücher dorthin zu tun, wo Onkel Bertram seine Weihnachtsbücher aufbewahrt hatte, doch sie erkannte schnell, dass das einem Sakrileg gleichkäme. Selbst wenn sie den Rest ihres Lebens in dieser Wohnung verbringen sollte und genügend Bücher kaufen könnte, um alle Regale wieder zu füllen, würde dieses Regal leer bleiben. Nichts konnte diese Bücher ersetzen.

Onkel Bertram hatte nie ein Verzeichnis über seine Bibliothek geführt, aber er kannte alle Titel und wusste genau, wo jedes Buch stand – vor allem, wo er seine Weihnachtsbücher hingestellt hatte.

»Wie kannst du dir das alles nur merken?«, fragte die zehnjährige Sophie eines Tages.

»Weißt du, wo sich alle deine Finger befinden?«, erwiderte Bertram.

»Aber natürlich – sie sind ein Teil von mir, und ich benutze sie ständig.«

»Nun, genauso verhält es sich bei mir und meinen Büchern.« Ihr Onkel lächelte.

»Aber so viele Finger könnte ich mir nicht merken.« Sophie deutete auf die Bücherregale.

»Das liegt nur daran, dass du sie beim ersten Mal alle auf einmal gesehen hast. Ich habe diese Bücher eines nach dem anderen kennengelernt. Zum Beispiel dieses.« Er nahm ein dickes, in Leder gebundenes Buch aus einer Plastiktüte. »Ich erinnere mich daran, weil ich es zusammen mit dir gekauft habe. Wir haben einen Spaziergang im Hyde Park gemacht, dann sind wir mit der U-Bahn zur Tottenham Court Road gefahren und zum Charing Cross gelaufen. Und du hast dich im Buchladen auf den Boden gesetzt und dir Bilderbücher angeschaut, während ich Mr. Boxhill dazu überredet habe, mir dieses Buch für fünfzig Pfund zu verkaufen. Und weil es geregnet hat, habe ich ihn gebeten, es mir in eine Plastiktüte einzupacken.«

»Und dann sind wir Eisessen gegangen«, ergänzte Sophie.

»Stimmt. Wir haben ein Eis gegessen. Wie könnte ich das alles vergessen?«

»Aber das ist nur *ein* Buch«, meinte Sophie. »Du bist ja nicht jedes Mal zum Eisessen gegangen.«

»Nein.« Onkel Bertram lachte. »Nicht jedes Mal. Und bevor ich dieses Buch nun in ein Regal stelle, werde ich dafür sorgen, dass jeder sieht, dass es mir gehört.«

»Wie machst du das?«

»Schau mir zu«, forderte er sie auf. Er trug das Buch zu seinem Schreibtisch am Fenster und nahm seinen Füllfederhalter in die Hand. Dann schlug er die erste leere Seite auf, wo der Originalpreis des Händlers von fünfundsiebzig Pfund mit Bleistift notiert war, und schrieb in sauberer Handschrift »Ex Libris B. A. C.«.

»Was heißt das?«, wollte Sophie wissen.

»›Ex Libris‹ heißt ›aus der Bibliothek von‹«, erklärte Onkel

Bertram. »Das ist Latein. Und B. A. C. sind meine Initialen – Bertram Arthur Collingwood.«

»Schreibst du das in alle deine Bücher?«

»Nicht in alle. Komm mit.« Bertram führte sie in sein Schlafzimmer, zu dem Regal, auf dem seine Weihnachtsbücher aus Bayfield House standen. »Schau mal in eines von diesen.«

Sophie holte ein dickes Buch herunter, schleppte es mit Mühe zum Bett und schlug es auf. In der Mitte der ersten Seite stand »Natalis Christi B. A. C. 1984«.

»›Natalis Christi‹ bedeutet Weihnachten«, sagte Onkel Bertram. »Und 1984 ist das Jahr, in dem ich mir dieses Buch in Bayfield House ausgesucht habe.«

Und nun standen die Bücher, die Bertram mit »Natalis Christi B. A. C. 1985« und »Natalis Christi B. A. C. 1992« beschriftet hatte, und Dutzende mehr in den Regalen von Londoner Buchhändlern oder vielleicht sogar schon in den Häusern von Sammlern. Sophie war dem Beispiel ihres Onkels gefolgt und hatte die Bücher, die sie soeben sorgfältig in einem Wohnzimmerregal aufreihte, ebenfalls mit dem Eintrag »Natalis Christi« versehen – zuerst in kindlichem Gekrakel und später in einer wesentlich schöneren Handschrift, die sie sich selbst beigebracht hatte. Sie hatte ungefähr die Hälfte der Bücher verstaut, als ihre Mutter anrief.

»Oh, Schätzchen, die Sache mit den Büchern tut mir so leid. Ich habe es gerade erfahren.«

»Ich kann es nicht fassen, dass Vater es mir nicht gesagt hat.« Sophie war zu erschöpft, um wütend zu sein. »Ich nehme an, es war seine Idee.«

»Du darfst das deinem Vater nicht übel nehmen, Sophie«, sagte ihre Mutter. »Es hat ihm das Herz gebrochen, wirklich. Er hat den Anwalt gebeten, nach einer anderen Möglichkeit zu suchen, aber letztendlich war das die einzige Lösung, um die Schulden deines Onkels zu begleichen. Und du weißt doch, unter welchem finanziellen Druck dein Vater steht.«

»Ja, ich weiß.« Sophie wollte ihrem Vater die Schuld am Verkauf der Bücher geben, genauso wie sie jemandem die Schuld am Tod ihres Onkels geben wollte, aber ihre Mutter hatte recht. Ihr Vater hatte sein ganzes Erwachsenenleben die Anordnung seines Vaters befolgt, die er ihm auf dem Sterbebett gegeben hatte – Bayfield um jeden Preis zu erhalten. Er hatte es versprochen und nach Sophies Ansicht damit sein Leben ruiniert.

»Dein Vater ist einverstanden, dass du dir bei deinem nächsten Besuch ein paar Bücher aus der Bibliothek aussuchst. Dann kannst du nach und nach wieder die Regale füllen. Er fühlt sich schrecklich, das musst du mir glauben.«

»So fühle ich mich auch«, entgegnete Sophie. »Ich wünschte, er hätte es mir gesagt und ich hätte es nicht selbst herausfinden müssen.«

»Du weißt doch, wie dein Vater ist.«

»Schlechte Nachrichten zu übermitteln liegt ihm nicht«, sagte Sophie erbittert.

»Genau. Ruh dich ein wenig aus, Schätzchen. Morgen wird alles schon ein wenig besser aussehen. Wir hören uns bald wieder. Ich wollte nur …«

»Schon gut«, erwiderte Sophie. »Danke.«

Sie blieb noch eine Weile sitzen, bevor sie sich weiter ihren Weihnachtsbüchern widmete. Als sie das letzte Buch aus der Kiste nahm, fiel ihr Erics Brief ins Auge, den sie ganz unten verstaut hatte. Sie ließ sich wieder auf ihren Stuhl fallen und zog den Brief aus dem Kuvert.

Nachdem sie ihn zweimal gelesen hatte, schloss sie die Augen und versuchte, das zu tun, was Victoria ihr jetzt empfehlen würde – in Gedanken eine Bestandsaufnahme zu machen. Sie besaß eine Wohnung in London, sechzehn Bücher und einen netten Brief von einem Mann, den sie wahrscheinlich nie wiedersehen würde. Die Frage war: Was sollte sie jetzt tun?

Hampshire, 1796

»Selbst als Kind hatte ich bereits ein unstillbares Verlangen nach Romanen«, erzählte Jane, bereit, Mr. Mansfield zu beichten, was sie bisher noch niemandem erzählt hatte. »Es fing in Oxford an, als ich in einem Bücherregal bei Mrs. Crawley, der Lehrerin, die Cassandra und mich unterrichtete, eine Ausgabe von *Die Geschichte von Sir Charles Grandison* von Samuel Richardson entdeckte. Ich war, kaum zu glauben, erst sieben Jahre alt, aber ich verschlang das Buch in wenigen Tagen, und danach ließ ich keine Gelegenheit mehr aus und las alle Romane, derer ich habhaft werden konnte.«

»Meine Geschichte gleicht Ihrer«, sagte Mr. Mansfield. »Allerdings fing Ihre wesentlich früher an.«

»Mit zehn gingen Cassandra und ich auf das Internat in der alten Abtei in Reading«, fuhr Jane fort. »Man kann wohl sagen, dass ich dort im Zentrum eines nicht ganz legalen Handels mit Romanen stand, der zwischen einigen der Mädchen abgewickelt wurde. Die Abtei hätte Ihnen gefallen, Mr. Mansfield. Es war ein sehr altes Gebäude mit Wendeltreppen, verstaubten Turmzimmern und einer Vielzahl von Verstecken für uns junge Mädchen, um dort Bücher zu lesen, die die Schulleiterin Mrs. Latournelle mit Sicherheit nicht gebilligt hätte. Und solange ich jeden Vormittag ein oder zwei Stunden im Arbeitszimmer meines Lehrers verbrachte, schien es niemanden auch nur im Geringsten zu interessieren, wo und wie ich meine Tage verbrachte. Also beschäftigte ich mich mit *Pamela* und *Joseph Andrews Abenteuer*, und die Abtei kam mir vor wie das Paradies.

Es gab eine junge Frau in der Abtei, hochgewachsen und schlank, die wir alle nur ›die Schwester‹ nannten. Ich nehme an, dass sie diesen Spitznamen zu Recht trug, weil es zu ihren vielen Pflichten gehörte, sich um die kranken Kinder zu kümmern. Sie ging langsam durch die Flure, hielt die Kaminfeuer in Gang, wusch die Wäsche, half beim Servieren der Mahlzeiten und übernahm noch tausend andere Aufgaben, damit der Alltag reibungslos verlief und für unsere Bequemlichkeit gesorgt war. Nachts schloss sie den Schlafsaal ab und weckte morgens die Mädchen, die die Glocke überhört hatten. Sie kümmerte sich darum, dass die kleineren Mädchen richtig angezogen waren. Wenn in der Nacht ein Gewitter niederging, blieb die Schwester bei uns im Schlafsaal und erzählte uns Geschichten. Ich erkannte schon bald, dass ihre Erzählungen aus *Robinson Crusoe*, *Moll Flanders* oder *Tristram Shandy* stammten, also musste die Schwester ebenso wie ich eine Bücherleserin sein. Daher bildete ich mir ein, dass sie in gewisser Weise zu mir gehörte. Das hätte ich niemals laut geäußert, schon gar nicht ihr gegenüber, aber es tröstete mich, dass die Schwester und ich durch die Welten von *Evelina*, *Tom Jones* und *Amelia* miteinander verbunden waren.

In der Abtei gab es nur eine Regel, deren Missachtung bestraft wurde: Wenn die Mädchen abends sicher in ihren Betten lagen, mussten sie dort bleiben, bis am nächsten Morgen die Glocke läutete. Oh, Mr. Mansfield, ich kann Ihnen nicht schildern, welche Furcht mich packte, als wir zweimal gezwungen wurden, dabei zuzusehen, wie Mrs. Latournelle einen Birkenzweig auf die Beine eines Mädchens niedersausen ließ, das sich nachts hinausgeschlichen hatte. Die Schreie der Mädchen und das Blut, das ihnen über die Beine lief, verursachten mir wochenlang Alpträume.«

Jane erschauerte bei der Erinnerung und schwieg eine Weile. Mr. Mansfield drängte sie nicht dazu weiterzusprechen, und versuchte auch nicht, sie zu trösten; er blieb einfach still sitzen und wartete. Das gefiel Jane. Er kannte sie so gut und wusste, dass sie ihm so wie immer den Rest der Geschichte erzählen würde, wenn der richtige Moment dafür gekommen war.

»In einer Nacht Anfang Dezember geriet ich in das bisher größte Dilemma meines jungen Lebens. An den langen Tagen im August hatte ich im Bett noch lesen können, aber nun war es schon seit Stunden dunkel, und ich lag hellwach in meinem Bett. Der Vollmond war über die Gartenmauer gestiegen, aber der Schatten des Gebäudes gegenüber verhinderte, dass sein Licht in den Schlafsaal fiel. Üblicherweise hätte ich jetzt mein Buch wieder unter der Matratze versteckt, aber ich war gerade vollkommen vertieft in Miss Burneys *Cecilia*.«

»Wer kann Ihnen das verdenken?«, warf Mr. Mansfield ein. »Es gehört zu meinen Lieblingsbüchern.«

»Nun, obwohl ich mir größte Mühe gab, gelang es mir nicht einzuschlafen. Alle anderen Mädchen schliefen fest, und auch Cassandra im Bett neben mir atmete tief. Schließlich schlich ich zum Fenster und starrte sehnsuchtsvoll auf eine Ecke im Garten, die vom Mondlicht hell erleuchtet war. Bestimmt schlief Mrs. Latournelle um diese späte Stunde in ihrem Zimmer tief und fest, also steckte ich den dritten Band von *Cecilia* unter mein Nachthemd, öffnete das Fenster und hielt mich an dem Efeu fest, der an der Abteimauer wuchs. Ohne Mühe kletterte ich daran hinunter.

Oh, der Garten um Mitternacht war einfach bezaubernd,

Mr. Mansfield. Keine Brise raschelte in den Bäumen, keine Nachtigall sang; es war der perfekte Ort, um zu lesen. Ich huschte zu der mondbeschienenen Ecke hinüber, holte mein Buch hervor und setzte mich auf einen kleinen Vorsprung an der Gartenmauer. Zum Glück reichte das Mondlicht aus, um die Worte gut zu erkennen, und schon bald war ich in das Buch vertieft. Doch ich hatte kaum eine Seite gelesen, als ich das Knacken eines Zweiges hörte, nur ein leises Geräusch, aber für mich schien es die Stille des Gartens wie ein Donnerschlag zu zerreißen.

Nur wenige Meter von mir entfernt sah ich die vertraute Gestalt der Schwester, die zu einer Ecke der Gartenmauer eilte. Ich verbarg mich rasch im Schatten, zitternd vor Angst, entdeckt zu werden. Vielleicht, so dachte ich, machte sie nur einen Nachtspaziergang, weil sie an Schlaflosigkeit litt, die ein besonders spannender Absatz in einem Roman hervorrufen kann. Aber diese Erklärung musste ich sogleich wieder verwerfen, denn plötzlich tauchte eine in einen Mantel gehüllte Figur auf, die sich von der Straße über die Gartenmauer schwang. Die beiden unterhielten sich, und ich konnte hören, dass der Fremde ein Mann war, aber ihre Stimmen waren so leise, dass ich den Wortlaut nicht verstand. Ich war erst zehn und hatte durch die sorgfältige Beschäftigung mit Büchern gelernt, dass zwei Menschen, die sich beim Mondschein in einem Garten treffen, nur Liebende sein können. Wie Sie sich vorstellen können, Mr. Mansfield, füllte ich sofort in meiner Fantasie die Lücken in dem unverständlichen Geflüster, die mir zu meiner Beweisführung noch fehlten.

Die Schwester hatte einen heimlichen Geliebten, ohne Zweifel der Sohn eines reichen Landbesitzers, dessen Vater ihm den Umgang mit einer Hausgehilfin verboten hatte. Deshalb war das Hausmädchen nach Reading verbannt worden, doch ihr Geliebter war ihr gefolgt, und in Vollmondnächten trafen sie sich im Garten, wo er ihr Gedichte vortrug und ihr ewige Liebe schwor. Die Romanze war dem Untergang geweiht, aber durch diese Hoffnungslosigkeit umso reizvoller. Das hatte sich so sehr in meiner Fantasie festgesetzt, dass ich es noch weiter ausschmückte, selbst als der Mann wieder über die Mauer gestiegen und die Schwester ins Haus zurückgekehrt war. Ich wollte gerade dem Geliebten eine tödliche Krankheit andichten oder ihn auf Befehl seines Vaters zur Marine schicken, als ich plötzlich Mrs. Latournelles Hand auf meiner Schulter spürte.

›Was tust du mitten in der Nacht im Garten?‹, fauchte sie. Ich muss wohl nicht sagen, dass mir vor Angst beinahe das Blut in den Adern gefror.

In Mrs. Latournelles Studierzimmer konnte ich nur an zwei Dinge denken: wie ich meine Beine schützen sollte und wie ich es verhindern konnte, dass Mrs. Latournelle von meinem heimlichen Lesen von Romanen erfuhr. Die Geschichte, die ich mir zusammenfantasiert hatte, erschien mir so echt, dass ich sie ohne Schwierigkeiten wiederholte. Ich hatte ein Geräusch im Garten gehört und um die Sicherheit der Kinder gefürchtet. Als ich die Schwester holen wollte, war sie bereits in den Garten gegangen, also folgte ich ihr, um ihr Beistand zu leisten. Dort sah ich dann, wie die beiden Liebenden sich trafen.

Wenige Minuten später lag ich in meinem Bett und seufzte erleichtert auf. Mir war versichert worden, dass ich keine Bestrafung zu befürchten hätte. Jetzt konnte ich nur noch hoffen, dass Mrs. Latournelle weder das Buch, das ich im Garten zurückgelassen hatte, noch das entriegelte Fenster im Schlafsaal bemerken würde.

Da ich in der Nacht kaum geschlafen hatte, musste mich

meine liebe Cassandra nach dem Läuten der Glocke wachrütteln. Im Schlafsaal wurde darüber getuschelt, dass die Schwester am Morgen nicht wie üblich erschienen war. Ich dachte, dass sie nach der Aufregung der letzten Nacht sicher auch verschlafen hätte. Erst nach dem Frühstück und den Morgengebeten verkündete Mrs. Latournelle die ernüchternde Wahrheit. Die Schwester war fortgeschickt worden. Nur ich kannte den Grund, denn die Schullehrerin verriet uns keine Einzelheiten. ›Das Verhalten der Schwester hat mich dazu gezwungen, sie zu entlassen‹, war alles, was sie dazu sagte.

In dieser Nacht saß ich auf meinem Bett, und wilde Spekulationen rasten durch meinen Kopf. Ich hatte mein Buch aus dem Gebüsch im Garten, wo ich es hatte fallen lassen, geholt und das Fenster verriegelt, ohne dabei erwischt zu werden. Ich war in Sicherheit. Aber ich beteiligte mich nicht an der Unterhaltung im Schlafsaal. Selbst als Cassandra mich fragte: ›Was glaubst du, was die Schwester verbrochen hat?‹, rollte ich mich nur auf die andere Seite und drückte mein Kissen an mich. Nur ich wusste, dass ich die einzige junge Frau an der Schule, an der mir wirklich etwas lag, verraten hatte. Eine Woche später, an Weihnachten, kehrten Cassandra und ich nach Hause zurück und kamen nie wieder in die Abtei.

Und ich habe die Schwester nie wiedergesehen.« Jane ließ sich auf ihrem Stuhl zurücksinken. »Bis gestern, als sie in meinen Armen gestorben ist.«

London, Gegenwart

Sophie konnte nicht schlafen. Erfüllt von Trauer, Zorn, Furcht und Verwirrung lag sie wach. Schließlich rief sie Victoria an. In dem weitläufigen Bayfield House hatten die Schwestern angrenzende Zimmer bewohnt, und früher war die eine, wenn sie nicht einschlafen konnte, in das Zimmer der anderen geschlichen und unter die Decke geschlüpft. Oft war sie dann dort sofort eingeschlafen, aber manchmal hatten sie sich auch bis zum Morgen unterhalten. Das fehlte Sophie. Sie fand es schrecklich, dass Victoria so weit weg wohnte und sie nur miteinander telefonieren konnten. Ein Telefonat vermittelte nie die Wärme, die sie in Victorias Gegenwart empfand.

»Kannst du nicht schlafen?«, fragte ihre Schwester.

»Du ahnst ja nicht, was mich alles plagt«, sagte Sophie. Sie erzählte Victoria alles – wie ungerecht sie den Verkauf von Onkel Bertrams Büchern fand, wie sehr sie ihre Gefühle zu Eric verwirrten und wie orientierungslos sie sich fühlte.

»Ich wünschte, ich könnte jetzt bei dir sein«, sagte Victoria.

»Ich weiß einfach nicht, was ich tun soll.«

»Was meinst du?«

»Überhaupt.«

»Fangen wir mal ganz von vorne an«, sagte Victoria. »Zuerst möchte ich wissen, warum du mir nichts von Erics Brief erzählt hast. Als ich Eric das letzte Mal gesehen habe, hast du ihn aus dem Esszimmer gebracht, nachdem er sich Vater gegenüber ein wenig unhöflich benommen hatte.«

»Er war so arrogant.«

»Ich fand ihn sehr witzig.« Victoria lachte bei der Erinnerung an den Abend.

»Okay«, gab Sophie zu. »Er war witzig, aber unhöflich. Und im Garten hat er mich dann geküsst. Oder vielleicht habe ich ihn geküsst, da bin ich mir nicht so sicher.«

»Sophie Collingwood, ich bin schockiert. Erzähl mir mehr darüber.«

»Mehr gibt es nicht zu erzählen. Er ist abgereist, und ich werde ihn wohl nie wiedersehen. Ich habe keine Telefonnummer von ihm, und ich weiß nicht einmal, ob ich ihn mag.«

»Falls du ihn dir nicht aus dem Kopf schlagen willst, kannst du nur eines tun«, meinte Victoria. »Schreib ihm.«

»Ich soll ihm einen Brief schreiben?«

»Na klar. Er hat dir geschrieben, und das war doch sehr nett, oder?«

»Schon, aber was soll ich ihm schreiben?«

»Da wird dir bestimmt etwas einfallen«, sagte Victoria. »Nun zum nächsten Problem: Onkel Bertrams Bücher. Es ist zu spät, sie sind alle verkauft worden, also, was kannst du tun?«

»Ich könnte alle Buchläden abklappern und versuchen, einige von ihnen zu finden«, antwortete Sophie.

»Dann tu das.«

»Ich kann es mir allerdings nicht leisten, viele davon zurückzukaufen.«

»Aber einige, und das ist besser als nichts.«

»Stimmt.«

»Dann bleibt noch das Problem, was du jetzt mit deinem Leben anfangen sollst.«

»Ehrlich gesagt bereitet mir das am wenigsten Kopfzerbrechen.«

»Und dich beschäftigt noch etwas, richtig?«

»Kaum zu fassen, wie gut du mich kennst.«

»Ich bin eben deine Schwester. Also rück raus damit.«

»Diese Treppe. Ich bin sie heute hinaufgestiegen und kann mir einfach nicht vorstellen, dass ein gesunder Mann wie Onkel Bertram dort hinunterstürzt, außer ...«

»Deine Fantasie geht wieder mit dir durch«, warf Victoria ein. »Glaubst du nicht, dass die Polizei ermittelt hätte, wenn es irgendeinen Zweifel über Onkel Bertrams Tod gäbe?«

»Wahrscheinlich schon«, erwiderte Sophie zögernd.

»Also zerbrich dir nicht unnötig den Kopf, und konzentrier dich auf das, was du jetzt tun kannst. Schreib Eric einen Brief, und versuch, ein paar der Bücher zurückzubekommen.«

»Du hast wohl immer sofort einen Plan zur Hand.«

»Das habe ich wahrscheinlich von Vater«, erwiderte Victoria.

»Ich hab dich sehr lieb, Tori.«

»Ich dich auch, Soph. Ruf mich morgen wieder an.«

»Okay.« Fünf Minuten später war Sophie eingeschlafen.

Am nächsten Morgen setzte Sophie Victorias Plan in die Tat um. Nachdem sie sich im Laden um die Ecke ein paar Sachen fürs Frühstück besorgt hatte, setzte sie sich an Onkel Bertrams Schreibtisch und holte einen Bogen seines dicken Briefpapiers hervor. Briefpapier, Stifte und Briefkuverts hatten die Geier, die sich über Maida Vale gesenkt und über die Bibliothek ihres Onkels hergemacht hatten, offensichtlich nicht interessiert. Als sie seinen Lieblingsfüller in die Hand nahm, lief ihr bei dem Gedanken, dass er ihn wahrscheinlich noch kurz vor seinem Tod in der Hand gehabt hatte, ein Schauder über den Rücken. Er hatte seine Korrespondenz immer morgens als Erstes erledigt. Sie hatte sich die Worte für den Brief bereits auf ihrem Rückweg von dem Laden in Gedanken zurechtgelegt und brauchte nur ein paar Minuten, um sie zu Papier zu bringen.

Lieber Eric,

vielen Dank für deinen Brief. Vielleicht überrascht es dich, aber es war ein Trost für mich zu erfahren, dass jemand außerhalb meiner Familie zumindest ein bisschen meinen Verlust nachempfinden kann. Meine Mutter und meine Schwester tun ihr Bestes, aber meiner Meinung nach kann nur ein anderer Buchliebhaber verstehen, wie ich mich fühle. Vielleicht bist du dieser Bibliophile. Dann wird es dich schockieren zu hören, dass alle Bücher meines Onkels verkauft wurden und ich nun in seiner Wohnung in London von leeren Regalen umgeben bin. Ich hasse leere Bücherregale. Umso schöner ist es, einen verständnisvollen Freund zu haben, auch wenn er weit weg ist. Fühl dich nicht verpflichtet, diesen Brief zu beantworten. Ich wollte dich nur wissen lassen, dass ich mich über deinen Brief gefreut habe. Falls es irgendetwas Neues über Bücher zu berichten gibt, kannst du mich unter der unten angegebenen Adresse erreichen.

Liebe Grüße
Sophie

Nachdem sie ihre erste Aufgabe erledigt hatte, konnte Sophie trotz der Ermahnung ihrer Schwester der Versuchung nicht widerstehen, über Onkel Bertrams Tod Nachforschungen anzustellen. Allerdings fiel ihr nichts Besseres ein, als in

Mr. Faussetts Büro anzurufen und nach dem Bericht des Gerichtsmediziners zu fragen. Man versprach ihr, ihr eine Kopie zuzuschicken. Da sie in dieser Sache nicht mehr unternehmen konnte, widmete sie sich dem Rückkauf der Bücher. Die Bibliothek ihres Onkels wieder aufzubauen, war wahrscheinlich ein Lebenswerk, aber, wie Victoria gesagt hatte, gab es keinen Grund, nicht sofort damit anzufangen.

»Onkel Bertram«, hatte Sophie einmal im Dezember gefragt, nachdem sie sich ihr Weihnachtsbuch ausgesucht hatte – eine Ausgabe von *Stolz und Vorurteil*, illustriert von Hugh Thomson –, »woher weißt du schon immer im Voraus, welches Buch du an Weihnachten haben willst? Ich habe einen ganzen Nachmittag gebraucht, um mir meines auszusuchen.«

»Mein Vater hatte eine andere Einstellung zu der Bibliothek als dein Vater«, antwortete Bertram. »Er ließ sie uns benutzen, wann immer wir wollten. Ich sage zwar ›uns‹, aber dein Vater hat sie kaum betreten. Er hat sich nie etwas aus Büchern gemacht, und ich glaube, er nahm mir jede Minute übel, die ich in der Bibliothek verbrachte und nicht mit ihm draußen spielte. Ich glaube, wir wuchsen beide sehr einsam auf. Wie auch immer, im Laufe der Jahre machte ich mich mit jedem Buch in der Bibliothek vertraut. Nach dem Tod unseres Vaters trafen dein Vater und ich unser kleines Abkommen, und ich musste nie nach dem Buch suchen, das ich haben wollte.«

»Und du wusstest immer genau, welches Buch du dir nehmen würdest?«

»Im Januar möglicherweise noch nicht. Ich suche mir die Bücher immer danach aus, was mich im Moment interessiert, und meine Interessen ändern sich ständig. Aber ich bin nie an Weihnachten in die Bibliothek gegangen, ohne genau zu wissen, welches Buch ich mit nach Hause nehmen würde.«

»Auch beim ersten Mal?«

»Vor allem beim ersten Mal. Das solltest du nicht vergessen. Ich zeige dir eines meiner Lieblingsbücher.« Bertram führte Sophie in sein Schlafzimmer und zog ein dickes, in Leder gebundenes, rissiges Buch aus dem Regal mit seinen Weihnachtsbüchern.

»Das sieht nicht sehr schön aus.« Mit zwölf Jahren neigte Sophie noch dazu, ein Buch nach seinem Einband zu beurteilen.

»Ganz im Gegenteil«, widersprach ihr Onkel. »Ich halte es für eines der schönsten Bücher, die ich habe; das hat aber nichts mit seinem Äußeren, sondern mit seinem Inhalt zu tun.« Er schlug die erste, rot und schwarz bedruckte Seite auf.

»Schon wieder Latein.« Sophie seufzte entnervt. Ihr Onkel hatte ihr zwar ein wenig Latein beigebracht, aber diese alte Sprache, die so oft in seinen Büchern auftauchte, war ihr immer noch ein Rätsel.

»Als mein Vater krank wurde, war ich noch Schüler, und in Physik lernten wir alles über Isaac Newton und sein großartiges Werk *Principia Mathematica*. Ich war fasziniert, als ich entdeckte, dass wir eine Ausgabe davon zu Hause hatten. Ich lernte Latein, um dieses Buch lesen zu können. Mein Vater starb während meines ersten Jahrs an der Universität, und als dein Vater und ich unser Abkommen trafen, wusste ich sofort, dass ich dieses Buch haben wollte.«

»Ist das eine Erstausgabe?«, wollte Sophie wissen. Sie hatte mittlerweile schon einiges von ihrem Onkel über seltene Bücher gelernt.

»Nein«, erwiderte Bertram. »So großartig ausgestattet ist

die Bibliothek von Bayfield House leider nicht. Es ist die dritte Ausgabe, die letzte, die zu Newtons Lebzeiten gedruckt wurde.«

»Dann ist sie wohl nicht viel wert.«

»Ich habe Bücher nie nach dem Wert ausgesucht, den sie für andere haben mögen, Sophie, sondern immer nur danach, was sie mir bedeuten. Ich hoffe, du wirst das einmal genauso machen.«

»Ja, Onkel«, erwiderte Sophie ein wenig beschämt.

»Ich habe dieses Buch ausgesucht, weil hier zum ersten Mal erklärt wird, warum alles in unserem Universum von etwas anderem angezogen wird.«

»Ist das auch eine Erklärung dafür, warum du dich von Büchern angezogen fühlst?«, fragte Sophie.

»Nein.« Ihr Onkel lachte. »Ich glaube, das kann wohl niemand erklären. Aber, Sophie ...«

»Ja, Onkel?«

»Obwohl es nur die dritte Ausgabe ist, musst du sehr sorgfältig damit umgehen. Ich habe es nicht nach seinem Wert ausgesucht, aber trotzdem ist es eines der wertvollsten Bücher in meiner Sammlung.«

»Aber du würdest es nie verkaufen.«

»Natürlich nicht«, erwiderte Onkel Bertram. »Aber ich habe die Pflicht, besonders gut darauf achtzugeben, damit sich die Menschheit noch sehr lange an diesem Schatz erfreuen kann.«

Diesen Schatz hielt Sophie nun in einer Buchhandlung in Bloomsbury in der Hand. Es war ihre dritte Anlaufstelle an diesem Tag. In zwei anderen Läden hatte sie bereits sechs Bücher aus der Bibliothek ihres Onkels gefunden – normale Ausgaben von herkömmlichen Büchern, die sie zusammen fünfzig Pfund gekostet hatten. Jetzt saß sie auf dem Fußboden im oberen Stockwerk der antiquarischen Buchhandlung Tompkins, eine der vornehmeren Buchhandlungen in London, und hielt die von ihrem Onkel so wertgeschätzte Ausgabe von Newtons *Principia* in der Hand.

Onkel Bertram hatte grundsätzlich keine Buchhandlungen mit Glasvitrinen und Hochflorteppichen besucht. Obwohl sich in seiner Sammlung viele wertvolle Bücher befanden, hatte er es sich nie leisten können, viel Geld für ein Buch auszugeben. Er hatte immer sehr besonnen eingekauft und oft die Bedeutung eines Werks erkannt, die dem Händler nicht bewusst war, aber er hatte seine Suche eher auf die schlecht beleuchteten Kellerräume der Secondhand-Buchläden als auf die nüchtern eingerichteten, teuren Antiquariate konzentriert. Zu Tompkins ging er nur sehr selten, wenn ein Buch im Schaufenster sein Interesse erregte; gekauft hatte er hier nie etwas. »Schamlos überteuert«, pflegte er zu sagen. Er wäre erbost, wenn er wüsste, dass Gerard Tompkins jetzt der Besitzer seiner Ausgabe von *Principia* war.

Auf der Seite, auf der ihr Onkel zum allerersten Mal »Natalis Christi« geschrieben hatte, war mit Bleistift der aktuelle Preis notiert: fünfzehntausend Pfund. Sophie konnte sich dieses Buch ebenso wenig leisten, wie sie ihren Onkel zurückholen konnte. Zorn wallte in ihr auf, als sie das Buch in der Hand hielt, das ihr hätte gehören sollen und das sie nun nie besitzen würde. Sie fand, dass die Welt ihr eine Bibliothek schuldete. Und wenn das zu viel war, dann wenigstens das Regal mit den Weihnachtsbüchern ihres Onkels. Und wenn auch das nicht machbar war, dann hatte sie zumindest *dieses* Buch verdient.

Gerard Tompkins, der im Untergeschoss damit beschäftigt war, einen Stapel Neuware auszuzeichnen, hatte Sophie nicht erkannt, obwohl sie ihm auf der Londoner Antiquariatsmesse schon öfter vorgestellt worden war. Sie war davon überzeugt, dass er zu diesen seltenen Buchhändlern gehörte, denen es nur ums Geld ging – nicht um Bücher oder Menschen. Noch nie zuvor hatte Sophie etwas gestohlen, aber sie sagte sich, dass es eigentlich kein Diebstahl war. Sie würde lediglich ein Buch seinem rechtmäßigen Eigentümer zuführen. Ein einziges Buch im Austausch gegen eine ganze Bibliothek – wenn es sich dabei um eine kriminelle Abmachung zwischen ihr und der Welt handelte, dann war sie mit Sicherheit das Opfer und nicht die Täterin. Ihre Hand zitterte, und ihr brach der Schweiß aus, als sie das Buch in ihre Einkaufstasche zu den zwei anderen Büchern steckte. Sicher würde Tompkins die Tasche durchsuchen. Oder das Buch trug ein Sicherheitsetikett, das den Alarm auslösen würde. Bestimmt würde ihr jeder, der sie auch nur mit einem flüchtigen Blick streifte, sofort ansehen, dass mit ihr etwas nicht stimmte, sie aufhalten und das *Principia* entdecken. Doch dann war alles ganz leicht. Sie ging einfach zur Tür hinaus. Tompkins sah nicht einmal von seiner Arbeit auf. Ohne Zweifel hatte er in ihr keine ernsthafte Sammlerin gesehen, sondern nur eine Kundin, die ein wenig herumstöbern wollte. Jetzt war Sophie eine Bücherdiebin, und sie stellte überrascht fest, dass sie weder Schuldgefühle noch Angst plagten – sie fühlte sich richtig beschwingt.

Hampshire, 1796

»Die Frau, die Ihnen vergeben hat, war also die Schwester, die wegen Ihrer Lüge entlassen wurde«, sagte Mr. Mansfield, nachdem Jane geendet hatte.

»Bis sie mich mit meinem Namen ansprach, war mir das nicht bewusst. Selbst dann fragte ich sie, woher sie mich kenne, woraufhin sie mir den Rest der Geschichte erzählte. Sie hatte in der Abtei einen Brief von ihrem Bruder erhalten, der ihr mitteilte, dass ihre Mutter erkrankt war. Er schrieb, er werde zwei Tage später mit der Kutsche um Mitternacht ankommen und wolle sie so schnell wie möglich sehen. Also schlug sie vor, sich mit ihm im Garten der Abtei zu treffen. Sie umarmte ihren Bruder herzlich, den sie seit drei Jahren nicht mehr gesehen hatte. Seine Neuigkeiten waren erschütternd. Anscheinend lag die Mutter auf dem Sterbebett. Ihr Bruder musste wegen dringender Geschäfte jedoch Reading noch im Morgengrauen wieder verlassen und konnte erst nach drei Tagen wieder zurückkommen. Er versprach ihr, dass er sie dann zu ihrer Mutter bringen werde. Aber ein kleines Mädchen hatte ihr in der Dunkelheit aufgelauert und beschuldigte sie, sich mit einem Liebhaber getroffen zu haben; deshalb wurde sie fortgejagt, noch bevor ihr Bruder zurückkehrte. Sie sah weder ihren Bruder noch ihre Mutter jemals wieder.« Jane verstummte, und Tränen rannen ihr über die jugendlichen Wangen.

»Eine schwere Bürde für Sie«, sagte Mr. Mansfield. »Aber

sie hat Ihnen vergeben, so wie Gott allen vergibt, die ihre Sünden bereuen.«

»Sie starb, bevor ich sie nach ihrem Namen fragen konnte«, sagte Jane. »Und bevor ich mich bei ihr für meine schreckliche Sünde entschuldigen konnte.«

»Sie waren noch ein Kind, Jane. Und obwohl Ihr Verstand und Ihre schriftstellerischen Qualitäten darüber hinwegtäuschen, sind Sie auch jetzt beinahe noch ein Kind.«

»Ich bin nicht zu Ihnen gekommen, damit Sie Nachsicht mit mir üben, Mr. Mansfield.« Jane wischte sich die Tränen vom Gesicht und richtete sich auf. »Und ich will auch keinen Trost. Ich bin gekommen, weil ich hoffe, Sie können mir bei einer Wiedergutmachung helfen. Natürlich kann nichts der Schwester oder ihren beiden Kindern ihr Leben wieder zurückgeben, aber es muss doch irgendetwas geben, was ich tun kann, sonst werde ich auch sterben.«

»Nur Gott darf eine Strafe verhängen, und nur er kann, durch Christus, Vergebung gewähren. Er vergibt der Schwester, und er vergibt Ihnen«, sagte Mr. Mansfield. »Aber es gibt vielleicht etwas, um der Schwester Ehre zu erweisen und gleichzeitig Ihnen selbst und anderen etwas Gutes zu tun.«

»Ich würde mit Freuden jeden Vorschlag von Ihnen annehmen, wenn ich damit etwas erreichen könnte.«

»Womit versündigen Sie sich, Miss Austen?«

»Indem ich über andere urteile«, erwiderte Jane. »Nicht öffentlich, sondern in Gedanken. Ich schmücke ihre Lebensgeschichte mit meinen Fantasiegespinsten aus. Und ich lasse mich von dem ersten Eindruck zu einer Meinung hinreißen.«

Mr. Mansfield legte die Fingerspitzen aneinander und schwieg eine Weile. »Ich denke, ich sehe eine Möglichkeit, wie Sie vielleicht eine gewisse Wiedergutmachung leisten und gleichzeitig jemandem einen großen Dienst erweisen können – einem Menschen, der Sie zwar erst seit Kurzem kennt, sich aber glücklich schätzt, in Ihnen mehr als nur eine Freundin gefunden zu haben.«

Bei diesem Kompliment errötete Jane, und sie dachte an ihre eigene Erkenntnis über ihre Gefühle für Mr. Mansfield. Diese Liebesbezeugung gerade jetzt, da sie ihm ihre persönliche Schande offenbart hatte, berührte sie zutiefst.

»Ich kann mich glücklich schätzen angesichts Ihrer Zuneigung und Ihrer Anteilnahme, Mr. Mansfield, und ich bin allen Ihren Vorschlägen gegenüber aufgeschlossen.«

»Miss Austen, ich weiß genug über Ihre Arbeitsweise, um Ihnen Folgendes sagen zu können: Bevor Sie Buße tun, müssen Sie Ihren Kopf von *Elinor und Marianne* freibekommen, und das ist nur möglich, indem Sie Ihre Geschichte über sie beenden. Das sage ich nicht nur als begeisterter Zuhörer, der den Gedanken nicht ertragen kann, dass das Schicksal der Dashwoods durch mein Vorhaben verzögert wird, sondern als jemand, der weiß, dass die Dashwoods, ob Sie das wollen oder nicht, Ihre Gedanken beherrschen werden, bis Sie ihre Geschichte zu Ende erzählt haben.«

»Da mögen Sie recht haben, Mr. Mansfield. Obwohl mir meine Sünde gegen Gott und die liebe Schwester seelische Qualen bereitet, kreisen meine Gedanken ständig um die Ereignisse in Barton Cottage.«

»Es ist nicht verwerflich, wenn Sie vor Ihrer Buße Ihren Kopf von anderen Lasten befreien«, erklärte Mr. Mansfield. »Selbst wenn ein paar Tage oder Wochen vergehen, bevor Sie sühnen können.«

»Ich glaube, ein paar Tage trifft es eher, auch wenn Sie mir das in Hinblick auf unsere Unterhaltung im Park vor meiner

Abreise nach Kent vielleicht nicht glauben mögen. Die Geschichte der Dashwoods ist bereits fast beendet.«

»Dann sollten Sie Ihren Roman zum Abschluss bringen und ihn Ihrer Familie und mir vorlesen. Danach können wir mit freiem Geist und offenem Herzen das Projekt in Angriff nehmen, das mir vorschwebt.«

»Sie haben mir noch nicht verraten, um welches Projekt es sich handelt, Mr. Mansfield, oder wie ich für meine Sünden büßen könnte.«

»Zuerst die Dashwoods, Miss Austen, und dann werde ich Ihnen von meinem Plan erzählen.«

London, Gegenwart

Nachdem Sophie das Buch gestohlen hatte, ging sie, ohne weiter nachzudenken, in die Cecil Court, eine kleine Fußgängerstraße zwischen der Charing Cross Road und der St. Martin's Lane, die an beiden Seiten von Buchhandlungen gesäumt war. Cecil Court mit den vielen in grünen Holzrahmen gefassten Schaufenstern, hinter denen alle nur erdenklichen Bücher ausgestellt waren, galt als das Herzstück von Londons Secondhand-Buchhandel. Nur wenige Meter vom vielbefahrenen West End entfernt schien sich die Welt hier langsamer zu drehen. Buchhändler saßen hinter ihren Ladentheken, blätterten in Katalogen und nippten an einer Tasse Tee, während Kunden von einem Geschäft zum nächsten spazierten und ihre Einkaufstaschen immer schwerer wurden. Sophie blieb vor einem Schaufenster stehen, über dem in goldenen Buchstaben geschrieben stand: AUGUSTUS BOXHILL, GEBRAUCHTE UND ANTIQUARISCHE BÜCHER. Ein Gespräch mit einem freundlichen Buchhändler könnte jetzt genau das Richtige sein, um ihre Gedanken an Gerard Tompkins zu vertreiben, der wahrscheinlich gerade in den Büchern ihres Onkels blätterte. Als sie die Tür aufmachte, ertönte ein Glöckchen.

Im Gegensatz zu Tompkins' Antiquariat roch es bei Boxhill's so, wie es in einem Buchladen riechen sollte. Der Geruch war noch stärker und intensiver als früher in Onkel Bertrams Wohnung, und Sophie blieb einen Moment stehen, um den schweren Duft nach Staub und Wissen einzusaugen.

»Miss Collingwood, welche Freude, Sie hier zu sehen.« Mr. Boxhill saß im hinteren Bereich des kleinen Ladens an einem hohen Tresen, fast vollständig verdeckt von einem Bücherstapel.

»Guten Morgen, Mr. Boxhill.«

»Bitte nennen Sie mich Gusty. Ein alberner Name, aber ich werde von allen so genannt.«

»Dann sollten Sie mich Sophie nennen.«

»Ich war entsetzt, als ich hörte, was mit der Bibliothek Ihres Onkels geschehen ist, Sophie. Wie die Geier sind sie darüber hergefallen, ohne Ihnen auch nur ein Wort davon zu sagen. Ich war leider verreist, sonst hätte ich Ihnen sofort Bescheid gesagt und versucht, noch ein paar Bücher für Sie zu retten. Ich weiß, wie viel Ihr Onkel Ihnen bedeutet hat.«

»Das ist sehr freundlich von Ihnen, Mr. ... ich meine Gusty. Es war ein Schock für mich, als plötzlich alle seine Bücher weg waren. Ich bin nämlich inzwischen in seine Wohnung gezogen.«

»Oh, meine Liebe, das wusste ich nicht. Dann müssen wir Ihnen schnell ein paar Bücher besorgen. Ich kann den Gedanken an die leeren Regale kaum ertragen. Ihr Onkel hat mich öfter zum Tee eingeladen, und wir haben wunderbare Stunden damit verbracht, gemeinsam in seiner Bibliothek zu stöbern.«

Sophie war einen Augenblick um Worte verlegen. Hier bei Boxhill's würde sie keine weiteren Bücher aus Onkel Bertrams Bibliothek finden, und eigentlich sollte sie sich verabschieden und ihre Suche fortsetzen, aber irgendetwas in diesem Laden ließ sie nicht los. Es war nicht nur der Geruch und das Durcheinander, das sie an ihre Zeit mit Onkel Bertram erinnerte. Vielleicht waren es die in den Sonnenstrahlen wirbelnden Staubpartikel und die vor der Theke aufgestapelten, sorgfältig beschrifteten Kartons mit alten Postkarten und Programmheften. Oder die auf den höchsten Regalen fein säuberlich aufgereihten Bücher, während man den in Augenhöhe stehenden Exemplaren ansah, dass sie schon oft aus dem Regel gezogen und durchblättert worden waren. Oder die abgeplatzte Farbe an den Wandleisten und die abgenutzten Dielen unter ihren Füßen. Vor allem hatte sie das durchdringende Gefühl, dass die Bücher bei Boxhill's, auch wenn sich darunter wahrscheinlich wertvolle Sammlerstücke befanden, nicht dazu gedacht waren, hinter verschlossenen Glastüren ausgestellt zu werden – sie sollten gelesen werden. In diesem Buchladen fühlte Sophie sich zum ersten Mal seit dem Tod ihres Onkels wie zu Hause. Und in dem Moment, als ihr das klar wurde, wusste sie auch, was sie Gusty sagen wollte.

»In Bayfield haben Sie mir gesagt, ich dürfe mich jederzeit an Sie wenden, falls Sie etwas für mich tun könnten ...«

»Was auch immer«, erwiderte Gusty sachlich.

»Ich brauche einen Job«, erklärte Sophie.

»Haben Sie das Schild im Schaufenster gesehen?«

»Nein. Ich dachte nur, dass ...«

»Da kommen Sie genau zum richtigen Zeitpunkt. Meine Mitarbeiterin hat mich vor zwei Wochen verlassen, und ich suche dringend eine neue Assistentin. Wann könnten Sie anfangen?«

»Na ja ... eigentlich sofort«, erwiderte Sophie.

»Nun, Sie kommen schon seit Ihrer Kindheit in diesen Laden. Und Sie sind mit Sicherheit qualifiziert für diesen Job. Sogar überqualifiziert. Wir müssen uns natürlich noch über die Details wie Gehalt und Arbeitszeiten unterhalten, aber ich möchte Sie schon jetzt bei Boxhill's herzlich willkommen heißen.«

»Wollen Sie damit sagen, dass Sie mir den Job geben?«

»Wen könnte ich sonst finden, der nur halb so viel über Bücher weiß wie Sie?«

»Das ... das ist fantastisch. Wenn Sie nicht hinter dem Tresen säßen, würde ich Sie jetzt am liebsten umarmen.«

»Dann schlage ich vor, wir gehen um die Ecke einen Happen essen, und anschließend arbeite ich Sie ein.«

Sophie und Gusty hatten sich im Salisbury in der St. Martin's Lane an einen Fenstertisch gesetzt und unterhielten sich angeregt über Bücher, Buchhandel und Onkel Bertram.

»Er hat immer sehr liebevoll von Ihnen gesprochen«, sagte Gusty. »Ich glaube, da er keine eigenen Kinder hatte, waren Sie wie eine Tochter für ihn.«

»Darf ich Sie etwas fragen, Gusty?«

»Natürlich.«

»Glauben Sie, dass es jemanden gibt, der meinem Onkel etwas Böses wollte?«

»Ich dachte, er starb ... War es denn kein Unfall?«

»Doch«, erwiderte Sophie. »Zumindest laut offiziellen Angaben. Aber für mich ergibt das einfach keinen Sinn.«

»Nun, ich habe nie jemanden auch nur ein einziges böses Wort über Ihren Onkel äußern gehört«, erklärte Gusty. »Sie wissen ebenso wie ich, wie sehr er in der Gemeinde der Buchliebhaber geschätzt wurde.«

»Ja, natürlich.«

»Bertram sagte immer, Sie hätten eine sehr lebhafte Fantasie«, sagte Gusty. »Vielleicht haben Sie zu viele Sherlock-Holmes-Geschichten gelesen?«

»Das kann gut sein.« Sophie zwang sich zu einem Lächeln. Sie hatte sie alle gelesen.

»Ich würde mir nicht zu viele Gedanken darüber machen.« Gusty erhob sich und schob seinen Stuhl zurück. »Außerdem wartet eine Menge Arbeit auf uns.«

Bis zum Nachmittag hatte Gusty Sophie in fast alles eingewiesen, was im Laden zu tun war. Um vier Uhr ließ er sie allein, um zu einer Auktion zu gehen.

Sie konnte ihr Glück kaum fassen. Die Arbeit bei Boxhill's würde ihr mit Sicherheit über den schmerzlichen Verlust von Onkel Bertrams Bibliothek hinweghelfen. Und sie war froh, Gusty gefunden zu haben, denn er war Onkel Bertram sehr ähnlich. Die beiden Männer waren im gleichen Alter und hatten nicht nur die Liebe zu Büchern gemein, sondern auch die Freude, die Begeisterung, sie mit anderen zu teilen. Gusty schien sich über einen Kunden, der für eine halbe Stunde auf ein Gespräch über Bücher vorbeischaute und nichts kaufte, ebenso zu freuen wie über einen anderen, der den Laden mit einem Armvoll Bücher wieder verließ. Vielleicht sogar noch mehr, dachte Sophie. Sie wollte sich so gut wie möglich um alles kümmern und entdeckte schon bald einiges, was sie tun konnte, um den Laden besser zu gestalten und das Geschäft anzukurbeln, so dass Gusty sich seiner Vollzeitbeschäftigung als Buchliebhaber hingeben konnte.

Eine Woche später wollte Sophie gerade ihre Wohnungstür öffnen, als die Morgenpost durch den Briefschlitz hereingeworfen wurde. Es sah nach der üblichen Sammlung der an ihren Onkel adressierten Buchhändlerkataloge aus. Sie würde sie am Abend durchsehen und legte die Post auf den Tisch neben der Tür, als noch eine Postkarte mit einem Bild vom Eiffelturm hereinflatterte. Sie hob sie auf und las:

Liebe Sophie,
in der Bibliothèque National de France befinden sich einige gute Bücher, aber wenn man sie aufschlägt, stellt man fest, dass sie alle in einem unverständlichen Kauderwelsch geschrieben sind. Scheint sich um eine andere Sprache zu handeln. Ich vermisse Jane Austen; für mich ist sie wohl besser geeignet als Proust. Was meinst du?
Eric

Erics Scherz brachte Sophie zum Lachen. Sie musste sich wohl damit abfinden, dass es für sie keine gemeinsame Zukunft gab, aber vielleicht konnten sie ja Übersee-Brieffreunde werden. Dieser Gedanke gefiel ihr. Schließlich hatte auch Jane Austen Brieffreunde gehabt. Briefe an Eric zu schreiben und seine Antworten zu lesen erschien ihr ein angenehmer, höflicher Austausch. Mit einem Lächeln steckte sie die Karte in ihre Handtasche und machte sich auf den Weg zur Arbeit.

Kurz vor der Öffnungszeit traf sie vor Boxhill's ein und entdeckte an der Tür eine Nachricht von Gusty:

Bin nach Surrey gefahren, um mir einige Bücher aus einem Nachlass anzuschauen. Schließen Sie den Laden ab, wann immer Sie gehen. Bitte um Entschuldigung, dass ich so kurzfristig wegmusste. Gusty

Sophie freute sich, das kleine Königreich der Bücher eine Weile allein regieren zu dürfen.

Normalerweise zog Sophie Männer nicht mit Blicken aus, aber als der erste Kunde zur Tür hereinschlenderte, erlaubte sie sich, zumindest seine muskulösen Schultern zu bewundern. Er war groß und gut gebaut und trug ein eng anliegendes Designer-T-Shirt, das nur wenig von seinem durchtrainierten Körper verbarg. Auf seinem kunstvoll verwuschelten blonden Haarschopf saß eine Sonnenbrille. Er war braungebrannt, trug teure Lederschuhe, eine Khakihose und lächelte sie strahlend an. Sophie hätte ihn für einen Italiener, Spanier oder vielleicht Südkalifornier gehalten, doch er grüßte sie mit unverkennbarem Mayfair-Akzent.

»Guten Morgen. Miss Collingwood, nehme ich an.«

»Die bin ich«, erwiderte Sophie. »Aber woher kennen Sie meinen Namen?«

»In Cecil Court scheint jeder Ihren Namen zu kennen. Gusty hat hier überall mit seiner neuen Angestellten geprahlt. Ich bin Winston. Winston Godfrey. Es freut mich, Sie kennenzulernen.« Er streckte die Hand aus, und Sophie ergriff sie schüchtern. Sie war warm, trocken und kräftig, und Sophie ertappte sich dabei, dass sie sich vorstellte, wie sie sich auf ihrem Rücken anfühlen würde.

»Man hat mir gesagt, dass Sie die richtige Ansprechpartnerin für Bücher aus dem achtzehnten Jahrhundert sind.«

»Ich habe keine Ahnung, wer Sie auf diese Idee gebracht hat«, antwortete Sophie. »Ich arbeite erst seit einer Woche hier.«

»Das mag schon sein, aber wenn man allen Buchhändlern in Cecil Court glauben darf, sind Sie praktisch hier aufgewachsen.«

»Das stimmt, aber ich besitze kein Fachwissen über das achtzehnte Jahrhundert. Wenn überhaupt, dann nur über Bücher aus der viktorianischen Ära.«

»Schauen Sie, Miss Collingwood ...«

»Bitte nennen Sie mich Sophie.«

»Sophie. Ich suche nach einem recht gewöhnlichen Buch und könnte mein Anliegen einigen in Tweed gekleideten Männern mittleren Alters in dieser Straße vortragen, oder ich kann hierherkommen und mit der hübschen jungen Dame von Hausnummer sieben darüber ein nettes Gespräch führen. Versetzen Sie sich in meine Lage. Was würden Sie tun?«

Sophie errötete. Ihr war nie in den Sinn gekommen, eine Buchhandlung als einen Ort zu betrachten, wo man Männer kennenlernen konnte. Die meisten Kunden, die sie in den letzten Jahren in Buchhandlungen gesehen hatte, glichen in etwa dem Typ, den Winston soeben beschrieben hatte. Winston hingegen sah nicht viel älter aus als sie.

»Nun, Mr. Godfrey ...«

»Winston.«

»Also gut, Winston. Ich helfe Ihnen gern, so gut ich kann.« Sie versuchte verzweifelt, sich auf Bücher zu konzentrieren, aber ihr gingen gerade einige Möglichkeiten durch den Kopf, wie sie Winston helfen könnte, allerdings hatten sie alle nichts mit einer Buchhandlung zu tun.

»Ich suche nach diesem Buch.« Er zog ein Blatt Papier aus seiner Hemdtasche und schob es über die Ladentheke. Sophie faltete es auseinander und las laut vor: »*Ein kleines Buch allegorischer Geschichten* von Rev. Richard Mansfield, veröffentlicht in Leeds, 1796«. Wollen Sie nicht lieber warten, bis es verfilmt wird?«

»Das ist doch sicher nicht der seltsamste Wunsch, den ein Kunde je geäußert hat«, entgegnete Winston.

»Doch, aber wie schon gesagt – ich bin erst seit einer Woche hier.«

»Nun, es wird noch etwas komplizierter. Ich brauche die zweite Ausgabe.«

»Die zweite Ausgabe?«

»Genau.«

»Sie sammeln zweite Ausgaben?« Sophie sah ihm mutig in die blauen Augen.

»Die erste habe ich bereits«, sagte Winston und erwiderte ihren Blick.

»Dann muss das wohl ein fantastisches Buch sein.« Sophie wusste nicht, ob sie bei dieser Unterhaltung auf eine unterschwellige Botschaft achten sollte oder ob dieser Adonis tatsächlich nur ein langweiliges Buch von einem Geistlichen aus dem achtzehnten Jahrhundert suchte.

»Und? Können Sie mir helfen?«, fragte Winston.

»Tja, Zweitausgaben von unbekannten Büchern werden nicht sehr oft in Katalogen gelistet, aber ich kann mich umhören. Warum gerade dieses Buch?«

»Stellen Sie allen Ihren Kunden so persönliche Fragen?«

»Ich habe mir noch keine bestimmten Gewohnheiten im Umgang mit Kunden angeeignet.«

»Nun, ich habe auch eine persönliche Frage an Sie, Sophie Collingwood. Wann machen Sie Feierabend?«

»Und warum wollen Sie das wissen?«

»Sophie.« Er lehnte sich an den Tresen und sah ihr wieder direkt in die Augen. »Ich glaube, Sie wissen – und ich weiß es auch –, dass es nur höchst selten vorkommt, dass sich eine hübsche Frau und ein junger Mann in einem Antiquariat begegnen. Das muss Schicksal sein. Also sollten wir zumindest gemeinsam etwas trinken gehen.«

»Sie laden mich auf einen Drink ein?«

»So ist es«, bestätigte Winston.

»Dann werde ich den Laden um fünf Uhr schließen.«

»Auf dem Schild an der Tür steht aber sechs Uhr.«

»Möchten Sie tatsächlich eine Stunde länger warten?« Sophie war schockiert über ihre eigene Kühnheit.

»Ich hole Sie um halb fünf ab«, erwiderte Winston.

Unter der Ladentheke fand Sophie eine verstaubte Ablagekiste mit der Aufschrift »Kundenwünsche« und notierte sich auf einer Karte den Titel und den Autor von dem Buch, das Winston haben wollte, und seine Kontaktangaben. Zugegeben, der Wunsch war ungewöhnlich, aber Sophie hatte Hunderte Stunden in Buchhandlungen verbracht und wusste daher, dass sich hin und wieder Kunden nach alten, unbekannten Büchern erkundigten. Nicht jeder verfügte über das entsprechende Bankkonto und den Ehrgeiz, eine Erstausgabe von Jane Austen oder Charles Dickens zu erwerben. Vielleicht hatte einer von Winstons Vorfahren *Ein kleines Buch allegorischer Geschichten* geschrieben, oder es enthielt eine Allegorie, an die Winston sich aus seiner Kindheit erinnerte, oder er sammelte Allegorien von Geistlichen aus dem achtzehnten Jahrhundert.

In den nächsten Stunden kümmerte Sophie sich um den Ordner mit den Kundenwünschen. Anscheinend waren sie schon länger vernachlässigt worden. Am frühen Nachmittag hatte sie einige Bücher im Laden entdeckt, die mit den auf den Karten eingetragenen Anfragen übereinstimmten, und konnte telefonisch drei sehr glücklichen Sammlern mitteilen, dass sie gefunden hatte, wonach sie suchten. Die Begeisterung in ihrer Stimme bereitete ihr Freude, und sie hoffte, dass sie auch Winstons Wunsch erfüllen konnte. Wunschbücher ließen sich in zwei Kategorien aufteilen: Einige fand man rasch mit ein wenig Aufwand, die anderen hingegen würden wahrscheinlich nie auftauchen. Sollte *Ein kleines Buch allegorischer Geschichten* zur ersten Kategorie gehören, konnte sie Winston gleich bei einem Drink mit guten Neuigkeiten überraschen.

Nachdem sie zwei Stunden lang im Internet recherchiert, etliche Kataloge durchgeblättert und die meisten der Lieblingshändler ihres Onkels angerufen hatte, musste sie feststellen, dass nirgendwo irgendein Buch von Richard Mansfield zum Verkauf angeboten wurde. Und niemand hatte überhaupt jemals von ihm oder von seinem Werk mit den Allegorien gehört. Selbst im Katalog der British Library war nur die Erstausgabe dieses Buchs aufgeführt. Sie hatte sich gerade damit abgefunden, Winston über die schlechten Chancen, sein Buch in nächster Zeit aufzutreiben, informieren zu müssen, als ein Kunde den Laden betrat. Die folgende Stunde verbrachte Sophie in einem Gespräch mit dem Mann mittleren Alters über die bibliographischen Feinheiten der Poesie des neunzehnten Jahrhunderts. Es war fast fünf Uhr, als der Kunde mit einem Lächeln auf dem Gesicht, einer Einkaufstasche voller Bücher und einem erheblich leichteren Geldbeutel den Laden verließ. Winston wartete bereits seit Punkt halb fünf vor dem Geschäft und gab vor, sich die reduzierten Bücher anzuschauen. Sobald der Poesieliebhaber gegangen war, kam er herein.

»Falls Sie nicht vorhaben, etwas mit nach Hause zu nehmen, sollten Sie hier nicht herumlungern und die Kunden vertreiben«, sagte Sophie scherzhaft.

»Ich sehe schon etwas, was ich mitnehmen möchte.« Winston sah Sophie in die Augen.

»Ach ja?«

»Ja.« Er zog ein Buch aus einem Regal, ohne einen Blick darauf zu werfen. »Diese Ausgabe von ... *Vorträge und Abhandlungen* von Earl of Iddesleigh.«

»Tatsächlich? Das wollen Sie haben?«, fragte Sophie.

»Oh, ja. Ich bin ein begeisterter Anhänger von dem Earl of Iddesleigh.«

»Das kann ich gut verstehen, aber an Ihrer Stelle würde ich bei den Vorträgen bleiben, sie sind viel besser als die

Abhandlungen.« Winston lachte und stellte das Buch zurück in das Regal. »Kommen Sie, helfen Sie mir, die reduzierten Bücher in den Laden zu bringen«, forderte Sophie ihn auf. Schweigend schleppten sie die Bücher von dem Ständer in den Laden. Sobald alle verstaut waren, holte Sophie ihre Handtasche, schaltete das Licht aus und schloss hinter sich ab.

»Ich habe eigentlich auf einen netten jungen Mann gehofft, der mich auf einen Drink einladen möchte«, sagte Sophie, als sie in der Mitte von Cecil Court standen.

»Da werden Sie wohl mit mir vorliebnehmen müssen.« Winston bot ihr seinen Arm an. Sophie hakte sich bei ihm unter, und sie marschierten los in Richtung Covent Garden.

Hampshire, 1796

Vor Kurzem hatte Janes verwitweter Bruder James von ihrem Vater eine Anstellung als Vikar in Deane angeboten bekommen und lebte nun nur eineinhalb Meilen entfernt vom elterlichen Heim. Seine Tochter Anna, eine hübsche und kluge Viereinhalbjährige, wohnte im Pfarrhaus in Steventon und wurde dort von ihren beiden unverheirateten Tanten betreut. Vor allem Cassandra hatte viel Spaß daran, das Mädchen zu verhätscheln, und die kleine Anna lauschte Janes Geschichten mit großer Begeisterung. Anfang Oktober hatte Jane, wie Mr. Mansfield ihr empfohlen hatte, ihren Entwurf von *Elinor und Marianne* fertiggestellt und las das Ende im Pfarrheim verschiedenen Leuten vor. An einem düsteren Nachmittag waren Anna und Cassandra ihre Zuhörerinnen. Die Freude ihrer Nichte an der Geschichte erfüllte Janes Herz mit einer Leichtigkeit, die sie seit dem Tod der Schwester nicht mehr empfunden hatte, und sie hatte das Gefühl, dass sie jetzt, da sie ihren Roman beendet hatte und sich mit ungeteilter Aufmerksamkeit jedwedem Projekt, das Mr. Mansfield ihr vorschlagen würde, widmen konnte, womöglich die Lebensfreude wieder zurückerlangte, die ihr durch die Erinnerung an ihre Jugendsünde verloren gegangen war.

Mit der kleinen Anna im Haus konnte sie sich solchen Gedanken jedoch nicht lange hingeben, denn kaum hatte Jane das Manuskript von *Elinor und Marianne* beiseitegelegt, wollte das Mädchen mehr hören. Als Jane ihrer kleinen Nichte sagte, dass sie keine weiteren Geschichten zu erzählen habe, verschwand Anna und kam wenige Minuten später mit einem schmalen, in Leinen gebundenen Buch zurück.

»Wenn du keine Geschichten mehr hast, Tante Jane, würdest du mir dann bitte eine aus diesem Buch vorlesen?«

»Was ist das für ein Buch, Anna?«, wollte Jane wissen.

»Ich weiß es nicht.«

Jane lächelte, als sie das eifrige Gesicht ihrer Nichte sah. »Woher hast du es denn?«, fragte sie behutsam.

»Von Großvater.«

»Hat er es dir gegeben?«

Anna gab keine Antwort und starrte auf den Boden.

»Gib mir eine ehrliche Antwort, Anna. Ich werde dich nicht ausschimpfen. Woher hast du dieses Buch?«

»Aus seinem Arbeitszimmer. Es lag auf dem Schreibtisch.«

Jane lachte und hob das Kind auf den Arm. »Ich bezweifle, dass wir auf Großpapas Schreibtisch irgendein Buch mit schönen Geschichten finden«, sagte sie. »Zeig mal her. Wahrscheinlich geht es um Theologie oder Wissenschaft, und das wirst du wahrscheinlich recht langweilig finden.«

»Aber da steht ›Geschichten‹ drauf«, widersprach Anna. Cassandra hatte dem Mädchen das Lesen beigebracht, und es hatte sich dabei erstaunlich gelehrig gezeigt.

»Tatsächlich?« Jane stellte Anna auf die Füße und nahm ihr das Buch aus der Hand. Auf dem Einband standen in Prägeschrift die Worte »Allegorische Geschichten«.

»Da steht noch ein Wort«, sagte Anna. »Aber das ist ziemlich lang.«

»Das stimmt«, pflichtete Jane ihr bei. »Und schwierig noch dazu.« Sie schlug die Titelseite auf und machte große Augen. Kurz darauf brach sie in schallendes Gelächter aus.

»Was ist los, Tante Jane?« Anna freute sich über Janes Belustigung. »Warum lachst du denn so?«

Jane sammelte sich rasch und hob das Kind wieder hoch. »Komm, Anna, ich werde dir eine Geschichte vorlesen. Dann werden wir sehen, ob sie klug und spannend oder dumm und langweilig sind.«

»Ich hoffe, sie sind spannend«, krähte Anna.

»Das hoffe ich auch«, erwiderte Jane. »Das hoffe ich auch.«

Als Mr. Mansfield am folgenden Tag Jane die Tür zum Pförtnerhaus öffnete und ihr sagte, wie sehr er sich auf das versprochene Ende von *Elinor und Marianne* freue, schenkte sie ihm zunächst wie üblich ein Lächeln. Aber dann fegte sie an ihm vorbei ins Wohnzimmer, ohne ihn zu begrüßen oder seine Aufforderung, ins Haus zu kommen, abzuwarten. Als ihr Gastgeber ihr folgte, drehte sie sich zu ihm um und sagte mit leichtem Tadel in der Stimme:

»Mr. Mansfield, ich bin schockiert. Es bestürzt mich, dass Sie mir bei unserer Vertrautheit in all den Wochen ein Geheimnis aus Ihrer Vergangenheit verschwiegen haben, obwohl Sie wissen, welchen Einfluss es auf meine Meinung von Ihnen haben würde.«

»Miss Austen, ich weiß nicht, was Sie meinen. Ich habe Ihnen mit Sicherheit keine großen Geheimnisse vorenthalten.«

»Sie sind nicht, was Sie vorgeben zu sein, Sir.«

»Ich versichere Ihnen, Miss Austen, ich bin nicht mehr und nicht weniger als ein alternder Geistlicher mit einer Leidenschaft für Literatur.«

»Nicht weniger, das steht fest, sondern viel mehr.«

»Was werfen Sie mir vor, Miss Austen?«

»Ein Verbrechen, von dem ich gern bereits bei unserem ersten Treffen erfahren hätte. Sie, Sir, sind ein Schriftsteller.«

Jane warf das Buch auf den Tisch, das Anna ihr am Nachmittag zuvor gebracht hatte. Mr. Mansfield errötete zwar, lächelte aber erleichtert.

»Ich fürchte, das verdient Ihre Aufmerksamkeit gar nicht.«

»Sie tun sich selbst unrecht, Mr. Mansfield«, erklärte Jane. »Zumindest Anna hat es sehr gut gefallen. Es ist nicht die Qualität des Buchs, sondern die Widmung, die mich erzürnt.« Sie hob das Buch auf, schlug die erste Seite auf und las: »›Für Reverend George Austen vom Verfasser‹. Wo, Sir, ist die Ausgabe, gewidmet Ihrer Schülerin Miss Jane Austen?«

Mr. Mansfield lachte und nahm Jane das Buch aus der Hand. »Ich habe Ihrem Vater das Buch deshalb gegeben, weil ich dachte, dass es für ihn als Geistlichen nützlich sein könnte. Es handelt sich mit Sicherheit nicht um Literatur, sondern nur um eine Sammlung allegorischer Geschichten, gedacht als moralische Lektionen und möglicherweise als Hilfestellung für Predigten. Aber wenn ich wieder nach Croft fahre, bringe ich Ihnen eine Ausgabe mit.«

Jane nahm sich wieder das Buch. »Ich muss schon sagen, dass mich der Titel ein wenig enttäuscht, wenn ich daran denke, dass Ihnen der Titel *Elinor und Marianne* für meinen Roman zu schlicht erscheint.« Sie hielt ihm das Buch vor das Gesicht. »*Ein kleines Buch allegorischer Geschichten.*«

Mr. Mansfield lachte. »Vielleicht kann ich das in der zweiten Ausgabe verbessern. Hat Ihnen Ihr Vater mein Buch gezeigt? Ich habe ihn ausdrücklich darum gebeten, es nicht zu tun.«

»Denken Sie bitte nicht schlecht von ihm«, erwiderte Jane. »Es war meine kleine neugierige Nichte, die meine Aufmerksamkeit auf Ihr Werk lenkte. Nachdem sie das Ende von *Elinor und Marianne* gehört hatte, lief sie in das Arbeitszimmer meines Vaters, um dort nach weiteren Geschichten zu suchen, und entdeckte Ihr Buch auf seinem Schreibtisch.«

»Haben Sie es gelesen?«

»Nur die erste Geschichte, und das auch nur, weil Anna darauf bestand. Da ich Ihnen mein Werk vorgelesen habe, hielt ich es für das Beste, dass Sie mir im Gegenzug das Ihre vorlesen.«

»Vielleicht morgen, wenn Sie mir das Ende Ihres Romans vorgelesen haben.«

»Oh, nein, Mr. Mansfield. Sie haben eine kleine Strafe verdient, dafür, dass Sie Ihr Licht unter den Scheffel gestellt haben. Heute werden Sie mir Ihre Allegorien vorlesen, und morgen hören Sie dann von mir das Ende der Dashwood-Schwestern.«

»Also gut.« Mr. Mansfield ließ sich in einem Sessel am Kaminfeuer nieder, schlug das Buch auf und begann zu lesen.

London, Gegenwart

»Und? Haben Sie bei der Suche nach meinem Buch schon Glück gehabt?«, fragte Winston, nachdem sie sich einen Tisch im hinteren Teil des *Lamb and Flag* gesucht hatten. Sophie gefielen diese dunkel getäfelten Pubs – sie glichen ein wenig Bibliotheken –, und sie war begeistert gewesen, als sie dieses gemütliche Lokal nur ein paar Schritte von ihrem neuen Arbeitsplatz entfernt entdeckt hatte.

»Haben Sie tatsächlich damit gerechnet, dass ich es gleich am ersten Tag finden würde?«

»Eigentlich nicht«, gab Winston zu. »Aber ich dachte, Sie würden vielleicht versuchen, mich zu beeindrucken.«

Sophie errötete. »Das habe ich tatsächlich versucht, aber ich konnte keine Spur von Mr. Mansfield oder seinem kleinen Buch mit Allegorien entdecken. Selbst in der British Library gibt es nur eine Erstausgabe.«

»Aber Sie werden weitersuchen.«

»Ich habe es in die Liste der gesuchten Bücher eingetragen«, sagte Sophie. »Vielleicht finde ich es, aber ich würde mir an Ihrer Stelle keine allzu großen Hoffnungen machen.«

»Sie scheinen noch viel zu jung zu sein, um so viel über antiquarische Bücher zu wissen«, meinte Winston.

»So jung bin ich nicht mehr«, entgegnete sie und hoffte, dass sie in seinen Augen zumindest nicht zu jung war, um … Sie wusste selbst nicht genau, wofür sie nicht zu jung sein wollte. Hauptsache, sie war es nicht.

»Lassen Sie mich raten. Sie sind gerade aus Cambridge gekommen, haben dort Geschichte studiert und in der Bibliothek gearbeitet und nun beschlossen, eine Weile in einer Buchhandlung zu jobben.«

»Das stimmt nicht«, erwiderte Sophie. »Ich bin gerade aus Oxford gekommen; dort habe ich englische Literatur studiert und in der Bibliothek gearbeitet.«

»Da lag ich ja total daneben.«

»Aber das ist nicht der Grund, warum ich jetzt bei Boxhill's arbeite«, erklärte Sophie. »Das habe ich meinem Onkel zu verdanken.«

»Boxhill ist Ihr Onkel?«

»Nein, mein Onkel hieß Bertram.« Nachdem sie Winston erzählt hatte, wie sie durch ihren Onkel Bertram ihre Liebe zu Büchern entdeckt hatte, war ihr Bierglas leer, und Winston holte eine zweite Runde.

»Und nun sind seine Bücher weg?«, fragte er, nachdem er es sich wieder auf seinem Stuhl bequem gemacht hatte.

»Ja«, bestätigte Sophie. »Ein paar habe ich gefunden, aber selbst wenn ich sie alle auftreiben würde, könnte ich es mir nicht leisten, sie zurückzukaufen.« Die Wiederbeschaffung von *Principia* ließ sie unter den Tisch fallen.

»Und nun bauen Sie sich eine eigene Bibliothek auf. Was genau wollen Sie sammeln?«

Onkel Bertram hatte ihr im Sommer die gleiche Frage gestellt, als sie im Hyde Park gesessen und gelesen hatten. Sie war in *Herzen im Aufruhr* vertieft – einer der wenigen Romane von Hardy, die sie noch nicht gelesen hatte –, und er las eine neue Übersetzung von Pindars *Oden* und schrieb mit Bleistift Bemerkungen an den Rand, wenn er mit dem Übersetzer nicht übereinstimmte. Ihr Frieden wurde jäh gestört, als plötzlich eine Schar Enten auf der Serpentine in lautes Gequake ausbrach. Onkel Bertram legte sein Buch zur Seite und wandte sich an Sophie.

»Welche Art von Bücher möchtest du sammeln?«

»Du hast mir immer geraten, das zu kaufen, was mich im Augenblick anspricht«, erwiderte Sophie. »Und das habe ich bisher getan. Du hast es doch auch so gehalten, richtig?«

»Schon, aber manchmal wünschte ich mir, ich hätte mich am Anfang mehr auf ein bestimmtes Gebiet konzentriert. Was liest du gern?«

»Das weißt du doch. Ich mag Geschichten. Figuren und Handlungen, Intrigen und Romanzen. Und nicht zu wissen, wie es weitergehen wird. Sachbücher interessieren mich in letzter Zeit weniger. Wenn ich Informationen haben will, brauche ich doch nur nach draußen zu gehen. Und ich mag Korsette und Kleider mit hoher Taille und Armenhäuser, Schuldgefängnisse und ländliche Gegenden. Romane, die nach dem Ersten Weltkrieg geschrieben wurden, finde ich nicht besonders aufregend – mit Ausnahme von Krimis natürlich.«

»Dann willst du also Romane sammeln«, sagte Onkel Bertram. »Viktorianische Romane. Oder vielleicht sollte ich lieber sagen: Romane aus dem neunzehnten Jahrhundert, damit wir Jane Austen dabei nicht auslassen.«

»Ich nehme an, dass ich bereits Romane sammle.« Sophie dachte an ihr Zimmer in Oxford. »Wenn man englische Literatur studiert, bleibt das gar nicht aus.«

»Aber mal im Ernst, Liebes: Gleichen deine Bücher denen deiner Mitstudenten?«

»Nein.« Sophie hatte sich nie mit billigen Taschenbuchausgaben von Blackwell's begnügt. Ob es Dickens, Austen oder Hardy war – es war ihr immer gelungen, eine gebrauchte gebundene Ausgabe zu finden. Je älter, umso besser, wenn es nach ihr ging. Ein Mädchen in ihrer Seminargruppe hatte sich einmal über den muffigen Geruch beklagt, den Sophies Ausgabe von *Klein Dorrit* verströmte, und Sophie hatte scharf erwidert: »Das ist eine Erstausgabe. Ohne diesen Geruch hätte es doppelt so viel gekostet.«

»Dann bist du also schon eine Sammlerin«, stellte Onkel Bertram fest. »Nehmt euch in Acht, Mr. Dickens, Mr. Trollope, Miss Brontë und vor allem Miss Austen – Sophie Collingwood ist euch auf der Spur, und sie wird nicht ruhen, bis sie euch erwischt hat.« Sophie hatte gelacht, und Onkel Bertram hatte mit eingestimmt. Die erschreckten Enten flatterten über das Wasser davon.

Es war der letzte Tag, den sie mit ihrem Onkel verbracht hatte.

»Ich sammle Romane«, sagte Sophie zu Winston. »Vor allem aus dem neunzehnten Jahrhundert, aber auch welche, die später erschienen sind. Mein heimliches Laster sind Kriminalromane. Ich wäre schon immer gern mal eine Detektivin gewesen. Aber hauptsächlich sammle ich englische Literatur. Sie wissen schon: ›Ein Mensch, ob Herr oder Dame, der kein Vergnügen an einem guten Roman hat, muss unerträglich stumpfsinnig sein.‹«

»Oh, das glaube ich nicht«, erwiderte Winston. »Ich lese lieber Sachbücher, und ich halte mich nicht für unerträglich dumm.«

»Das ist ein Zitat«, erklärte Sophie. »Aus *Northanger Abbey*. Von Jane Austen.«

»Ich habe noch nie etwas von ihr gelesen.«

»Kein einziges Buch von Jane Austen?«

»In der Schule stand sie nicht auf dem Stundenplan. Aber wir haben Dickens gelesen.«

»Ich hätte sehr gern eine Originalausgabe von einem von Dickens' Fortsetzungsromanen.« Sophie versuchte darüber hinwegzusehen, dass er noch nie etwas von Jane Austen gelesen hatte. »Können Sie sich vorstellen, wie das gewesen sein muss, wenn man *David Copperfield* las und immer einen Monat lang auf die nächste Folge warten musste?«

Winston nickte und trank einen Schluck Bier. »Hey, ich habe gerade herausgefunden, dass das Charles Dickens' Lieblingspub war«, sagte er. »Hinter der Bar hängt ein Schild.«

Beinahe hätte Sophie sich an ihrem Bier verschluckt, als sie sich plötzlich daran erinnerte, wie sie Eric beschuldigt hatte, Frauen in Charles Dickens' Lieblingspub zu schleppen. Einen Augenblick lang glaubte sie, Winston würde denselben Trick anwenden, doch irgendetwas an seiner lässigen Art verriet ihr, dass er nicht gewusst hatte, dass es Dickens' Lieblingslokal gewesen war; und darüber hinaus war es ihm auch völlig egal.

»Dickens' Fortsetzungsromane sind nicht ganz in meiner Preisklasse«, sagte sie, als sie sich wieder gefasst hatte. »Aber wenn ich welche hätte, würde ich sie lesen. Ich kann Sammler nicht verstehen, die ihre Bücher in Glasvitrinen stellen und sie nicht lesen.«

»Ich auch nicht«, stimmte Winston ihr zu.

»Aber ich rede und rede von meinem Onkel und seinen Büchern. Und von meinen Büchern – Bücher, die ich noch gar nicht habe und wahrscheinlich auch nie besitzen werde. Was ist mit Ihnen? Was sammeln Sie? Und warum?«

»Das wäre vielleicht eher eine Frage für das zweite Date.«

»Ist das hier etwa unser erstes Date, oder sind wir nicht einfach nur gemeinsam etwas trinken gegangen?«

»Ich hoffe, es zählt als erstes Date. Ich hätte Sie gern zum Abendessen eingeladen, aber mein Vater ist von unserem

Landsitz zu Besuch gekommen und erwartet, dass ich ihn ausführe.«

»Oh, Ihr Vater ist zu Besuch hier?« Sophie imitierte eine betont vornehme Aussprache.

»Tut mir leid, das hat sich jetzt wichtigtuerisch angehört. Mein Vater ist Anwalt in Gloucestershire, aber er kommt geschäftlich so oft nach London, dass er eine kleine Wohnung in St. John's Wood gekauft hat. Also wohne ich jetzt dort, und wenn mein Vater in der Stadt ist, muss ich auf dem Sofa schlafen und ihn zum Abendessen ausführen.«

»Und wenn er nicht in der Stadt ist?«

»Dann ist es meine Junggesellenbude, in der ich bisher hauptsächlich allein vor dem Fernseher sitze und Fußball anschaue.« Das konnte Sophie nicht so recht glauben. Für einen so gut aussehenden, charmanten und intelligenten Mann wie Winston war es sicher nicht schwer, Frauen zu finden, die ihn gern in seiner Wohnung besuchten.

»Und da Ihr Vater jetzt in der Stadt ist, können Sie mich wohl auch nicht nach Hause begleiten?«

»Es tut mir sehr leid«, erwiderte Winston. »Ich verspreche Ihnen für das nächste Mal ein richtiges Date. Mit Abendessen und allem Drum und Dran.« Sophie wagte es nicht, sich zu erkundigen, was er mit »allem Drum und Dran« meinte.

»Und wann soll dieses zweite richtige Date stattfinden?«, fragte sie.

»Nun, heute ist Dienstag, und wenn ich Sie gleich morgen anrufe, mache ich einen übereifrigen und verzweifelten Eindruck, also wie wäre es mit Donnerstag?«

»Da muss ich zuerst in meinem Terminkalender nachsehen«, sagte Sophie scherzhaft. »Und wenn es ein richtiges Date ist, würde ich mich nach der Arbeit gern umziehen, mir die Haare machen und ein passendes Abend-Make-up auflegen.«

»Ich finde, Sie sehen sehr hübsch aus«, sagte Winston, und Sophie errötete zum zweiten Mal an diesem Tag. Aber es störte sie kein bisschen.

Sie holte einen Stift aus ihrer Handtasche, schrieb Onkel Bertrams Adresse auf eine Serviette und schob sie Winston über den Tisch zu. »Holen Sie mich um sieben ab?«

»Ich dachte, Sie müssten erst in Ihrem Terminkalender nachschauen.«

»Bestimmt kann ich Sie irgendwie dazwischenschieben.« Sophie stand auf und hoffte, dass ihr damit ein guter Schlusssatz gelungen war.

»Sie haben etwas verloren.« Winston beugte sich vor und hob etwas vom Boden auf. Es war die Postkarte vom Eiffelturm. Sie riss sie ihm aus der Hand, bevor er einen Blick darauf werfen konnte.

»Eine Postkarte von meiner Schwester«, sagte sie rasch. »Bis Donnerstag.« Ihr Abgang war nicht ganz so kokett, wie sie es sich gewünscht hatte, aber zumindest war sie heiklen Fragen über Eric Hall aus dem Weg gegangen.

Hampshire, 1796

Nachdem er Jane vier seiner Allegorien vorgelesen hatte, bat Mr. Mansfield darum, das Ende von *Elinor und Marianne* hören zu dürfen, aber Jane war unnachgiebig.

»Hätten Sie Ihr Buch nicht vor mir geheim gehalten, würde ich vier Ihrer Geschichten als angemessene Gegenleistung für die letzten vier Kapitel der Abenteuer von den Damen aus dem Haus Dashwood erachten«, erklärte sie. »Aber da Sie Ihr Talent vor der Freundin verborgen haben, die es am besten beurteilen kann, bekommen Sie Ihre Belohnung erst, wenn Sie mir das Buch komplett vorgelesen haben.«

»Da kann ich nur von Glück sagen, dass es nur ein dünnes Buch ist«, erwiderte Mr. Mansfield. »Ein ähnlicher Handel mit einem Schriftsteller von einem Werk wie, sagen wir, *Robinson Crusoe* wäre unmenschlich. Aber Sie verstehen doch gewiss, Miss Austen, dass ich genau deshalb zögerte, Ihnen mein Buch zu zeigen, weil Sie von allen meinen Bekannten diejenige sind, die es am besten beurteilen kann.«

»Aber ich habe Ihnen jeden Tag erlaubt, meine Arbeit zu beurteilen, und ich profitiere von Ihrem Urteilsvermögen. Möchten Sie das nicht auch tun?«

»Es kann recht schwierig sein, sich von jemandem belehren zu lassen, dessen Alter gerade ein Viertel des eigenen beträgt.« Mr. Mansfield lächelte.

»Sie werden lernen müssen, das zu ertragen, Mr. Mansfield. Und nun fahren Sie bitte fort.«

Mr. Mansfield lehnte sich in seinem Sessel zurück und las weiter.

GREGORY DER EINSIEDLER
Eine Moralgeschichte

Glück ist etwas, was sich jeder Mensch wünscht. Die Weisen und die Dummen, die Reichen und die Armen streben danach; und obwohl dieses Streben meist nicht von Erfolg gekrönt ist, lassen wir in unserem Eifer nicht nach, bis der Tod uns dahinrafft und einen Schlusspunkt unter unsere Hoffnungen und Bemühungen setzt. Wir wären viel öfter erfolgreich, würden wir das Glück dort suchen, wo es zu finden ist, in den maßvollen Geschenken des Schicksals und in den lächelnden Niederungen der Zufriedenheit. Aber geblendet von dem faszinierenden Schein des Reichtums und der prahlerischen Zurschaustellung von Macht suchen wir das Glück dort, wo es noch nie zu Hause war, und schließlich, wenn es zu spät ist, um unseren Irrtum zu korrigieren, sind wir davon überzeugt, von einem Phantom genarrt worden zu sein und einem unbedeutenden flüchtigen Schatten nachgejagt zu haben.

Weiter handelte die Allegorie von Gregory, der ein sehr einfaches Leben führte, und dem reichen und großtuerischen Alphonso. Gregory versuchte, Alphonso von seiner auf weltliche Dinge bezogenen Lebensweise abzubringen, und erklärte ihm: »Der Segen von dauerhafter Gesundheit und der tröstliche Frieden der Seele dürfen nicht gegen die lärmenden Freuden von Ausschweifungen und Unmäßigkeit eingetauscht werden.« Aber Alphonso hörte nicht auf ihn; erst als sein Palast durch einen Vulkanausbruch zerstört wurde, begriff er, dass »nur der Pfad der Tugend der Pfad des Friedens« war.

»Glauben Sie tatsächlich, dass die elementare Motivation der Menschheit das Streben nach Glück ist?«, fragte Jane.

»Ja«, antwortete Mr. Mansfield. »Und an sich ist das nichts Verwerfliches. Nur wenn wir Glück mit weltlichen und unwichtigen Dingen verbinden, die unser Leben verderben.«

»Und was ist mit mir?«, wollte Jane wissen. »Ist es falsch von mir, nach einem Glück zu streben, das ich mir von der Veröffentlichung meiner Manuskripte erhoffe?«

»Um diese Frage zu beantworten, muss ich zuerst wissen, warum Sie eine Veröffentlichung anstreben; wegen der Aussicht auf Reichtum und ›die lärmenden Freuden von Ausschweifungen und Unmäßigkeit‹?«

»Sie scherzen, Mr. Mansfield. Sie wissen genau, dass das nicht der Fall ist. Obwohl ich hin und wieder gern auf einen Ball gehe, bin ich am glücklichsten, wenn ich hier mit Ihnen Gedanken austauschen kann, wenn wir uns gegenseitig etwas vorlesen und uns in der Welt des Geistes aufhalten. Es geht mir nicht um Reichtum, sondern ich möchte mich durch meine Texte mit den unbekannten Lesern verbinden.«

»Dann können wir wohl mit ziemlicher Sicherheit sagen, dass Sie nicht in die gleiche Falle getappt sind wie Alphonso. Mit Ihren Bemühungen am Schreibtisch tun Sie keinesfalls das, was Gregory so beschreibt: ›Man opfert die Aussicht auf ein fernes Glück dem trügerischen, kurzlebigen Vergnügen.‹ Ich würde sagen, Sie tun genau das Gegenteil.«

»Es tröstet mich, das zu hören, Mr. Mansfield.«

»Ich freue mich, dass ich Sie beruhigen konnte. Und ich bin glücklich, dass meine Geschichten, wie von mir beabsichtigt, zur Selbstbetrachtung anregen, aber wenn wir noch weiter darüber diskutieren, was in unserem Leben welchen Platz einnehmen sollte, werden möglicherweise noch Wochen vergehen, bis ich endlich das Ende über die Dashwoods erfahre.«

»Sie haben recht, Mr. Mansfield. Mein Eigeninteresse hat mich zur Grausamkeit verleitet. Bitte fahren Sie fort.«

In der folgenden Stunde las er ihr die nächsten vier Texte vor.

»Vielleicht können Sie durch meine kläglichen Versuche als Schriftsteller nun besser einschätzen, welche Leistungen Sie auf diesem Gebiet vollbringen«, sagte Mr. Mansfield schließlich und legte sein Buch zur Seite.

»Ich sehe keinen Unterschied in der Qualität zwischen Ihrer und meiner Arbeit«, erwiderte Jane. »Nur, was den Stil und möglicherweise die Intention betrifft.«

»Könnte ich meine Intention mit Ihren Fähigkeiten verbinden, käme dabei vielleicht etwas ganz Neues heraus.«

»Sie sollten lieber weiterlesen, Mr. Mansfield«, sagte Jane. »Sonst kehren wir nie mehr zurück zu *Elinor und Marianne*.«

London, Gegenwart

Am nächsten Morgen fühlte sich Sophie immer noch ein wenig beschwingt von ihrem Treffen mit Winston und rief ihre Schwester an.

»Ich habe jemanden kennengelernt.«

»Willst du ihn heiraten, umbringen oder mit ihm ins Bett gehen?«, wollte Victoria wissen.

»Mit ihm ins Bett gehen. Auf jeden Fall.«

»Also hast du deinen Amerikaner schon ganz vergessen?«

»Das würde ich nicht sagen. Aber Winston hat den entscheidenden Vorteil, sich in diesem Land aufzuhalten.«

»Winston? Klingt verführerisch«, meinte Victoria. »Da dachte ich immer, ich sei die aktive Frau in dieser Familie, und nun hast du dir in nur einer Woche einen Job besorgt, einen Teil von Onkel Bertrams Bücher zurückgeholt und dir einen Freund an Land gezogen.«

»Er ist nicht mein Freund«, entgegnete Sophie.

»Wie auch immer. Ich freue mich, dass du einen schönen Tag hattest.«

»Ja, er war wirklich schön. Das heißt aber nicht, dass ich nicht mehr an Onkel Bertram denke.«

»Das weiß ich. Oh Gott, mein Boss kommt zurück ins Büro. Ich muss aufhören. Hab dich lieb, Soph.« Victoria legte auf.

Sophie verbrachte den Vormittag im Untergeschoss des Ladens und sah die Neuerwerbungen durch. Die vielversprechendsten Bücher legte sie auf einen Stapel, um sie später zu katalogisieren, die einfacheren, aber oft verlangten Exemplare brachte sie nach oben zu Gusty, der sie auszeichnete und in die Regale stellte. Den Rest sortierte sie für den Ständer mit Sonderangeboten aus. Als sie die dritte Ladung mit reduzierten Büchern nach draußen getragen hatte und sich an der Türschwelle den Staub von der Kleidung klopfte, meinte Gusty: »Sie sehen sehr zufrieden aus.«

»Das bin ich auch.«

»Ach, übrigens war ein alter Kunde heute Morgen hier. Er sucht ein bestimmtes Buch, und da Sie bereits mit großem Geschick unsere Wunschliste bearbeitet haben, möchte ich Ihnen diesen Kunden anvertrauen.« Er reichte Sophie eine Karte mit dem Namen »George Smedley« und einer Telefonnummer. Darunter stand: »Richard Mansfield. *Ein kleines Buch allegorischer Geschichten*. Zweitausgabe. 1796«.

»Soll das ein Scherz sein?« Sophie lachte.

»Ganz und gar nicht«, erwiderte Gusty. »Ich weiß, die Anfrage ist ungewöhnlich, aber Bibliophile sind ein seltsames Völkchen.«

»Dieser Smedley ist nicht etwa groß und blond, hat breite Schultern und sieht gut aus?«

»Nein. Er ist ungefähr so groß wie ich und hat dunkles, lockiges Haar. Und obwohl er kräftig gebaut ist, würde ich ihn nicht als im herkömmlichen Sinn gut aussehend bezeichnen. Sein Gesicht ... erinnert irgendwie an einen Bullterrier. Er sieht ein wenig furchteinflößend aus, ist aber ganz harmlos. Ein oder zwei Jahre lang war er häufig hier, aber jetzt habe ich ihn schon eine Weile nicht mehr gesehen.«

Sophie hätte Gusty beinahe erzählt, dass am Tag zuvor ein

anderer Kunde auf der Suche nach dem gleichen Buch in den Laden gekommen war, doch dann kam ihr in den Sinn, dass sie dieses Rätsel lieber selbst lösen sollte.

»Ich werde sehen, was ich für Mr. Smedley tun kann«, sagte sie.

Zurück im Keller ging sie zum Telefon und wählte die Nummer auf der Karte, die Gusty ihr gegeben hatte. Sie hörte ein Klicken in der Leitung, aber keine Antwort.

»Hallo? Bin ich mit Mr. George Smedley verbunden?«

»Ja, sind Sie«, ertönte eine barsche Stimme. Sein Akzent klang, als käme er vom Norden des Landes. Und für Sophie hörte er sich mehr nach einem Klempner als nach einem Büchersammler an.

»Ich rufe Sie aus der Buchhandlung Boxhill's an.«

»Na, das ging ja schnell.« Die Stimme klang nun ein wenig freundlicher. »Ich wusste, der alte Gusty würde mein Anliegen an seine neue Mitarbeiterin weiterleiten. Haben Sie das *Kleine Buch der allegorischen Geschichten* schon gefunden?«

»Nein, Sir. Ich rufe Sie an, um noch ein bisschen mehr darüber zu erfahren.«

»Was gibt es denn da noch zu erfahren?«, kam es schroff zurück. »Sie haben den Titel und den Autor. Und ich nehme an, Sie wissen, dass ich die Zweitausgabe von 1796 suche. Mein Name und meine Telefonnummer sind Ihnen offensichtlich bekannt. Also schlage ich vor, Sie machen sich an die Arbeit.«

»Nun, ich habe mich gefragt, ob ...«

»Junge Dame, ich bin bereit, viel Geld für dieses Buch zu bezahlen. Eine Menge Geld. Mehr, als andere bereit sind, dafür auszugeben. Haben Sie das verstanden?«

»Ich denke schon«, erwiderte Sophie, obwohl dieses Telefonat von Sekunde zu Sekunde merkwürdiger wurde.

»Und ich kann Ihnen auch einen ... nun, sagen wir, einen bestimmten *Schutz* bieten, wozu andere nicht in der Lage sind.«

»Schutz?« Dieser Fremde jagte ihr allmählich Angst ein.

»Lassen Sie es mich so formulieren: Wenn Sie dieses Buch für mich auftreiben, werden Sie dafür belohnt; falls Sie es finden und jemand anderem geben ...«

»Wollen Sie mir etwa drohen, Mr. Smedley?« Sophie gab sich Mühe, selbstbewusst zu klingen.

»Genau so ist es«, erwiderte die Stimme. »Und noch etwas: Sie werden dieses Gespräch für sich behalten – so wie alle unsere Gespräche – und nicht einmal Ihrem Arbeitgeber etwas davon erzählen. Es wäre doch schade, den armen Augustus in die Sache hineinzuziehen.«

Sophie lief bei diesen Andeutungen ein Schauder über den Rücken, und sie schwieg einen Moment. »Also«, meldete sich Smedley wieder, »suchen Sie jetzt nach meinem Buch?«

»Das tue ich bereits.« Sophie versuche, das Zittern in ihrer Stimme zu unterdrücken. »Ich habe einige Nachforschungen angestellt und möglicherweise schon ein oder zwei Hinweise entdeckt.« Das entsprach allerdings nicht ganz der Wahrheit.

»Lügen Sie mich bloß nicht an.«

Sophie schluckte heftig und beschloss, sich nicht einschüchtern zu lassen. Wenn sie dieser Sache auf den Grund gehen wollte, musste sie so viel wie möglich über Smedley herausfinden. Also ignorierte sie seine letzte Bemerkung und fuhr mit munterer Stimme fort:

»Wohnen Sie in London?« Die Leitung blieb stumm. »Ich frage nur, weil wir uns vielleicht einmal treffen könnten, um über unser gemeinsames Interesse am ... Büchersammeln zu reden.«

»Versuchen Sie ja nicht, mich reinzulegen.«

»Ich dachte nur, ein Treffen wäre nett.« Sophie konnte sich nichts Unangenehmeres vorstellen als eine Begegnung mit diesem merkwürdigen Kunden. »Als ich in der Bibliothek Christ Church gearbeitet habe, fand ich es immer viel interessanter, die Kunden persönlich kennenzulernen als nur per Telefon oder über E-Mails.«

»Dann waren Sie also in Oxford«, sagte Mr. Smedley, etwas milder gestimmt. »Ich war in St. Johns, aber sicher lange vor Ihrer Zeit.«

»Sie hören sich nicht viel älter an als ich.«

»Hören Sie auf mit diesem Detektivspielchen.«

»Gut. Nur noch eine einfache Frage. Warum dieses Buch? Welches Interesse haben Sie daran?«

»Junge Dame«, erwiderte Mr. Smedley, ohne auf ihre Frage einzugehen. »Meine Geduld hat Grenzen, und ich glaube nicht, dass es Ihnen gefallen wird, wenn ich sie verliere.« Mit diesen unheilverkündenden Worten legte er auf.

»Ich mag Sie schon nicht, wenn Sie geduldig sind«, sagte Sophie laut in die Muschel. Ihre Versuche, ihm Informationen zu entlocken, waren im Sand verlaufen. Sie musste einen anderen Weg finden, um herauszufinden, was an diesem Buch von Richard Mansfield so besonders war.

Sie blieb auf dem Stuhl im Keller sitzen, den Kopf voller Fragen. Warum waren zwei Kunden im selben Laden auf der Suche nach dem gleichen Buch erschienen? Keiner der anderen Buchhändler, mit denen sie am Tag zuvor gesprochen hatte, hatte jemals eine Anfrage für *Ein kleines Buch allegorischer Geschichten* erhalten; sie hatten sogar noch nie von Richard Mansfield gehört. Und warum sprach ein Kunde ganz unverhohlen eine Drohung aus? Offensichtlich steckte mehr dahinter, mit dieser bestimmten Auflage hatte es irgendetwas auf sich. Sollte sie Winston von dem mysteriösen Kunden erzählen, der hinter dem Buch her war, das sie bereits als *sein* Buch betrachtete? Aber Mr. Smedleys Drohungen und sein Befehl, die Sache geheim zu halten, klangen ihr noch in den Ohren. Sie würde seinen Wunsch vorerst berücksichtigen. Aber sie konnte sich nicht vorstellen, zwei Ausgaben von *Ein kleines Buch allegorischer Geschichten* zu finden, und schließlich hatte Winston zuerst danach gefragt. Sollte sie also ein Exemplar finden, würde sie es auf jeden Fall Winston verkaufen, gleichgültig, welchen Preis Mr. Smedley dafür bieten würde. Aber wenn seine Drohungen tatsächlich ernst gemeint waren?

Sie kam zu dem Schluss, dass Onkel Bertram eine Ausgabe dieses Buchs gehabt haben musste und diese beiden Männer sich deshalb an sie gewandt hatten. Aber wie konnten zwei verschiedene Büchersammler wissen, dass ihr Onkel das Buch besessen hatte? Doch eigentlich spielte das jetzt keine Rolle mehr, weil seine Bücher in alle Winde zerstreut waren; ein bestimmtes Exemplar zu finden war praktisch unmöglich. In Gedanken vernahm sie die Stimme ihrer Schwester: »Was kannst du tun? Überleg dir, was möglich ist, dann geh es an, und mach dir keine Sorgen über den Rest.« Zuerst einmal musste sie so viel wie möglich über Richard Mansfield und seine Allegorien herausfinden.

In einem Kasten im Keller bewahrte Gusty eine umfangreiche Handbibliothek auf, Bibliographien, biographische Wörterbücher und Biographien von bekannten Autoren. Vielleicht würde sie dort einen Eintrag über Richard Mansfield finden.

Sie hatte bereits erfolglos die meisten der bibliographischen Wörterbücher durchsucht, als sie schließlich einen Eintrag im *Alumni Oxonienses* fand, einem vierbändigen Nachschlagewerk, in dem jeder Student der Oxford Universität von 1715 bis 1886 aufgelistet war.

MANSFIELD, RICHARD NORMAN, ältester Sohn von Tobias Charles, aus Bloxham, Oxfordshire, Geistlicher, Balliol Coll., immatrikuliert 1734, Alter 18; Abschluss B.A. 1737, M.A. 1740. Vikar in Bloxham 1743, Schullehrer an der Cowley Grammar School 1758-1780, Pfarrer in Croft, Yorkshire, 1780. Verstorben am 4. Dez. 1796.

Sein Vater war also ein Geistlicher gewesen, Richard hatte in Oxford studiert, in der Kirche seines Vaters gearbeitet, über zwanzig Jahre in Cowley, einem jetzigen Vorort von Oxford, gelehrt und dann eine eigene Pfarrei im Norden übernommen. Nichts in seiner Biographie klang auch nur entfernt interessant. Mansfield war wie sein Buch völlig gewöhnlich. Also warum dieser Wirbel um seine allegorischen Geschichten?

Sophie ging nach oben. »Gusty, macht es Ihnen etwas aus, wenn ich den heutigen Nachmittag in der British Library verbringe? Auf den Wunschkarten gibt es einiges, was ich nachschlagen möchte.« Sie hatte bereits ihren Freund Nigel Cook in der British Library angerufen und ihn gebeten, ihr das Exemplar der Erstausgabe von Mansfields Buch herauszusuchen.

»Natürlich nicht«, erwiderte Gusty. »Mittwochs ist ohnehin nicht viel los, sobald die Nachmittagsvorstellungen beginnen.« Dreißig Minuten später saß Sophie mit einer Ausgabe von Richard Mansfields Buch in einem hellen und luftigen Lesesaal.

Sie notierte sich die bibliographischen Details – Größe,

Anzahl der Seiten und die Information des Herausgebers »Gedruckt in Leeds von Gilbert Monkhouse, 1795« – und schaute sich dann den Inhalt an.

Noch nie hatte Sophie Allegorien aus dem späten achtzehnten Jahrhundert gelesen, und schon nach einer Seite aus *Ein kleines Buch allegorischer Geschichten* wusste sie genau, warum. Mansfields Ergüsse zeichneten sich durch drei Eigenschaften aus: Sie waren umständlich, schlecht geschrieben und langweilig. Wenn sie Jane Austen las, fühlte sie sich zweihundert Jahre zurückversetzt und fand sich in einer Zeit und an einem Ort wieder, wo sie gerne gelebt hätte – Bälle, Spaziergänge auf dem Land, Besuche bei Bekannten, und das alles in der Gesellschaft von geistreichen und charmanten Hauptfiguren. Bei der Lektüre von Richard Mansfield befand sie sich zwar im selben Zeitalter, aber in der Gesellschaft von Leuten, die so langweilig waren, dass sie diese schrecklichen Allegorien tatsächlich kauften und lasen. Sie hingegen hatte beim Lesen das Bedürfnis, laut schreiend in die Gegenwart zurückzulaufen. Wie konnten zwei so unterschiedliche Autoren, vereint durch das Bedürfnis, Bücher schreiben zu wollen, die gleiche Welt verkörpern? Während sie sich durch Richard Mansfields Werk quälte, gelangte Sophie jedoch zu einer Erkenntnis. Wenn wir Romane lesen, beurteilen wir die Vergangenheit nur anhand der Werke der besten Autoren, dachte sie. Würden wir die Wende zum neunzehnten Jahrhundert aus der Sicht von Richard Mansfield kennenlernen, würden wir sie wohl ganz anders betrachten als durch Jane Austens Augen.

Zum Glück waren Mansfields Allegorien erfreulich kurz. Ein typisches Beispiel trug den Titel *Krankheit und Gesundheit* und begann so:

Als das ursprüngliche Chaos Form annahm und die urzeitliche Dunkelheit und Konfusion von Licht und Harmonie verdrängt wurden, brachten die Götter Ertüchtigung und Mäßigkeit zusammen und schickten sie hinunter zu den Sterblichen, um die Bevölkerung der neuen Welt zu fördern und voranzutreiben. Schon kurze Zeit, nachdem die beiden auf die Erde gekommen waren, wurde ihnen eine Tochter namens Gesundheit geschenkt.

In diesem Stil ging es weiter; es wurde von all den guten Dingen berichtet, die diese Tochter namens »Gesundheit« auf die Erde brachte, bis die Menschen nach einigen Generationen anmaßend wurden und »gegen die Götter rebellierten«, die daraufhin »Trägheit und Luxus« für einen vorübergehenden Aufenthalt auf die Erde schickten. Und – als hätte man es nicht schon geahnt – brachten die beide eine Tochter namens »Krankheit« auf die Welt, von der bekannt ist, welches Leid sie seitdem der Menschheit beschert hat. Warum um alles in der Welt war Winston Godfrey auf der Suche nach diesem Schwachsinn?

Sophie überflog den Rest des Buches, suchte nach möglichen Randbemerkungen und machte sich einige Notizen über Geschichten mit so vor Geist sprühenden Überschriften wie *Die Freuden der Mildtätigkeit*, *Jugend und Eitelkeit* und, ihr Lieblingstitel, *Die allgemeine Sittenlosigkeit der Menschheit*. Wenn das kein gutes Weihnachtsgeschenk war!

Um fünf Uhr hatte sie genug davon. Sie gab das Buch zurück, ging durch die Glastüren hinaus auf den gepflasterten Hof und machte sich auf den Weg zur U-Bahn-Haltestelle King's Cross. Die ganze Zeit hatte sie sich den Kopf zerbrochen, warum nicht nur einer, sondern zwei die Zweitausgabe von einem so banalen Werk haben wollten. Dieses Buch war es wert, versteckte Drohungen auszusprechen und große Geldsummen anzubieten? Das konnte sie nicht begreifen. Womöglich wollte Winston sie aufs Kreuz legen. Vielleicht war er Mr. Smedley und hatte am Telefon seine Stimme verstellt. Aber dann fiel ihr ein, dass Gusty Mr. Smedley persönlich kannte und er keine Ähnlichkeit mit Winston aufwies. Außerdem konnte sie sich nicht vorstellen, warum Winston ihr einen solchen Streich spielen würde. Andererseits begriff sie nicht, wieso er die zweite Ausgabe von einem Buch haben wollte, das der Nachwelt Geschichten wie *Die allgemeine Sittenlosigkeit der Menschheit* hinterließ.

Hampshire, 1796

Am Tag nachdem sie Mr. Mansfield dazu gezwungen hatte, ihr sein Buch mit den Allegorien vorzutragen, las Jane ihm die letzten Seiten von *Elinor und Marianne* vor. Sie war hocherfreut, dass er die Möglichkeit nicht in Betracht gezogen hatte, dass Lucy Steele Mr. Robert Ferrars anstatt Mr. Edward Ferrars heiraten könnte. Bei dieser unerwarteten Wende der Ereignisse stieß ihr Freund sogar einen kleinen Freudenschrei aus.

»Das ist ein Triumph«, erklärte Mr. Mansfield. »Ein wahrhaftig großartiger erster Entwurf.«

»Wie meinen Sie das, Mr. Mansfield?«, fragte Jane nach. »Wollen Sie damit sagen, dass noch Verbesserungen nötig sind?«

»Ganz gewiss nicht, was den Text oder die Figuren betrifft«, erwiderte Mr. Mansfield. »Aber ich glaube – und ich weiß, dass Sie meine Vorschläge als Ermutigung und nicht als Kritik ansehen –, dass der Roman noch besser wäre, wenn er als konventionelle Erzählung geschrieben wäre.«

»Ist ein Briefroman in Ihren Augen schlechter als eine Erzählung?«

»Nicht wenn er von einer so fähigen Schreiberin wie Ihnen stammt. Aber ich befürchte, dass Briefromane nur eine vorübergehende Modeerscheinung sein könnten. Und es wäre doch reine Verschwendung, wenn Ihre Romane in den kommenden Jahrzehnten nicht mehr Aufmerksamkeit erhalten würden als solche kurzlebigen Moden.«

»Glauben Sie wirklich, dass meine Romane jemals von jemandem außerhalb meines Verwandtschafts- und Freundeskreises gelesen werden?«

»Da bin ich ganz sicher«, erwiderte Mr. Mansfield. »Vertrauen Sie mir, Miss Austen, Ihr Name wird noch bekannt sein, wenn alle anderen um Sie herum längst vergessen sind.« Jane errötete. Sein Glaube an ihren Erfolg rührte sie zutiefst.

»Ich muss zugeben, dass mich Ihre Unkonventionalität immer wieder erstaunt, Mr. Mansfield.«

»Auf welche Weise bin ich denn unkonventionell?«

»Erstens sind Sie ein Geistlicher der älteren Generation, der sich an Romanen erfreut und sie nicht von der Kanzel aus als üblen Einfluss auf Willensschwache bezeichnet.«

»Den Begriff ›ältere Generation‹ lasse ich Ihnen nur deshalb durchgehen, weil ich bereits in den Achtzigern bin.«

»Und zweitens behandeln Sie eine Frau – nämlich mich – als geistig gleichberechtigt.«

»Ich befürchte, da täuschen Sie sich«, entgegnete Mr. Mansfield. »Ich wollte nie den Anschein erwecken, als seien Sie mir ebenbürtig. Was den Intellekt anbelangt, sind Sie mir um einen großen Schritt voraus.«

»Wie freundlich von Ihnen, das zu sagen – auch wenn es nur ein Scherz war.«

»Ich versichere Ihnen, das war kein Scherz«, entgegnete Mr. Mansfield. »Aber warum halten Sie meine Anschauungen für unkonventionell?«

»Wie Ihnen bekannt sein dürfte, Sir, herrscht unter den Männern Ihrer und sogar meiner Generation die Meinung vor, dass eine Frau, wenn sie schon unglückseligerweise über ein bestimmtes Maß an Wissen verfügt, diese Tatsache möglichst verbergen sollte.«

»Natürlich ist mir diese Geisteshaltung schon begegnet, aber ich billige sie nicht. Doch lassen wir meine Unkonventionalität beiseite und wenden uns lieber dringenderen Angelegenheiten zu. Ich habe Neuigkeiten aus dem Norden.« Er nahm einen Brief von dem Tisch neben seinem Stuhl und schwenkte ihn durch die Luft.

»Was sind das für Neuigkeiten, Mr. Mansfield?«, fragte Jane.

»Sie gehen uns beide an, denn sie betreffen unser kleines Projekt zur Sühne. Das ist ein Brief von Mr. Monkhouse.«

»Und wer bitte ist Mr. Monkhouse?«

»Der beste Buchdrucker in Leeds. Und der Mann, der für die Entstehung des Buches verantwortlich ist, das ich Ihnen soeben vorgelesen habe.«

»Darf ich Sie daran erinnern, Mr. Mansfield, dass Sie mir einmal gesagt haben, der Autor und nicht der Drucker sei der wahre Schöpfer eines Buches. Aber ich kann es jetzt kaum mehr erwarten, endlich zu erfahren, welche Aufgabe Sie für mich vorgesehen haben.«

»Nun, Miss Austen«, begann Mr. Mansfield. »Mein kleines Buch mit Allegorien mag recht trocken sein, aber ich habe von mehreren Seiten gehört – erst vor Kurzem von dem Rektor der Schule, in der ich die Ehre hatte, viele Jahre den Charakter junger Männer formen zu dürfen –, dass meine Allegorien sich sowohl auf der Kanzel als auch im Klassenzimmer als nützlich erwiesen haben. Deshalb denke ich über eine Zweitausgabe nach, und Ihr jüngstes Geständnis hat mich auf einen Gedanken gebracht, wie ich meine kleine Sammlung möglicherweise erweitern könnte. Aber für jemanden in meinem Alter ist das eine mühsame Aufgabe, und deswegen brauche ich Ihre Hilfe.«

»Worum auch immer es sich handeln mag, ich stehe Ihnen mit all meinen Fähigkeiten zur Seite.«

»Und genau diese Fähigkeiten könnten mein kleines Buch um einiges verbessern und damit wiederum vielen helfen, von den Lektionen darin zu profitieren.«

»Wenn ich meine Einbildungskraft – die Fähigkeit, die der Schwester so sehr geschadet hat – einbringen kann, um anderen zu helfen, dann erscheint mir das eine passende Maßnahme zu sühnen, Mr. Mansfield.«

»Es freut mich, dass Sie so denken.«

»Ich hoffe, dass Sie trotz dieser Arbeit noch Zeit finden werden, um mit Ihrer Schülerin gemeinsam zu lesen und angenehme Gespräche zu führen«, sagte Jane, nachdem sie die Einzelheiten über eine neue und erweiterte Fassung von Mr. Mansfields Buch besprochen hatten.

»Für Sie werde ich immer Zeit haben. Schließlich bin ich nicht wie Alphonso, der die wahren Chancen auf Glück nicht erkennt. Aber ich glaube fast, dass ich eher Ihr Schüler bin als umgekehrt.«

»Das ist sehr freundlich von Ihnen, Mr. Mansfield, doch ich würde das in Frage stellen, hätte ich nicht zu großen Respekt vor der Weisheit, die Ihr Alter mit sich bringt.«

Er lachte über diese Anspielung, erhob sich von seinem Stuhl und ging zu dem Tisch neben dem Fenster hinüber, wo er eine kleine Auswahl aus der Bibliothek von Busbury House aufbewahrte.

»Nun, dieser weise Alte hat eine Frage: Was wollen wir als Nächstes lesen? Während wir uns mit meinem kleinen Projekt beschäftigen, brauchen wir eine Geschichte, bei der wir uns hin und wieder entspannen können. Da wir leider

Ihre eigenen Werke schon alle gelesen haben, müssen wir uns wohl mit einer geringeren Schriftstellerin zufriedengeben. Wie wäre es mit Mrs. Radcliffe?«

»Einige ihrer Bücher habe ich mit Vergnügen gelesen«, sagte Jane.

»Ich habe an *Udolpho* gedacht. Als ich das Buch zum ersten Mal gelesen habe, konnte ich es kaum aus der Hand legen. Ich habe es in zwei Tagen ausgelesen, und die ganze Zeit über standen mir die Haare zu Berge.«

»Ist *Udolpho* nicht ein wenig … gruselig?«

»Vielleicht«, gab Mr. Mansfield zu. »Das könnte auch meine Frisur erklären.«

»Es gibt eine bestimmte Kategorie von Romanen, mit denen ich mich nicht so recht anfreunden kann«, erklärte Jane. »Und dazu gehört leider auch *Udolpho*. Sie tragen alle Titel wie *Geheimnisvolle Warnzeichen* oder *Grauenvolle Geheimnisse*. Von all diesen Schauerromanen ist *Udolpho* wahrscheinlich noch der interessanteste.«

»Und trotzdem kein Buch, das Sie favorisieren.«

»Mrs. Radcliffes Werke sind bestimmt beeindruckend, Mr. Mansfield, aber mir fehlt darin die Abbildung der menschlichen Charaktere in ihrer Vielfalt, wie man sie in England vorfindet. Möglicherweise werden die Alpen und die Pyrenäen mit ihren düsteren Wäldern und den mysteriösen Lastern wahrheitsgetreu geschildert, und ich kann mir gut vorstellen, dass diejenigen, die nicht so makellos wie Engel sind, tatsächlich die Bösartigkeit eines Teufels in sich tragen.« Jane dachte kurz an ihre eigene Charakterschwäche, die sie vor Kurzem offenbart hatte. »Aber bei uns Engländern entdecke ich im Allgemeinen, wenn auch ungleich verteilt, eine Mischung aus Gut *und* Böse.«

»Dann bleibt uns nur eines zu tun«, meinte Mr. Mansfield.

»Und das wäre?«

»Wir müssen *Udolpho* lesen; wir müssen in dem Mysterium des schwarzen Schleiers schwelgen, und wenn dann unser aktuelles Projekt beendet ist, müssen Sie eine Satire auf das gesamte Genre schreiben. Wir bringen den Schauerroman nach England und beobachten dann, wie er sich in einer zivilisierteren Umgebung entwickelt.«

»Ich muss zugeben, dass Ihr Vorschlag eine Überlegung wert ist. Ich könnte einem solchen Werk einen geeigneten schauerlichen Titel geben wie zum Beispiel *Das Geheimnis um Mitternacht* oder *Die Ruinen der Abtei*.«

»Da fällt mir der Name eines Dorfs ein, den mein Bruder Henry vor Jahren einmal erwähnte, und ich hoffe, meine Erinnerung trügt mich nicht. Was halten Sie von *Northanger Abbey*?«

London, Gegenwart

Sophie und Winston saßen an einem Tisch vor einem chinesischen Restaurant in Little Venice, nur einen kurzen Fußweg von ihrer Wohnung entfernt. Alle paar Minuten tuckerte auf dem Kanal ein Schiff vorbei, und die kühle Sommerbrise wehte den Dieselrauch weg, und man roch den Duft der Blumen in den riesigen, auf der Terrasse aufgestellten Pflanzenkübeln. Um Punkt sieben hatte Winston sie abgeholt. Sie wartete bereits auf der Straße auf ihn. Nachdem er ihr Kleid gebührend bewundert hatte, nahm er ihre Hand und führte sie zum Kanal. Sobald sie sich gesetzt hatten, bestellte Sophie Wein, und Winston bat den Kellner, gleich eine Flasche zu bringen. Nach der Vorspeise und noch vor dem Hauptgang köpften sie bereits die zweite Flasche.

»Ich war heute Nachmittag in der British Library und habe mir die erste Ausgabe des Buchs, das du suchst, angesehen«, berichtete Sophie, nachdem der Kellner ihnen nachgeschenkt hatte. »Wirklich faszinierend.«

»Du hast es gelesen?« Winston beugte sich zu ihr vor.

»Also gut, ich gebe es zu. Es ist mir ein wenig peinlich, in der Öffentlichkeit mit einem Mann gesehen zu werden, der begeistert von einem Buch ist, in dem es eine Geschichte mit der Überschrift *Die allgemeine Sittenlosigkeit der Menschheit* gibt.«

»Ich habe nie behauptet, dass mir das Buch gefällt.«

»Du versuchst, die Zweitausgabe zu finden, obwohl du die

erste Ausgabe bereits besitzt. Also muss dir das Buch doch wohl auf irgendeine Weise gefallen.«

»Du willst aus mir herausbekommen, warum ich dieses Buch haben möchte.«

»Nun, das ist unser zweites Date, also bist du wohl ein wenig von mir angetan. Deshalb versuche ich, meinen weiblichen Charme einzusetzen, damit du mir dein kleines Geheimnis verrätst.«

»Ich bin mehr als nur ein wenig von dir angetan.« Winston griff nach ihrer Hand.

»Das freut mich.« Sophie zog ihre Hand zurück. »Aber Händchenhalten wird mich nicht von meiner Frage ablenken.«

»Warum hast du dann deine Hand zurückgezogen?«

Sophie sah ihm in die Augen und seufzte. »Weil ich sonst vielleicht doch meine Frage vergessen könnte.«

»Aber du hast mir noch keine konkrete Frage gestellt«, stellte Winston fest.

»Warum willst du dieses verflixte Buch haben?«

»Wenn du das wirklich wissen willst, werde ich es dir sagen.«

»Ja, das möchte ich wirklich wissen.«

»Ich interessiere mich sehr für Buchdruck, vor allem für den Buchdruck vor der Industrialisierung. Im neunzehnten Jahrhundert hat sich mit der industriellen Revolution alles verändert, aber im späten achtzehnten Jahrhundert war alles noch nicht viel anders als zu Gutenbergs Zeiten dreihundert Jahre zuvor. Deswegen sammle ich unbedeutende Bücher aus der zweiten Hälfte des achtzehnten Jahrhunderts.«

»Mit unbedeutend meinst du billig.«

»Richtig.« Winston lachte. »Im Gegensatz zu den Büchern, die ein Jahrhundert später gedruckt wurden, sieht man hier noch das handwerkliche Können der einzelnen Drucker. Bevor die Maschinen alles erledigten, wurde noch von Hand gesetzt, und jeder Schriftsetzer hatte seinen eigenen Stil. Ich mag es, mich mit einem bestimmten Handwerker aus dieser Zeit verbunden zu fühlen.«

Sophie fragte sich, ob diese Verbundenheit ihrem Gefühl ähnelte, das sie bei bestimmten Autoren verspürte.

»Wie auch immer«, fuhr Winston fort, »ich habe entdeckt, dass ich mehr über die Schriftsetzer erfahren kann, wenn ich verschiedene Ausgaben von einem Werk besitze. Die Druckauflage war im achtzehnten Jahrhundert meist relativ niedrig. Nach dem Setzen wurden oft nur fünfhundert oder eintausend Exemplare gedruckt, und dann wanderten die Lettern für das nächste Projekt wieder in den Setzkasten. Wenn dann eine weitere Bestellung für fünfhundert Exemplare einging, wurde ein neuer Satz erstellt und eine weitere Ausgabe gedruckt. Ich habe festgestellt, dass sich verschiedene Ausgaben in der Gestaltung, in der Schreibweise und sogar in der Ausrichtung der Zeilen unterschieden. Bei Büchern aus kleineren Druckereien kann ich praktisch den jeweiligen Schriftsetzer erkennen. Natürlich kenne ich ihre Namen nicht, denn darüber hat niemand Buch geführt, aber ich kann zum Beispiel erkennen, dass ein und dieselbe Person die erste und dritte Ausgabe eines Buchs gesetzt hat.«

Sophie hatte ihre eigentliche Frage fast vergessen. Winstons Begeisterung faszinierte und verblüffte sie gleichermaßen. Obwohl sie alte Bücher gerne berührte und den Gedanken genoss, dass viele andere Menschen aus unterschiedlichen Generationen es bereits gelesen hatten, hatte sie nie darüber nachgedacht, von wem sie hergestellt worden waren. Für Winston hatte ein Schriftsetzer den gleichen Stellenwert wie der Autor. Sie wusste nicht so recht, ob Winston ihr damit eine neue Perspektive eröffnete oder ob er das Wesentliche an Büchern einfach nicht begriff.

»Einer meiner Favoriten unter den Schriftsetzern ist ein Mann namens Gilbert Monkhouse aus Leeds«, fuhr er fort. »Hast du schon einmal von ihm gehört?«

»Erst heute, als ich mir seinen Namen notiert habe«, erwiderte Sophie.

»Das überrascht mich nicht. Er scheint nur wenige Jahre in diesem Beruf gearbeitet zu haben. Seine Bücher stammen alle aus den Jahren 1795 und 1796. Aber ich habe einige davon entdeckt, und manche in verschiedenen Ausgaben. Er hat hervorragende Arbeit geleistet.«

»Er war der Schriftsetzer von *Ein kleines Buch allegorischer Geschichten*.«

»Richtig.«

»Dann hat deine Suche nach der Zweitausgabe nichts mit dem Inhalt zu tun.«

»Der Text interessiert mich nicht die Bohne«, gab Winston zu. »Richard Mansfield oder Henry Fielding – für mich ist das alles das Gleiche. Ich sammle Gilbert Monkhouse.«

»Nun ja, *Ein kleines Buch allegorischer Geschichten* ist wahrscheinlich das einzige Werk, bei dem der Schriftsatz interessanter ist als der Inhalt.«

Sie blieben sehr lange in dem Restaurant und überlegten schon, sich eine dritte Flasche Wein zu bestellen, doch Sophie entschied sich dagegen. Sie wollte nicht, dass Winston einen falschen Eindruck von ihr bekam. Als sie aufstanden, fühlte sie sich ein wenig unsicher auf den Beinen und hakte sich dankbar bei Winston unter, als sie nach Maida Vale zurückgingen. Um dreiundzwanzig Uhr war die baumbestandene Straße vor ihrer Wohnung menschenleer, und Winston blieb im Schatten neben einer Straßenlaterne stehen.

»Ein entscheidender Augenblick«, bemerkte er.

»Ich habe keine Ahnung, was du meinst.« Sophie redete sich ein, sie würde wegen der kühlen Nachtluft zittern.

»Nun, ich mag dich sehr, Sophie«, sagte er. »Ich würde dich gern wiedersehen, und das würde bedeuten, wir hätten ein drittes Date – bei dem ich dann wahrscheinlich viel mehr von dir zu sehen bekäme, wenn du verstehst, was ich meine.«

»Du kommst wohl gern gleich direkt zur Sache.« Sophie drückte unwillkürlich seinen Arm fester.

»Und das ist der erste Gutenachtkuss. Den möchte ich nicht vermasseln.«

»Nun, dann gute Nacht.«

Winston beugte sich über sie, und Sophie schloss die Augen, als er seine Lippen auf ihre drückte, mit genau der richtigen Intensität und keine Sekunde zu lang. Alles an diesem Kuss war perfekt – so als wäre er tausendmal geprobt worden. Zehn von zehn möglichen Punkten für die technische Leistung, dachte Sophie. Was machte es da schon, dass ihr die Knie nicht weich wurden und ihr Herzschlag sich nicht beschleunigte? Ein perfekt ausgeführter Kuss von einem Verehrer, der sie zu einem zweiten Date eingeladen hatte, war viel besser als einer von einem Mann, den sie nie wiedersehen würde, selbst wenn sie den Kuss in einem Garten bei Mondschein bekommen hatte. Aber als sie die Stufen zu ihrer Wohnung hinaufstieg und Winston den Weg zur U-Bahn einschlug, wünschte sie sich, er hätte sich nicht ganz so wie ein Gentleman verhalten.

Stundenlang lag Sophie wach und versuchte, ihre Gedanken auf den geheimnisvollen Mr. Smedley und weg von Winston Godfrey zu lenken. Winston hatte ihr eine durchaus plausible Erklärung für seine Suche nach Richard Mansfields Buch gegeben; und er war nicht derjenige, der sie bedrohte und ihr Unsummen für ein wertloses Buch anbot. Schade, dachte Sophie, dass sie nie über das Handwerk des Buchdrucks nachgedacht hatte, vor allem in Hinblick auf ihre eigene Familienbibliothek.

»Woher kommen all die Bücher in Bayfield?«, hatte sie Onkel Bertram eines Tages gefragt. »Ich weiß, dass Vater kein einziges davon gekauft hat.«

»Das ist unsere Familienbibliothek«, antwortete Onkel Bertram. »Unser Vater hat einige der Bücher gekauft, aber die meisten stammen von unserem Großvater oder sind noch viel älter.«

»Aber nicht jede Familie hat eine Bibliothek«, sagte Sophie.

»Das stimmt. Und auch nicht jede Familie hat ein großes Haus. Aber die Anfänge unserer Bibliothek sind sehr ungewöhnlich. Üblicherweise besitzen Familien wie die unsere viel Geld, beschließen, ein Haus zu bauen, und kaufen sich dann viele Bücher – hauptsächlich um andere Leute damit zu beeindrucken. Bei uns war es anders.«

»Wie meinst du das?«

»In unserer Familie gab es zumindest einige Bücher, noch bevor die Familie Geld besaß. Unsere Vorfahren waren nämlich keine Herzöge oder Grafen, sondern Drucker.«

»Wir haben Bücher gedruckt?«, fragte Sophie.

»Genau«, bestätigte Onkel Bertram. »Vor sehr langer Zeit. Im Lauf der Jahre hat sich die Familie anderen Geschäftszweigen zugewandt, viel Geld verdient, Land gekauft und schließlich Bayfield House gebaut. Aber ursprünglich fing alles mit Büchern an. Und es gibt einige Bücher in der Bibliothek, die noch aus der Zeit der Drucker stammen.«

Abrupt setzte Sophie sich in ihrem Bett auf. War einer der

Drucker, die den Grundstein für die Bibliothek von Bayfield gelegt hatten, möglicherweise Gilbert Monkhouse? Und gab es in der Familienbibliothek vielleicht noch Bücher von ihm? Und wusste Winston das alles und glaubte, er könne ihr mit seinem Charme, seinem guten Aussehen und seinen Andeutungen auf Sex diese Bücher abluchsen? Bei dem Gedanken an Sex mit Winston entgleiste ihr Gedankenfluss beinahe. Seit ihrer Unterhaltung auf der Straße hatte sie unwillkürlich immer wieder daran gedacht, doch sie verdrängte die Vorstellung rasch, griff nach dem Telefon und rief, ohne Rücksicht auf die Uhrzeit, in Bayfield House an.

»Sophie, bist du das?« Die Stimme ihres Vaters klang verschlafen. »Was ist los? Was ist passiert?«

»Nichts ist passiert.«

»Warum rufst du dann um drei Uhr morgens an?«

»Wir stammen von Druckern ab, richtig?«, fragte Sophie ohne Umschweife.

»Sophie, das ist wirklich nicht der richtige Zeitpunkt für eine Unterhaltung. Kannst du nicht am Morgen noch mal anrufen?«

»Nur eine kurze Frage, Vater. Du bist jetzt ohnehin schon wach.«

»Ja, ja. Ich nehme an in unserem Familienstammbaum finden sich auch ein paar Drucker.«

»Heißen einige von ihnen Monkhouse?«

»Was soll das denn für ein Name sein?«

»Ein ganz gewöhnlicher Name, Vater. Gibt es Vorfahren von mir, die Monkhouse hießen?«

»Ich bin kein Ahnenforscher, Sophie.«

»Das weiß ich. Es geht um den Drucker, der die Bibliothek gegründet hat. Hieß er vielleicht Gilbert Monkhouse?«

»Geht es darum? Um die Bibliothek?«

»Der Name, Vater. Wie hieß der Drucker, der die Familienbibliothek ins Leben gerufen hat?«

»Er hat vor allem den Grundstock zum Familienvermögen geschaffen, was sicher wichtiger ist«, erwiderte ihr Vater. »An seinen Vornamen erinnere ich mich nicht, aber sein Nachname war Wright.«

Sophie ließ sich erleichtert auf ihr Kissen zurückfallen. Winston war doch ein Gentleman. Wie hatte sie nur Zweifel an ihm haben können? Sie vergaß Richard Mansfield, Gilbert Monkhouse und Mr. Smedley und gab sich den Gedanken hin, die sie verdrängt hatte, seit sie nach Hause gekommen war – Gedanken an ihr drittes Date mit Winston Godfrey. Innerhalb von zehn Minuten war sie eingeschlafen und träumte süß.

Hampshire, 1796

In den folgenden zwei Wochen sah man Jane kaum im Pfarrhaus. Cassandra verstand ihren Wunsch, so oft Mr. Mansfield zu besuchen, denn Jane hatte ihr leise anvertraut, dass sie mit einem literarischen Projekt beschäftigt seien, und Cassandra wollte auf keinen Fall die Bemühungen ihrer Schwester auf diesem Gebiet behindern.

»Ich habe beinahe das Gefühl, als wärst du wieder in Kent«, sagte sie trotzdem eines Abends, als sie gemeinsam lasen. »Vielleicht könntest du mir einen Brief aus Mr. Mansfields Haus schicken und mir schreiben, was dort alles vor sich geht.«

»Ich versichere dir, liebe Schwester, dass wir nur lesen und schreiben und hin und wieder ein Stück Rindfleisch mit Brot essen, um uns zu stärken.«

Es war beinahe November, und der Wind pfiff durch die kahlen Äste der Bäume, als Jane wieder einmal vor Mr. Mansfields Tür stand und ihren Freund in außergewöhnlich guter Stimmung vorfand.

»Bei einem solchen Wetter sollten Sie nicht allein ausgehen«, meinte er und führte sie in das warme Wohnzimmer.

»Nur meine Romanfiguren verhalten sich leichtsinnig, wenn sie bei schlechtem Wetter ausgehen, Mr. Mansfield«, erwiderte Jane und dachte dabei an Marianne Dashwood. »Und nun verraten Sie mir den Grund für das Lächeln, das gar nicht mehr von Ihrem Gesicht weichen will.«

Mr. Mansfield reichte Jane ein Papierbündel. »Es ist fertig«, verkündete er.

»*Allegorische Geschichten und ein warnendes Beispiel*«, las sie vor. »Es heißt nicht mehr *Kleines Buch*?«

»Mit der Ergänzung ist es nicht mehr so klein.«

»Sie müssen die ganze Nacht daran gearbeitet haben«, sagte Jane.

»Ich wollte, dass Sie es lesen können, ohne dabei über meine Anmerkungen und Korrekturen und unsere Streichungen und Verbesserungen zu stolpern.«

»Würde es Ihnen etwas ausmachen, wenn ich ein wenig mehr damit mache, als es nur zu lesen, Mr. Mansfield? Das Projekt zur Sühne ist nun abgeschlossen, und Ihre Neubearbeitung ist druckreif, also könnte das warnende Beispiel, wie Sie es nennen, der Sprössling für ein noch größeres Projekt werden – vielleicht sogar für einen neuen Roman.«

»Eine großartige Idee«, erwiderte Mr. Mansfield. »Ich habe keine Zweifel daran, dass mit Ihren Fähigkeiten daraus viel mehr werden könnte. Bitte behalten Sie das Manuskript, solange Sie möchten.«

»Das ist sehr großzügig von Ihnen, Mr. Mansfield, und für das Werk, das ich mir vorstelle, ist ein so sorgfältiges und sauber geschriebenes Manuskript natürlich eine große Hilfe. Aber eine Weile müssen Sie es noch behalten, denn ich möchte gern, dass Sie es mir vorlesen.«

»Ich habe eigentlich gehofft, Sie würden das Vorlesen übernehmen, denn wie Sie schon vermutet haben, war ich fast die ganze Nacht wach.«

»Dann würde Sie meine liebliche Stimme möglicherweise sofort einschläfern«, erwiderte Jane. »Nein, in diesem Fall würde ich es mir gern vor dem Feuer gemütlich machen, meine Augen schließen und Ihnen lauschen.«

»Ich würde Ihnen jetzt widersprechen, wenn ich nicht genau wüsste, dass es sinnlos wäre.« Mr. Mansfield lachte leise. »Erlauben Sie mir, eine Tasse Tee zu trinken, um meine alternde Stimme zu stärken, dann werde ich mich Ihrem Wunsch fügen.«

Jane ließ sich in einen Sessel sinken, während Mr. Mansfield den Wasserkessel vom Feuer nahm, die Teekanne füllte und zwei Tassen einschenkte. »Nun«, begann er, »ich werde die überarbeiteten Texte, die Sie bereits kennen, auslassen und gleich mit dem neuen Text beginnen, der, wie ich weiß, uns beide am meisten interessiert.« Er blätterte in dem Manuskript, bis er die richtige Stelle gefunden hatte, nahm die Seite und las: »*Erste Eindrücke*«.

Als Mr. Mansfield auf der letzten Seite anlangte, hatten sich bereits tiefe Schatten im Wohnzimmer ausgebreitet. Er hatte eine Lampe anzünden müssen, doch weder er noch Jane schienen abbrechen zu wollen, also las er weiter, bis er zum letzten Brief kam:

Pemberley, Donnerstag
Meine liebe Lydia,
mir war schon immer klar, dass ein Einkommen, wie es dir und Wickham zur Verfügung steht, für den Lebensunterhalt von zwei Personen, die so extravagante Wünsche haben und sich keine Gedanken um die Zukunft machen, nicht ausreicht; es wird dich jedoch nicht überraschen zu hören, dass ich lieber nicht mit Mr. Darcy über eine mögliche Stelle für Wickham bei Hofe sprechen möchte. Eine Unterstützung, die ich durch – wie man es nennen könnte – meine Sparsamkeit bei den privaten Ausgaben erübrigen kann, schicke ich dir gern. Natürlich kann Darcy Wickham niemals in Pemberley empfangen, aber ich hoffe, dass du uns gelegentlich

besuchen wirst. Ich habe in Georgina eine wahre Schwester gefunden und glaube, dass du sie auch so lieb gewinnen wirst wie ich. Lady Catherine ist immer noch außerordentlich empört über die Heirat ihres Neffen, und Darcy lehnt jeglichen gesellschaftlichen Umgang mit ihr ab. Trotzdem hoffe ich, ihn zu einer Versöhnung mit ihr überreden zu können. Wenn ich daran denke, wie glücklich ich mit Darcy bin und dass ich dieses Glück beinahe verloren hätte, und dann über dein Leben mit Wickham nachgrüble, kommen mir unwillkürlich die Gefahren in den Sinn, die denjenigen drohen, die sich von ersten Eindrücken leiten lassen.

Deine Dich liebende Schwester
Elizabeth Darcy

Mr. Mansfield legte das letzte Blatt auf seinen Schoß und starrte in das verglimmende Feuer. »Ich muss zugeben, dass ich ziemlich stolz bin«, murmelte er.

»Aber würden Sie das eine allegorische Geschichte nennen?«, fragte Jane.

»Wie Sie selbst schon bemerkt haben, möchte ich es als ein warnendes Beispiel bezeichnen, und genau das ist es. Vor allem wenn man die unterschiedlichen Schicksale der beiden Schwestern betrachtet. Die eine war so klug und mutig und hat ihren ersten falschen Eindruck von einem Gentleman revidiert, der anderen ist das nicht gelungen. Das ist eine Botschaft, die vielleicht viel Gutes bewirken kann.«

»Das wollen wir hoffen, Mr. Mansfield. Um dieses warnende Beispiel in etwas Umfangreicheres und Gewichtigeres zu verwandeln, könnte ich aus Elizas Geschichte einen Roman machen, ebenso wie Sie sich es bei *Elinor und Marianne* wünschen.«

»Unbedingt«, stimmte Mr. Mansfield ihr zu. »Und natürlich hoffe ich, das Ergebnis Ihrer Bemühungen noch zu erleben.«

»Sie werden mir bestimmt noch viele Jahre erhalten bleiben, Mr. Mansfield, aber ich möchte trotzdem so schnell wie möglich mit meiner Arbeit beginnen, damit ich Ihr Manuskript nicht länger als nötig behalten muss.«

»Nun ist es so dunkel geworden, dass ich Ihnen nicht erlauben kann, allein nach Steventon zurückzukehren, Miss Austen. Gestatten Sie mir, den Gärtner zum Haus zu schicken, um einen Einspänner zu holen. Lord Wintringham hat bestimmt nichts dagegen, einem Gast eine solche Gefälligkeit zu erweisen.«

Jane nahm sein Angebot an, denn die Tage wurden kürzer, und der Himmel war wolkenverhangen, so dass sie den größten Teil des Heimwegs in völliger Dunkelheit hätte zurücklegen müssen. Ihre Ankunft vor dem Pfarrhaus in einem Einspänner von Lord Wintringham sorgte an diesem Abend für einige Spekulationen, aber sie versicherte allen, angefangen bei ihrem Vater bis zur kleinen Anna, dass der ältere Geistliche und sie lediglich bei ihren Diskussionen über Literatur die Zeit vergessen hätten und dass ihr keiner der Söhne des Gutsbesitzers den Hof mache. Danach wurde das Thema fallengelassen, und alle widmeten sich den Plänen für die bevorstehenden Weihnachtstheaterstücke.

London, Gegenwart

Beim Frühstück sah Sophie die Morgenpost durch und fand ein großes braunes Kuvert von Mr. Faussett mit der versprochenen Kopie des Untersuchungsberichts über Onkel Bertrams Tod und eine Liste der Buchhändler, die Bücher aus Bertrams Bibliothek gekauft hatten. Sie legte die Liste erst einmal beiseite und studierte den Untersuchungsbericht.

Die Untersuchung hatte nur wenige Minuten gedauert, und alle Beteiligten schienen sich sofort darüber einig gewesen zu sein, dass es sich um einen Unfall gehandelt hatte. Onkel Bertram war zu einem Spaziergang aufgebrochen, hatte dabei ein Buch gelesen, war auf einer Wurfsendung ausgerutscht und die Treppe hinuntergestürzt. Er brach sich das Genick und war auf der Stelle tot. Sophie bemühte sich, den Bericht als neutrale Ermittlerin zu lesen, aber als sie sich vorstellte, wie der arme Onkel Bertram leblos am Fuß der Treppe lag, zog sich ihr Herz zusammen.

Dem Untersuchungsbericht lagen noch einige andere Seiten bei, der Bericht der Polizeibeamten, die vor Ort gewesen waren, und ein Autopsiebericht. Sophie las sich alles gründlich durch und suchte nach etwas, was auf eine Fremdeinwirkung hindeuten könnte. Auf der letzten Seite waren die persönlichen Gegenstände aufgeführt, die man bei der Leiche gefunden hatte:

1 Herrenhemd, kariert
1 Herrensakko, Tweed
1 Hose, braun
1 Herrenunterwäsche
1 Gürtel, braun
1 Paar Schuhe, braun
1 Paar Socken, braun
1 Herrenbrieftasche aus Leder mit Personalausweis, zwei Kreditkarten, einem Foto einer jungen Frau, siebenunddreißig Pfund und einer Oyster-Card
1 Exemplar von Gesammelte Gedichte *von Robert Burns*

Im Sommer hatte Onkel Bertram immer gern Burns gelesen. Und das Foto in seiner Brieftasche war natürlich eine Aufnahme von Sophie. Zumindest hatte er bei seinem Tod sie und eines seiner Lieblingsbücher bei sich gehabt. Der Fall schien völlig klar zu sein. Selbst wenn Bertram nie auf einer verkehrsreichen Straße gelesen hätte, konnte Sophie sich durchaus vorstellen, dass er in ein Buch von Burns vertieft war, als er die vertrauten Stufen vor seiner Wohnung betrat.

Sophie wäre selbst beinahe über ein Paket auf der Türschwelle gestolpert, als sie die Wohnung verließ. Es kam aus Paris und trug eine Absenderadresse in Erics krakeliger, mittlerweile vertrauter Handschrift. Was um alles in der Welt schickte Eric ihr aus Frankreich? Sie war schon spät dran, also klemmte sie sich das Päckchen unter den Arm und machte sich auf den Weg nach Cecil Court.

»Wie ich sehe, hat Ihnen jemand ein Buch geschickt«, sagte Gusty, als sie das Päckchen auf dem Ladentisch ablegte.

»Woher wollen Sie wissen, dass es ein Buch ist?«

»Was sonst würde Ihnen jemand schicken?«

»Er weiß, dass ich Bücher liebe«, sagte Sophie.

»Ist es von Ihrem Freund?«

»Er ist nur ein Bekannter. Wir haben uns kennengelernt, als er England bereiste.«

»Ein mysteriöser Fremder.« Gusty reichte ihr eine Schere, mit der sie das Klebeband durchschnitt.

»Als mysteriös würde ich ihn nicht bezeichnen«, erwiderte Sophie. »Aber er ist Amerikaner.«

Sie riss das Packpapier auf, und vier schmale, in Leinen gebundene Bände fielen auf die Theke.

»Das sieht interessant aus«, sagte Gusty. »Von den Einbänden her zu urteilen tippe ich auf frühes neunzehntes Jahrhundert.«

Sophie nahm ein Buch und schlug die Titelseite auf. »Mein Französisch ist leider ein wenig eingerostet«, gestand sie und reichte Gusty das Buch.

»Meine Güte«, stieß er hervor. »Das nenne ich ein Fundstück.«

»Was ist es?«

»*Orgueil et Préjugés*«, sagte Gusty. »Meine Aussprache ist wahrscheinlich nicht sehr gut, aber das ist die zweite französische Übersetzung von *Stolz und Vorteil*. Eine Rarität.«

»Das ist wohl ein Witz.« Sophie nahm Gusty das Buch wieder aus der Hand. »1822? Ich hatte keine Ahnung, dass Jane Austen bereits so früh übersetzt wurde.«

»Ein Jahr zuvor erschien eine andere französische Übersetzung«, erklärte Gusty. »Natürlich stand Austens Name auf keinem der beiden Bücher. Urheberschutz gab es damals noch nicht.«

Sophie sah sich jedes der Bücher genau an und schlug dann Band eins auf. Ein gefaltetes Blatt Papier flatterte heraus. Sie strich es glatt und las:

Sophie,
ich habe diese Bücher zu einem Spottpreis an einem Buchstand an der Seine entdeckt, und ich glaube, dass sie wertvoll sein könnten. Der Händler wusste wohl nicht, was er da in Händen hielt. Wie auch immer, mir war sofort klar, dass du sie ebenso zu schätzen weißt wie ich. Sprichst du Französisch? Ich schaffe es kaum, mir hier etwas zu essen zu bestellen. In Paris ist es sehr heiß, und im Augenblick sind kaum Einheimische in der Stadt. Ich glaube allmählich, ich hätte dich doch nach deiner Telefonnummer fragen sollen, aber wahrscheinlich findest du es besser, wenn wir uns schreiben. Vielleicht antwortest du mir bald einmal.
Dein Eric

»In diesem Zustand ist das ein sehr teures Geschenk.« Bewundernd nahm Gusty einen Band in die Hand.

»Er schreibt, er habe es zu einem Spottpreis an einem Buchstand an der Seine gekauft.«

»Das bezweifle ich«, meinte Gusty. »Selbst wenn ein Buchhändler in Paris die Bedeutung dieser Bücher nicht erkannt hätte, hätte sie sich ein anderer Händler geschnappt, bevor irgendein amerikanischer Tourist sie sich unter den Nagel reißen konnte.«

»Wollen Sie damit sagen, dass mein Freund lügt?«

»Ich dachte, er sei nur ein Bekannter. Kaum schickt er Ihnen ein paar schöne Bücher, und schon ist er wohl Ihr Freund.«

Sophie arbeitete an diesem Tag hinter der Ladentheke, aber das Geschäft lief schleppend. Während sie neue Anschaffungen in die Regale einräumte und ein paar Bücher verkaufte, las sie immer wieder Erics Brief. Hatte er sie tatsächlich über den wahren Kaufpreis angelogen? Und wollte er mehr als eine Freundschaft mit ihr? Vielleicht gelang es ihm ebenso wenig wie ihr, den Kuss im Mondschein zu vergessen. Eric blieb ein Rätsel für sie, und sie nahm wieder die Bücher in die Hand, die er ihr geschickt hatte. Sie sprach ein wenig Französisch und kannte *Stolz und Vorurteil* gut genug, um die eine oder andere bekannte Szene oder einen Dialog wiederzuerkennen. Onkel Bertrams Bibliothek hatte aus etlichen wertvollen Raritäten bestanden, und er hatte sie zumindest mit dem Vorsatz angeschafft, sie alle irgendwann zu lesen, die meisten sogar mehrere Male.

»Das ist das Schöne an seltenen Büchern«, hatte er eines Abends zu ihr gesagt, als er ihr eine Erstausgabe von *Cecilia* vorgelesen hatte. »Wenn man eine seltene Briefmarke abstempeln lässt, verfällt ihr Wert. Wenn man einen seltenen Wein trinkt, muss man danach die Flasche entsorgen. Aber wenn man ein seltenes Buch liest, ist es immer noch da, immer noch wertvoll und erfüllt den Zweck seines Daseins. Ein Buch ist zum Lesen da, gleichgültig, ob es fünf oder fünftausend Pfund wert ist.« Natürlich konnte Onkel Bertram Bücher nicht nur auf Französisch, sondern auch auf Deutsch, Latein und Griechisch lesen.

Aber Sophie konnte diese Bücher nicht lesen; sie konnte sie nur bewundern. Sie versuchte, sich wie Winston die Menschen vorzustellen, die diese Seiten gesetzt und gedruckt hatten. Franzosen in der Zeit der Restauration. Sie konnte beinahe die Druckerschwärze riechen. Und vor ihrem geistigen Auge erschien eine junge Französin aus der Oberschicht, die das Privileg besaß, gebildet zu sein. Sie schlug eines der Bücher auf und las Sophies Lieblingsanfangszeile auf Französisch: *S'il est une idée généralment reçue, c'est qu'un homme fort riche doit penser à se marier.*

Sophies Französisch war nicht gut genug, um jede Nuance zu verstehen, aber bei diesem perfekten Anfang war bei der Übersetzung bestimmt einiges verloren gegangen. Soweit sie es beurteilen konnte, lautete der französische Satz in etwa: »Man nimmt allgemein an, dass ein reicher Mann beabsichtigt zu heiraten.« Hätte Jane Austen mit diesen Worten *Stolz und Vorurteil* begonnen, hätte sie womöglich in der Literaturgeschichte den gleichen Platz wie Richard Mansfield eingenommen.

Trotzdem wollte Sophie mehr lesen. Vielleicht konnte sie ihr Schulfranzösisch mit diesen Büchern ein wenig aufpolieren. Jedes Mal wenn sie eines in die Hand nahm, lief ihr ein Schauer über den Rücken. Womöglich weil sie von Eric stammten oder weil sie das Anfangswerk von Jane Austen repräsentierten, das sich dann auf der ganzen Welt verbreitet hatte, sie konnte es nicht sagen. Auf jeden Fall hatte sie – außer von Onkel Bertram – noch nie so schöne Bücher geschenkt bekommen. Gerade als sie Eric schreiben und sich bei ihm bedanken wollte, klingelte das Telefon. Es war Winston.

»Ich dachte, du darfst einen Tag nach einem Date noch nicht anrufen«, sagte Sophie. »Denn dann würdest du zu ungeduldig erscheinen.«

»Ich bin ungeduldig«, erklärte Winston.

»Warum? Geht es um das nächste Date? Oder um das Buch von Richard Mansfield?«

»Ich kann es zwar kaum erwarten, eine bestimmte Zweitausgabe in Händen zu halten, aber im Augenblick denke ich eher an etwas anderes.«

»Was könnte das sein?«

»Diese Frage würde ich gern persönlich beantworten«, erwiderte Winston. »Mein Vater ist nach Gloucestershire zurückgefahren. Hättest du Lust auf ein selbstgekochtes Dinner heute Abend?«

»Im Ernst? Du siehst gut aus *und* kannst kochen?«

»Du hältst mich für gut aussehend?«

»Ach, komm schon«, sagte Sophie. »Du hast sicherlich schon einmal einen Blick in das kleine Ding geworfen, das man Spiegel nennt. Es ist eine bemerkenswerte Erfindung.«

»Ich komme zur Ladenschlusszeit vorbei. Dann gehen wir zum Supermarkt, suchen uns in der Lebensmittelabteilung etwas Leckeres aus und essen anschließend bei mir.«

»Das klingt wie ein sehr durchschaubarer Plan, um eine alleinstehende Frau in deine Wohnung zu locken.«

»Du bist Single? Das wusste ich nicht.«

»Hältst du es für richtig, dass eine anständige junge Frau beim dritten Date in der Wohnung eines Verehrers zu Abend isst?«

»Du hast mir gesagt, dass du Single bist – von anständig war nie die Rede. Außerdem musst du ja etwas essen. Ich hole dich um sechs ab.« Bevor Sophie antworten konnte, legte er auf. Ihrer Meinung nach hatte sie genug protestiert, um einen Anschein von Anstand zu wahren. In ihrer Mittagspause kaufte Sophie sich rasch in dem Laden um die Ecke eine Zahnbürste.

Hampshire, 1796

Im oberen Stockwerk des Pfarrhauses in Steventon lag ein kleines Wohnzimmer, das die Austens gern als »Ankleidezimmer« bezeichneten. Dort standen Janes Klavier, einige Regale mit Büchern und ein großer, ovaler Spiegel. Die Wände waren nur notdürftig gestrichen und das Zimmer spärlich möbliert. In einer Ecke befanden sich ein kleiner runder Tisch und ein einfacher Holzstuhl mit hoher Rückenlehne. In diesem Zimmer und auf diesem Stuhl verbrachte Jane im Lauf des Novembers jeden Tag etliche Stunden. Die anderen Bewohner des Pfarrhauses hörten sie manchmal Klavier spielen, aber immer nur wenige Minuten. Dann war es wieder still, und nur Cassandra, die manchmal an dem Zimmer vorbeiging, hörte während dieser Zeit beinahe ständig das Kratzen einer Feder auf dem Papier. Obwohl alle im Haus sich daran gewöhnt hatten, Jane beim Schreiben eine gewisse Privatsphäre zuzugestehen, hatten sie sie noch nie mit solchem Eifer bei der Arbeit gesehen.

Als eines Morgens die Klänge eines Menuetts aus dem Ankleidezimmer erklangen, wagte es Cassandra, zu ihrer Schwester hineinzugehen.

»Schreibst du eine neue Geschichte? Oder dürfen wir bald mehr von *Elinor und Marianne* hören?«

»Ich glaube, von *Elinor und Marianne* haben wir genug.« Jane nahm die Hände von den Klaviertasten. »Es ist etwas Neues.«

Cassandra wartete auf weitere Einzelheiten, aber Jane schwieg. »Du scheinst nicht so ... nicht so fröhlich wie sonst, wenn du eine neue Geschichte beginnst. Bereitet sie dir Schwierigkeiten?«

»Ganz im Gegenteil«, erwiderte Jane. »Sie fließt beinahe wie von selbst aus meiner Feder. Manchmal kann ich kaum schnell genug schreiben, um all die Worte zu Papier zu bringen.«

»Und trotzdem spüre ich, dass dich etwas bedrückt, Schwester. Du hast mir bisher immer deine Sorgen anvertraut. Möchtest du das jetzt nicht auch tun?«

»Wahrscheinlich bin ich nur müde«, sagte Jane. Obwohl ihre Arbeit weit über einen Akt der Sühne hinausging und der von Mr. Mansfield so sorgfältig geschriebene Text über ein warnendes Beispiel sich immer weiter zu einem komplexen und nuancierten Roman entwickelte, bedrückte Jane der Gedanke an die Ereignisse, die zu dieser Aufgabe geführt hatten. Aber sie wollte Cassandra nicht mit dem Schicksal der Schulschwester belasten. Schließlich war Cassandra auch in Reading gewesen. Sie hatte die Schulschwester auch gekannt und ebenso geliebt wie Jane und die anderen Mädchen. »Diese Geschichte beschäftigt mich Tag und Nacht und verfolgt mich sogar in meinen Träumen«, erklärte Jane. »Ich kann ihr nicht entkommen, bis ich sie vollständig zu Papier gebracht habe.«

»Kannst du uns nicht erzählen, worum es geht?«, bat Cassandra. »Die kleine Anna kann ihre Neugierde kaum im Zaum halten, wenn ich ihr verbiete, das Ankleidezimmer zu betreten.«

Jane dachte einen Augenblick nach. Sie war noch nicht bereit, aus ihrem neuen Roman vorzulesen, aber vielleicht würde es Cassandra und Anna gefallen, etwas aus dem Quellenmaterial zu hören. Oberflächlich betrachtet unterschied sich die Geschichte nicht allzu sehr von den anderen, die sie ihnen bisher vorgelesen hatte. Ohne Mr. Mansfields Buch zu berücksichtigen, konnte man glauben, es handle sich lediglich um eine Romanze mit Figuren, die ein paar menschliche Schwächen hatten. Wenn sie daraus vorlas, würde sie ein wenig Abstand bekommen, könnte sich vielleicht entspannen und den Druck lindern, den sie angesichts ihrer beinahe fieberhaften Bemühungen verspürte.

»Dir und Anna lese ich gern etwas vor, aber den anderen noch nicht. Und ihr bekommt vorläufig nur eine kleine Kostprobe.«

Cassandra lächelte und klatschte begeistert in die Hände. »Für uns Hungrige ist ein Häppchen besser als nichts. Mutter ist mit Anna nach Deane gefahren, um Annas Vater zu besuchen, aber sie kommt heute Nachmittag wieder zurück.«

»Dann bis heute Nachmittag«, erwiderte Jane. Sie stand auf und kehrte an ihren Schreibtisch zurück. Als sie ihre Feder in die Tinte tauchte, wusste Cassandra, dass das Gespräch beendet war, und verließ leise das Zimmer.

Einige Stunden später legte Jane endlich ihre Feder zur Seite und wandte sich ihren beiden Zuhörerinnen zu, die sie erwartungsvoll anschauten. Anna hatte sich bei Cassandra auf den Schoß gesetzt. Jane nahm ein Blatt Papier in die Hand.

»Zuerst war es ein Briefroman«, erklärte sie. »Aber ich arbeite daran, ihn auszubauen und eine Erzählung daraus zu machen. Vorläufig lese ich euch aber aus den Briefen vor. Das sollte reichen, um euch einen kleinen Vorgeschmack zu geben.« Und sie fing an:

Erste Eindrücke

Meine liebe Schwester,
Stell dir vor, Netherfield Park ist endlich verpachtet! Und zwar an einen jungen Mann mit beträchtlichem Vermögen aus dem Norden von England. Sein Name ist Bingley. Wie ich höre, wird er noch vor Michaelis einziehen, und einige seiner Bediensteten werden schon Ende nächster Woche ankommen. Das ist natürlich wundervoll für unsere vier Mädchen, denn sehr wahrscheinlich wird er sich in eine von ihnen verlieben. Mr. Bennet ist der Meinung, dass es wohl Lizzy sein wird, obwohl Lizzy nicht besser als die anderen ist; und ich bin mir sicher, dass sie nicht halb so hübsch ist wie Jane und nicht halb so fröhlich wie Lydia. Mr. Bennet bezeichnet Lydia jedoch beharrlich als »dumm und unwissend«. Ich glaube, es bereitet ihm Freude, mich zu ärgern. Er hat kein Mitgefühl für meine schwachen Nerven. Gleichwohl habe ich ihm das Versprechen abgerungen, Mr. Bingley einen Besuch abzustatten, sobald dieser sich häuslich niedergelassen hat. Er versteht einfach nicht, dass es meine Lebensaufgabe ist, meine Töchter zu verheiraten. Grüß Mr. Philips von mir.
Deine Dich liebende Schwester

Jane hatte Anna und Cassandra erst drei Briefe vorgelesen, als man sie zum Abendessen rief. Auf dem Weg nach unten ergriff Anna die Hand ihrer Tante, und Jane schärfte ihr ein, kein Wort über *Erste Eindrücke* verlauten zu lassen. Als sie hinausgingen, wehte die Zugluft ein Blatt des Manuskripts, aus dem Jane vorgelesen hatte, auf den Boden. Cassandra hob es auf, um es auf den Stapel zurückzulegen, und stellte überrascht fest, dass der Text nicht in der Handschrift ihrer

Schwester verfasst war. Als Anna von der Mitte der Treppe aus ungeduldig nach ihr rief, legte sie das Blatt rasch auf seinen Platz zurück, lief eilig hinaus und dachte nicht mehr darüber nach.

London, Gegenwart

Der Laden war leer, als Victoria Sophie kurz vor sechs anrief.

»Tut mir leid, dass ich mich noch nicht gemeldet habe«, sagte sie. »Ich war die ganze Woche über schwer beschäftigt. Aber jetzt will ich endlich wissen, wie es mit deinen beiden Freunden läuft.«

»Ich würde sie nicht als meine Freunde bezeichnen«, erwiderte Sophie, »aber es läuft eigentlich alles recht gut.«

»Einzelheiten, bitte.«

»Na ja, möglicherweise würde ich Eric im Moment lieber heiraten als umbringen.«

»Erzähl mir mehr.«

»Er hat mir ein tolles Buch aus Paris geschickt. Eine frühe französische Übersetzung von *Stolz und Vorurteil*.«

»Der schnellste Weg zu Sophie Collingwoods Herzen.«

»Andererseits ist Winston sehr wahrscheinlich in die Kategorie der Männer aufgerückt, mit denen ich ins Bett gehen würde«, fuhr Sophie fort.

»Da hat sich ja einiges getan. Eigentlich wollte ich dich fragen, ob ich dich am nächsten Wochenende besuchen soll, aber anscheinend hast du alles unter Kontrolle.«

»Oh, bitte komm doch. Das wäre wundervoll. Wenn sich die Sache mit Winston gut entwickelt, kann ich ihn dir vorstellen, und wenn nicht, dann kannst du mir helfen, meinen Kummer zu ertränken.«

»Wir haben am Freitag geschlossen«, sagte Victoria. »Und vielleicht kann ich mir den Donnerstag freinehmen. Dann hätten wir ein langes Wochenende für uns.«

»Großartig. Oh, mein Gott, da kommt er.« Winston war soeben vor dem Schaufenster aufgetaucht und winkte Sophie lächelnd zu.

»Viel Spaß, kleine Schwester. Und tu nichts, was ich nicht auch tun würde.«

»Schränkt mich das etwa in irgendeiner Weise ein?«, fragte Sophie scherzhaft.

»Sehr witzig. Ich erwarte einen ausführlichen Bericht.«

Das Abendessen, das Winston für Sophie zubereitete, war einfach, aber köstlich: Brathähnchen, Kartoffeln und Gemüse und eine Flasche Rotwein dazu. »Man muss kein Spitzenkoch sein«, meinte er, als sie sein Essen lobte. »Man braucht nur frischen Rosmarin. Und ich weiß, dass man zu Hähnchen eigentlich Weißwein trinkt, aber mir schmeckt Rotwein besser.«

»Mir auch.« Sophie leerte ihr Glas und streckte es ihm entgegen, worauf Winston ihr den Rest aus der Flasche einschenkte.

»Soll ich noch eine aufmachen?«, fragte er.

»Lieber nicht«, erwiderte Sophie. »Ich möchte nicht ...«

»Deine Hemmungen verlieren?«

»So in etwa.«

»Nun, da wir mit dem Abendessen fertig sind, habe ich hier eine Kleinigkeit für dich.« Er verschwand, kam kurz darauf mit einer kleinen braunen Papiertüte zurück und reichte sie ihr. Sie zog eine in Plastik verpackte, etwa fünfzehn Zentimeter große Puppe heraus.

»Was ist das?«, fragte Sophie.

»Eine Actionfigur von Jane Austen.« Winston grinste sie an wie ein begeisterter Schuljunge.

»Das verstehe ich nicht.« Sophie drehte die Figur in der Plastikhülle hin und her. »Was macht man damit?«

»Nichts, nehme ich an. Das ist nur ein Scherzartikel. Ein Witz. Ich habe mir überlegt, dass du zwar alle Bücher von ihr hast, aber noch keine Actionfigur.«

»Das stimmt.« Sophie wusste nicht so recht, was sie von diesem Geschenk halten sollte. Allerdings glich das Gesicht der Figur in gewisser Weise einem bekannten Porträt von Jane Austen – einer farbigen Skizze von ihrer Schwester Cassandra.

»Wie auch immer, eine Actionfigur von Richard Mansfield gab es leider nicht.« Winston schob seinen Stuhl zurück.

»Das kann ich mir vorstellen«, murmelte Sophie und legte die kleine Figur auf den Tisch.

»Möchtest du dir jetzt meine kleine Sammlung anschauen?«

»Natürlich. Sehr gern. Wo bewahrst du sie auf?«

»In meinem Schlafzimmer.«

»Das hätte ich mir denken können«, erwiderte Sophie. An diesen Moment hatte sie den ganzen Nachmittag mit gespannter Vorfreude gedacht. Doch jetzt zögerte sie einen Augenblick. Er stand vor ihr, lächelte sie mit strahlend weißen Zähnen an und streckte einen seiner muskulösen Arme aus. Ein Mann wie Winston hatte Sophie Collingwood noch nie in sein Schlafzimmer eingeladen. Ihre Bedenken verschwanden, und sie stand auf und nahm seine Hand. »Du gehst vor«, sagte sie.

Winston zeigte Sophie tatsächlich seine Sammlung, ungefähr fünfzig Bücher, von denen etwa ein Dutzend von Gilbert

Monkhouse gedruckt worden waren. Die meisten befanden sich in einem schlechten Zustand; die Einbände waren zerfleddert oder verloren gegangen, Seiten fehlten oder waren zerrissen. »Je schlechter der Zustand ist, um so billiger sind sie«, erklärte er ihr. »Und mein derzeitiges Budget reicht nur für die billigen Exemplare. Außerdem bin ich nicht nur am Druck interessiert.« Sophie argwöhnte allmählich, dass Winston trotz all seiner Flirtversuche und Anspielungen nur mit seiner Sammlung hatte angeben wollen, aber als sie in der ersten Ausgabe von Richard Mansfields *Ein kleines Buch allegorischer Geschichten* blätterte, nahm er ihr das Buch sanft aus der Hand und zog sie in seine Arme. In den nächsten zwei Stunden vergaß sie alles über Bücher, Buchdruck und mysteriöse Kunden. Selbst Erics Kuss im Mondschein war vergessen.

Sie liebten sich im Dunkeln, und Sophie war froh darüber. Es war ihr nicht angenehm, sich nackt vor Winston zu zeigen. Noch nicht. Aber auch wenn Scham, Verlegenheit und ihre Unerfahrenheit Sophie daran hinderten, eine tiefe emotionale Verbundenheit zu empfinden, genoss sie das körperliche Vergnügen. Winston stellte Dinge mit ihr an, von denen sie noch nicht einmal etwas gelesen hatte, und sie merkte, dass er eine gewisse Erfahrung besaß, aber darüber wollte sie lieber nicht nachdenken. Die Welt war in bestimmten Momenten auf einige wenige Moleküle ihres Körpers reduziert – und nicht immer auf die Moleküle, mit denen sie gerechnet hatte. An der Universität hatte sie die Mädchen verachtet, die über »rein körperliche Beziehungen« gesprochen hatten, aber vielleicht nur weil sie damals solche Zuwendungen wie von Winston Godfrey noch nicht gekannt hatte. »Rein körperlich« war, wie sich nun herausstellte, pure Wonne.

Obwohl sie mit Clifton, ihrem ersten richtigen Freund, zwei Jahre zusammen gewesen war, hatte Sophie den Sex mit ihm immer als peinlich und belanglos empfunden. Er hatte es immer ziemlich schnell hinter sich gebracht, das war alles, was ihr dazu einfiel. Aus den alten amerikanischen Filmen, die sie oft am späten Abend mit ihrer Schwester angeschaut hatte, wusste sie, dass Leseratten immer eine Brille trugen und ein keusches Leben führten. Für jemanden wie Sophie Collingwood gab es kein nächtliches sexuelles Nirwana. Aber davon schien Winston nichts zu wissen.

Als sie am nächsten Morgen im Bett lag und Winston in der Küche rumoren hörte, wurde ihr klar, dass sie ihn nicht liebte. Aber das war schließlich erst der Anfang – vielleicht würde das noch kommen. Sophie war davon überzeugt, dass sie jeden lieben lernen konnte, der sie zu solchen Reaktionen brachte wie Winston. Und er war auch ein Buchliebhaber – wenn er Bücher auch auf eine andere Weise liebte. Dass es zwischen zwei Menschen funkte, wurde oft überbewertet, sagte sie sich und versuchte, nicht an Eric zu denken.

»Guten Morgen, mein kleiner Pekinese.« Winston spähte ins Schlafzimmer.

»Ist das jetzt mein Spitzname?«, fragte Sophie. »Der Name eines Tiers?«

»Na ja, du hast letzte Nacht Laute von dir gegeben, die ich bisher nur von dem Welpen meines Nachbarn gehört habe.«

»Sehr witzig.« Zum Glück sah man in dem dämmrigen Zimmer nicht, dass sie knallrot wurde. »Ich würde mich jetzt gern anziehen«, sagte sie.

»Wenn du fertig bist, gibt es Kaffee und Croissants«, sagte Winston, ohne sich von der Tür wegzubewegen.

»Trink du schon mal deinen Kaffee.« Sophie schielte nach ihren auf dem Boden verstreuten Kleidungsstücken.

»Ich habe gehofft, einen Blick zu erhaschen.«

»Das hast du doch letzte Nacht schon getan.«

»Letzte Nacht war es dunkel.«

»Geh und trink deinen Kaffee«, befahl Sophie. Sie befürchtete, dass sie ihn wieder zurück ins Bett zerren würde, wenn er nicht gleich verschwand.

»Für einen Samstagmorgen bist du ziemlich schick angezogen«, merkte Sophie an. Sie saß in ihren zerknitterten Klamotten vom Vorabend am Küchentisch, während Winston einen Anzug, eine Krawatte und ein perfekt gebügeltes Hemd trug.

»Ich muss gleich zu einem wichtigen Arbeitstreffen.«

Sophie trank einen Schluck Kaffee. Es war bereits ihre zweite Tasse, und sie hatte schon ein Croissant mit Butter und Marmelade verspeist. Ob es wohl undamenhaft war, wenn sie sich noch eines nahm? Der Sex hatte sie anscheinend hungrig gemacht. »Was genau arbeitest du?«, erkundigte sie sich. »Du weißt alles über meinen Job, aber ich gar nichts über deinen.«

»Er passt gut zu deinem«, meinte Winston. »Du arbeitest an einem Ende der Bücherkette und ich am anderen. Ich bin Verleger.«

»Du bist Verleger?«, fragte Sophie. »Bist du dafür nicht noch zu jung?«

»Es klingt beeindruckender, als es ist«, erwiderte er. »Nach meinem Abschluss an der Universität habe ich in einem großen Verlag gearbeitet. Zu Beginn habe ich als Praktikant grässliche Manuskripte lesen müssen, aber schließlich habe ich mich zum Lektor hochgearbeitet und durfte mit echten Autoren an richtigen Büchern arbeiten. Das war in Ordnung, aber das operative Geschäft eines Verlags hat mich mehr interessiert. Also habe ich ein wenig gespart, mir einen Partner gesucht, der ebenso viel über Bücher wusste wie ich über den Umgang mit Geld, meinen Vater als Investor gewonnen und vor einigen Jahren einen kleinen Verlag gegründet. Wir haben drei Angestellte und im letzten Jahr neun Bücher veröffentlicht. Mein Vater behauptet, das sei eine Art Hobby, bei dem man nicht allzu viel Geld verliert, aber unser Geschäft wächst. Langsam.«

»Das ist fantastisch.« Sophie nahm das letzte Croissant. »Neue Bücher herzustellen ist die einzige Sache, die ich mir ebenso schön vorstelle, wie alte Bücher zu entdecken.«

»Es ist eine sehr lohnende Aufgabe«, sagte Winston. »Zumindest beschäftigt man sich mit interessanten Dingen. Reich wird man damit allerdings nicht.«

»Welche Bücher veröffentlichst du?«

»Bisher waren es Bücher, die nur wenige Käufer gefunden haben. Erstlingsromane von unbekannten Autoren, einige literarische Biographien. Mein Partner sucht die Werke aus, und ich kümmere mich um die Druckereien, die Händler und so weiter. Wir haben ein Buch veröffentlicht, das du kennen könntest. Es war eine Art Fortsetzung von *Mansfield Park*. Alle anderen veröffentlichen Spin-offs von *Stolz und Vorurteil*, aber Godfrey House hat sich den Markt für Spin-offs von *Mansfield Park* gesichert. Das Buch heißt *Mansfield*.«

»Das habe ich gelesen«, rief Sophie begeistert. »Ich habe ein Exemplar in meinem Zimmer in Oxford.«

»Das ist von uns«, sagte Winston. »Ich schätze, ich sollte es mal lesen.«

»Es ist wirklich gut. Darauf kannst du stolz sein.«

»Das bin ich wohl auch. Aber ohne einen Bestseller oder eine Finanzspritze werden wir nicht länger durchhalten. Deshalb habe ich mich so fein angezogen. Ich treffe mich mit einigen potenziellen Investoren zum Mittagessen.« Er räumte Sophies leeren Teller und ihre Tasse vom Tisch. »Wie wäre es, wenn ich dir jetzt ein Taxi rufe, das dich nach Hause bringt?«

»Das wäre genau das, was man von einem Gentleman erwartet.«

»Oh, bitte nenn mich nicht Gentleman«, wehrte Winston ab. »Oder würde ein Gentleman etwa das tun?« Er zog sie von ihrem Stuhl hoch, nahm sie in die Arme und gab ihr einen langen, leidenschaftlichen Kuss.

Hampshire, 1796

Zwei Tage lang fiel unablässig Regen. Da Anna nicht nach draußen gehen konnte, hielt sie ihre Tanten auf Trab und wollte mit ihnen spielen oder Geschichten hören. Obwohl Jane nicht schrieb und ihrer Nichte und ihrer Schwester auch nichts mehr aus *Erste Eindrücke* vorlas, gingen die Bennets und die anderen Figuren ihr ständig im Kopf herum. Als Anna in der zweiten Regennacht endlich eingeschlafen war, zogen sich Jane und Cassandra ein paar Minuten in das Ankleidezimmer zurück.

»Vater glaubt, das Wetter wird morgen besser«, sagte Cassandra. »Ich werde mit Anna einen langen Spaziergang machen, damit du arbeiten kannst.«

»Wenn es aufklart, würde ich gern Mr. Mansfield einen Besuch abstatten«, sagte Jane. »Danach werde ich schreiben.«

»Geht es deinem Freund gut?«, erkundigte sich Cassandra. »Seit du ihn vor zwei Tagen zum letzten Mal gesehen hast, hast du ein wenig zerstreut gewirkt.«

»Ich glaube, es geht ihm so gut, wie man das in seinem Alter erwarten kann. Aber nicht Busbury Park, Steventon oder Deane lenken mich ab, meine Gedanken kreisen vielmehr ständig um Longbourn, Pemberley und Meryton.«

»Dir macht doch nicht etwa ein mir unbekannter Gentleman den Hof, Jane? Von diesen Orten habe ich noch nie etwas gehört.«

»Ein Gentleman, der mir den Hof macht?« Jane lachte. »Nein, es handelt sich nicht um einen Gentleman, der mir nicht aus dem Kopf geht, sondern um eine Geschichte.«

»Das Buch, an dem du arbeitest? Von dem du uns nur eine Seite vorgelesen hast?«

»Ich habe euch drei Seiten vorgelesen«, verbesserte Jane sie. »Und es ist noch kein Buch, aber es könnte gut eines daraus werden.«

»Und wirst du uns bald mehr vorlesen?«, fragte Cassandra erwartungsvoll.

»Natürlich, Schwester. Aber jetzt muss ich mich zurückziehen. Die kleine Anna hat mich ein wenig erschöpft.«

»Gibst du mir nicht wenigstens einen Hinweis, wie aus den wenigen Briefen, die du uns vorgelesen hast, ein Roman werden soll?«

Jane blieb an der Türschwelle stehen. »Da gibt es schon etwas. Ich habe fast den ganzen Nachmittag versucht, einen einzigen Satz zu formulieren, der den Kern der Geschichte zusammenfasst.«

»Den Eröffnungssatz?«

»Genau.«

»Oh, Jane, du musst ihn mir sagen. Ich kann sonst nicht schlafen.«

Jane hatte etliche Eröffnungssätze ausprobiert, bis sie sich an Mr. Mansfields Geständnis erinnerte, dass es ihn sehr verblüfft habe, wie wichtig für Lady Mary das Auftauchen eines reichen unverheirateten Mannes in der Nachbarschaft ihrer Cousine sei. Die Antwort, die sie ihm damals gegeben hatte, bedurfte nur einer leichten Abänderung, damit der Satz zu dem perfekten Anfang ihres Romans wurde. »Was hältst du davon?« Jane imitierte die Stimme eines kleinen Mädchens, das ein Gedicht vortrug. »Es ist eine allgemein anerkannte Wahrheit, dass ein Junggeselle im Besitz eines schönen Vermögens nichts dringender braucht als eine Frau.«

London, Gegenwart

Am Montagmorgen war Sophie im vorderen Teil des Ladens beschäftigt, als das Telefon klingelte. Es war Mr. Smedley.

»Haben Sie das Rätsel immer noch nicht gelöst?«, bellte er. »Ich werde allmählich ärgerlich.«

»Sie haben mich gebeten, ein Buch für Sie zu finden«, entgegnete Sophie. »Das kann manchmal Monate oder sogar Jahre dauern. Und manchmal findet man es nie.« Die Ereignisse am Wochenende hatten ihr Selbstvertrauen gestärkt. Warum sollte sie sich von einem Fremden, der ein altes wertloses Buch haben wollte, am Telefon einschüchtern lassen? Sie würde die schwer erhältliche Zweitausgabe auftreiben, aber dieser Widerling würde sie nicht bekommen.

»Aber ich bin nicht Ihr einziger Kunde, der dieses spezielle Buch sucht.«

»Wie kommen Sie darauf?«

»Lassen Sie die Spielchen, Miss Collingwood«, fauchte er und fügte mit gesenkter Stimme hinzu: »Ich garantiere Ihnen, Sie werden nicht das Rennen machen.«

Sophies Selbstvertrauen schwand plötzlich wieder. »Woher kennen Sie meinen Namen?«, fragte sie, leicht fröstelnd.

»Ich weiß alles über Sie ... Sophie«. Er sprach ihren Vornamen mit einem Zischlaut aus. »Was glauben Sie denn, warum ich ausgerechnet zu Boxhill's gegangen bin? Und warum ist Winston Godfrey ebenfalls dort aufgetaucht?«

Sophie begann zu zittern. »Mr. Smedley, wenn Sie mir etwas zu sagen haben, dann tun Sie es einfach.«

»Sie sollen wissen, dass es einen Grund gibt, warum ich Gusty gebeten habe, sein neues Mädchen auf dieses bestimmte Buch anzusetzen. Wenn Sie es nicht bald auftreiben, werden andere vor Ihrer Tür stehen, und sie werden nicht so nett zu Ihnen sein wie Ihr kleiner Freund.«

»Was wissen Sie über meinen Freund?« Das Wort gefiel ihr nicht. Es drückte gleichzeitig zu viel und zu wenig darüber aus, was Winston für sie war, und so wie Mr. Smedley es gesagt hatte, klang es noch schlimmer – irgendwie schäbig. Und woher zum Teufel kannte er Winston überhaupt?

»Das chinesische Restaurant, der Supermarkt, das sind alles öffentliche Orte. Haben Sie tatsächlich gedacht, Sie könnten Ihre kleine Affäre vor mir verheimlichen?«

Sophie wurde schwindlig, und sie lehnte sich gegen die Ladentheke. Ihr Magen krampfte sich zusammen, ihr brach der Schweiß aus. Hatte Smedley sie beschattet? Sie hatte ihn für einen exzentrischen Sammler gehalten, vielleicht ein wenig aggressiv, aber im Grunde genommen harmlos. Doch nun schien er tatsächlich eine Bedrohung für sie und vielleicht auch für Winston darzustellen.

»Sie sind mir gefolgt?« Sophie konnte kaum atmen.

»Finden Sie dieses Buch, Miss Collingwood. Sie sind die Einzige, der das gelingen kann, jetzt, wo Ihr Onkel tot ist. Und es wäre doch schade, wenn Sie auch eine Treppe hinunterstürzen würden.« Er legte auf, aber das bekam Sophie nicht mehr mit. Sie war ohnmächtig geworden und auf den Boden gefallen.

Einen Moment lang glaubte Sophie, die Stimme ihres Onkels Bertram zu hören. Sie konnte nur Bücher und die Silhouette eines über sie gebeugten Mannes sehen. Sie war in der Ecke eines Buchladens eingeschlafen, eine Ausgabe von *Alice im Wunderland* auf den Knien. Onkel Bertram hatte ewig lange mit dem Buchhändler über Dinge gesprochen, die sie nicht verstand, und so waren ihr wie in seiner Wohnung, wenn er ihr zur Schlafenszeit etwas aus einem lateinischen Buch vorlas, die Augen zugefallen.

»Komm, meine kleine Sophie.« Er hatte die Arme um sie geschlungen und sie hochgehoben. »Für eine Neunjährige war der Spaziergang durch London zu weit. Wir besorgen dir jetzt eine Tasse Tee.«

»Ich kann schon noch weiterlaufen«, erklärte sie, als Onkel Bertram sie auf dem Gehsteig vor dem Laden absetzte. »Ich habe nur etwas über einen Traum gelesen, und eure Stimmen klangen wie die von Alice' Schwester in dem Buch.«

»Ja, wir haben über ein Buch gesprochen, in dem es keine Bilder und keine Gespräche gibt.« Ihr Onkel lachte leise.

»Hast du es gekauft?«, wollte Sophie wissen.

»Heute nicht«, erwiderte er. »Es war leider zu teuer für mich.«

»Was macht ein Buch wertvoll, Onkel Bertram?«

»Eine ausgezeichnete Frage.« Er nahm sie an der Hand und führte sie die Straße hinunter zum nächsten Café. »Es gibt zwei Arten von wertvollen Büchern. Ein Buch kann für mich persönlich einen besonderen Wert haben, den es für sonst niemanden hat. Zum Beispiel ein altes Familiengebetbuch im Haus deines Vaters. Es ist keine seltene Ausgabe, der Einband ist lose, und viele Seiten sind zerrissen. In einer Buchhandlung würde niemand dafür viel bezahlen. Aber für unsere Familie ist es unersetzlich – nicht nur, weil am Anfang alle Taufen, Eheschließungen und Bestattungen aufgelistet sind, sondern weil darin jede Träne und jeder Schmutzfleck zu sehen ist. Also ist dieses Buch wertvoll.«

»Und das Buch, das du heute kaufen wolltest?«

»Ah, dabei handelt es sich um ein teures Buch, und teuer ist etwas anderes als wertvoll.«

»Was war das für ein Buch?«

»Eine frühe Ausgabe einer sehr wichtigen englischen Übersetzung von einem Buch mit dem Titel *Plutarchs Parallelbiographien*. Es ist ein sehr altes Buch über Geschichte.«

»Das klingt sehr interessant«, meinte Sophie.

»Schon, aber interessant, wertvoll und teuer sind verschiedene Dinge«, erklärte Onkel Bertram. »Ein Buch kann für jemanden interessant oder wertvoll sein und für jemand anderen nicht, aber ein teures Buch kostet für alle gleich viel.«

»Und warum ist das Pluto-Buch so teuer?«

»Plutarch«, verbesserte ihr Onkel sie und führte sie in dem Café an einen Tisch. »Nun, erstens ist es ein sehr wichtiges Buch. Plutarch war einer der größten Geschichtsschreiber der Antike. Und zweitens ist diese spezielle Übersetzung wichtig, weil Shakespeare sie für Recherchen zu seinen Stücken verwendet hat.«

»Shakespeare? Der von *Ein Sommernachtstraum*, was wir letzten Sommer im Park gesehen haben?«, fragte Sophie.

»Richtig.«

»Er ist sehr lustig.«

Onkel Bertram gab reichlich Milch und Zucker in eine Tasse Tee und reichte sie Sophie. Sie trank einen großen Schluck.

»Das Buch, das ich mir heute angesehen habe, war also

geschichtlich wichtig, und es hat eine wichtige literarische Verbindung zu einem berühmten Schriftsteller. Das macht es wertvoll. Teuer ist es, weil es sich in einem sehr guten Zustand befindet, also eine ganz einfache Gleichung.«

»Eine Gleichung wie in Mathe? Ich kann Mathe nicht ausstehen.«

»Aber in diesem Fall ist es ganz einfach«, sagte ihr Onkel. »Man nennt das Angebot und Nachfrage. Wenn es von einem Buch nur wenige Exemplare gibt, es aber viele Leute haben wollen, dann wird es teuer. Ein Buch kann wertvoll sein, ohne viel zu kosten, aber wenn es teuer ist, ist es auch fast immer wertvoll.«

»Wenn es also von einem Buch nur ein Exemplar gibt und alle Menschen auf der Welt es haben wollen, wäre es sehr teuer!«

»Mit Sicherheit«, bestätigte Bertram.

»Sophie! Sophie, alles in Ordnung?« Sie begriff, dass nicht Onkel Bertram mit ihr sprach und sie nicht neun Jahre alt und auch nicht eingeschlafen war.

»Sind Sie das, Gusty?«, murmelte sie.

»Was ist passiert?« Gustys Stimme klang aufgeregt. »Ich hörte einen dumpfen Schlag und fand Sie ohnmächtig auf dem Boden liegend.«

Sophie stützte sich auf einen Ellbogen. Ihr war schwindlig und ein wenig übel. »Wahrscheinlich habe ich nicht genug zum Frühstück gegessen.«

Gusty half ihr, sich aufzusetzen, und zog eine Bücherkiste heran, so dass sie sich anlehnen konnte. »Bleiben Sie sitzen, ich hole Ihnen ein Glas Wasser.« Er lief die Treppe hinunter, und Sophie konzentrierte sich auf ihren Atem. Sie versuchte, nicht an Smedley oder an seine Worte zu denken. Dafür hatte sie später noch Zeit. Vorerst sog sie tief den Geruch der alten Bücher und abgetretenen Holzdielen ein; das hatte mehr Wirkung als jedes Riechsalz. Als Gusty vom Untergeschoss zurückkam, hatte sie sich hochgerappelt und auf einen Stuhl hinter der Theke gesetzt.

»Sie sollten doch sitzen bleiben.« Er reichte ihr ein Glas Wasser.

»Es geht mir wieder gut«, versicherte Sophie. »Wahrscheinlich ist einfach nur mein Blutzuckerspiegel zu niedrig.« Ihr war plötzlich Smedleys Warnung eingefallen, Gusty nichts zu erzählen.

»Essen Sie einen davon.« Gusty hielt ihr eine Packung mit Vollkornkeksen hin. Sie wollte nichts essen, aber er bestand darauf, und nachdem sie das Wasser getrunken und einen Keks gegessen hatte, fühlte sie sich ein bisschen besser. »Sie müssen nach Hause fahren und sich ein wenig ausruhen«, sagte er. »Nehmen Sie sich den Rest des Tages frei.«

»Eine gute Idee«, erwiderte Sophie. »Ich werde heimfahren und versuchen zu schlafen, wenn das für Sie in Ordnung ist.«

Da Gusty sie auf keinen Fall mit der U-Bahn fahren lassen wollte, begleitete er sie zur St. Martin's Lane und winkte ein Taxi heran. Er gab dem Taxifahrer eine Zwanzig-Pfund-Note und befahl ihm, Sophie sicher vor ihrer Wohnungstür abzusetzen. Dreißig Minuten später saß Sophie zwischen den leeren Bücherregalen in ihrem Wohnzimmer und erlaubte sich endlich, über Mr. Smedleys Anruf nachzudenken.

Anscheinend waren ihre Zweifel über Onkel Bertrams Tod, die sie krampfhaft zu unterdrücken versucht hatte, doch nicht aus der Luft gegriffen. Und dieses Verbrechen – wenn es tatsächlich eines war – hatte irgendwie etwas mit dem Geheimnis um *Ein kleines Buch allegorischer Geschichten* zu tun. Smedley hatte das Wort »Rätsel« verwendet. Sophie hatte sich schon immer inmitten eines Krimis wiederfinden wollen, und nun schien sich ihr Wunsch zu erfüllen. Allerdings war es in Wirklichkeit etwas ganz anderes, als es sich mit einem Buch von Wilkie Collins oder Agatha Christie an einem kalten Winterabend in Onkel Bertrams Wohnzimmer gemütlich zu machen.

»Es gibt zwei Dinge, die du über Kriminalgeschichten wissen musst«, hatte Onkel Bertram eines Abends gesagt, als sie sich *Mord im Orientexpress* als Lektüre ausgesucht hatten. »Wenn im ersten Kapitel ein Schwert an der Wand hängt, wird es jemand herunternehmen und es im letzten Kapitel benutzen.«

»Ich glaube nicht, dass es in einem Zug ein Schwert gibt«, entgegnete Sophie, die mit elf entdeckt hatte, dass es Spaß machte, einem Erwachsenen zu widersprechen.

»Natürlich ist es nicht immer ein Schwert«, erwiderte Bertram freundlich, »manchmal auch ein Jagdgewehr oder ein Kricketschläger.«

»Und was ist das zweite?«, wollte Sophie wissen.

»Nimm dich in Acht vor Finten.«

»Was sind Finten?«

»Eine Finte ist ein Ablenkungsmanöver, das dich auf eine falsche Spur führt«, erklärte ihr Onkel.

Sophie hatte jedoch keine Ahnung, was in ihrem Fall nun die Schwerter an der Wand und was die Finten waren. Suchte Winston nur zufällig nach dem gleichen Buch wie Smedley? Da Winston einen guten Grund hatte, Mansfields Zweitausgabe erwerben zu wollen, konnte sie ihn erst einmal außen vor lassen. Es war eine falsche Spur. Und was wusste sie über Smedley? So gut wie nichts. Es hingen keine

Schwerter an der Wand. Warum sollte ausgerechnet sie das Buch ausfindig machen? Das war bestimmt kein Zufall; das hatte auch Smedley ihr zu verstehen gegeben. War Sophie selbst ein Schwert an der Wand?

Sie holte sich ein Blatt Papier und schrieb eine Reihe von Fragen auf:

Warum ich?
Warum jetzt?
Warum dieses Buch?
Warum zwei verschiedene Sammler?

Einen Moment hielt sie inne und dachte an Mr. Smedleys letzte, beängstigende Bemerkung: »Es wäre doch schade, wenn Sie auch eine Treppe hinunterstürzen würden.« Ganz oben auf die Liste schrieb sie in Großbuchstaben:

WAS IST MIT ONKEL BERTRAM GESCHEHEN?

Vor lauter Aufregung über ihre Verabredung mit Winston hatte sie beinahe den Untersuchungsbericht vergessen, den sie in eine Schublade von Onkel Bertrams Schreibtisch gelegt hatte. Sie holte den nüchternen Bericht noch einmal hervor, in der festen Überzeugung, dass ihre Zweifel am Tod ihres Onkels nicht einer Wahnvorstellung oder ihrem Schock zuzuschreiben waren. Ganz oben auf dem ordentlichen Stapel lag die Aufstellung der persönlichen Gegenstände, die man bei der Leiche gefunden hatte.

Gab es auf dieser allgemeinen Liste irgendwelche Hinweise? Eigentlich unterschied Onkel Bertram nur das Buch, das er bei sich gehabt hatte, von anderen männlichen Toten. Und bei ihm wäre es eher ungewöhnlich gewesen, wenn es gefehlt hätte. Dieser Gedanke brachte Sophie auf einen weiteren Punkt: Was hatte er *nicht* bei sich gehabt?

Natürlich fielen ihr viele Dinge ein, die nicht auf dieser Liste standen. Alles, was er sonst besessen hatte, tauchte hier nicht auf. Aber sie versuchte, sich in Hercule Poirot hineinzuversetzen. Wie würde er dieses Problem angehen? Unzählige Male hatte sie die Wohnung in Begleitung von Onkel Bertram verlassen. Was hatte er üblicherweise mitgenommen?

»Bist du fertig?«, rief Sophie ungeduldig in den Gang. Onkel Bertram hatte beschlossen, dass Sophie mit dreizehn alt genug war, um zu einer Buchauktion zu gehen, und sie wollte auf keinen Fall zu spät kommen.

»Das Buch, auf das ich bieten werde, steht auf dem Listenplatz 375«, erwiderte Bertram. »Es wird frühestens in drei Stunden versteigert.«

»Aber ich will von Anfang an dabei sein«, erklärte Sophie.

»Von Anfang an? Warum überrascht mich das nicht? Nun, lass mich schauen, ob ich alles habe. Hat es aufgehört zu regnen?«

»Die Sonne scheint.« Sophie zappelte vor Ungeduld hin und her.

»Also brauchen wir keinen Schirm. Hast du ein Buch zum Lesen dabei?«

»Was für eine dumme Frage«, sagte Sophie. »Selbstverständlich.«

»Und ich natürlich auch. Ich habe meinen Hut, meinen Auktionskatalog, meine Brieftasche und meine Nichte.«

»Lass uns endlich gehen!«

»Gut, dann los.« Onkel Bertram holte seine Schlüssel aus

der Schale neben der Wohnungstür, und sie machten sich auf den Weg.

Sophie warf erneut einen Blick auf die Liste. Seine Schlüssel. Wenn Onkel Bertram hatte ausgehen wollen, warum hatte er dann seine Schlüssel nicht bei sich gehabt?

Hampshire, 1796

Nachdem Jane zwei Tage im Pfarrhaus eingesperrt gewesen war, klarte es endlich auf, und obwohl sie nach einem frühen Mittagessen durch den Schlamm stapfen musste, kam sie kurz nach Mittag am Pförtnerhäuschen von Busbury Park an. Zu ihrer Überraschung herrschte im Haus reges Treiben. Die Haustür war weit geöffnet, ein großer Koffer stand im Wohnzimmer auf dem Boden, in den die Haushälterin gerade einen kleinen Stapel Bücher packte. Mit einem dicken Mantel über dem Arm stieg Mr. Mansfield langsam die Treppe hinunter.

»Den ziehe ich an, Mrs. Harris, Sie brauchen sich also nicht die Mühe machen, ihn im Koffer zu verstauen. Jetzt suche ich nur noch meine … Ah, Miss Austen«, sagte er, als er Jane an der Tür stehen sah. »Ich habe gehofft, dass Sie heute vorbeikommen, damit ich mich von Ihnen verabschieden kann.«

»Verabschieden, Mr. Mansfield? Aber warum?«

»Es geht um meinen Vikar. Er hat mir geschrieben, dass er eine Festanstellung gefunden habe und innerhalb der nächsten zwei Wochen abreisen werde. Ich muss nach Croft zurückkehren und mich um einen Ersatz für ihn kümmern.«

»Aber solche Angelegenheiten könnten doch gewiss auf dem Postweg erledigt werden«, meinte Jane.

»Einen Vikar für meine Pfarrgemeinde zu suchen ist für

mich eine Sache, die ich nicht auf die leichte Schulter nehme. Ich muss mir die Kandidaten persönlich anschauen. Machen Sie sich keine Sorgen, ich werde nicht länger als einen Monat wegbleiben. Ach, du lieber Himmel, ich habe meine Stiefel vergessen.«

Mr. Mansfield wollte gerade die Treppe wieder hinaufsteigen, als Mrs. Harris rief: »Ich habe sie Ihnen bereits eingepackt, Sir. Keine Sorge.«

Er wandte sich wieder Jane zu. »Wenn ich Mrs. Harris nicht hätte, würde ich wahrscheinlich noch meinen Kopf vergessen. Eine plötzliche Abreise ist nichts für einen Achtzigjährigen.«

Jane fröstelte, als ihr Freund sich umdrehte, um den Inhalt des Koffers zu inspizieren. Eine plötzliche Abreise steht uns allen bevor, dachte sie, vor allem Menschen in einem fortgeschrittenen Alter wie Mr. Mansfield.

»Ich habe eine weitere Nachricht von Mr. Monkhouse bekommen, Miss Austen«, sagte er. »Er möchte meine Zweitausgabe noch vor Weihnachten drucken. Sobald ich ausgepackt habe, werde ich nach Leeds fahren und mein Manuskript persönlich abliefern.«

Jane lächelte. »Und wie wollen Sie das anstellen?«

»Ich fürchte, ich verstehe nicht, was Sie meinen, Miss Austen. Zweifellos hat es im Norden stark geregnet, aber die Straße nach Leeds ist um diese Jahreszeit üblicherweise gut befahrbar.«

»Ich meinte damit, dass es schwierig sein könnte, einem Drucker in Leeds ein Manuskript zu überreichen, von dem ein Teil noch auf dem Schreibtisch Ihrer Freundin in Hampshire liegt, Mr. Mansfield.«

»Das Manuskript!«, rief Mr. Mansfield. »Ich wusste doch, dass ich etwas vergessen habe. Habe ich noch Zeit genug, um am Pfarrhaus anzuhalten, oder versäume ich dann die Kutsche?«

»Mr. Mansfield, Sie müssen nicht ...«, begann Jane, doch ihr Freund war viel zu aufgeregt, um ihr zuzuhören.

»Hier ist der überarbeitete Teil.« Er holte ein Papierbündel aus seinem Koffer und ließ es wieder hineinfallen. »Aber wie dumm von mir, das neue Material ist ...«

»Hier«, unterbrach Jane ihn ruhig und reichte ihm das Manuskript von *Erste Eindrücke*. »Ich bin gekommen, um Ihnen zu sagen, dass ich nun eine genaue Vorstellung davon habe, wie ich Ihre warnende Geschichte in einen Roman umwandeln kann, und daher Ihre Aufzeichnungen nicht mehr brauche.«

»Oh, Miss Austen, Gott schütze Sie. Was sollte ich nur ohne Sie tun?«

»Sie sollten sich mehr Schlaf gönnen, sich weniger aufregen und immer genau darauf achten, wohin Sie Ihre Manuskripte legen.«

»Sie törichtes Mädchen.« Er wandte sich zu ihr um. Plötzlich schien er um ein Jahrzehnt gealtert, und das Funkeln in seinen Augen erlosch, als er ihre Hand in seine nahm. »Ich werde Sie schrecklich vermissen.«

Jane zitterte bei der Berührung seiner Hand und wünschte sich verzweifelt, sie könnte ihm sagen, was sie während ihres Besuchs in Kent erkannt hatte: dass sie ihn liebte. Aber obwohl diese Liebe tief in ihrem Herzen verankert war, fand sie keine Worte, um ihre Natur zu erklären. Dass ihr dafür die Worte fehlten, sah Jane als Beweis für ihre tiefen Gefühle. Sie drückte seine Hand und hoffte, mit dieser kleinen Geste zu vermitteln, was sie mit Worten nicht ausdrücken konnte.

»Wann brechen Sie auf?«, fragte sie leise.

»Der Einspänner, der mich zur Kutsche nach London

bringt, wird jeden Moment eintreffen. Aber kommen Sie, leisten Sie mir Gesellschaft, während ich warte.«

»Mit dem größten Vergnügen«, sagte Jane. »Ich werde Ihnen während Ihrer Abwesenheit schreiben«, fügte sie hinzu, als sie sich auf ihren gewohnten Stühlen niederließen.

»Verwenden Sie lieber Ihre Tinte auf die Bennet-Familie«, erwiderte Mr. Mansfield. »Damit ich bei meiner Rückkehr mehr über sie erfahre. Allerdings ist es Ihre Gesellschaft, die mich mehr als alles andere nach Hampshire zurücklocken wird.«

»Ich werde die Tage zählen«, sagte Jane, »selbst wenn ich nicht weiß, wie viele es sein werden. Haben wir uns wirklich erst vor vier Monaten kennengelernt? Mir kommt es so vor, als würde ich Sie schon ein Leben lang kennen.«

»Und ist es nicht merkwürdig, was wir an diesem ersten Tag voneinander gedacht haben ...«

»Als wir uns beim ersten Eindruck ein völlig falsches Bild von dem anderen machten«, vollendete sie seinen Gedankengang.

»Und als wir uns dann an jenem Sonntag zum ersten Mal miteinander unterhielten, sagten Sie, Sie wünschten sich, mich als besonderen Freund zu haben. Ich konnte damals nicht erahnen, was für ein wunderbares Geschenk das sein würde.« Sie schwiegen eine Weile. Jane war betroffen, wie alt Mr. Mansfields Augen aussahen. Sie hatte sich so sehr daran gewöhnt, ihn als Gleichgestellten anzusehen, dass sie sich anscheinend nie sein tatsächliches Alter bewusst gemacht hatte.

»Ich befürchte, diese Reise wird sehr anstrengend für mich werden«, gestand er.

»Achten Sie gut auf sich«, erwiderte Jane. »Und kommen Sie wieder zurück zu mir.«

»Das werde ich.« Er griff nach ihrer Hand und drückte mit

seinen trockenen Lippen einen sanften Kuss darauf. Wenige Minuten später fuhr der Einspänner vor, und Mr. Mansfield musste sich auf den Weg machen. Jane sah der Kutsche nach, bis sie auf der Straße verschwand.

»Eine Tasse Tee, bevor Sie gehen?« Mrs. Harris stand an der Tür und trocknete sich die Hände an der Schürze ab.

»Nein, vielen Dank«, sagte Jane entschlossen und wischte sich eine Träne aus dem Augenwinkel. »Auf mich wartet Arbeit.«

London, Gegenwart

»Was sagst du da?«, fragte Victoria.

»Ich bin überzeugt, dass ich recht hatte«, wiederholte Sophie. »Es war kein Unfall. Onkel Bertram wurde umgebracht.« Sie hatte ihre Schwester angerufen, sowie ihr die fehlenden Schlüssel aufgefallen waren. »Die Polizei konnte die Wohnung erst sechs Stunden nach Auffinden der Leiche betreten, als Vater die Schlüssel brachte. Man kann die Wohnungstür nur mit dem Schlüssel abschließen, aber Onkel Bertrams Schlüssel waren *in* der Wohnung. Das heißt, dass Onkel Bertram jemandem die Tür geöffnet hat. Der Mörder hat ihn gepackt und die Treppe hinuntergestoßen, ist dann in die Wohnung gegangen und hat die Tür von innen abgeschlossen.«

»Du glaubst also, dass derjenige sich noch in der Wohnung aufgehalten hat, als die Polizei kam?«, fragte Victoria.

»Das ist die einzig mögliche Erklärung.«

»Da bin ich nicht so sicher.«

»Mir läuft es eiskalt den Rücken hinunter, wenn ich nur daran denke.«

»Aber wie ist der mysteriöse Mörder aus der Wohnung gekommen, ohne die Tür von innen aufzuschließen? Und warum hat er die Schlüssel nicht mitgenommen?«

»Ich weiß nicht genau«, sagte Sophie. »Aber ich glaube, ich weiß, wer es war.«

»Im Ernst?«

»Hast du ein paar Minuten Zeit?«

»Mein Boss ist in der Mittagspause«, erklärte Victoria. »Ich habe mindestens eine Stunde.« Also erzählte Sophie ihr alles über Richard Mansfield, *Ein kleines Buch allegorischer Geschichten* und die Drohanrufe von Smedley.

»Ich habe keine Ahnung, was an diesem Buch so besonders ist«, schloss sie, »aber Smedley will es unbedingt haben.«

»So sehr, dass er dafür töten würde?«

»Zumindest hat es sich so angehört. Ich glaube, er dachte, Onkel Bertram habe ein Exemplar. Deshalb tauchte er bei ihm auf, stieß ihn die Treppe hinunter und versteckte sich in der Wohnung, bis die Polizei weg war. Er hatte drei oder vier Stunden Zeit, um das Buch zu suchen.«

»Aber offensichtlich hat er es nicht gefunden«, sagte Victoria. »Sonst wäre er jetzt nicht hinter dir her.«

»Genau.« Sophie hielt einen Moment inne, um die ernüchternde Wahrheit zu verdauen. »Er hat Onkel Bertram völlig umsonst getötet.«

»Was zum Teufel ist an diesem Buch so besonders, dass jemand dafür tötet?« Victorias Stimme schwankte.

»Keine Ahnung«, stieß Sophie mit zusammengebissenen Zähnen hervor. »Aber eines sag ich dir: Ich werde dieses verfluchte Buch finden. Und dann werde ich damit Smedley aus der Reserve locken und einen Weg finden, um zu beweisen, dass er Onkel Bertram ermordet hat.« Den Gedanken, der ihr zu ihrem Entsetzen in diesem Moment durch den Kopf schoss, wollte sie lieber nicht verraten. Wenn sie Smedleys Schuld nicht beweisen konnte, würde sie das Nächstbeste tun: Sie würde ihn umbringen.

Sie verabschiedete sich von ihrer Schwester, schaute auf die ruhige Straße hinaus und sagte laut: »Nun wird es Zeit, dass ich mir diesen Mistkerl schnappe.«

Einen Moment lang dachte Sophie daran, Winston zu warnen. Smedley wusste offensichtlich, dass Winston ebenfalls auf der Suche nach Mansfields Buch war, und selbst wenn Winstons Gründe dafür unschuldiger Natur waren, könnte er in Gefahr sein. Aber war Winston wirklich so harmlos? Wenn einer bereit war, für dieses Buch zu töten, warum nicht auch zwei? Sophie schüttelte den Gedanken rasch ab. Einem der beiden musste sie vertrauen, und da fiel ihre Wahl natürlich auf Winston. Vielleicht konnte sie ihn sogar als – wie wurde das in den amerikanischen Krimis immer genannt? – Back-up einsetzen.

Sie warf einen Blick auf ihre Frageliste. Für den ersten Punkt glaubte sie eine Antwort zu haben. »Was ist mit Onkel Bertram geschehen?« Blieben noch vier weitere Fragen:

Warum ich?
Warum jetzt?
Warum dieses Buch?
Warum zwei verschiedene Sammler?

Die dritte Frage erschien ihr am wichtigsten. Warum dieses Buch? Wenn sie darauf eine Antwort fand, hatte sie möglicherweise auch eine Antwort auf die anderen Fragen. Sie musste die Zweitausgabe von *Ein kleines Buch allegorischer Geschichten* finden.

Da ihr Onkel mit niemandem sonst aus der Familie über seine Liebe zur Literatur gesprochen hatte, wussten Sophies Eltern wohl kaum etwas über den Verbleib eines Buchs, das in ihren Augen nur ein wertloses altes Ding war. Der Einzige in ihrem Bekanntenkreis, der etwas wissen könnte, war Gusty. Sie musste ihn ohnehin sofort anrufen, um ihm zu sagen, dass es ihr wieder gut ging.

»Ich fühle mich wirklich schon viel besser«, beteuerte Sophie, als Gusty sich immer wieder nach ihrem Wohlbefinden erkundigte. »Ich habe eine Kleinigkeit gegessen und ein Nickerchen gemacht«, log sie. »Und jetzt bin ich so gut wie neu.«

»Sie müssen besser auf sich achtgeben«, ermahnte Gusty sie. »Was würde Onkel Bertram denken, wenn er wüsste, dass Sie bei mir im Laden ohnmächtig geworden sind?«

»Darf ich Ihnen eine Frage über meinen Onkel stellen, Gusty?«

»Natürlich, meine Liebe.«

»Wissen Sie, ob er irgendwelche geheimen Verstecke hatte? Für seine ganz besonderen Bücher?«

»Geheime Verstecke?«, fragte Gusty. »Nun, mir hat er davon nie etwas erzählt. Ihr Onkel war der Ansicht, dass Bücher in ein Regal gehören, wo er sie sehen, lesen und bewundern konnte. Bei ihm stand ein Buch im Wert von tausend Pfund neben einem zerfledderten Taschenbuch. Nein, tut mir leid, aber soweit ich weiß, waren seine Verstecke alle gut sichtbar.«

»Würde es Ihnen etwas ausmachen, wenn ich mir ein paar Tage freinehme, Gusty?« Sophie plante bereits ihren nächsten Schritt. »Ich muss noch vor Ende des Monats ein paar Sachen aus meinem Zimmer in Oxford abholen.« Das war zumindest nicht gelogen.

»Und mit ein paar Sachen meinen Sie bestimmt Ihre Bücher.«

»Natürlich.« Sie lächelte zum ersten Mal seit Smedleys Anruf.

»Nehmen Sie sich so viel Zeit, wie Sie brauchen.«

Sophie hielt es für unwahrscheinlich, dass sie in Onkel Bertrams Wohnung irgendwelche Verstecke entdecken würde. Smedley hatte etliche Stunden Zeit für die Suche nach

Mansfields Buch gehabt und es nicht gefunden. Trotzdem war es ihr erster Punkt auf der Tagesordnung, alles gründlich zu durchsuchen. Sie drehte die Matratzen um und zog die Kissen von den Sesseln und Sofas. Sie klopfte die Rückwände der Küchenschränke nach versteckten Fächern ab. Im Schlafzimmer ihres Onkels entdeckte sie ein unverschlossenes Fenster, neben dem ein großes Abflussrohr verlief. Ohne Zweifel war Smedley an diesem Rohr hinuntergeklettert und geflüchtet. Sie verschloss das Fenster und setzte ihre Suche fort.

Eine Stunde später hatte sie immer noch nichts gefunden. Sie setzte sich auf Onkel Bertrams Bett und starrte auf das Regal, wo seine Natalis-Christi-Bücher gestanden hatten. Jetzt gab es nur noch ein einziges Buch in diesem Regal – das Werk *Principia*, das sie gestohlen hatte. Smedleys Drohungen und Winstons Aufmerksamkeiten hatten sie den Verlust der kostbaren Weihnachtsbücher vergessen lassen, aber jetzt, als sie trübsinnig in Onkel Bertrams Schlafzimmer saß, kam ihr das Regal noch leerer vor als die anderen in der Wohnung.

Ihre Suche im Schreibtisch ihres Onkels hatte nur Briefpapier, Stifte und ein paar leere Ordner zutage gefördert. Sie hatte die Schubladen ganz herausgezogen und das Innere des Schreibtischs nach Verstecken abgetastet, aber nichts gefunden. Jetzt schleppte sie sich zurück ins Wohnzimmer, um die Schubladen wieder in den Schreibtisch zu schieben. Als sie die linke untere Schublade in die Hand nahm, spürte sie an der Unterseite etwas. Sie drehte sie um und stieß den Atem aus. Dort war eine von Onkel Bertrams Visitenkarten befestigt, an der ein kleiner Schlüssel klebte.

Sophie erkannte sofort, dass es der Schlüssel zu den Büchervitrinen in der Bibliothek in Bayfield House war. Sie hatte ihren Onkel oft dabei beobachtet, wie er ihn aus der

Tasche seiner Seidenweste gezogen hatte, wenn er in die Bibliothek ging, um sich sein Weihnachtsbuch zu holen. Froh, ihn gefunden zu haben, steckte sie den Schlüssel in ihre Tasche, auch wenn er womöglich gar nicht von Belang war.

Sie warf noch einmal einen Blick auf die Visitenkarte. Ihr Onkel hatte selten mit ihr über seinen Beruf gesprochen, aber sie wusste, dass er für ein Wirtschaftsprüfungsunternehmen im West End gearbeitet hatte. »Das gibt mir die Gelegenheit, in meiner Mittagspause in Buchläden zu stöbern«, hatte er gesagt. Vielleicht sollte sie bei der Firma anrufen, in der er gearbeitet hatte. Als sie gedankenverloren die Visitenkarte umdrehte, weiteten sich ihre Augen. Auf der anderen Seite stand in Onkel Bertrams Handschrift eine kryptische Botschaft:

NC 1971 Bulwer-Lytton

NC bedeutete bestimmt »Natalis Christi«. Aber Sophie war sich eigentlich sicher, dass Onkel Bertram sich sein erstes Weihnachtsbuch 1972 ausgesucht hatte. Sie lief in sein Schlafzimmer und nahm *Principia* aus dem Regal. Die Eintragung lautete »Natalis Christi B. A. C. 1972«. Onkel Bertram hatte ihr erzählt, dass *Principia* sein erstes ausgewähltes Buch war. Oder nicht?

»Mein Vater starb während meines ersten Jahrs an der Universität«, hatte er gesagt. »Und als dein Vater und ich unsere Vereinbarung trafen, musste ich dieses Buch haben.« Er hatte zwar von *Principia* gesprochen, aber nicht gesagt, dass das sein erstes Buch war, sondern nur, dass er es unbedingt hatte haben wollen. Und noch etwas fiel ihr plötzlich wieder ein. Als Sophie ihn gefragt hatte, ob er schon beim ersten Mal genau gewusst habe, welches Buch er sich aussuchen werde, hatte Onkel Bertram geantwortet: »Gerade das erste Mal ist entscheidend. Das solltest du nicht vergessen.« Warum sollte sie sich daran erinnern? Wusste er, dass sie eines Tages nach »Natalis Christi 1971« suchen würde?

Sophie waren die Weihnachtsbücher so vertraut wie alte Freunde. *Principia* war im Regal immer das erste Buch in der Reihe gewesen. Außerdem hatte er Bulwer-Lytton verabscheut.

»Selbst *Die letzten Tage von Pompeji*?«, fragte Sophie, als sie eines Morgens beim Frühstück saßen. Mit fünfzehn befand sie sich in einer Phase, in der sie von anzüglicher Literatur fasziniert war, und dieses Buch erschien ihr in dieser Hinsicht sehr aufregend.

»Vor allem *Die letzten Tage von Pompeji*«, erwiderte Onkel Bertram.

»Aber warum?«

»Wir haben alle unseren persönlichen Geschmack, mein Schätzchen.« Onkel Bertram sagte ihr zwar immer, wenn ihm ein Buch, das sie gerade las, nicht gefiel, aber nie genau, warum.

»Wie soll ich etwas über große Literatur lernen, wenn du mir nicht erklärst, warum du ein Buch nicht für gut hältst?«

»Also pass auf.« Ihr Onkel legte seine Lektüre *Essays von Elia* auf den Tisch. »Du achtest doch immer besonders auf den ersten Satz, richtig?«

»Ja.«

»Und welche Anfangszeile gefällt dir am besten?«

»Die von *Stolz und Vorurteil*, das weißt du doch.«

»Ein perfekter Anfang, wie man ihn in der englischen Literatur findet. Und am anderen Ende dieses Spektrums finden wir Mr. Bulwer-Lytton.«

»Wie meinst du das?«

»Dein Freund«, begann Onkel Bertram und deutete mit einer Kopfbewegung auf Sophies Exemplar von *Die letzten Tage von Pompeji* auf dem Tisch, »ist verantwortlich für die grauenhafteste Anfangszeile in der gesamten englischen Literatur.«

»Und sie lautet?« Sophie beugte sich gespannt vor.

Onkel Bertram zitierte mit geisterhafter Stimme: »Es war eine dunkle und stürmische Nacht.« Er sah seine Nichte finster an und brach dann in Gelächter aus.

»So schlimm ist das nun auch wieder nicht«, entgegnete Sophie, obwohl sie diesen Romananfang, verglichen mit den ersten Zeilen von Austen oder Dickens, ziemlich schrecklich fand.

»Wie ich schon sagte, hast du ein Recht auf deine Meinung, Schätzchen, und ich habe ein Recht auf meine.« Er nahm sein Buch von Charles Lamb wieder in die Hand.

Deshalb verstand Sophie nicht, warum er sich ein Weihnachtsbuch von Bulwer-Lytton ausgesucht haben sollte. Warum war es dann nie bei den anderen auf dem Regal gestanden? Und was könnte es mit Richard Mansfield zu tun haben?

Schließlich musste Sophie sich eingestehen, dass ihre Suche in Onkel Bertrams Wohnung ergebnislos verlaufen war. Falls er Richard Mansfields Buch tatsächlich besessen hatte, war es längst verschwunden. Aber wenn Smedley Onkel Bertram ermordet hatte, hatte er bestimmt gründlich, wenn auch ohne Erfolg, nach *Ein kleines Buch allegorischer Geschichten* gesucht. Und nun schien er zu glauben, dass Sophie die Einzige war, die das Buch auftreiben konnte.

Als sie sich an den Schreibtisch ihres Onkels setzte, dachte sie wieder an den kleinen goldenen Schlüssel an seiner Visitenkarte. Verbarg sich Richard Mansfields Buch möglicherweise in der Bibliothek von Bayfield House? Unwahrscheinlich, aber Sophie fiel kein anderer Ort ein. Sie rief ihren Vater an.

»Ich würde gern zum Abendessen kommen und vielleicht über Nacht bleiben«, erklärte sie.

»Deine Mutter würde sich sicher darüber freuen«, erwiderte Mr. Collingwood.

»Vater, wann ist Großvater gestorben?« Sophie grübelte immer noch über das erste Natalis-Christi-Buch nach.

»Warum interessierst du dich plötzlich für unsere Familiengeschichte?«, wollte ihr Vater wissen.

»Nun, Onkel Bertrams Bücher sind alle weg, also bleiben mir nur die alten Geschichten.« Sophie konnte der Versuchung nicht widerstehen, ein wenig Salz in die Wunde zu streuen, aber ihr Vater schien das gar nicht zu bemerken.

»Das war im Februar des Jahres, nachdem ich deine Mutter geheiratet habe«, antwortete er. »Es muss 1971 gewesen sein.«

Dann hatte es vielleicht doch ein »Natalis Christi 1971« gegeben. Onkel Bertram war neunzehn Jahre alt gewesen. Faszinierte ihn damals Bulwer-Lytton ebenso wie sie mit fünfzehn? Verabscheute er später Bulwer-Lytton, weil er einen wertvollen Weihnachtswunsch auf ein Buch wie *Die letzten Tage von Pompeji* verschwendet hatte? Aber das konnte Sophie sich nicht vorstellen. Nun musste sie alles daransetzen, das Buch von Mansfield zu finden und irgendwie zu beweisen, dass Smedley ein Mörder war. Fünf Minuten später hatte Sophie eine kleine Reisetasche gepackt und machte sich auf den Weg zur Paddington Station. Auf der Treppe traf sie den Briefträger, der ihr die Post in die Hand drückte. Etwas zu lesen auf der Zugfahrt, dachte sie. In der Eile hatte sie vergessen, ein Buch mitzunehmen.

Ihre Post bestand aus vier Bücherkatalogen, zwei Werberundschreiben und einem Brief von Eric. Sie öffnete ihn erst, als sie es sich auf dem Sitz im Zug nach Kingham bequem gemacht hatte.

Liebe Sophie,
wahrscheinlich hast du gar keine Lust, noch mehr Briefe aus Paris von diesem unhöflichen Amerikaner zu bekommen, der dich am Fluss angesprochen hat. Ich verspreche dir, das wird der letzte sein, denn ich habe die Nase voll von Paris. Ich kann nicht behaupten, dass die Franzosen unhöflich wären (obwohl die wenigen Franzosen, denen ich begegnet bin, nicht gerade freundlich waren). Es geht um etwas, was ich nur schwer ausdrücken kann. Als ich gestern Abend allein an der Seine saß und Notre-Dame betrachtet habe, wusste ich plötzlich, warum ich Paris hasse. Du bist nicht hier. Ich vermisse dich, Sophie. Ich weiß, das willst du wahrscheinlich nicht hören, aber ich musste das einfach loswerden. Ich werde nicht nach Rom fahren, sondern nach England zurückkehren. Ich muss dich wiedersehen, weil ich wissen möchte, ob der Kuss mehr bedeutet, als ich damals dachte. Vielleicht hältst du mich für einen Dummkopf, aber dieser Dummkopf wird zu dir zurückkommen, und er hofft, dass du ihm eine zweite (oder ist es bereits die dritte?) Chance gibst.
Stets Dein (so hat Jane Austen ihre Briefe unterzeichnet)
Eric

Sophie las den Brief dreimal und fühlte sich zunehmend schuldig, weil der Brief sie in ziemliche Aufregung versetzte. Schon ihn zu lesen kam ihr vor wie ein Betrug an Winston, aber dass sie dabei eine solche Freude empfand, machte die Sache noch schlimmer. Doch sie könnte nichts dagegen tun.

Sie war sich über ihre Gefühle für Eric immer noch nicht im Klaren, aber der Gedanke, dass er nach England zurückkommen würde, um sie wiederzusehen, verschlug ihr beinahe den Atem. Gerade hatte sie den Brief in ihre Handtasche gesteckt und die Kataloge in die Hand genommen, als das Telefon klingelte.

»Wo steckst du?«, fragte Winston. »Ich war im Buchladen, und Gusty hat mir gesagt, du seist krank, aber als ich in der Wohnung angerufen habe, hast du dich nicht gemeldet.«

»Mir geht's gut«, erwiderte Sophie. »Ich sitze im Zug auf dem Weg nach Oxford, um meine Sachen abzuholen.«

»Wir könnten uns dort treffen«, schlug Winston vor. »Und den Abend zusammen verbringen. Ich könnte uns ein Zimmer im Randolph buchen und dir alle meine alten Lieblingsplätze zeigen.«

»Kannst du dir denn ein Zimmer im Randolph leisten?« Bei dem Gedanken an eine Nacht mit Winston in den frisch gewaschenen Laken von Oxfords bestem Hotel ließ Sophie sich tiefer in ihren Sitz sinken.

»Eigentlich nicht«, gab Winston zu. »Aber hast du dort nicht ein Zimmer?«

»Ja, ein Zimmer mit einem sehr schmalen Bett.«

»Da können wir uns ohne Frage irgendwie arrangieren.«

»Du hast mir nicht erzählt, dass du in Oxford warst«, sagte Sophie und wechselte rasch das Thema, bevor sie schwach wurde und sich mit ihm verabredete.

»Ich habe in St. John's Wirtschaft studiert. Aber das ist schon so lange her, ich mag gar nicht daran denken, wie lange.«

»Ja, du bist schon richtig alt«, scherzte sie. »Wahrscheinlich viel zu alt für mich.«

»Treffen wir uns gegen acht im Eagle and Child?«

»Ich verbringe die Nacht zu Hause. Bei meinen Eltern.«

»Ich könnte morgen kommen«, sagte Winston. »Wir könnten uns ein Boot mieten und auf einer Wiese picknicken.«

Die Vorstellung war sehr reizvoll, aber Sophie wollte sich nicht von ihrem Vorhaben abbringen lassen. »Dieses Mal nicht«, entgegnete sie. »Ich muss meine Wohnung ausräumen und bin sehr beschäftigt. Aber ich rufe dich wieder an. Und wenn ich wieder in der Stadt bin, könnten wir …« Sie beendete den Satz nicht, aber sie wussten beide, was sie meinte.

»Natürlich«, erwiderte Winston.

Hampshire / Yorkshire, 1796

Der November war in den Dezember übergegangen, und Weihnachten stand vor der Tür. Jane hatte etliche Stunden jeden Tag an der neuen und stark erweiterten Fassung von *Erste Eindrücke* gearbeitet. Nachmittags hatte sie Cassandra und Anna aus ihrem neuen Manuskript vorgelesen – eine Gewohnheit, die sie weiter zum Schreiben motivierte. Sie verriet kein Wort über die bevorstehende Veröffentlichung der Geschichte, aus der ihr Roman entstand, und ihre Schwester fragte auch nicht noch einmal nach, warum sie in einer anderen Handschrift verfasst war.

Zwei Wochen nach seiner Abreise hatte sie hastig einen Brief an Mr. Mansfield geschrieben:

Steventon, 23. November 1796
Mein lieber Mr. Mansfield,
ich habe bisher nur Cassandra und meiner Nichte Anna jeden Nachmittag in meinem Zimmer aus Erste Eindrücke *vorgelesen. Anna ist so begeistert, dass sie ständig im Wohnzimmer die Namen Eliza Bennet und Mr. Darcy fallenlässt, und bestimmt brennen jetzt auch die anderen Bewohner des Pfarrhauses vor Neugier, aber bisher bleibt unser kleines Projekt größtenteils noch ein Geheimnis. Ich freue mich auf Ihre Rückkehr.*
In herzlicher Zuneigung
Ihre J. Austen

Richard Mansfield schlief seit seiner Ankunft in Yorkshire nicht sehr gut. Es war kalt und zugig im Pfarrhaus, und sein Körper schmerzte nach drei Tagen Geruckel in der Kutsche, aber das war nicht der Grund für seine Schlaflosigkeit. Selbst die Suche nach einem Vikar war schneller und problemloser gelaufen, als er befürchtet hatte. Der Sohn eines örtlichen Landbesitzers hatte vor Kurzem sein Studium in Oxford abgeschlossen und wurde ihm von seinen Dozenten und dem Bischof empfohlen. Nein, seine Gedanken kreisten um Tobias Mansfield, den seine Trinkkumpane – und davon gab es einige – Toby nannten. Tobias war Richards einziger Sohn und seine größte Enttäuschung. Mr. Mansfields zweites Kind war tot zur Welt gekommen und seine Frau bei der Geburt gestorben, als Tobias erst drei Jahre alt war. Richard hatte all seine Hoffnung in seinen Sohn gesetzt und ihn in die Westminster School und nach Christ Church in Oxford geschickt, damit er in die Fußstapfen seines Vaters trat. Aber Tobias trieb sich in Oxford ständig mit den reichen Schnöseln aus der Oberschicht herum, anstatt die Vorlesungen zu besuchen. Nach nur einem Jahr brach er sein Studium ab und verbrachte seine Zeit in Gesellschaft der Leute, die er als seine Freunde bezeichnete. Beinahe zwei Jahrzehnte zog er von einem Landsitz zum nächsten, wo er sich von seinen Bekannten aushalten ließ, trank, Karten spielte und … Richard schauderte bei dem Gedanken, was er sonst noch getan haben mochte. Ganz selten, zwischen den Aufenthalten bei seinen Freunden, besuchte Toby seinen Vater. Nicht aus Zuneigung oder um seinen Rat zu suchen, sondern um ihn um ein »Darlehen« zu bitten – Geld, das Richard ihm immer gab und nie zurückbekam.

Als Richard in Croft eintraf, hatte Toby sich schon seit einigen Tagen im Pfarrhaus eingenistet. Natürlich würde Toby sofort wieder abreisen, sobald seine finanzielle Situation gesichert war, und womöglich waren es die letzten Tage, die Richard mit seinem Sohn verbringen würde, also zögerte er seine Leihgabe um fast zwei Wochen hinaus. Tobias reagierte auf diesen Aufschub mit Ungeduld. Anstatt die Zeit mit seinem alternden Vater zu genießen, beschwerte er sich pausenlos. Die Mahlzeiten waren ihm zu karg, das Bett zu hart, und er verstand vor allem nicht, wozu sein Vater fast tausend Pfund im Jahr für seinen Lebensunterhalt in Croft brauchte. Mit einem so schwierigen Gast fiel es Richard schwer, seinen Aufgaben nachzukommen, und es war unmöglich, den Freizeitbeschäftigungen nachzugehen, die er so sehr liebte – ein gutes Buch zu lesen und sich mit Miss Austen auszutauschen. Obwohl ihm bewusst war, dass nicht alle Söhne sich so entwickelten wie Tobias und nicht alle Töchter so wie Jane, wünschte er sich in seinen schlaflosen Nächten, dass er eine Tochter hätte. Und in der letzten Nacht, bevor er sich dazu durchrang, Tobias endlich einen Bankwechsel zu geben, ging er sogar noch weiter – er wünschte sich, dass Tobias nicht sein Sohn, sondern Jane seine Tochter wäre. Er bedauerte, dass er ihr nicht gesagt hatte, wie sehr er sie liebte.

»Ich nehme die Mittagskutsche nach London, Vater«, verkündete Tobias. Er hatte es sich im Wohnzimmer vor dem Kamin bequem gemacht und seine schlammigen Stiefel auf das Gitter gelegt. »Ich kann nicht länger warten.« Toby hielt ein Papierbündel in der Hand, das er von dem Tisch neben dem Kamin genommen hatte. Richard wollte das Manuskript seines überarbeiteten und erweiterten kleinen Buchs zu Gilbert Monkhouse bringen, sobald er Tobias losgeworden war. Als er letzte Nacht wieder nicht hatte schlafen können, hatte er das Kaminfeuer im Wohnzimmer entfacht und noch einmal *Erste Eindrücke* gelesen.

»Was ist das für ein Blödsinn?« Toby schwenkte das Manuskript durch die Luft. Richard spürte, wie Zorn in ihm aufstieg.

»Einen Text für die neue Ausgabe meines Buchs. Hast du ihn gelesen?«

»Genug, um zu wissen, dass es Unsinn ist und du damit nur deine Zeit verschwendest«, erwiderte Toby.

Richard konnte das nicht mehr länger ertragen. Er befürchtete, er könne seinem Sohn eine Ohrfeige verpassen und etwas sagen, was er dann bereuen würde. Diese Worte könnten die letzten sein, die er zu seinem eigenen Fleisch und Blut sagte. Deshalb gab er dem Jungen lieber das Geld und ließ es dabei bewenden. Er nahm den Bankwechsel aus seiner Tasche, den er bereits am Morgen ausgestellt hatte, und hielt ihn Tobias hin.

»Dafür lohnt es sich, Papier und Tinte zu verwenden.« Sein Sohn griff rasch nach dem Wechsel.

»Begleitest du mich zur Morgenandacht?«, fragte Richard, obwohl er die Antwort schon kannte. Wann immer er im Pfarrhaus war, hielt er die täglichen Messen ab.

»Vielleicht sehen wir uns nachher noch«, erwiderte Tobias. Aber Richard wusste, dass er ihn nicht mehr zu Gesicht bekommen würde. Wenn er zurückkam, war sein Sohn schon über alle Berge, und er würde ihn wahrscheinlich nie wiedersehen.

An diesem Nachmittag reiste Mr. Mansfield nach Leeds und überreichte das Manuskript von *Allegorische Geschichten und ein warnendes Beispiel* Gilbert Monkhouse mit der Anweisung, er möge ihm einen Probedruck nach Busbury Park schicken. Als er am nächsten Tag wieder in Croft eintraf, durchsuchte er die Regale in seinem Arbeitszimmer und fand das einzige verbliebene Exemplar von *Ein kleines Buch allegorischer Geschichten*. Er schlug die erste leere Seite auf und schrieb: »Für J. A. Beurteilen Sie es nicht zu streng, und ziehen Sie, wie ich, eine Zweitauflage von *Erste Eindrücke* in Betracht. In tiefer Zuneigung, R.M.« Außer diesem Buch und ein paar persönlichen Gegenständen gab es nicht viel zu packen. Sein neuer Vikar war in der Woche zuvor eingetroffen und schien alles gut im Griff zu haben. Es war Zeit, in den Süden zurückzukehren.

Oxford, Gegenwart

Beim Zugfahren war Sophie immer romantisch zumute – wahrscheinlich hatte das mit Agatha Christies Beschreibung des Orient Express begonnen. Während der Zug durch die Cotswolds ratterte und Sophie auf die grünen Felder mit den Schafen hinausschaute, fühlte sie sich zwischen mindestens drei Stimmungslagen hin- und hergerissen: Körperlich sehnte sie sich nach Winston, bei dem Gedanken an Eric beschleunigte sich ihr Herzschlag, und ihr Verstand sagte ihr, dass beide ihr möglicherweise Schwierigkeiten bereiten würden. Der Zug fuhr in Kingham ein, und sie schob ihr Gefühlsdilemma beiseite. Das Buch zu finden und Smedleys Schuld zu beweisen war viel wichtiger als ihr Liebesleben.

Ihr Vater hatte ihr ein Taxi zum Bahnhof geschickt, das sie zum Bayfield House brachte. Als Sophie dort ankam, trug ihre Mutter gerade das Abendessen auf.

»Sophie, hast du Mr. Tompkins schon kennengelernt?«, fragte ihr Vater, nachdem sie ihr Gepäck in der Küche in einer Ecke abgestellt hatte.

Ein Mann in Jeans und einem weißen Hemd stand auf und streckte ihr die Hand entgegen. »Ich glaube, ich hatte noch nicht das Vergnügen«, sagte er. »Gerard Tompkins.«

Sophie unterdrückte ein Lächeln und schüttelte ihm die Hand. Doch, das Vergnügen hatte er schon gehabt, aber sie wollte ihn nicht daran erinnern, dass er der Buchhändler war, den ihr Onkel am wenigsten zu schätzen gewusst hatte. Und sie hatte auch nicht die Absicht, ihn zu fragen, ob er eine Ausgabe von Newtons *Principia* in seinem Bestand vermisste. Eigentlich sollte sie bei der Begegnung mit ihm nervös sein, weil sie ihn bestohlen hatte, aber stattdessen fühlte sie sich ihm irgendwie überlegen.

»Sophie Collingwood«, stellte sie sich vor. »Was bringt Sie nach Bayfield House?« Sie ließ sich auf einen Stuhl sinken und wartete auf die Antwort, die sie bereits zu kennen glaubte.

»Ihr Vater möchte seine Bibliothek ein wenig verkleinern, jetzt, wo …«

»Jetzt, wo sich die Gelegenheit dazu ergibt«, unterbrach Mr. Collingwood Mr. Tompkins. »Ich habe Mr. Tompkins gebeten, sich ein paar der wertvolleren Bücher herauszusuchen, damit ich das Dach reparieren lassen kann.«

»Du meinst damit, dass du, kaum ist Onkel Bertram tot, das Familienerbe an den Meistbietenden verkaufen willst.« Sophie konnte sich nicht zurückhalten. »Und das ist zweifellos Mr. Tompkins, wenn man sich die horrenden Preise in seinen Katalogen anschaut.« Der Diebstahl von *Principia* erschien ihr nun mehr als gerechtfertigt.

»Sophie«, erwiderte ihr Vater ruhig. »Wenn ich keine Mittel auftreibe, um das Haus instand zu halten, wird es bald keine Bibliothek mehr geben. Sie wird zuerst dem Regen und dann dem Konkursgericht zum Opfer fallen.«

»Hast du mit Onkel Bertrams Bibliothek nicht schon genug Geld gemacht? Der Bibliothek, die er übrigens mir zugedacht hat.« Sophie gab sich nicht einmal mehr die Mühe, leise und höflich zu antworten. »Mr. Tompkins wird hier bestimmt einige Kostbarkeiten finden. Laufen die Geschäfte gut, Mr. Tompkins?« Der Buchhändler gab keine Antwort, was Sophie nur bestätigte, dass er ein kompletter Idiot war.

Wie konnte er nicht bemerken, dass ihm jemand ein Buch im Wert von fünfzehntausend Pfund gestohlen hatte?

»Sophie, ich habe meinen Bruder geliebt«, sagte Mr. Collingwood, »aber er war kein verantwortungsbewusster Mensch. Er hat Schulden hinterlassen, und die einzige Möglichkeit, die Schulden zu begleichen, war, seine Bücher zu verkaufen. Wie es aussieht, werde ich noch einige Tausend Pfund aus meiner Tasche drauflegen müssen, bis alles geregelt ist.«

»Wenn du ihn geliebt hättest, hättest du niemals seine Bücher verkauft.« Sophie stand vom Tisch auf.

»Bitte streitet nicht«, bat Mrs. Collingwood. »Sophie, setz dich und iss.«

»Ich habe keinen Hunger.« Sophie stapfte aus dem Zimmer.

Sie schloss sich in ihrem Schlafzimmer ein und bearbeitete wütend und traurig ihr Kopfkissen mit den Fäusten, bis sie erschöpft war. Dann wusch sie sich das Gesicht, putzte sich die Zähne und dachte über ihren nächsten Zug nach. Sie brauchte die Schlüssel zur Bibliothek, die in der Küche an einem Haken hingen. Sie würde warten, bis alle schlafen gegangen waren. Onkel Bertram hatte ihr einmal erzählt, dass die Bibliothek in Bayfield House aus fast sechstausend Büchern bestand, und ab morgen schwebte das Damoklesschwert über ihnen – jedes einzelne Buch war ein mögliches Opfer des skrupellosen Mr. Tompkins. Sophie hatte nur wenige Stunden Zeit, um das Buch von Mansfield zu finden – falls es überhaupt hier war – und dann rasch damit zu verschwinden. Sie setzte sich auf einen Stuhl am Fenster, schaute in den Garten, wo das spätsommerliche Licht rasch erlosch, und horchte auf Geräusche, die verrieten, dass ihre Eltern zu Bett gingen. Um sich die Zeit zu vertreiben, nahm sie die Kataloge zur Hand, die mit der Morgenpost gekommen waren.

Auf der ersten Seite eines Katalogs von einem Händler aus Bath sah sie es: »Austen, Jane. *Orgueil et Préjugés*, zweite französische Übersetzung von *Stolz und Vorurteil*.« Die Beschreibung passte genau auf Sophies Buch, bis hin zu dem Eintrag »Marie Bonnel, 1847«. Es kostete eintausendfünfhundert Pfund. Eric hatte das Geschenk für sie also nicht für einen Spottpreis an einem Stand an der Seine gekauft. Er hatte es nicht einmal in Paris erworben. Nach ihrem Zusammentreffen im Garten musste er nach Bath gefahren sein. Für einen Austen-Liebhaber nachvollziehbar. Jane Austen hatte über fünf Jahre in Bath gelebt und wichtige Teile ihrer Romane dort geschrieben. Dass ein trampender Amerikaner in Bath auf den Spuren von Jane Austen wandelte, war eine Sache, aber dass er dort in einem Buchladen eintausendfünfhundert Pfund für ein Buch ausgab und es einem Mädchen schenkte, das er kaum kannte, eine ganz andere. War es eine beeindruckende romantische Geste, oder steckte etwas Bedrohliches dahinter?

Bevor sie sich entscheiden konnte, ob sie nun gerührt oder beunruhigt sein sollte, hörte sie, wie die Tür zum Schlafzimmer ihrer Eltern ins Schloss fiel. Sie öffnete ihre Zimmertür einen Spalt und wartete, bis das Licht ausging. Nach einigen Minuten ging sie leise die Treppe hinunter und ließ dabei die knarzende fünfte Stufe aus, so wie früher, wenn sie sich in der Nacht mit ihrer Schwester zum Kühlschrank geschlichen hatte. Sophie ging zuerst in die Küche und nahm den Schlüssel zur Bibliothek von dem Haken. Die Suche nach einer Taschenlampe dauerte etwas länger, aber schließlich wurde sie auf einem hohen Regal in der Waschküche fündig. Auf Zehenspitzen ging sie den langen Flur entlang, vorbei an düsteren Porträts längst vergessener Vorfahren, bis sie die massiven Eichentüren der Bibliothek erreichte. Sie schlüpfte hinein und schloss die Tür hinter sich ab. Dann ließ sie den Strahl der Taschenlampe durch das Zimmer gleiten. Wie hatte sie nur in einem Haus mit einer so großartigen Bibliothek leben und nie Zugang dazu bekommen können? Wie wäre wohl ihr Leben verlaufen, wenn sie ihre Kindheit und Jugend hier mit all den Büchern verbracht und stundenlang vor dem großen Marmorkamin gelesen hätte? Sie versuchte sich mit dem Gedanken zu trösten, dass sie, hätte sie in Bayfield House Bücher lieben gelernt, vielleicht nie eine solche Beziehung zu Onkel Bertram hätte aufbauen können. Er hatte sie in diese Welt eingeführt, und deshalb war er – sie hatte es bisher noch nie so formuliert – wohl in bestimmter Weise die große Liebe ihres Lebens gewesen.

Es war bereits Viertel nach zwölf, und Sophies Vater war Frühaufsteher. Sie schätzte, dass sie für ihre Arbeit etwa fünf Stunden brauchen würde. Leider wusste sie nicht genau, wonach sie suchen sollte. Ihr Onkel hatte den Schlüssel zu den Bücherschränken mit einer mysteriösen Nachricht versehen, und das könnte bedeuten, dass Richard Mansfields Buch hier in Bayfield war. Zwei verschiedene Sammler hatten sich ausgerechnet an sie gewandt, was ein Beweis dafür sein könnte. Aber es gab noch eine andere Möglichkeit, die ihr noch wahrscheinlicher erschien: Vielleicht existierte überhaupt keine zweite Ausgabe. Dann könnte sie nicht beweisen, dass Smedley ein Mörder war. Und er würde vielleicht noch einmal töten. Beunruhigt schloss Sophie den Schrank links neben dem Kamin auf und begann ihre Suche.

Sie richtete den Strahl der Taschenlampe auf die Buchrücken und ärgerte sich, dass sie nicht jedes Buch herausnehmen und genauer betrachten konnte. Die langen Reihen der einheitlich in Leder gebundenen Bücher von *The Waverley Novels* bis zu *Notes and Queries* konnte sie rasch abhaken. Aber in den Bücherschränken auf der vom Kamin abgewandten Seite standen keine dekorativen Buchreihen, weshalb ihr jedes Buch vielversprechend erschien. Sie hatte zwar die ungefähre Größe von *Ein kleines Buch allegorischer Geschichten* im Kopf, aber die zweite Ausgabe könnte auch anders aussehen. Wahrscheinlich sollte sie auch nach Büchern von Bulwer-Lytton suchen, aber wegen Onkel Bertrams Abneigung gegen ihn hatte sie keine Ahnung, wie sie aussahen; ihre Begeisterung für ihn in ihrer Jugend war auf eine Taschenbuchausgabe von *Die letzten Tage von Pompeji* beschränkt geblieben. Viele der älteren Bücher trugen keinen Titel auf dem Buchrücken, und Sophie musste jedes Exemplar aus dem Regal nehmen und auf der Titelseite aufschlagen. Sie schauderte bei dem Gedanken, dass so viele der Bücher, die sie gern in Onkel Bertrams Regale gestellt hätte, schon bald für immer verloren waren, aber sie wagte es nicht, einige einfach zu stehlen. Sie brauchte ja nur ein bestimmtes Buch, um Smedley zu überführen. Und ihr Vater und Mr. Tompkins durften nichts davon erfahren.

Auf einem niedrigen Regal hinter einem Sofa fand Sophie eine zerfledderte Ausgabe von *The Book of Common Prayer* von 1760. Der Einband war locker, und auf der letzten Seite fand sie eine mit »Taufen« überschriebene Namensliste. Weit unten auf der Liste entdeckte Sophie den Namen ihres Großvaters: »Henry George Collingwood, 3. Dezember 1928.« Sie wollte das Buch schon wieder in das Regal zurückstellen, als ihr Blick auf einen Namen fiel. Plötzlich ergab alles einen Sinn. Vielleicht suchte sie doch am richtigen Ort. Möglicherweise befand sich aus gutem Grund eine Ausgabe von

Ein kleines Buch allegorischer Geschichten in der Bibliothek von Bayfield.

Ein Eintrag in der Mitte der Seite lautete: »Sarah Monkhouse, Tochter von Gilbert Monkhouse und Theresa Monkhouse, geborene Wright. Getauft am 14. Dezember 1798.« Sophie ging die gesamte Liste durch, bis sich ihre Vermutung bestätigte. Sie stammte von einem Drucker namens Thomas Wright ab, aber ebenso von Thomas' Schwiegersohn, der kein anderer war als Gilbert Monkhouse, der Mann, der die erste Ausgabe von Mansfields Buch gedruckt hatte. Es überraschte sie nicht, dass beide Männer Drucker gewesen waren. Der Lehrling hatte sich in die Tochter seines Meisters verliebt – das leuchtete ein. Laut Onkel Bertram hatte ein Drucker mit Exemplaren von Büchern, die er für andere hergestellt hatte, die Familienbibliothek begründet. Also hatte Smedley nur ein wenig Ahnenforschung betreiben müssen, um herauszufinden, dass Sophie von dem Drucker des Mansfield-Buchs abstammt. Bei einer Besichtigung von Bayfield House hatte er wahrscheinlich erfahren, dass die Bibliothek auf die Sammlung einiger Drucker zurückging, und angenommen, dass sich das Buch entweder in Bertrams Bibliothek oder in Bayfield House befand. Er hatte Onkel Bertram umgebracht und erfolglos seine Wohnung durchsucht. Und nun hatte er es auf Bayfield House abgesehen, aber das war nicht so einfach. Warum also nicht die junge Bücherliebhaberin in der Familie bedrohen, damit sie diese Aufgabe für ihn erledigte? Aber sie begriff immer noch nicht, warum die Zweitausgabe eines so grässlich langweiligen Buchs zu solchen mysteriösen Machenschaften geführt hatte.

Smedley hatte sie ausspioniert und ihren Familienhintergrund erforscht, das war nicht nur unheimlich, sondern schändlich. Winston könnte jedoch das Gleiche getan haben – bei ihm fand sie das jedoch charmant. Vielleicht trübte ihre Erinnerung an den Sex mit Winston ihr Urteilsvermögen, aber seine Suche nach *Ein kleines Buch allegorischer Geschichten* schien lediglich eine Fügung des Schicksals zu sein, die sie zusammengebracht hatte.

Sie stellte *The Book of Common Prayer* wieder in das Regal zurück. Jetzt glaubte sie, dass das Mansfield-Buch hier in der Bibliothek war, und da sie keine anderen Hinweise hatte, konzentrierte sie sich auf Bulwer-Lytton. Tageslicht drang bereits durch die Ritzen der Fensterläden, als sie ganz oben in einem Regal eine Ausgabe von *Die letzten Tage von Pompeji* entdeckte. Darin war ohne Zweifel ein weiteres Zeichen von Onkel Bertram zu finden. Es war nicht einmal eine Erstausgabe – nur ein einfaches Exemplar, das offensichtlich schon oft gelesen worden war. Sie fand weder einen Eintrag noch Randbemerkungen, Lesezeichen oder zwischen den Seiten steckende Notizzettel.

Am liebsten hätte sie das Buch quer durch das Zimmer geschleudert, aber sie durfte keinen Lärm machen. Sie stellte es wieder zurück und setzte sich auf den Boden. Bis jetzt hatte sie kaum mehr als die Hälfte der Bibliothek durchsucht. Wer konnte vorhersehen, was Mr. Tompkins finden und mitnehmen würde? Wenn sie die Zweitausgabe nicht bald entdeckte, war sie wahrscheinlich für immer verloren. Durch den Schlafmangel hatte sie Mühe, sich zu konzentrieren. Sie zog Onkel Bertrams Visitenkarte aus ihrer Tasche und betrachtete sie.

NC 1971 Bulwer-Lytton

Was hatte ihr Onkel über Bulwer-Lytton erzählt? Sie konnte sich nur noch an ihre Unterhaltung über die schrecklichste

Anfangszeile in der englischen Literatur erinnern: »Es war eine dunkle und stürmische Nacht.« Die Erkenntnis traf Sophie wie ein Donnerschlag, genau in dem Moment, in dem sie oben Schritte hörte. Jetzt hatte sie wahrscheinlich nur noch ein paar Minuten Zeit. Sie kletterte hastig wieder auf die Leiter, durchsuchte die Bücher neben *Die letzten Tage von Pompeji* und fand etliche weitere ebenso zerfledderte Werke von Bulwer-Lytton. Am Ende des Regals entdeckte sie, wonach sie gesucht hatte: *Paul Clifford*.

Die Schritte wurden lauter. Wer immer dort oben wach war, trug Schuhe und würde wahrscheinlich jeden Moment herunterkommen. Sie musste den Schlüssel in die Küche zurückbringen, bevor jemand ihn vermisste. Mit dem Buch in der Hand und der Hoffnung, dass sie recht hatte, verließ sie die Bibliothek und schloss die Tür sorgfältig hinter sich ab. Sie zog ihre Schuhe aus und schlich auf Strümpfen in die Küche. Ihre Handtasche und ihr Reisegepäck waren immer noch neben der Tür, wo sie sie hingestellt hatte. Sie hängte den Schlüssel wieder an den Haken, schob *Paul Clifford* in ihre Handtasche und schaffte es gerade noch rechtzeitig, ihre Schuhe wieder anzuziehen, bevor ihr Vater und Mr. Tompkins hereinkamen.

»Guten Morgen, Sophie«, begrüßte ihr Vater sie. »Ich hoffe, dir geht es ein wenig besser.«

Sophie brachte es nicht fertig, ihm ins Gesicht zu schauen, aber es gelang ihr, ihre Stimme fröhlich klingen zu lassen. »Viel besser, danke. Es tut mir leid wegen gestern Abend. Ich stehe wohl immer noch unter Schock wegen Onkel Bertrams Tod.«

»Das geht uns allen so, Schätzchen«, erwiderte ihr Vater. »Mr. Tompkins ist wie ich auch ein Frühaufsteher.«

»Bei der Aussicht auf einen solchen Schatz fällt es mir

schwer zu schlafen«, erklärte Mr. Tompkins freundlich, aber Sophie fühlte sich unwillkürlich an einen geifernden Wolf erinnert.

»Ich werde nach Oxford fahren und mein Zimmer ausräumen«, sagte sie. »Bis zum Ende des Monats muss es frei sein. Kann ich mir ein Auto leihen?«

»Natürlich«, antwortete ihr Vater. »Nimm den Vauxhall. Die Schlüssel hängen neben der Tür. Hast du schon gefrühstückt?«

»Ja«, log Sophie. »Tee und Toast.« Sie wandte sich zum Gehen, als ihr plötzlich etwas einfiel. »Vater, Onkel Bertram hat mir einmal von einem alten Familiengebetbuch in der Bibliothek erzählt, in dem alle Taufdaten aufgeführt sind. Könntest du das vielleicht für mich aufheben?«

»Selbstverständlich. Ich möchte nicht die gesamte Familiengeschichte verkaufen; ich will auch nicht die ganze Bibliothek räumen. Ich versuche nur, Bayfield zu erhalten.«

»Das verstehe ich«, sagte Sophie leise. Und das tat sie tatsächlich, obwohl es ihr das Herz zerriss.

»Ich werde danach Ausschau halten und es für Sie beiseitelegen«, versprach Mr. Tompkins.

Sie warf ihr Gepäck in den Vauxhall und fuhr los. In der Mitte der langen Kiesauffahrt hielt sie den Wagen an, ließ den Kopf auf das Lenkrad sinken und dachte daran, dass Mr. Tompkins nun die Schätze aus Bayfield House wegkarren würde.

Sie wünschte sich verzweifelt, endlich weinen zu können – alle die Tränen zu vergießen, die sie bei Onkel Bertrams Beerdigung nicht vergossen hatte. Seit sie die schreckliche Nachricht von seinem Tod erhalten hatte, saßen die Tränen in ihrem Inneren fest. Aber sosehr sie sich auch bemühte, es wollte ihr nicht gelingen. Ihr Brustkorb wurde eng, und ihre Kehle zog sich zusammen, aber sie konnte ihrer Trauer, ihren Gefühlen und ihrer Anspannung keinen freien Lauf lassen. Nach fünf Minuten atmete sie tief durch, biss sich auf die Unterlippe und starrte sich im Rückspiegel an. Sie würde sich später Zeit zum Weinen nehmen. Jetzt hatte sie eine Aufgabe zu erledigen. Sie tastete in ihrer Handtasche nach *Paul Clifford* und zog stattdessen Erics Brief heraus. Sie hatte noch nicht viel Zeit gehabt, darüber nachzudenken, aber Eric kam zu ihr. Eric, der unhöflich und unsensibel sein konnte, Eric, der sie über die Bücher von Jane Austen beschwindelt hatte, aber nichts über Richard Mansfield wusste. Eric, der sie zum Lachen gebracht und der sie – und das war am wichtigsten – im Garten geküsst hatte. Doch solange sie weiterhin großartigen Sex mit Winston hatte, gab es keine Küsse mehr im Mondschein. Sie fühlte sich schuldig, aber gleichzeitig vermittelte es ihr ein gewisses Gefühl von Sicherheit, dass Eric wiederkommen würde. Instinktiv schaute sie sich kurz um, ob sie unbeobachtet war, drückte dann einen Kuss auf Erics Brief und steckte ihn in ihre Tasche zurück.

Jetzt bin ich eine richtige Bücherdiebin, dachte Sophie, als sie das Exemplar von *Paul Clifford* hervorzog. Ich habe einen Buchhändler und einen Privatsammler bestohlen. Als Nächstes ist wahrscheinlich eine Bücherei dran. Das Buch war in olivgrünes Leinen gebunden und verblichen vom Sonnenlicht, das in die Bibliothek eingedrungen war. Der Buchrücken war beschädigt und die Ecken abgestoßen, aber das Exemplar hatte immer noch einen gewissen Wert. Nicht gerade Sammlerqualität, aber wer wollte schon Werke von Bulwer-Lytton sammeln? Sie schlug die erste Seite auf und las:

Es war eine dunkle und stürmische Nacht; der Regen fiel in Strömen und ließ nur dann von Zeit zu Zeit nach, wenn er von einem heftigen Windstoß unterbrochen wurde, der durch die Straßen heulte (unser Schauplatz ist nämlich London), in den Giebeln sauste und übermütig mit den kümmerlichen Flämmchen der Lampen spielte, welche gegen die Finsternis ankämpften.

An den Rand dieser Einleitung hatte ihr Onkel mit Bleistift geschrieben:

Siehst du, Sophie, ich habe dir gesagt, dass das schrecklich ist. Gib dir mehr Mühe mit der englischen Literatur, als BL es getan hat.

Sie wollte nachschauen, ob sie noch weitere Notizen von Onkel Bertram fand, aber nur die ersten Seiten ließen sich umblättern. Der Rest schien zusammengeklebt zu sein. Sophie kam nur bis Seite zehn, und sie lächelte breit. Die übrigen Seiten waren tatsächlich zusammengeleimt und der innere Teil herausgeschnitten worden, so dass ein rechteckiger Hohlraum entstand. Das Buch, das Onkel Bertram als Hohn auf die englische Literatur empfunden hatte, war nicht viel mehr als ein Behältnis. Und darin lag ein in grobes grünes Leinen gebundenes Büchlein.

Sophie drehte *Paul Clifford* um, und das Buch fiel ihr in den Schoß. Sie schlug es auf und las: »Natalis Christi B. A. C. 1971.« Als Neunzehnjähriger hatte Onkel Bertram es für das begehrenswerteste Buch in der Familienbibliothek gehalten. Vorsichtig schlug Sophie die Titelseite auf.

ALLEGORISCHE GESCHICHTEN
UND EIN WARNENDES BEISPIEL

Zweitausgabe von
Ein kleines Buch
allegorischer Geschichten

═══

Von REVEREND RICHARD MANSFIELD

═══

Gedruckt in Leeds von Gilbert Monkhouse

1796.

Hampshire/Bath, 1796

»Jane, stell dir vor!« Cassandra betrat das Ankleidezimmer und schwenkte einen Brief in der Hand. »Das ist ein Brief von unserer Tante. Wir sind zu einem Besuch in Bath eingeladen.«

»Hoffentlich nicht an Weihnachten.« Jane legte ihre Feder zur Seite.

»Nur für zwei Wochen, aber ist das nicht herrlich? Und wie nett von Tante Jane und Onkel James, dass sie uns beide eingeladen haben. Wir sind noch mitten in der Herbstsaison, also werden viele Bälle und Konzerte stattfinden und jede Menge Besucher da sein.«

»Und wahrscheinlich werde ich keine Zeit zum Schreiben haben«, sagte Jane.

»Wenn wir zurückkommen, liegt noch der ganze Winter vor dir«, entgegnete Cassandra. »*Erste Eindrücke* kann noch warten.«

»Eigentlich habe ich daran gedacht, den Roman anders zu nennen, damit er sich von … der Originalversion abhebt.« Jane stand auf und nahm ihre Schwester an der Hand. »Und du hast recht, wir werden in Bath gewiss viel Spaß haben. Vor allem weil wir zusammen hinfahren.«

Jane hätte es ihrer Tante oder ihrer Schwester gegenüber nie geäußert, aber sie hatte keinen Spaß in Bath. Die ganze Stadt war so wie ihr erster Ball hier – überfüllt, laut und trotz der vielen Menschen unpersönlich. Am ersten Morgen begleitete

Jane ihren Onkel auf seinem Spaziergang zum Brunnenhaus, wo er wie jeden Tag ein Glas des örtlichen Bitterwassers zu sich nahm. Und anders als bei ihren Spaziergängen in Busbury Park musste sie den in ihren Kleidern ausstaffierten Damen ausweichen und auf den Unrat in den Rinnsteinen und die Pfützen auf dem Gehsteig achten. Und währenddessen rumpelte ein Fuhrwerk nach dem anderen in ohrenbetäubender Lautstärke vorbei. Ihre Tante hatte für sie eine Reihe von Besuchen, Konzerten und Theaterbesuchen geplant, was Jane kaum Zeit für ihre Korrespondenz, geschweige denn fürs Schreiben ließ. Der erste Eintrag in ihrem gesellschaftlichen Kalender war ein Ball an ihrem dritten Abend in Bath. Als Jane am Morgen danach einen kostbaren Moment Zeit für sich hatte, schrieb sie einen Brief an Mr. Mansfield.

Bath, 4. Dezember 1796
Mein lieber Mr. Mansfield,
vielleicht wird es Sie überraschen, dass ich in Ihrer Abwesenheit gezwungen war, mir eine andere Begleitung für meine Spaziergänge zu suchen. Natürlich nicht in Steventon oder Deane; auch niemand aus Basingstoke, Andover oder sogar Winchester kam dafür in Frage. Nein, der Verzicht auf Ihre Gesellschaft hat mich dazu gezwungen, bis nach Bath zu reisen, wo ich meinen Onkel auf seinem morgendlichen Spaziergang durch die Stadt begleite. Meine Arbeit an Erste Eindrücke liegt brach. Aber halten Sie deshalb meinen Besuch nicht für verschwendete Zeit. Jedes Mal wenn ich auf der Straße oder im Salon meiner Tante eine junge Frau treffe, denke ich an Ihre Idee, eine Satire auf einen Schauerroman zu schreiben. Wo könnte ich dafür eine bessere Heldin finden als in Bath? Ich versichere Ihnen, ich habe dafür kein bestimmtes Beispiel im Kopf, denn ich habe meine

Lektion gelernt und versuche nicht mehr ständig, das Leben anderer mithilfe meiner Fantasie auszuschmücken, aber unsere Erlebnisse bei dem gestrigen Ball könnten Sie davon überzeugen, dass Bath der richtige Ort für die Heldin eines Schauerromans ist.

Meine Tante und mein Onkel begleiteten Cassandra und mich. Der Saal war überfüllt, und wir quetschten uns mit Mühe hinein. Mein Onkel steuerte sofort auf das Kartenspielzimmer zu und ließ uns in der Menschenmenge allein. Meine Tante schob sich durch das Gedränge an der Tür; Cassandra und ich blieben eng an ihrer Seite und hakten uns unter, damit wir nicht getrennt wurden. Nach vielen Mühen erreichten wir die andere Seite des Saals, aber von den Tänzern sahen wir lediglich die hohen Hutfedern einiger Damen. Mit weiterer Kraftanstrengung und einiger Geschicklichkeit gelang es uns, einen Platz zu finden, wo wir die ganze Gesellschaft im Blick hatten. Es war ein grandioser Anblick, und zum ersten Mal an diesem Abend hatte ich das Gefühl, tatsächlich auf einem Ball zu sein. Leider konnten wir unseren mühsam erkämpften Platz nicht lange genießen, denn schon bald setzten sich alle in Bewegung, um sich zum Abendessen zu begeben, und wir mussten uns wieder von der Menge hinausschieben lassen.

Als alles vorüber war, kam mir die Idee, dass ein solcher Kampf eine gute Einführung für eine Heldin wäre, die sich später den düsteren Herausforderungen in Northanger Abbey *stellen muss – wie diese auch immer geartet sein mögen. Sicher werden Sie mir nun zum Vorwurf machen, dass ich viel zu sehr in meiner eigenen Gedankenwelt lebe und trotz der Menschenmenge lieber hätte tanzen sollen. Wenn Sie hier gewesen wären, Sir, dann hätte ich das bestimmt auch getan.*

Ich hoffe, mein Brief erreicht Sie bei guter Gesundheit, und hoffentlich werden auch Sie, so wie ich, bald nach Hampshire zurückkehren.
In tiefer Zuneigung
J. Austen

Jane hatte den Brief am nächsten Morgen in die Post geben wollen, aber beim Frühstück stellte sie fest, dass sie ihn in ihrem Zimmer vergessen hatte. Sie würde ihn am Nachmittag aufgeben, doch dann fand sie auf dem Frühstückstisch einen Brief vor – nicht von Mr. Mansfield, sondern von ihrer Mutter aus dem Pfarrhaus. Und auf einmal war es nicht mehr nötig, den Brief nach Yorkshire abzuschicken.

Steventon Pfarrhaus, 3. Dezember
Meine liebe Jane,
wir haben Nachricht aus Busbury bekommen, dass dein Freund Mr. Mansfield wieder zurück ist, aber auf der Heimreise erkrankte. Ich möchte dich nicht bitten, deine Reise vorzeitig zu beenden, aber man hat uns gesagt, dass er nach dir gefragt hat und er ernsthaft krank zu sein scheint. Liebe Grüße an deine Schwester.
In Liebe
Deine Mutter

Obwohl Cassandra Bath sehr genoss, war sie sofort damit einverstanden, mit Jane nach Hampshire zurückzukehren.

»Aber ihr seid doch gerade erst angekommen«, wandte ihre Tante ein. »Und es stehen noch so viele Veranstaltungen an. Wenn Jane schon unbedingt zurückfahren muss, spricht doch nichts dagegen, dass Cassandra noch den Rest der zwei Wochen hier verbringt.«

»Ich möchte meine verzweifelte Schwester nicht allein reisen lassen«, erklärte Cassandra.

»Aber warum sollte sie verzweifelt sein?«, fragte Tante Jane. »Dieser Mann ist kein Familienmitglied. Und soweit ich weiß, kennt Jane ihn erst seit einigen Monaten.«

»Es ist schwer zu erklären, was er mir bedeutet, Tante«, erwiderte Jane geduldig. »Er ist mehr als ein guter Freund und liegt mir nicht weniger am Herzen als ein Familienmitglied. Wenn er krank ist und es in meiner Macht steht, ihm Beistand zu leisten, werde ich das natürlich tun.«

Sie verließen Bath mit der Mittagskutsche.

Oxfordshire, Gegenwart

Das Buch *Allegorische Geschichten und ein warnendes Beispiel* sieht auch nicht nach einem literarischen Schatz aus, dachte Sophie, immer noch auf der Auffahrt von Bayfield House. Gerade wollte sie die Titelseite umblättern, als sie das Geräusch eines sich nähernden Wagens hörte. Wahrscheinlich war ihr Vater auf einer morgendlichen Besorgungsfahrt. Da sie keine Lust hatte, Fragen nach dem Buch in ihrer Hand zu beantworten, schob sie es rasch in ihre Tasche zurück, legte den ersten Gang ein und machte sich auf den Weg nach Oxford.

An der nächsten Raststelle kaufte sie sich zwei Wurstbrötchen und den größten Becher Kaffee, den es gab. Zehn Minuten später war sie in ihrem alten vertrauten Zimmer. Sie nahm Richard Mansfields Buch aus der Tasche, blätterte darin und versuchte, sich an die Erstausgabe aus der British Library zu erinnern.

»Du hast ein hervorragendes Gedächtnis für Texte«, hatte Onkel Bertram eines Tages gesagt, als sie auf einen Unterschied in der ersten und zweiten Ausgabe von *Verstand und Gefühl* hinwies, den er nicht bemerkt hatte. Sie standen auf der Londoner Buchmesse am Ausstellungsstand eines teuren Händlers aus Kalifornien. »Die Fähigkeit, Abweichungen zu entdecken, die anderen Leuten entgehen, wird dich zu einer guten Büchersammlerin machen.«

In der Zweitausgabe von Richard Mansfields Buch gab

es etliche Abweichungen. Bereits auf den ersten Blick entdeckte Sophie auf jeder Seite Änderungen und Ergänzungen. Die Geschichte, die vorher den Titel *Die allgemeine Sittenlosigkeit der Menschheit* getragen hatte, war zu ihrer Freude in *Lucy und der Hase* umbenannt worden und besaß sogar einen Anflug von Witz. Aber trotz all der Veränderungen war daraus nicht mehr als eine etwas weniger langweilige Version von Mansfields Originaltext entstanden. Nachdem sie zwei Allegorien überflogen hatte, sprang sie zu dem Teil, der dem Buch hinzugefügt worden war und auf der Titelseite »Ein warnendes Beispiel« genannt wurde. Es musste wohl ein Text mit einigem Gewicht sein, denn dieses Exemplar war wesentlich dicker als die Ausgabe in der British Library. Die Überschrift lautete: *Erste Eindrücke. Ein warnendes Beispiel.* Das konnte doch nicht wahr sein. Sie begann zu lesen.

Nach dem ersten Satz schnürte es Sophie die Luft ab. Am Ende der ersten Seite musste sie aufstehen und das Fenster öffnen. Kurz darauf schloss sie es wieder und zog den Vorhang zu, aus Angst, jemand könnte sehen, was sie soeben entdeckt hatte. Selbst wenn sie kein fotografisches Gedächtnis gehabt hätte, wären ihr diese Worte sofort bekannt vorgekommen – sie gehörten zu ihren Lieblingsstellen. Aber drei Dinge verschlugen ihr den Atem: Einige Wörter fehlten, diese Zeilen waren 1796 veröffentlicht worden, also siebzehn Jahre vor der Version, die auf der ganzen Welt bekannt war, und schienen von Richard Mansfield verfasst worden zu sein. *Erste Eindrücke* war ein Briefroman, und die ersten Briefe darin gaben einen deutlichen Hinweis auf die Handlung. Sophie setzte sich aufgeregt auf die Bettkante und las weiter.

Liebe Charlotte,

Jane hat offensichtlich großen Eindruck auf Mr. Bingley gemacht, denn er hat gestern Abend auf dem Ball in Meryton zweimal mit ihr getanzt.

Die Bennets sind zu dem Schluss gekommen, dass Bingley ein verständiger, freundlicher Mann voller Leben ist und treffliche Umgangsformen hat – so viel Ungezwungenheit bei solch perfektem Benehmen. Ich muss wohl nicht hinzufügen, dass er darüber hinaus auch noch gut aussieht, was man von einem jungen Mann erwarten sollte, wenn irgend möglich. Seine Person ist somit vollkommen.

Was für ein Unterschied zwischen ihm und seinem Freund Mr. Darcy! Er ist der hochmütigste Mann, dem ich jemals begegnet bin. Richtig kennengelernt habe ich ihn jedoch nicht. Mr. Darcy hat nur einmal mit Mrs. Hurst getanzt und einmal mit Miss Bingley, es abgelehnt, einer der anderen Damen vorgestellt zu werden, und den Rest des Abends damit verbracht, im Saal umherzuwandern und gelegentlich mit einem seiner Freunde zu sprechen.

Durch den Mangel an Herren war ich genötigt, während zweier Tänze sitzen zu bleiben, und ich hörte, wie Mr. Bingley Mr. Darcy anbot, uns einander vorzustellen. Darcy erwiderte so laut, dass ich und viele andere es hören konnten: »Sie ist passabel, aber nicht schön genug, um mich in Versuchung zu bringen; ich bin nicht in der Stimmung, Damen Bedeutung zuzumessen, die von anderen Männern nicht beachtet werden.« Ich war belustigt und erzählte die Geschichte vergnügt meinen Freundinnen. Aber du kannst dir Mrs. Bennets Reaktion vorstellen; sie erklärte, Mr. Darcy sei ein ganz schrecklicher, unangenehmer Mensch, der es nicht wert sei, dass man ihm zu Gefallen ist. Bingley hat versprochen, schon bald einen Ball in Netherfield zu veranstalten, und ich hoffe, du wirst bis dahin aus der Stadt zurückgekehrt sein.

Stets deine
Elizabeth Bennet

»Hast du gewusst, dass einige Philologen der Meinung sind, der erste Entwurf sei ein Briefroman gewesen?«, fragte Onkel Bertram. Er und Sophie saßen gemütlich vor dem Kaminfeuer im Wohnzimmer und hatten sich gerade zum dritten Mal *Stolz und Vorurteil* gegenseitig vorgelesen.

»Also eine Art Epistelbuch.« Sophie ließ sich das Wort auf der Zunge zergehen. Sie war jetzt sechzehn und liebte Fremdwörter.

»Wir wissen, dass der erste Entwurf von *Verstand und Gefühl* aus Briefen bestand«, fuhr Bertram fort.

»Aber er hieß *Elinor und Marianne*.«

»Richtig«, bestätigte er. »Und nicht lange nachdem sie dieses Werk beendet hatte, schrieb sie *Stolz und Vorurteil*. Zwischen 1796 und 1797.«

»Und hat sie es schon von Anfang an so genannt?« Sophie hielt den Titel für perfekt.

»Eigentlich stammt der Titel aus dem Roman *Cecilia* von Fanny Burney«, erklärte Onkel Bertram.

»Das sollten wir unbedingt lesen«, meinte Sophie.

»Aber die erste Version hieß *Erste Eindrücke*.«

Jane Austen hatte *Erste Eindrücke* von 1796 bis 1797 geschrieben. Das Buch, das Sophie jetzt in der Hand hielt – mit der Geschichte in Briefform über die Bennet-Familie, Fitzwilliam Darcy und George Wickham –, war 1796 veröffentlicht worden. Genug Zeit, um … Aber das war undenkbar. Hatte Jane Austen tatsächlich *Stolz und Vorurteil* von Richard

Mansfield abgeschrieben? Von dem Richard Mansfield, der so entsetzlich schlechte Allegorien mit Titeln wie *Krankheit und Gesundheit* und *Jugend und Eitelkeit* verfasst hatte? Der Wortlaut von *Erste Eindrücke* schien überhaupt nicht zu dem Rest von Mansfields Arbeit zu passen. Aber ihr war aufgefallen, dass sich in der Zweitausgabe die Qualität merklich verbessert hatte. Obwohl nichts auf Jane Austen hindeutete, würden das einige Sprachwissenschaftler vielleicht anders sehen. Mansfield hatte sich gesteigert und dann wie viele Schriftsteller seinen Durchbruch gehabt. Möglicherweise hielt Sophie den größten Skandal der Literaturgeschichte in den Händen.

Ob es von Bedeutung war, dass die Verfasserin des großartigsten Romans aller Zeiten vor dem Inkrafttreten des Urheberrechtsgesetzes sich einer fremden Quelle bedient hatte? Hatte Shakespeare nicht den Plot all seiner Stücke aus anderen Büchern? Ja, natürlich, aber das hier war etwas anderes. Hier wurden nicht nur die Handlung und die Charaktere plagiiert, sondern Sätze, selbst ganze Passagen des Textes übernommen. *Erste Eindrücke* war nicht nur eine Quelle für *Stolz und Vorurteil* – es war der erste Entwurf.

Als Sophie zu ihrer Lieblingsstelle des Romans kam, las sie Elizabeth Bennets Brief an ihre Schwester Jane einige Male und war völlig aufgewühlt. Einerseits zerbröckelte Stück für Stück die Vorstellung, die sie von ihrem literarischen Idol gehabt hatte. Andererseits war sie wahrscheinlich die einzige noch lebende Person, die jemals die Originalversion von der Begegnung von Eliza und Darcy in Pemberley gelesen hatte. Es schien beinahe so, als würde es zum ersten Mal geschehen, und anstatt dass es Hunderte Millionen Literaturliebhaber mitverfolgten, bekam es nur Sophie mit.

Meine liebe Jane,

ich habe überraschende Neuigkeiten. Die Gardiners wollten heute unbedingt Pemberley einen Besuch abstatten. Ich habe nur eingewilligt, weil ich glaubte, dass Mr. Darcy abwesend sei, aber nachdem uns die Haushälterin durch das Haus geführt hatte – welches ich dir nach meiner Rückkehr genau beschreiben werde –, gingen wir in den Park. Während wir über den Rasen zum Fluss hinunterspazierten, tauchte plötzlich der Eigentümer selbst auf. Unsere Blicke trafen sich, und unser beider Wangen erröteten zutiefst. Er schreckte regelrecht zusammen und schien einen Augenblick bewegungslos vor Überraschung; doch er fasste sich schnell wieder, ging auf uns zu und sprach mich an; wenngleich er sich nicht vollkommen gefasst hatte, so war er doch ausgesprochen höflich. Er bat mich, ihm meine Freunde vorzustellen – ein Zug von Höflichkeit, auf den ich gänzlich unvorbereitet war. Dass ihn die Verwandtschaft überraschte, war offensichtlich, doch er trug es mit Fassung und unterhielt sich sogar mit Mr. Gardiner.

Als er sich wieder an mich wandte, wollte ich ihn wissen lassen, dass man mir versichert habe, er sei abwesend, wenn wir nach Pemberley kämen, und erwähnte, dass seine Haushälterin uns gesagt habe, er werde bestimmt erst am nächsten Tag zurückkehren. Er gab zu, dass dies alles richtig sei, und erklärte, dass ihn Geschäftliches mit seinem Verwalter veranlasst habe, ein paar Stunden früher zurückzukommen als seine Gefährten, mit denen er gereist sei. »Sie werden morgen früh hier sein«, fuhr er fort. »Und unter ihnen sind einige Leute, die mit Ihnen bekannt sind – Mr. Bingley und seine Schwestern.« Und dann fügte er noch etwas höchst Ungewöhnliches hinzu: »Und jemand, der ganz besonders wünscht, Sie kennenzulernen. Wollen Sie mir, wenn es nicht zu viel verlangt ist, erlauben, Ihnen meine Schwester während Ihres Aufenthalts in Lambton vorzustellen?«

Bald darauf verließ er uns wieder. Und was kann das nun bedeuten? Mr. Darcy verhält sich nicht nur sehr höflich den Gardiners gegenüber, sondern möchte mich sogar seiner Schwester vorstellen? Ich muss zugeben, dass mich das sehr erstaunt, und ich werde dir mit Sicherheit sofort nach dieser unerwarteten Vorstellung wieder schreiben.

Stets deine
Lizzie

Erste Eindrücke nahm die letzten zweiundfünfzig Seiten von *Allegorische Geschichten und ein warnendes Beispiel* ein. Jane Austen hatte ihre Fassung deutlich erweitert, aber die Grundlagen des Romans waren offenkundig: Darcys hochmütiges Verhalten, der Charme und die Unehrlichkeit von Wickham, die gedankenlosen Verkuppelungsversuche von Mrs. Bennet und Elizabeths Gelassenheit. Sophie wünschte, sie könnte sich eine Scheibe von ihrer Haltung abschneiden. Was würde Elizabeth Bennet jetzt tun? Bevor sie gründlicher darüber nachdenken konnte, klingelte das Telefon.

»Ich weiß, ich bin lästig«, sagte Winston. »Ich sollte dich nicht schon wieder anrufen, aber mir war einfach danach.«

»Schon in Ordnung«, erwiderte Sophie. »Ich kann eine kleine Aufmunterung gebrauchen.«

»Hattest du keinen schönen Abend?«

»Kann man so sagen. Mein Vater hat einen Buchhändler eingeladen, der sich nun das Beste aus unserer Bibliothek herauspicken wird. Damit wird einiges aus der Collingwood-Sammlung für immer verloren gehen.«

»Wie furchtbar! Konntest du dir wenigstens vorher ein paar Bücher aussuchen und mitnehmen?«

»O nein, das würde Vater nie zulassen. Was wäre, wenn ich ein Buch wählen würde, das so wertvoll ist, dass man das Dach reparieren, das Wohnzimmer neu streichen oder einen Burggraben ausheben kann?«

»Wie schön, dass du deinen Sinn für Humor noch nicht verloren hast«, sagte Winston. »Es wäre schrecklich, wenn meine liebste Bücherliebhaberin mich nicht mehr zum Lachen bringen würde.«

Sophie seufzte leise angesichts dieses Kompliments. Einen Moment lang wünschte sie sich, dass Winston jetzt bei ihr wäre und sie engumschlungen auf dem harten, schmalen Bett in ihrem Zimmer lägen und Smedley, Mr. Tompkins und Richard Mansfield für immer verschwunden wären. Beinahe hätte sie ihn gebeten, nach Oxford zu kommen, aber dann fiel ihr Blick auf Mansfields Buch, das auf der letzten Seite von *Erste Eindrücke* aufgeschlagen auf ihrem Schoß lag. Wusste Winston davon? Wie konnte er es nicht wissen? Und wenn er tatsächlich Bescheid wusste, hatte er ihre Beziehung nur inszeniert, damit er und kein anderer Kunde das Buch von Sophie kaufen konnte? Was war sein Ziel? Wollte er Jane Austen vor der ganzen Welt diskreditieren? Oder wollte er *Erste Eindrücke* aus dem Verkehr ziehen, um ihren Ruf zu schützen? Sophie fielen tausend Gründe ein, warum sie ihm nicht vertrauen sollte, aber dann musste sie wieder daran denken, wie sich sein muskulöser Körper unter ihren Händen angefühlt hatte. Diese Muskeln konnten bei einer Konfrontation mit Smedley sehr nützlich sein.

»Bist du noch dran?«, fragte Winston.

»Entschuldige, ich bin in Gedanken gerade abgeschweift.«

»Und was war interessanter als die geistreiche Unterhaltung mit mir?«

»Wenn du es unbedingt wissen willst: Ich habe an dein Schlafzimmer gedacht«, antwortete Sophie.

»Verstehe. Du bist eifersüchtig auf meine Büchersammlung, richtig?«

»Nein, an deine Bücher habe ich nicht gedacht.« Sophie beschloss, den Sprung zu wagen. »Aber da du davon sprichst: Wie fändest du es, wenn ich vielleicht eine Spur von dem Buch, nach dem du suchst, gefunden hätte?«

»Das wäre großartig. Aber das würde ich lieber persönlich von dir hören. Ganz privat.«

Sophie versuchte, nicht an seine Arme zu denken, die sie festhielten. »Und was würdest du sagen, wenn ich dir erzähle, dass es sich möglicherweise um ein sehr wertvolles kleines Buch handelt?«

»Das würde mich überraschen«, erwiderte Winston. »Ich kann mir beim besten Willen nicht vorstellen, was daran wertvoll sein sollte. Und wenn, dann kann ich es mir wohl nicht leisten.«

»Wir werden sehen. Hör mal, willst du immer noch nach Oxford kommen und ... dich mit mir treffen?«

»Ich glaube, ich habe schon klar und deutlich zum Ausdruck gebracht, dass ich das will – auf jede nur erdenkliche Weise.«

»Gib mir kurz Zeit, um noch ein paar Sachen zu erledigen«, bat Sophie. »Ich ruf dich dann wieder an.«

»Ich werde neben dem Telefon warten«, versicherte Winston.

»Du trägst dein Telefon in der Hosentasche«, neckte sie ihn.

»Richtig, und das ist der Beweis dafür.«

Sophie schlug *Allegorische Geschichten und ein warnendes Beispiel* zu und steckte das Buch wieder in ihre Tasche. Winston hatte wirklich überrascht geklungen, als sie ihm erzählt hatte, dass das Buch womöglich wertvoll sei. Und es schien ihm nicht so wichtig zu sein, es schnell zu bekommen. Es war schwer zu glauben, dass sie durch einen Zufall zusammengekommen waren, aber noch schwerer fiel es ihr zu glauben, dass er ein so brillanter Schauspieler war. Sie würde ihm alles erzählen, wenn die Zeit dafür gekommen war. Aber worum genau ging es eigentlich? Hatte Jane Austen tatsächlich die Handlung und den größten Teil des Texts von Richard Mansfield gestohlen? Vielleicht war sie zu naiv, aber das konnte sie einfach nicht glauben. Wenn es jedoch keinen anderen Beweis dafür gab, würden die meisten Leute davon ausgehen, das war das Problem. Sophie rief sich noch einmal alles ins Gedächtnis, was sie über Richard Mansfield wusste (das war nicht viel) und über Jane Austen (das war ziemlich viel), aber entdeckte einfach keine Verbindung zwischen den beiden.

Auch wenn sie nicht so recht wusste, wie sie weiter vorgehen sollte, eines war klar: Sie konnte diese Entdeckung nicht für sich behalten. Sie war zu überwältigend, um sie nicht jemandem anzuvertrauen. Sie musste Victoria anrufen.

»Heiliger Bimbam!«, stieß Victoria hervor, als Sophie ihr alles über *Erste Eindrücke* berichtet hatte. »Glaubst du wirklich, dass Jane Austen eine Plagiatorin war?«

»Nein«, erwiderte Sophie. »Es muss irgendeine Erklärung dafür geben, und die muss ich finden. Und mir ist es piepegal, wie viel dieses Buch wert ist und wie viele Leute es haben wollen – ich werde es erst herzeigen, wenn ich Janes Unschuld beweisen kann.«

»Für dich ist sie also jetzt Jane?«

»Ich habe das Gefühl, als würde ich sie kennen. Und als würde ihr Schicksal nun in meinen Händen liegen.«

»Warum verbrennst du das verdammte Ding nicht einfach?«, fragte Victoria.

»Glaubst du denn, daran hätte ich nicht gedacht? Aber das bringe ich einfach nicht über mich. Es ist viel zu … zu beachtlich.«

»Der erste Entwurf von *Stolz und Vorurteil*«, sagte Victoria wehmütig.

»Ja.« Sophie seufzte. Sie konnte die Tragweite ihres Fundes immer noch nicht ganz begreifen.

»Aber eine Sache finde ich merkwürdig«, meinte Victoria. »Wenn diese Zweitausgabe so selten ist, warum wissen dann zwei verschiedene Personen von ihrer Existenz?«

»Gute Frage. Darüber habe ich noch nicht gründlich nachgedacht.«

»Es muss noch einen anderen Hinweis gegeben haben, irgendetwas, was die beiden darauf gebracht hat, dass es diese zweite Ausgabe gibt.«

»Tori, du bist genial!« Sophie sprang von ihrem Stuhl auf.

»Ach ja?«

»Du hast recht. Es muss tatsächlich noch eine andere Spur gegeben haben, und zwar eine, die sie beide mit eigenen Augen gesehen haben. Es ist das Schwert an der Wand.«

»Wie bitte?«

»Winston und Smedley sind sich mit Sicherheit irgendwo begegnet. Und dort, wo sich ihre Wege gekreuzt haben, haben sie den Hinweis gefunden. Das Schwert an der Wand.«

»Ich kann dir nicht folgen.«

»Oh, Gott.« Sophie rang nach Atem. »Ich weiß, was es

ist. Es gibt eine Sache, die Smedley und Winston gemein haben.«

»Und was ist das?« Victoria war immer noch verwirrt.

»Sie waren beide in St. John's«, antwortete Sophie. »St. John's ist das Schwert an der Wand.« Und mit diesen rätselhaften Worten legte sie auf.

Leeds, 1796

Gilbert Monkhouse stand in seiner Druckerei in Leeds und atmete tief den Geruch nach Tinte ein. Dieser Geruch begleitete ihn, seit er mit zwölf Jahren begonnen hatte, für Griffith Wright, den Drucker vom *Leeds Intelligencer*, zu arbeiten. Griffiths Sohn Thomas hatte 1784 das Geschäft übernommen, und Gilbert hatte elf Jahre lang dort gearbeitet, immer umgeben von diesem herrlichen Duft. Schon früh hatte Gilbert lesen gelernt, was ihm sehr leichtgefallen war, und deswegen hatte man ihn in Wright's Druckerei angestellt. Jeden Abend nahm er sich Druckfahnen mit und las sie im Bett. Da er nicht als Korrektor angestellt war, machte er keine Notizen an den Rand, aber er behielt jeden Druckfehler im Gedächtnis und wies den Korrektor am nächsten Morgen darauf hin.

Zuerst hatte Gilbert die Böden gewischt und die Kisten mit den Typen und Papierstapel geschleppt. Als er fünfzehn war, hatte Mr. Wright ihn damit beauftragt, die Anzahl der Wörter der Manuskripte zu zählen, damit ein Kostenvoranschlag für den Druck gemacht werden konnte. Dann wurde er dazu befördert, die Lettern zu einem Schriftsatz zusammenzustellen. Dazu nahm Gilbert die Typen der ersten zehn oder zwanzig Zeilen eines bereits gedruckten Buchs und platzierte sie entsprechend in die Setzkästen. Zuerst durfte er nur einige Seiten am Tag vorbereiten, da seine Finger ungeübt waren und dadurch das Arbeitstempo verlangsamt wurde, doch schon bald konnte er die spiegelverkehrt gesetzten Drucktypen lesen, sich die Wörter merken und die Buchstaben mit Daumen und Zeigefinger blitzschnell und fehlerfrei setzen. Die erfahrenen Schriftsetzer in der Druckerei prahlten damit, vierzigtausend Typen am Tag setzen zu können. Als Gilbert achtzehn war, konnte er mit ihnen mithalten, und mit zwanzig schaffte er beinahe fünfzigtausend.

Schon als kleiner Junge und als Heranwachsender hatte sich Gilbert nichts mehr gewünscht, als ein richtiger Drucker zu werden. Er wollte Bücher und Zeitschriften erschaffen, indem er Buchstaben in Wörter, Zeilen, Absätze und Seiten verwandelte. Schriftsteller quälten sich Monate oder sogar Jahre mit Feder und Papier ab, aber sie produzierten nur einen Text. Typensetzer und Drucker erschufen Bücher, und genau das wollte Gilbert tun. Als er einundzwanzig wurde, beförderte Mr. Wright ihn noch einmal und erfüllte damit all seine Träume.

Seine Finger waren vom jahrelangen Typensortieren gut geschult, und nun machte sich Gilbert daran, die winzigen Drucktypen aus den Setzkästen in die Winkelhaken einzusetzen, in die mehrere Zeilen passten. Dann wurden die Zeilen aus den Winkelhaken in Setzschiffe gelegt und diese nach jeder vollständigen Seite in der richtigen Reihenfolge auf den Druckstein gebracht. Er hatte seine gesamte Jugend damit verbracht und war besser auf diesen Beruf vorbereitet als jeder andere. Vom ersten Tag an konnte es Gilbert mit den schnellsten Schriftsetzern aufnehmen, und die Leser wussten Gilberts Probeabzüge zu schätzen – sie waren fast immer fehlerfrei. Er genoss es, in den örtlichen Buchläden das eine oder andere Buch aus dem Regal zu nehmen, für das er die Typen gesetzt hatte. Dann fühlte er sich nicht wie ein einfacher Arbeiter, sondern eher wie ein Schöpfer.

1795 starb Gilberts Onkel, ein Anwalt aus Manchester, und hinterließ ihm ein bescheidenes Erbe. Zu dieser Zeit musste Thomas Wrights Druckerei Aufträge ablehnen – für eine weitere Druckerpresse war einfach nicht genügend Platz vorhanden, und Mr. Wright hatte kein Interesse daran, sich zu vergrößern. Also machte Gilbert seinem Arbeitgeber einen Vorschlag: Wenn Wright bereit wäre, Gilbert zweihundert Pfund zu leihen, würde er mit dieser Summe und seinem Erbe eine eigene Druckerei eröffnen. Leeds wuchs zusehends, und Gilbert war der Meinung, dass es genügend Arbeit für zwei Druckereien gebe. Thomas stimmte zu. Obwohl er es bedauerte, seinen besten Setzer zu verlieren, hatte er das Gefühl, sein Geld bei Gilbert gut zu investieren.

Ein Jahr später stand Gilbert in seiner eigenen Druckerei und war über alle Maßen glücklich. Er hatte sechs Angestellte, arbeitete aber immer noch selbst mehrere Stunden am Tag als Schriftsetzer und nahm jede Nacht Probeabzüge mit nach Hause. An diesem Abend war er lang in der Druckerei geblieben, um den Druck der letzten Seiten eines Buchs mit dem fantasielosen Titel *Allegorische Geschichten und ein warnendes Beispiel* zu beenden. Es war die zweite Ausgabe eines Buchs, das er im Jahr zuvor gedruckt hatte – eine recht langweilige Sammlung von Moralgeschichten, geschrieben von einem Geistlichen aus Yorkshire. Was ihn allerdings überraschte, war die Ergänzung »Ein warnendes Beispiel«. Obwohl er alles druckte, was bei ihm in Auftrag gegeben wurde, erlaubte sich Gilbert auch ein Urteil über die literarischen Werke, die er herstellte. Und diese lange Geschichte war seiner Meinung nach eine der besten, die er je gesetzt hatte.

Gilbert war daran gewöhnt, Abzüge auf großen, ungefalteten Papierbögen zu lesen, mit, wie in diesem Fall, sechzehn Seiten pro Bogen. Mit einem Stapel solcher Bögen unter dem Arm schloss er seine Druckerei um halb zehn Uhr abends ab und machte sich auf den kurzen Weg zu seiner Unterkunft – ein kleines Zimmer über dem Laden eines Hutmachers in der Hauptstraße. Er zündete die Lampe neben seinem Bett an und machte es sich dort mit den Druckfahnen bequem. Außer seinen und Mr. Wrights Mitarbeitern hatte Gilbert kaum Freunde. Seine Familie lebte weit weg in Peterborough, und er hatte keine Verehrerinnen. Daraus ließe sich schließen, dass der Mann, der sich spät nachts über die Korrekturfahnen beugte, einsam oder sogar unglücklich war, aber das stimmte keineswegs. Gilbert Monkhouse war der glücklichste Mensch in Leeds – zumindest für die nächsten Stunden.

Oxford, Gegenwart

Sophie trank ihren Kaffee aus, duschte rasch und zog sich frische Kleidung an. Während der Semesterferien öffnete die Bibliothek in St. John's um zehn; eine Viertelstunde später verließ sie das Haus und ging die Woodstock Road entlang Richtung Innenstadt. Bis nach St. John's dauerte es zu Fuß fünfzehn Minuten, und Sophie spürte, wie ihr Kopf durch die klare Morgenluft frei wurde. Sie hatte jetzt eine Aufgabe, auf die sie sich konzentrieren konnte. Irgendwo in der Bibliothek vom St. John's College befand sich der entscheidende Hinweis – ein Buch, ein Brief oder ein Manuskript, das zwei Männer dazu gebracht hatte, nach dem Buch zu suchen, das in ihrer Handtasche steckte. Sophie hatte keine Ahnung, ob dieser Anhaltspunkt Jane Austen entlasten würde, aber ihn zu finden war der nächste logische Schritt.

Da sie fünf Jahre lang in der Bibliothek von Christ Church gearbeitet hatte, kannte sie in fast jedem College in Oxford einige Bibliothekare. Nachdem sie am Eingang ihren Ausweis vorgezeigt hatte, sah sie erfreut ein bekanntes Gesicht an der Buchausgabe. Der große, schlaksige Student mit dem schwarzen Haarschopf und der Brille mit dem dunklen Gestell sah aus, als hätte er in seiner Kleidung geschlafen.

»Sophie Collingwood, wie schön dich zu sehen.«
»Guten Morgen, Jacob«, erwiderte sie lächelnd. Es tat gut, einen alten Freund, oder eher Bekannten, zu sehen, der

nichts mit dieser mysteriösen Sache zu tun hatte. Zumindest war er jemand, dem sie vertrauen konnte.

»Ich habe eigentlich damit gerechnet, dich bei der Abschlussfeier in Worcester zu treffen«, sagte Jacob.

»Ich hatte einen Todesfall in der Familie«, erwiderte Sophie.

»Das tut mir leid. Aber es ist trotzdem schön, dich zu sehen. In den Semesterferien ist hier nicht viel los, da freue ich mich über Besuch von Freunden.«

»Das geht mir auch so.« Sophie lächelte.

»Also, was kann ich an einem so schönen Morgen, den man eigentlich nicht in einer Bibliothek verbringen sollte, für dich tun?«

»Ich stelle ein paar Recherchen über Jane Austen an.«

»Da bist du in der Bodleian Library besser aufgehoben«, meinte Jacob. »Oder sogar in Christ Church. Die beiden Bibliotheken haben viel mehr Material über Austen als wir.«

»Dort war ich schon«, log Sophie. »Wonach ich suche, könnte überall zu finden sein; ich versuche, einer Verbindung zwischen Austen und einem unbekannten Geistlichen aus dem Norden auf die Spur zu kommen.«

»Das klingt spannend.«

»Nein, eigentlich ist es das nicht. Eher langweilig und wahrscheinlich nur Zeitverschwendung. Aber ich arbeite jetzt für einen Raritäten-Buchhändler, und manche seiner Kunden halten mich für ihre Privatdetektivin.«

»Solange du dafür bezahlt wirst«, meinte Jacob.

»Wäre ich sonst hier?« Sophie lächelte. »Ich durchsuche die frühen Ausgaben von Jane Austens Werken und hoffe, irgendetwas wie Einträge oder Randnotizen zu entdecken. Irgendetwas, was auf eine Verbindung hinweisen könnte.«

»Ich gehe nach unten in die Rara-Abteilung und bringe

dir alles, was mit Austen zu tun haben könnte«, bot Jacob ihr an. »In der Zwischenzeit kannst du dich durch die Regale wühlen. Frühe Austen-Werke haben wir hier nicht, aber vielleicht findest du trotzdem etwas Interessantes.«

Sophie verbrachte die nächste Stunde damit, alle Werke von oder über Jane Austen durchzublättern. Sie begann mit den ältesten Ausgaben, den Romanen aus dem neunzehnten Jahrhundert. Große Hoffnungen machte sie sich nicht, aber vielleicht hatte ja doch ein Wissenschaftler eine Notiz hinterlassen. Als Jacob zurückkehrte, saß sie hinter einem Stapel Bücher versteckt, aber sie fand nichts als ein paar Anstreichungen von gedankenlosen Studenten, die nicht kapierten, dass die Bücher in einer Bibliothek nur geliehen waren.

»Bei den seltenen Büchern war nicht viel.« Jacob hielt ihr ein paar Exemplare und eine flache graue Schachtel entgegen. »Einige frühe Ausgaben von Romanen und eine Arbeit über Jane Austen von einem Dozenten aus den Zwanzigerjahren. Er hat sie aber offensichtlich nicht veröffentlicht, es sind nur Notizen und ein paar getippte Kapitel eines Manuskripts.« Er legte die Bücher und die Schachtel vor Sophie auf den Tisch und ging zur Buchausgabe zurück.

Sophie brauchte nicht lange, um festzustellen, dass in den Büchern keine Hinweise zu finden waren. In der zweiten Ausgabe von *Mansfield Park* stieß sie auf einen Eintrag des Eigentümers, und in der Erstausgabe von *Überredung*, dem Roman, der posthum zusammen mit *Northanger Abbey* veröffentlicht worden war, entdeckte sie ein Datum, aber keine Erwähnung von Richard Mansfield. Sie wollte gerade die Schachtel nehmen, als sie plötzlich begriff, was sie soeben in der Hand gehalten hatte.

Sie stellte die Schachtel wieder auf den Tisch und nahm eines der drei fast identischen Bücher in die Hand. Auf der

Titelseite stand nur AUTOR VON VERSTAND UND GE-
FÜHL. Und die Überschrift am Textanfang lautete STOLZ
UND VORURTEIL. Unter einer Schmuckzeile stand in
kleinen, fett gedruckten Großbuchstaben KAPITEL 1, gefolgt von dem ersten wunderbaren Abschnitt, der mit dem
schmückenden Anfangsbuchstaben »E« begann.

*Es ist eine allgemein anerkannte Wahrheit, dass ein Jung-
geselle im Besitz eines schönen Vermögens nichts dringender
braucht als eine Frau.*

Aufgrund des schmalen Formats ging der Satz über vier Zeilen und nahm fast ein Drittel der gesamten Seite ein, was ihn
noch wichtiger erscheinen ließ. Die Wörter »anerkannte«
und »Vermögen« waren hervorgehoben. Diese Details – das
schmale Buchformat, die hängende Initiale am Anfang und
die Hervorhebung – ließen diesen bekannten Satz ganz anders erscheinen.

Sophie hatte noch nie eine Erstausgabe von *Stolz und Vorurteil* in der Hand gehalten. Sie hatte noch nie die Finger
über diese spektakulären Worte gleiten lassen, so wie sie zum
ersten Mal gedruckt worden waren. Irgendwie verstand Sophie erst jetzt beim Anblick dieser Ausgabe von 1813, dass
Jane Austen diese Worte tatsächlich geschrieben hatte. Sie
waren nicht einfach aus dem Nichts entstanden. Sätze wie
diese, dachte sie, sind so berühmt, dass wir uns gar nicht
vorstellen können, dass es sie irgendwann nicht gegeben hat.
Wir können uns an unsere erste Begegnung mit ihnen erinnern, aber dass das jemand vor uns erlebt hat, können wir uns
kaum vorstellen. Aber natürlich war Sophies Lieblingssatz
der Menschheit schon vor ihr begegnet, und nun hielt sie
den Beweis dafür in der Hand.

Unten in der Ecke auf der ersten Seite der Erstausgabe von *Stolz und Vorurteil* im St. John's College in Oxford befindet sich ein kleiner kreisrunder Fleck. Er beeinträchtigt weder den Text, noch schmälert er den Wert des Buchs. Aber wie jeder Fleck in einem Buch erzählt er eine Geschichte, und obwohl es so viele Flecken in so vielen Büchern gibt, kennt nur immer einer diese Geschichte, die dazu verurteilt ist, für immer verloren zu gehen, wenn es diesen Jemand nicht mehr gibt. Bei Sophie Collingwood war es eine Träne, die ihr über die Wange rollte, als sie auf die Worte starrte, und diese Träne ist ein Beweis für die Kraft der Literatur.

Sophie wischte sich die Wange ab, aber sie konnte das Buch nicht weglegen. Sie las weiter und vertiefte sich in den Text, fasziniert von der vertrauten Handlung und der neuen Darstellung auf dem Papier. Sie fühlte sich den ersten Männern und Frauen, die den Roman gelesen hatten, sehr nahe; vor allem fühlte sie sich mit demjenigen verbunden, der diese Ausgabe zuerst gelesen hatte, und stellte sich eine begüterte Dame aus Bath vor.

Die Mittagszeit ging vorüber, und sie las immer weiter, bis Miss Bingley sie im elften Kapitel mit folgenden Worten aus der Welt von Longbourn und Netherfield riss:

Es geht doch nichts übers Lesen! Bei allem anderen wird man viel schneller müde. Wenn ich einmal ein eigenes Haus habe, brauche ich unbedingt auch eine hervorragende Bibliothek.

Plötzlich fiel Sophie ein, dass sie sich in einer ausgezeichneten Bibliothek befand und eine Aufgabe zu erledigen hatte. Mit einem Blick auf die Uhr stellte sie entsetzt fest, dass es bereits zwei war. Wehmütig legte sie die Erstausgabe von *Stolz und Vorurteil* zu den anderen Büchern zurück, hob den Deckel von der Schachtel und sah sich die Unterlagen an.

Womöglich würden ihr die Schriftstücke den gesuchten Hinweis liefern, weil sie nur hier in St. John's zu finden waren. Erstausgaben von Jane Austens Romane, so bewegend sie auch sein mochten, gab es in vielen Bibliotheken in Großbritannien, aber diese besonderen Papiere konnte man sich nur hier anschauen. Der Name des Dozenten war Wilcox, und sein Hauptinteresse hatte dem Textvergleich gegolten. Sophie arbeitete sich mühsam durch zwei Papierstapel über die Unterschiede zwischen der ersten und zweiten Ausgabe von *Stolz und Vorurteil* und *Verstand und Gefühl* – Seite für Seite wurden präzise die Unterschiede in der Rechtschreibung und Kommasetzung aufgeführt. Verwundert bemerkte sie, dass sie gleichzeitig fasziniert und gelangweilt war. Die abgetippten Auszüge aus dem Buch, das nie veröffentlicht worden war, förderten wie die Notizen keine Erkenntnisse über eine Verbindung zwischen Jane Austen und Richard Mansfield zutage. Kurz bevor die Bibliothek schloss, hatte Sophie den gesamten Inhalt der Schachtel durchgesehen.

Hatte sie sich geirrt? Gab es kein Schwert an der Wand von St. John's? War es nur ein weiterer Zufall, dass die beiden Männer an diesem College studiert hatten? Hatte Smedley sie vielleicht angelogen?

»Jacob«, begann Sophie und ging mit einem freundlichen Lächeln zur Buchausgabe hinüber. »Hast du eine Aufstellung aller Studenten von St. John's, sagen wir von den … letzten zwanzig Jahren oder so?«

»In der Datenbank sind alle Studenten gespeichert«, erwiderte Jacob. »Zum Durchstöbern kann ich sie dir nicht geben, aber ich kann bestimmte Namen nachschlagen, wenn dir das weiterhilft.«

»Es geht um zwei Studenten. Der erste heißt Smedley. George Smedley.«

»Smedley«, wiederholte er und tippte den Namen in seinen Computer. »Der letzte Smedley, der in St. John's eingeschrieben war, hat 1921 seinen Abschluss gemacht.«

»Der wäre also jetzt ...«

»... ungefähr einhundertzwanzig Jahre alt.«

Smedley hatte sie also tatsächlich angelogen. Vielleicht hatte er ein Gespräch belauscht, als Winston erzählte, dass er hier studiert hatte. Nein, das konnte nicht sein – Smedley hatte St. John's noch vor Winston erwähnt.

»Und der andere Name?«, fragte Jacob.

»Godfrey. Winston Godfrey.«

»Warte, Winston Godfrey. Nein. Ich habe hier nur einen Wallace Godfrey aus dem Jahr 1946.«

Sophie versuchte, sich ihre Betroffenheit nicht anmerken zu lassen. Winston hatte sie also auch angelogen? Aber warum? Es gab nur einen denkbaren Grund. Er hatte ihre Schritte hierher in die Bibliothek von St. John's gelenkt. Und da sowohl Winston als auch Smedley diese Ausgabe von *Allegorische Geschichten und ein warnendes Beispiel* haben wollten, musste etwas in St. John's sie dazu gebracht haben, dieses Buch für wertvoll zu halten. Aber was?

»Wir schließen in dreißig Minuten«, sagte Jacob. »Ich muss das Material über Austen zurück in die Raritätenabteilung bringen.«

»Natürlich. Ich räume den Rest wieder in die Regale.«

»Hast du gefunden, wonach du gesucht hast?«

»Eigentlich nicht.«

»Tja, so ist das bei Recherchen. In neun von zehn Fällen findet man nichts. Umso schöner ist es dann, wenn man beim zehnten Mal fündig wird.«

Jacob sammelte alles zusammen und verschwand in einen langen Gang. Um diese Zeit befanden sich nicht mehr viele Besucher in der Bibliothek. Sophie stellte wieder die Bücher in die Regale zurück und dachte darüber nach, was sie möglicherweise übersehen hatte. Was brachte jemanden in diesem College auf den Gedanken, dass die Zweitausgabe eines Buchs, geschrieben von einem unbekannten Geistlichen im achtzehnten Jahrhundert, so wertvoll war, dass er dafür sogar einen Mord beging? Es musste irgendeine Verbindung zwischen Mansfield und Austen geben, von der außer Winston und Smedley nie jemand etwas bemerkt hatte.

Nur das Geräusch der tickenden Uhr war zu hören, als sie die letzten Bücher wieder einordnete. Und mit einem Mal traf sie die Erkenntnis wie ein Blitz: Über Jane Austen war sicher schon alles recherchiert worden, aber vielleicht gab es in der Bibliothek etwas über Richard Mansfield, über das Winston und Smedley zufällig gestolpert waren.

Da Jacob noch nicht zurückgekommen war, sah sich Sophie rasch in der theologischen Abteilung um. Schon nach wenigen Minuten entdeckte sie ein dünnes, nicht gekennzeichnetes Buch. Staubig und offensichtlich schon länger ungelesen stand es zwischen Herbert Luckocks *After Death* und Frederick Maurice' *Theological Essays*. Vorsichtig zog sie das Buch aus dem Regal und schlug die Titelseite auf; sie war identisch mit der, die sie in der British Library gesehen hatte: »*Ein kleines Buch allegorischer Geschichten* von Rev. Richard Mansfield«. Als sie Schritte hörte, hastete sie zu ihrem Tisch zurück, griff nach ihrer Tasche und rannte zur Buchausgabe. Rasch zog sie Mansfields Buch über den Entmagnetisierer und steckte es ein, bevor Jacob auftauchte.

»Vielen Dank für deine Hilfe, Jacob«, rief sie.

»Tut mir leid, dass du nichts gefunden hast«, erwiderte er.

»Na ja, immerhin werde ich nach Stunden bezahlt.« Sophie brach der Schweiß aus. Eigentlich sollte sie jetzt nicht nervös werden – schließlich war sie eine erfahrene Bücherdiebin.

»Vielleicht sehen wir uns mal in London«, sagte Jacob.

»Ich arbeite in Cecil Court. Bei Boxhill's. Komm doch einfach mal vorbei.« Hoffentlich findest du nicht heraus, dass ich meine Kenntnisse als Bibliothekarin missbraucht und ein Buch aus einer Bibliothek in Oxford gestohlen habe, dachte sie.

Einen Moment später stand sie draußen in der Sommersonne. Es war warm geworden, und sie fühlte sich versucht, sich in den Säulengängen einen Schattenplatz zu suchen und den entwendeten Schatz genauer zu betrachten, doch dann hielt sie es für besser zu gehen, bevor Jacob herauskam und sie dabei erwischte, wie sie in einem Buch blätterte, das er nicht ausgebucht hatte.

Nun hatte sie wohl die schlimmste Sünde ihres Lebens begangen. Sie hatte nicht nur einem Händler ein überteuertes Buch, das eigentlich ihr hätte gehören sollen, und ein Buch aus der Familienbibliothek geklaut, sondern auch als ehemalige Bibliothekarin ein Buch aus einer Bibliothek gestohlen. Das verstieß gegen moralische Werte, und das gefiel ihr gar nicht. Erst als sie wieder in ihrem Zimmer war und sich das Buch genauer anschaute, kam sie zu der Überzeugung, dass sich der Diebstahl gelohnt hatte.

Die meisten Details stimmten mit dem Buch aus der British Library überein. Der Einband war nicht ganz so abgewetzt, die Seiten besser erhalten, weil das Buch wahrscheinlich nicht oft gelesen worden war. Da sie den Inhalt kannte, konnte Sophie das den Lesern der vergangenen zwei Jahrhunderte nicht übel nehmen. Sie blätterte die Seiten flüchtig durch und fand keine Randnotizen, aber als sie das Vorsatzblatt betrachtete, entdeckte sie eine in zittriger Handschrift verfasste Widmung: »Für J.A. Beurteilen Sie es nicht zu streng, und ziehen Sie, wie ich, eine Zweitauflage von *Erste Eindrücke* in Betracht. In tiefer Zuneigung, R.M.« Jemand, der nicht nach einer Verbindung zwischen Jane Austen und Richard Mansfield suchte, würde daran nichts Besonderes finden. Da das Buch nicht durch viele Hände gewandert war, war der Eintrag in all den Jahren niemandem aufgefallen. Aber er stellte einen eindeutigen Beweis dafür dar, dass Richard Mansfield Jane Austen gekannt hatte. Obwohl Sophie sich darüber freute, gab der Eintrag ihr noch mehr Grund zur Sorge, denn falls ihre gestohlenen Bücher an die Öffentlichkeit gelangten, würden alle glauben, Jane Austen habe *Stolz und Vorurteil* von Richard Mansfield abgeschrieben.

Wenn er nur nicht die beiden Wörter »wie ich« verwendet hätte. Dadurch sah es jedoch tatsächlich so aus, als hätte Mansfield *Erste Eindrücke* geschrieben. Sophie klappte das Buch vorsichtig wieder zu und legte es auf ihre Frisierkommode. Sie starrte in den Spiegel und fragte sich, ob sie das Gesicht der Frau vor sich sah, die Jane Austen vernichten würde. Was würden die »Fangirls«, die Eric so verachtete, von ihr denken? Mit diesen beiden Büchern wurde sie möglicherweise zur meistgehassten Person in der Fangemeinde der englischen Literatur.

Natürlich beabsichtigte sie nicht, die Bücher der Öffentlichkeit zugänglich zu machen. Sie wollte nur einen Weg finden, um Janes Unschuld zu beweisen, und Smedley überführen. Aber erst musste sie herausfinden, wie Smedley und Winston das Buch von Mansfield in der Bibliothek eines College entdeckt hatten, an dem sie beide nicht eingeschrieben gewesen waren. Smedley konnte sie nicht fragen, also blieb ihr nichts anderes übrig, als Winston zu vertrauen – zumindest vorerst.

»Ich habe geglaubt, dass ich derjenige bin, der ständig an dich denken muss«, sagte Winston, als Sophie ihn anrief.

»Kannst du morgen nach Oxford kommen?«, fragte sie.

»Ist dein Bettchen kalt?«

Unwillkürlich stellte sie sich einen Tag im Bett vor. Ob mit oder ohne Feuerwerk – Sex mit Winston würde sie auf jeden Fall von ihren Problemen ablenken. Aber so verlockend diese Vorstellung auch war, das würde warten müssen.

»Wir könnten zusammen zu Mittag essen. Gleich neben der Markthalle gibt es ein kleines Café.«

»Puccino's. Das kenne ich.«

»Weil du in St. John warst?«

»Genau«, bestätigte Winston.

»Also kannst du kommen? Gegen Mittag?«

»Ich kann auch heute Abend kommen, wenn du möchtest.«

»Nein, ich muss heute früh schlafen gehen«, wehrte Sophie ab. »Wir treffen uns morgen im Puccino's.«

»Dann muss ich mich wohl damit zufriedengeben. Hauptsache, ich kann dich sehen.«

»Das wird bestimmt nett«, meinte sie. »Du kannst mir dann alles über deine Zeit in Oxford erzählen.« Mit dieser versteckten Warnung legte sie auf.

Es war erst fünf Uhr, aber da sie in der Nacht zuvor nicht geschlafen hatte, war Sophie erschöpft. Sie holte sich zwei Sandwiches vom Laden an der Ecke, verschlang sie und trank dazu den Rest der Flasche Wein, die sie auf ihrem Bücherregal gefunden hatte. Kaum hatte sie ihren Kopf auf das Kissen gelegt, schlief sie bereits tief und fest.

Hampshire, 1796

Die Kutsche, mit der Jane und Cassandra Bath verlassen hatten, hielt in Devizes und kam erst kurz vor acht Uhr abends in Deane an. Es war schon längst dunkel, und Jane war überrascht, dass ein Kutscher mit einem Einspänner auf sie wartete.

»Sind Sie Miss Jane Austen?«, erkundigte er sich. Als Jane bejahte, fuhr er fort: »Lord Wintringham hat mir aufgetragen, Sie auf direktem Weg nach Busbury Park zu bringen.«

»Oh, Jane, dein Freund muss sehr krank sein, wenn man um diese Uhrzeit nach dir schickt.« Cassandra griff nach dem Arm ihrer Schwester. »Wir müssen sofort losfahren.«

Aber Jane blieb stehen, als Cassandra sie zu dem Einspänner zerren wollte, und legte die Hand auf die ihrer Schwester. »Ich muss allein gehen, liebe Schwester.«

»Aber du brauchst mich doch jetzt.«

Jane wusste nicht, wie sie Cassandra die Intimität ihrer Beziehung zu Mr. Mansfield erklären sollte. Oder ihr starkes Bedürfnis, noch einmal mit ihm allein zu sein. Das hatte nichts mit romantischen Gefühlen zu tun – es war Liebe. Sie hatte in ihm einen Seelenverwandten gefunden, und wenn sie mit ihm zusammen war, schien es keinen anderen Menschen auf dieser Welt mehr zu geben. Und sie hoffte, dieses Gefühl noch einmal erleben zu können.

»Setzen Sie bitte meine Schwester auf unserem Weg am

Pfarrhaus in Steventon ab«, sagte Jane zu dem Kutscher, der ihr Gepäck einlud, und stieg in den Einspänner.

»Bist du sicher?« Cassandra ließ sich neben ihrer Schwester nieder.

»Ganz sicher«, erwiderte Jane ruhig, und schon holperte die Kutsche durch die Dunkelheit.

Jane stieg nicht aus, obwohl die Familie aus dem Pfarrhaus kam, um die zurückkehrenden Schwestern zu begrüßen. Sie beugte sich aus dem Einspänner, gab ihrer Mutter einen Kuss und bat dann den Kutscher, sie so schnell wie möglich nach Busbury Park zu bringen. Der Gedanke, dass sie nicht rechtzeitig ankommen würde, war unerträglich. Sie hatte nur noch ein Ziel vor Augen: Mr. Mansfield endlich zu gestehen, was sie seit ihrer Rückkehr aus Kent immer vor sich hergeschoben hatte. Dass sie ihn liebte – nicht so wie eine Ehefrau, sondern es war eine geistige Liebe, die, wie sie glaubte, ebenso stark war wie alle anderen Formen der Liebe.

Die Fenster des Pförtnerhauses waren dunkel, und der Kutscher fuhr, ohne anzuhalten, weiter die Auffahrt entlang, bis das Haupthaus in Sicht kam. Jane hatte den Earl noch nicht kennengelernt, aber die nun bevorstehende Begegnung war ihr nicht im Geringsten wichtig, als der Kutscher ihr beim Aussteigen half. Sie dachte nur an Mr. Mansfield.

An der offenen Haustür stand ein Mann mittleren Alters, zum Dinner gekleidet; er wirkte erschöpft.

»Miss Austen, nehme ich an.«

»Ja, Mylord, ich bin Jane Austen. Ich bin Ihnen sehr dankbar, dass Sie nach mir geschickt haben. Bitte verzeihen Sie mir, dass ich noch meine Reisekleidung trage. Könnten Sie mich gleich zu Mr. Mansfield bringen? Ich kann es kaum erwarten, mit ihm zu sprechen.«

»Ich werde Ihnen Ihren Wunsch sofort erfüllen und Sie zu

ihm bringen, Miss Austen, aber ich muss Ihnen mit großem Bedauern mitteilen, dass Sie nicht mehr mit ihm sprechen können. Mr. Mansfield ist vor einer knappen Stunde verstorben.«

Jane spürte, wie ihre Knie nachgaben, und einen Moment lang befürchtete sie, in Ohnmacht zu fallen, aber der Earl stützte sie mit seinem überraschend kräftigen Arm.

»Es tut mir so leid, meine Liebe. Ich weiß, das muss ein Schock für Sie sein.«

»Das ist es in der Tat, Sir.« Jane war kurz die Luft weggeblieben. Als sie nun tief einatmete, wurden ihre Augen feucht. Sie schluchzte nicht, aber über ihre bebenden Wangen liefen Tränen. Nun würde sie ihr Geständnis nicht mehr anbringen können.

»Bitte kommen Sie doch herein, Miss Austen. Wie gedankenlos von mir, Sie hier auf der Türschwelle stehen zu lassen. Möchten Sie sich einen Moment setzen?«

»Nein, vielen Dank, Sir. Es geht mir gut. Das war nur der Schock. Können Sie mich zu ihm bringen?«

»Wenn das Ihr Wunsch ist, dann folgen Sie mir bitte, Miss Austen.«

Der Weg die Treppe hinauf und durch die Flure schien endlos lang zu sein. Unter anderen Umständen hätte Jane sich wahrscheinlich bei dem Gang durchs Haus einige Einzelheiten eingeprägt, um sie in einer ihrer zukünftigen Geschichten zu verwenden, aber im Augenblick konnte sie nur an ihren Freund denken. Wenn der Brief sie nur einen Tag eher erreicht hätte; wenn die Kutsche nur nicht in Devizes angehalten hätte; wenn Mr. Mansfield nur noch ein paar Stunden länger gelebt hätte. Es schien undenkbar, dass sie nie wieder seine freundliche Stimme hören würde, nie wieder mit ihm am See spazieren gehen oder ihm am Kaminfeuer etwas vorlesen würde. Sie hatte schon von »Herzschmerz« gehört, aber dieser körperliche Schmerz in ihrem Brustkorb, den sie seit dieser schrecklichen Nachricht verspürte, war ihr neu.

Schließlich blieb der Earl vor einer verschlossenen Tür stehen. »Er liegt im blauen Schlafzimmer«, flüsterte er, als könnte er Mr. Mansfield noch stören. »Ich muss leider nach unten in den Speisesaal zurück, aber Sie können nach dem Dienstmädchen klingeln. Sie wird Sie hinausbegleiten, und mein Kutscher wird Sie zurück zum Pfarrhaus bringen, wann immer Sie es wünschen.«

»Das ist sehr freundlich von Ihnen, Sir.«

»Es ist das Mindeste, was ich tun kann«, erwiderte der Earl. »Mr. Mansfield gehörte zu meinen ältesten Freunden, obwohl er seine Bücher immer der Gesellschaft anderer Menschen vorzog. Wenn er bei uns zum Abendessen war, hat er immer mit großer Achtung von Ihnen gesprochen. Ich glaube, die Bekanntschaft mit Ihnen war eine der größten Freuden während seiner letzten Monate. Ich werde Ihnen immer dankbar dafür sein, dass Sie einem alten Freund so viel Vergnügen bereiteten, Miss Austen.«

»Ich versichere Ihnen, er war mir ein besserer Freund, als ich es mir jemals erträumt hatte.«

»Er war ein guter Mensch«, sagte der Earl mit brüchiger Stimme, drehte sich um und ging den Flur hinunter.

Jane drehte den Türknauf und machte die Tür auf. Das Zimmer war mit Kerzen und einer Lampe neben dem Bett schwach beleuchtet. Die geschmackvollen Vorhänge in Blau und Gold waren zugezogen. Mr. Mansfield, oder seine sterbliche Hülle, lag in einem breiten Bett. Sie setzte sich auf den Bettrand und betrachtete einige Minuten lang sein friedliches Gesicht. Er sah völlig entspannt aus. Sie nahm seine Hand.

Seine Haut war kühl und trocken. Da sie ihren Vater so oft bei Trauerfeiern und Beerdigungen begleitet hatte, kannte sie die Worte, die gesprochen wurden, beinahe auswendig. Und so trug sie sie dem Mann, den sie über alles geliebt hatte, laut vor, während sie seine Hand hielt:

Ich hörte eine Stimme vom Himmel zu mir sagen: Merke, von nun an sind die Toten selig, die im Angesicht des Herrn sterben. Sie sollen ruhen von ihrer Mühsal, so spricht der Heilige Geist.

»So möge es auch mit dir sein, mein Lieber«, sagte sie, während Tränen über ihr Gesicht strömten. »Ruhe sanft. Ruhe in Gottes Frieden.«

Oxford, Gegenwart

Als Sophie am nächsten Morgen aufwachte, war sie guter Dinge. Mit ihrer Entscheidung, Winston ins Vertrauen zu ziehen, hatte sie, wie sie glaubte, einen Verbündeten gefunden. Sie setzte sich sofort an ihren Computer und entwarf einen Schlachtplan für den Tag. Der erste Schritt war erschreckend einfach. Sie musste nur fünfzig Pfund für die Mitgliedschaft auf einer Seite für Familienforschung bezahlen und konnte dann in einer knappen Stunde ihren Stammbaum bis zu Gilbert Monkhouse und Theresa Wright zurückverfolgen. Theresas Vater war, wie aus dem Familiengebetbuch hervorging, ebenfalls Drucker gewesen. Und das erklärte, warum Sophies Vater den Namen Monkhouse nicht mit der Druckerfamilie, aus der er stammte, in Verbindung gebracht hatte. Aber wenn Sophie diese Verknüpfung so einfach fand, konnte das jeder andere auch. Sie dachte an die alte Frau, die jeden Monat Touristen durch Bayfield House führte und erzählte, dass die Familienbibliothek von einem Drucker begründet worden war, der sich von jedem der von ihm hergestellten Bücher eine Kopie mit nach Hause nahm. Aufgrund des Eintrags in Mansfields Buch in St. John's hatte Smedley vermutet, dass es eine Verbindung zwischen der Zweitausgabe, Jane Austen und *Erste Eindrücke* gab und möglicherweise ein weiteres Exemplar entweder in den unzugänglichen Schränken in Bayfield House oder in den überladenen Bücherregalen in Onkel Bertrams Wohnung zu finden war. Smedley hatte Onkel Bertrams Wohnung durchsucht, nachdem er ihn getötet hatte, aber für eine Suche in Bayfield House hatte er Sophies Hilfe gebraucht. Und falls seine Drohungen und Bestechungsversuche nicht ausreichten, um Sophie zum Handeln zu veranlassen, hatte er den Hinweis auf St. John's fallenlassen, in der Hoffnung, dass sie dort das Buch mit dem Vermerk auf ihre geliebte Jane Austen ausgraben würde.

Als Nächstes musste Sophie alles über Richard Mansfield in Erfahrung bringen. Das erwies sich als weitaus schwieriger, denn dabei war ihr die Webseite für Ahnenforschung keine Hilfe. Außer dem kurzen Eintrag, den sie im *Alumni Oxonienses* gefunden hatte, wusste sie nichts über ihn. Sie schlug seine Daten noch einmal im Internet nach.

Richard Mansfield hatte bis zu seinem ersten Abschluss in Balliol studiert, aber dort gab es mit Sicherheit keine weiteren Angaben über ihn. Später war er Vikar in der Diözese Oxford gewesen, aber er hatte Oxford noch vor Jane Austens Geburt verlassen. Die Unterlagen von seiner Zeit als Rektor in Croft befanden sich ohne Frage in den Archiven der Diözese in Yorkshire; die Fahrt dorthin würde einen ganzen Tag in Anspruch nehmen. Blieb also nur noch die Cowley Grammar School. Sie hatte noch nie davon gehört, aber eine kurze Suche auf der Seite des Oxfordshire History Centre ergab, dass sie etwa von 1750 bis 1843 existiert hatte. Der Eintrag im Katalog lautete: »Unterlagen und Dokumente von der Cowley Grammar School, den Lehrern etc. Acht Kisten.«

Es war ins Blaue hineingeraten, aber vielleicht waren Reverend Mansfields Unterlagen dort, wo er den Großteil seiner beruflichen Tätigkeit verbracht hatte. Sophie hatte keine Ahnung, ob Geistliche des achtzehnten Jahrhunderts ihre Arbeiten ebenso wie Gelehrte im zwanzigsten Jahrhundert bestimmten Institutionen hinterlassen hatten. Es schien unwahrscheinlich, aber da das Oxfordshire History Centre zufällig in Cowley und damit nur knappe fünf Kilometer entfernt lag, konnte eine Nachfrage nicht schaden.

Kurz vor elf verließ Sophie das Haus. Sie wollte einen kleinen Spaziergang durch die Parkanlagen an der Universität und am Fluss entlang machen, um dann Winston gegen Mittag in der Innenstadt zu treffen. Sie schauderte, als sie daran dachte, dass er jetzt bereits im Zug nach Oxford saß – allerdings war sie sich nicht sicher, ob aus Furcht oder aus Vorfreude. Als sie an der Bushaltestelle vorbeiging, hörte sie eine Stimme rufen: »Sophie!« Sie drehte sich um, und ihr Magen krampfte sich zusammen. Eric Hall stand vor ihr, und sie wusste nicht, was sie sagen sollte.

»Hi«, sagte Eric.

»Was ... was ...?« Eigentlich war sie wütend, dass er sie auf der Straße einfach überfiel, aber nicht deswegen errötete sie. Ihr einziger Gedanke war: Er hat mich gefunden. »Was tust du hier?«, brachte sie schließlich hervor.

»Ich habe dich gesucht«, erwiderte er. »Hast du meinen Brief nicht bekommen?«

»Schon, aber woher hast du gewusst ...?«

»Deine Mutter hat mir gesagt, dass du in Oxford bist, und diese Dame in der Bibliothek von Christ Church hat mir verraten, dass du in der Woodstock Road nähe St. Antony's wohnst, also bin ich einfach in diese Richtung gegangen – und habe dich gefunden.«

»Du hast gesagt, wir würden uns nie wiedersehen.«

»Tja, manchmal spielt einem das Herz einen Streich.«

»Ach ja?« Sophie wusste nicht, ob sie vor Freude in die Luft springen oder Reißaus nehmen würde, wenn er ihr jetzt eine verrückte Liebeserklärung machte.

»Ich habe sehr viel über dich und über die Nacht im Garten nachgedacht und bin schließlich zu dem Entschluss gekommen, lieber etwas zu unternehmen, als nur zu grübeln.«

»Du hast gesagt, du wolltest mich nicht ins Bett kriegen«, erwiderte Sophie und dachte an seine Worte im Garten.

»Was soll ich sagen? Paris ist die Stadt der Liebenden. Sie hat mich zum Nachdenken gebracht. Und ich konnte dich einfach nicht vergessen.«

Bei der Erwähnung von Paris fielen Sophie plötzlich die französischen Bücher und Erics Täuschmanöver ein. »Warst du denn überhaupt in Paris?«, fragte sie.

»Wie meinst du das? Natürlich war ich dort. Hast du meine Briefe nicht bekommen?«

»Und warum hast du mich über die Bücher, die du mir geschickt hast, angelogen? Du hast sie nicht in Paris für einen Spottpreis ergattert, sondern von einem Händler in Bath für fünfzehnhundert Pfund gekauft.«

»Ich konnte ihn auf zwölfhundertfünfzig runterhandeln.«

»Das ist jetzt nebensächlich. Du hast über tausend Pfund für Bücher ausgegeben, um sie jemanden zu schenken, den du kaum kennst.«

»Ich kenne dich gut genug, um zu wissen, dass sie dir gefallen. Es sind Werke von Jane Austen, die kurz nach ihrer Zeit entstanden sind. Ich habe gelogen, weil ich befürchtete, du würdest sie nicht annehmen, wenn du wüsstest, was sie gekostet haben.«

Sophie starrte auf den Gehsteig. »Ich habe mich sehr darüber gefreut«, sagte sie schließlich. »Aber du kannst mich nicht einfach auf der Straße überfallen und erwarten, dass ich alles andere stehen und liegen lasse und mit dir durchbrenne.«

»Das verlange ich nicht von dir«, erwiderte Eric. »Aber was

hast du denn so Wichtiges zu tun, dass du dir nicht eine halbe Stunde Zeit für eine Tasse Kaffee mit mir nehmen kannst? Nur um herauszufinden, ob es mit uns weitergehen kann.«

»Nun, ich habe eine Verabredung.«

»Eine Verabredung?«

»Wenn du so angetan von mir bist, fällt es dir gewiss nicht schwer, dir vorzustellen, dass auch noch ein anderer Mann Interesse an mir haben könnte.«

»Und wer ist dieser mysteriöse Mann?«

Eigentlich ging es ihn nichts an, aber irgendwie dachte Sophie, wenn sie den Namen des Manns erwähnte, mit dem sie sich vor einigen Tagen nackt vergnügt hatte und mit dem sie sich heute Abend vielleicht wieder vergnügen würde, könnte ihr das helfen, nicht mehr an den Kuss, die wunderschönen Briefe und die fantastischen Bücher zu denken.

»Sein Name ist Winston Godfrey.«

»Der Verleger?«

»Kennst du ihn?« Sophie konnte ihre Überraschung nicht verbergen.

»Allerdings. Wir waren zusammen in Oxford.«

»Du hast in Oxford studiert?«

»Hin und wieder werden auch Amerikaner in Oxford zum Studium zugelassen.«

»Lass mich raten. Du warst in St. John's.«

»Nein, in Balliol«, sagte Eric. »Aber glaub mir, Sophie, Winston Godfrey ist kein guter Umgang für dich.«

»Da bist du wohl nicht ganz unvoreingenommen«, entgegnete Sophie. »Ich habe ihn als perfekten Gentleman kennengelernt.«

»Ja, natürlich. Abendessen bei Kerzenlicht beim ersten Date, Blumen bei der zweiten Verabredung, Dinner in seiner Wohnung beim dritten Date, gefolgt von dem besten Sex, den du jemals hattest. Glaub mir, das zieht er ungefähr noch dreimal so durch, und dann wirft er dich weg wie die Zeitung von gestern. Ich habe das zwei Jahre lang beobachtet. Er verschleißt Frauen wie andere Männer Hemden.«

Sophie war betroffen, wie treffsicher Eric ihre Beziehung zu Winston beschrieben hatte. »Glaubst du nicht, dass Winston sich seit seiner Zeit an der Uni geändert haben könnte?«

»Männer wie Winston verändern sich nicht«, entgegnete Eric. »Glaub mir, der Kerl mag gut aussehen, wenn er in einem nassen T-Shirt aus einem See steigt, aber mit ihm handelst du dir nur Kummer ein.«

»Vielen Dank für die Warnung, aber ich kann ganz gut auf mich selbst aufpassen. Und ich weiß auch alles andere zu schätzen.« Sie wusste nicht recht, wie sie es formulieren sollte. »Natürlich trinke ich gern eine Tasse Kaffee mit dir. Aber nicht heute, okay?«

»Darf ich dir meine Telefonnummer geben?«, fragte er.

»Wir können gerne unsere Nummern austauschen, und ich werde vorsichtig sein. Und falls sich herausstellt, dass du Winston richtig eingeschätzt hast, dann rufe ich dich an, wir treffen uns auf einen Kaffee, und du kannst mir sagen, dass du mich gewarnt hättest.«

»Und wenn er weiterhin den perfekten Gentleman spielt? Ich möchte nicht von hier weggehen und dich nie wiedersehen.«

»Also gut«, erklärte Sophie sich einverstanden. »Ich werde mich auf jeden Fall melden.«

Sie trennte sich von Eric am Martyrs' Memorial und dachte, dass ihr Liebesleben nicht einfacher geworden war – im Gegenteil. Aber das kümmerte sie nicht weiter. Wenn Eric den weiten Weg aus Frankreich gekommen war, um sie zu suchen, hatte er vielleicht eine weitere Chance verdient. Vor allem wenn Winston sich als der Schuft entpuppte, für den Eric ihn hielt.

Einer spontanen Eingebung folgend zog sie ihr Telefon aus der Tasche und rief einen Freund an, der in der Bibliothek des Balliol College arbeitete. Eine kurze Nachfrage ergab, dass sowohl Eric Hall als auch Winston Godfrey dort studiert hatten. Winston hatte ein Jahr früher als Eric angefangen, aber zwei Jahre hatten sie gemeinsam dort verbracht. Also hatte Winston sie angelogen und Eric ihr die Wahrheit gesagt.

»Kannst du noch einen Namen für mich überprüfen?«, bat Sophie ihren Freund. »George Smedley.«

»Ja«, bestätigte er. »Smedley war auch hier. Er hat seinen Abschluss im selben Jahr wie Winston Godfrey gemacht.«

»Vielen Dank, du hast mir sehr geholfen.«

Winston und Smedley hatten also zur selben Zeit in Balliol studiert, und nicht in St. John's. Sophie war schon gespannt auf das Gespräch mit Winston – das würde interessant werden.

Leeds, 1796

Die Hitze der Flammen ließ Gilbert Monkhouse' Gesicht erglühen, aber selbst wenn er zehn Meilen entfernt davon gestanden hätte, wäre ihm heiß geworden. Seine geliebte Druckerei war schon fast ganz von dem lodernden Feuer zerstört, und Trauer und Zorn verzehrten ihn so wie die Flammen sein Papier, seine Druckerpresse und die Kisten mit den schmelzenden Drucktypen aus Metall. Seit seine Vermieterin ihn vor der Dämmerung wachgerüttelt hatte, ging er im Geist immer wieder die letzten Momente durch, die er in der Druckerei verbracht hatte, aber er hatte gewiss alle Lampen gelöscht; es war nicht seine Schuld. Zum ersten Mal in seinem Leben betrachtete er seine Fähigkeit, sich alle gesetzten Wörter zu merken, eher als Fluch denn als Segen, denn er musste ständig an einen kleinen Artikel für den *Leeds Intelligencer* denken, der einige Wochen zuvor gedruckt worden war. Ein paar Jungs hatten aus Langeweile mit Schießpulver gespielt, und in dem Bericht wurden die Strafmaßnahmen dafür und für ähnliche Delikte aufgeführt:

Jeder, der Knallfrösche, Schwärmer oder andere Feuerwerkskörper verkauft, zum Verkauf anbietet oder es gestattet, dass diese von seinem Haus oder einem anderen Ort auf eine öffentliche Straße geworfen werden, wird mit einem Bußgeld von fünf Pfund bestraft, wobei die eine Hälfte den

Armen und die andere Hälfte dem Informanten zukommt. Und wenn jemand durch Fahrlässigkeit oder Unachtsamkeit ein Feuer in einem Wohnhaus, Nebengebäude oder einem anderen Gebäude verursacht, wird er zu einem Bußgeld von hundert Pfund oder einer Gefängnisstrafe von achtzehn Monaten verurteilt.

Gilbert hatte kaum Hoffnung, dass man einen Verantwortlichen für das Feuer fand. Durch diese Katastrophe hatte er nicht nur seine Ersparnisse und sein Erbe, sondern auch das Darlehen über zweihundert Pfund von seinem ehemaligen Arbeitgeber verloren. Im Grunde genommen gehörte er jetzt Thomas Wright.

Wright war kein schlechter Mensch. Er half sogar in dieser Nacht mit, die Flammen zu löschen. Aber er war auch nicht dumm, was seine Investitionen betraf. Er gab Gilbert seinen alten Arbeitsplatz zurück und erlaubte ihm, jeden Monat mit einem kleinen Anteil seines Lohns seine Schulden zurückzuzahlen. Nach nur einer Woche war Gilbert klar, dass er den Rest seines Lebens für Thomas arbeiten musste. Er war nicht unglücklich, denn schließlich machte er noch immer das, was er liebte, aber er würde nie das herrliche Jahr vergessen, in dem er seine eigenen Bücher gedruckt und sie mit seinem Aufdruck »Gilbert Monkhouse, Druckerei, Leeds« auf der Titelseite in die Welt hinausgeschickt hatte.

Bei all der Aufregung wegen des Feuers hatte Gilbert in den darauffolgenden Tagen nicht mehr an die Probedrucke auf dem Tisch in seinem Zimmer gedacht. Fast eine Woche später, als er wieder seinen Posten als Schriftsetzer bei Thomas Wright angetreten hatte, bereitete er einen Text für den *Intelligencer* vor:

> Rev. Richard Mansfield aus Croft, 80, starb am 4. Dezember in Hampshire. Er erkrankte auf seiner Rückreise dorthin. Die Trauerfeier und das Begräbnis fanden in Busbury Park statt. Mr. Mansfield war sechzehn Jahre lang Pfarrer in Croft und wurde von seiner Gemeinde sehr geschätzt.

Gilbert dachte an Mansfields Buch und begriff, dass sich, wie bei ihm, die Träume des Geistlichen nie erfüllen würden. Er wartete einige Monate ab, ob sich ein Familienmitglied bei ihm melden würde, doch als nichts geschah, brachte er das Manuskript zu der von Mr. Wright bevorzugten Buchbinderei und ließ es in einen einfachen, ungekennzeichneten Leinenumschlag binden. Er behielt es – als Erinnerung an das, was beinahe einmal gewesen wäre.

Gilberts Traum von einer eigenen Druckerei verblasste allmählich und wurde durch andere Wünsche ersetzt – vor allem als eines Tages Thomas Wrights Tochter Theresa auf ihrem Weg zur Schneiderin in der Druckerei vorbeischaute. Als verschuldeter Mann hatte Gilbert sich nicht viel Gedanken über eine Heirat gemacht, aber nachdem er einige Wochen lang mit Theresa bei Sonnenschein in den Straßen von Leeds spazieren gegangen war und mit ihr Tee im Salon der Wrights getrunken hatte, brachte er den Mut auf und bat ihren Vater um ihre Hand.

Thomas Wright war nicht entgangen, wie viel Freude Gilbert in das Leben seiner Tochter gebracht hatte, und gab seine Einwilligung. Als Hochzeitsgeschenk erließ er Gilbert seine Schulden und kaufte dem Paar ein kleines Häuschen. Gilbert verdankte Thomas so viel, und er arbeitete gerne weiter für ihn, bis der alte Mann Jahrzehnte später sein Geschäft verkaufte und sich mit dem Erlös zur Ruhe setzte.

Theresa schenkte Gilbert eine wunderschöne Tochter; ihr Vater gab ihm nicht nur Arbeit, sondern erlaubte Gilbert auch, von jedem Buch, das ihn interessierte, ein zusätzliches Exemplar zu drucken. Als er starb, hatte Gilbert eine Sammlung von beinahe dreihundert Büchern aufgebaut, die er seinem Schwiegersohn Joseph Collingwood vermachte.

Oxford, Gegenwart

»Ich freue mich, dich zu sehen.« Winston beugte sich zu Sophie herunter, um sie zu küssen.

Sie drehte den Kopf so, dass seine Lippen auf ihrer Wange landeten. »Ich freue mich auch«, erwiderte sie. »Holst du mir bitte einen Kaffee und ein Hühnchen-Sandwich?« Sie setzte sich an einen Tisch in dem kleinen Innenhof, holte ihr Telefon aus der Tasche und gab vor, ihre Nachrichten zu checken. Nur damit sie Winston nicht in die Augen schauen musste, bis das Essen wie ein Puffer zwischen ihnen auf dem Tisch stand. Als er die Sandwiches brachte, biss Sophie ein großes Stück von ihrem Brötchen ab, kaute langsam und starrte weiter auf die nicht vorhandenen Mitteilungen.

»Unterhalten wir uns auch, oder geht es hier im wahrsten Sinne des Wortes nur um ein Mittagessen?«, fragte Winston, ohne sein Sandwich anzurühren.

Sophie trank einen Schluck Kaffee, legte ihr Telefon zur Seite und sah ihn endlich an. »Das Reden ist hauptsächlich deine Sache«, erklärte sie. »Ich möchte wissen, warum du mich über dein angebliches Studium in St. John's und über *Erste Eindrücke* angelogen hast. Und dann wirst du mir sagen, wer zum Teufel George Smedley ist.«

»Hast du es gefunden?«, fragte er gespannt und beugte sich mit weit aufgerissenen Augen zu ihr vor. Sophie wusste nicht so recht, ob er dabei aussah wie ein aufgeregtes Kind oder wie ein gefräßiger Hund. »Hast du die zweite Ausgabe aufgetrieben?«

»Ich glaube, du hast mich nicht verstanden«, sagte Sophie ruhig. »Nicht ich muss hier Rede und Antwort stehen, sondern du. Erzähl mir alles von Anfang an.«

»Von Anfang an?« Winston lehnte sich auf seinem Stuhl zurück.

»Und ohne zu lügen.« Sophie biss noch einmal von ihrem Sandwich ab. Sie fand, dass sie es ganz gut hingekriegt hatte, sie war weder laut geworden, noch hatte sie ihm Beschuldigungen an den Kopf geworfen, die sie nicht beweisen konnte.

»Also gut«, begann er. »Vermutlich fing es mit meiner Familiengeschichte an. Meine Urgroßmutter war eine Mansfield, und ihr Ururgroßvater war der Sohn von Richard Mansfield, der *Ein kleines Buch allegorischer Geschichten* geschrieben hat. In unserem Haus gab es keine große Bibliothek, aber ein paar Bücher hatten wir schon, unter anderem ein Exemplar von Mansfields Buch, das über Generationen weitergegeben worden war. Und zu diesem Buch gab es eine Geschichte. Mein Vater hielt sie für Unsinn, und mein Großvater schien sie auch nicht zu glauben, aber ich hörte sie von meiner Urgroßmutter. Ich war acht Jahre alt, und ihre Augen waren schon sehr schlecht, also bat sie mich, ihr eine von Mansfields Allegorien vorzulesen. Und dann hat sie mir diese Geschichte erzählt.

Ihr Großvater kannte sie von seinem Großvater, Tobias Mansfield. Tobias behauptete, dass er seinen Vater kurz vor dessen Tod besucht habe und in seiner Hand das Manuskript eines Briefromans mit dem Titel *Erste Eindrücke* gesehen habe. Sein Vater erzählte ihm, dass es sich um eine Geschichte handle, die er in der zweiten Ausgabe seines Buchs der

Allegorien einfügen wolle. Tobias las einige Seiten davon. Richard Mansfield starb 1796, und siebzehn Jahre später fiel Tobias die Rezension eines Romans mit dem Titel *Stolz und Vorurteil* in die Hände, und die Beschreibung glich der Geschichte seines Vaters. Natürlich erschien Jane Austens Name nirgendwo in dem Buch ...«

»Es wurde veröffentlicht unter ›von dem Autor von *Verstand und Gefühl*‹«, sagte Sophie.

»Und bei *Verstand und Gefühl* hieß es ›von einer Dame‹«, ergänzte Winston. »Tobias las das Buch und vermutete, dass es seinem Vater gestohlen worden war. Natürlich gab es damals noch keine Urheberrechte, und von dem Buch waren auch nicht Millionen Exemplare verkauft worden, deshalb erzählte er die Geschichte seinem Sohn und ließ es darauf beruhen. Während die Geschichte von Generation zu Generation weiter überliefert wurde, änderte sich allerdings eines: *Stolz und Vorurteil* wurde zum weltweiten Phänomen, und meine Familie glaubte schließlich nicht mehr an die Legende.

Aber mich faszinierte sie. Immer wenn ich an einem Buchladen oder an einer Bibliothek vorbeikam, hielt ich Ausschau nach *Ein kleines Buch allegorischer Geschichten*, aber es ist mir nicht gelungen, die Zweitausgabe zu finden. Und dann kam ich nach Oxford.«

»An das Balliol College.«

»Richtig«, gab Winston verlegen zu. »Und ich klapperte nach und nach alle Bibliotheken der Stadt ab. Es gibt drei Exemplare von Mansfields Buch: eines in Bodleian, eines in Worcester und ...«

»Und eines in St. John's.«

»Genau. Bis ich den Eintrag in dem Exemplar in St. John's sah, habe ich die Geschichte nicht geglaubt.«

»Für J.A.« Sophie kannte die Widmung in dem Buch, das in ihrer Tasche steckte, auswendig. »Beurteilen Sie es nicht zu streng, und ziehen Sie, wie ich, eine Zweitauflage von *Erste Eindrücke* in Betracht. In tiefer Zuneigung, R.M.«"

»Du hast es also gesehen. Könnte ziemliche Auswirkungen haben, oder?«

»Warum hast du mir das alles nicht gleich erzählt?«

»Ich habe befürchtet, du würdest mir nicht glauben«, erwiderte Winston. »Und du hast mir gefallen – das tust du immer noch –, und ich wollte nicht, dass du mich für einen Spinner hältst.«

»Und warum hast du mir erzählt, du hättest in St. John`s studiert?«

»Ich wollte sichergehen, dass du das Buch dort findest. Eigentlich wollte ich es dir gleich sagen, aber dann dachte ich, dass du dich, wenn du es selbst herausfindest … na ja, mehr in die Sache reinhängen würdest.«

»Du hast gewusst, dass ich eine Krimiliebhaberin bin«, bemerkte Sophie.

»Stimmt.«

»Und dann hast du geglaubt, dass die kleine Sophie Collingwood, die gerade seit einer Woche in einem Buchladen arbeitet, die Zweitaufgabe des Buchs auftreiben könnte – ein Unterfangen, was den Mansfields in zwei Jahrhunderten nicht geglückt ist?«

»Ach, du meine Güte, du weißt es nicht, oder? Ich dachte, das hättest du inzwischen herausgefunden.«

»Was meinst du?« Sophie wusste genau, worauf er anspielte, aber sie wollte es von ihm hören.

»Nun, viele meiner Freunde wissen, dass ich an Auflagen aus dem achtzehnten Jahrhundert interessiert bin. Und ein Freund arbeitet bei *The Book Collector* und hat mir vor Kurzem eine Anzeige gemailt, die in der folgenden Ausgabe erscheinen sollte, ein Nachruf auf deinen Onkel.« Winston zog ein zusammengefaltetes Stück Papier aus seiner Brieftasche und reichte es Sophie. »Hier, lies es.«

Collingwood, Bertram Arthur – Buchsammler, Bibliophiler und Experte auf vielen Gebieten der Literatur. Er stammte von einem Drucker aus dem späten achtzehnten Jahrhundert ab und erzählte oft, wie seine Familienbibliothek (Bayfield House, Oxfordshire) durch die Sammlung von Probedrucken entstanden ist. Er hinterlässt seinen Bruder Robert und zwei Nichten, Victoria und Sophie.

»Eine Sammlung, die durch Probedrucke aus dem achtzehnten Jahrhundert entstanden ist, klang für mich natürlich faszinierend, und ich wollte wissen, wer der Drucker war. Ich habe im Internet ein wenig recherchiert und herausgefunden, dass Sophie Collingwood ...«

»... von Gilbert Monkhouse abstammt«, ergänzte Sophie.

»Du weißt es also doch.«

»Erst seit gestern.«

»Nun, als ich dann mit Gusty wegen einer Bestellung telefonierte, erzählte er mir, dass Sophie Collingwood für ihn arbeite. Natürlich wollte ich dich unbedingt kennenlernen.«

»Um mich in deine Sammlung einzureihen oder um dir Zugang zu der Bibliothek in Bayfield zu verschaffen?«

»Weder noch«, erwiderte Winston. »Trotz des Eintrags in St. John's war ich mir über die Familiengeschichte nicht im Klaren. Aber eigentlich konnte das kaum ein Zufall sein.«

»Was willst du? Glaubst du tatsächlich, ich würde dir den

ersten Entwurf von *Stolz und Vorurteil* verkaufen, wenn ich ihn in unserer Familienbibliothek finden würde?«

»Natürlich nicht. Es ist mir auch egal, was du damit anfängst. Aber man sollte ein solch erstaunliches literarisches Werk ausgraben, falls es tatsächlich existiert.«

»Also hast du dich an meine Fersen geheftet.«

»Ich habe dir nicht nachgestellt, ich habe dich kennengelernt. Und dann hat sich alles geändert.«

»Wie meinst du das?«

»Damit will ich sagen, dass mir Gilbert Monkhouse, Richard Mansfield und Jane Austen nicht mehr so wichtig sind. Mir geht es in erster Linie um Sophie Collingwood.« Er beugte sich vor und nahm ihre Hand in seine. Sein Sandwich lag immer noch unberührt auf dem Teller vor ihm. »Warum vergessen wir nicht den ganzen Unsinn über *Erste Eindrücke* und ... und unternehmen gemeinsam etwas. Wir könnten einen Spaziergang auf dem Land machen, eine Galerie besuchen oder ...«

»Oder in meine Wohnung gehen?«, fragte Sophie.

»Ich muss zugeben, dass das meine erste Wahl wäre, aber ich will nicht aufdringlich erscheinen.«

Dafür ist es ein wenig zu spät, dachte Sophie, aber im gleichen Moment traf sie eine Entscheidung. Er hatte ihr alles gebeichtet, und er war mehr an ihr interessiert als an alten Büchern, sonst wäre ihm nicht gleichgültig, was aus *Erste Eindrücke* geworden war. Sie glaubte ihm.

»Willst du es sehen?« Sie beugte sich so weit zu ihm vor, dass sich ihre Lippen beinahe berührten.

»Was?«

»Das hier.« Sophie öffnete ihre Handtasche nur ein Stück weit, damit er nicht sah, dass sich zwei Bücher darin befanden, und nahm das Buch ohne Büchereietikett heraus. Sie vergewisserte sich kurz, dass sie nicht beobachtet wurden, und hielt ihm das ungekennzeichnete Exemplar hin.

»Du meine Güte.« Winston riss die Augen auf. »Ist es das?«

Sophie sah ihn prüfend an und suchte nach einem Anzeichen von Habgier in seinem Gesicht, aber er schien nur neugierig zu sein. »*Allegorische Geschichten und ein warnendes Beispiel* von Reverend Richard Mansfield. Und es enthält *Erste Eindrücke*.«

»Tatsächlich?«

»Es ist der letzte Text.« Sophie blätterte zum Anfang von *Erste Eindrücke* und las ein paar Sätze vor. Winston hielt den Atem an und öffnete den Mund. »Kommt dir das bekannt vor?«, fragte sie.

»O Gott, ich habe es nicht für wahr gehalten. Wo hast du es gefunden? In Bayfield House?«

»Es gehörte meinem Onkel«, sagte Sophie. »Schau hier, das Deckblatt.« Sie blätterte zurück und zeigte Winston Onkel Bertrams Eintrag: »Natalis Christi B. A. C. 1971.«

»Unglaublich. Und? Ist es tatsächlich *Stolz und Vorurteil*?«

»Bevor wir uns darüber unterhalten, musst du noch meine letzte Frage beantworten«, erwiderte Sophie.

»Und die ist?«

»Wer ist George Smedley?«

»George Smedley? Ich habe keine Ahnung, wer … Warte mal, ich glaube, einer meiner Kommilitonen in Balliol hieß Smedley. Viel weiß ich allerdings nicht über ihn. Er wohnte im gleichen Stockwerk, aber wir hatten nicht denselben Freundeskreis. Ehrlich gesagt war er ein viel fleißigerer Student als ich.«

»Hast du ihm jemals von der kleinen Familienlegende erzählt?«

»Sophie.« Winston seufzte. »Wenn du mit Leuten gesprochen hast, die mich aus Oxford kennen, wirst du sicher alle möglichen Sachen über mich gehört haben. Ich war ein Schürzenjäger, habe mein Studium nicht sehr ernst genommen und die meisten Abende in Kneipen verbracht und viel getrunken. Ich will das alles gar nicht leugnen. Wir machen alle Fehler, wenn wir jung sind, und ich habe sehr viele Fehler gemacht. Und ich kann mir gut vorstellen, dass ich an einem der unzähligen Abende, an denen ich zu tief ins Glas geschaut habe, mit meiner Familiengeschichte geprahlt habe – vielleicht saß George Smedley in Hörweite. Ich habe damals den Mund immer ziemlich voll genommen. Schon erstaunlich, dass wir uns oft großspurig benehmen, wenn wir gar keinen Grund dafür haben.«

»Dann weiß George Smedley womöglich über *Erste Eindrücke* Bescheid?«, fragte Sophie. Es beeindruckte sie, wie freimütig Winston über seine Vergangenheit sprach. Offensichtlich hatte er sich tatsächlich geändert. Was würde Eric davon halten?

»Das kann gut sein. Allerdings würde es mich überraschen, wenn er es geglaubt hätte. Warum fragst du?«

»Weil ich glaube, dass George Smedley meinen Onkel umgebracht hat, um an das Buch zu kommen. Und er hat mir eine große Summe für das Buch angeboten und mir gedroht, falls ich es ihm nicht beschaffe.«

Winston stieß ein Lachen aus. »George Smedley ein Mörder? So schätze ich ihn nicht ein. Eigentlich war er eher ein Angsthase, soweit ich mich erinnere.«

»Menschen verändern sich«, meinte Sophie.

»Was hast du nun mit dem Buch vor?«

»Ich mache dir einen Vorschlag. Die Geschichte deiner Urgroßmutter glaube ich nicht, ich bin davon überzeugt, dass *Erste Eindrücke* von Jane Austen geschrieben wurde, und ich werde dieses Buch keinem anderen zeigen oder verkaufen, bis ich das beweisen kann. Und du wirst mir dabei helfen. Außerdem hilfst du mir, George Smedley dazu zu bringen, dass er den Mord an meinem Onkel gesteht. Erst dann werde ich das Buch der Öffentlichkeit präsentieren, deine Firma darf eine Kopie davon drucken, und wir teilen uns den Erlös.«

»Das könnte unseren Verlag retten«, sagte Winston. »Kannst du dir vorstellen, wie viele Exemplare sich davon verkaufen würden?«

»Ja.« Darüber hatte Sophie bereits gründlich nachgedacht. »Wir werden so viele Bücher verkaufen, dass ich die Bibliothek meines Onkels zum größten Teil wieder zurückkaufen kann.«

»Und wenn wir nun keinen Beweis für Jane Austens ... Unschuld finden? Wenn der Autor tatsächlich Mansfield ist?«

»Daran möchte ich lieber gar nicht denken«, erwiderte Sophie. Aber natürlich war ihr das auch durch den Kopf gegangen. Erst wenn George Smedley hinter Gittern saß, würde sie sich entscheiden: Entweder musste sie ein unschätzbares Kunstwerk vernichten, die Existenz des Buches verschweigen oder es der Öffentlichkeit zugänglich machen – was immer das auch für Jane Austens Ruf bedeuten mochte. Vorerst glaubte sie an Jane Austens Unschuld und dass es dafür Beweise gab.

»Also, machst du mit?«, wollte sie wissen.

»Du meinst nur als ... Mitverschwörer oder als Partner ... auch anderweitig?«

»Winston Godfrey, willst du mich etwa bitten, deine Freundin zu werden?«

»Ich wollte nur wissen, ob wir eine Beziehung haben werden, die über dieses bibliographische Rätsel hinausgeht.«

»Das weiß ich nicht.« Sophie dachte mit schlechtem Gewissen an Eric, der gerade aus Paris zurückgekommen war. »Aber wir werden jetzt nicht in mein Zimmer gehen, falls du das gemeint haben solltest.«

»Wohin dann?«, fragte Winston.

»In das Oxfordshire History Centre.«

Hampshire, 1796

Der Winter war schon früh über Hampshire hereingebrochen. Jane stand auf dem Friedhof vor der Kapelle von Busbury Park; der Wind schnitt ihr in die Wangen, und der feine Schnee, der in der vergangenen Nacht gefallen war, wirbelte um die Grabsteine und verlieh dem Ort den Hauch einer jenseitigen Welt. Ihre Familie hatte sie zu Mr. Mansfields Beerdigung begleitet – ihre Eltern, ihre Brüder James und Henry, die über Weihnachten nach Hause gekommen waren, und natürlich Cassandra, die Janes Hand fest in ihrer hielt. Obwohl Cassandra nichts von Janes tiefer Zuneigung zu Mr. Mansfield wusste oder davon, wie viel sie ihm schuldete, begriff sie, dass ihre Schwester einen lieben Freund verloren hatte, und hatte sie in den letzten Tagen getröstet und unterstützt.

Die Austens machten etwa die Hälfte der Gemeinde aus, die sich zum Trauergottesdienst in der kleinen Kapelle versammelt hatte und nun vor dem Grab stand. Lord Wintringham war mit seinen beiden Söhnen gekommen; seine Frau Jane war, wie Jane betroffen erfahren hatte, im vorigen Frühjahr verstorben. Ein großer Grabstein vor der Kirchentür schmückte ihr Grab, und die beiden jungen Männer hatten vor dem Gottesdienst dort eine Weile gestanden, um ihrer Mutter zu gedenken. Für Jane stellte ein Friedhof einen gleichermaßen schmerzvollen wie tröstlichen Ort dar. Selbst in ihrer unbeschwerten Kindheit, wenn sie mit ihren Geschwistern ausgelassen um die Grabsteine herumgetollt war, war ihr immer bewusst gewesen, was diese Steine bedeuteten. Deshalb verspürte sie jetzt einen Stich im Herzen wie von einem Dolch, aber sie wusste auch, dass ihr Freund nun bei Christus seine Ruhe finden würde, und die Worte des Geistlichen trösteten sie mehr, als es irgendjemand aus ihrer Familie – selbst nicht ihre liebe Schwester Cassandra – vermocht hätte.

Als die Gebete gesprochen waren, zerstreute sich die kleine Trauergemeinde, einige gingen zum Haupthaus zurück und andere durch den Park zur Stadt. Der Earl tippte sich an den Hut, als er Jane begegnete. Als die Austens durch das Friedhofstor gingen, spürte Jane eine Hand auf dem Arm. Hinter ihr stand Mrs. Harris, die Mr. Mansfield den Haushalt geführt hatte.

»Mrs. Harris«, grüßte Jane sie. »Wie freundlich von Ihnen zu kommen.«

»Mein Beileid, Miss Austen«, sagte Mrs. Harris. »Ich weiß, dass er ein guter Freund von Ihnen war.« Sie nickte und warf Jane einen Blick zu, der zu sagen schien, dass sie mehr über die Vertrautheit zwischen Jane und Mr. Mansfield wusste, als sie sollte. Jane hatte in ihren Romanen oft gelesen, dass Haushälterinnen private Unterhaltungen belauschten, aber das vergab sie der freundlichen Mrs. Harris.

»Das war er. Mehr als das.«

»Ich wollte Sie etwas wissen lassen«, fuhr Mrs. Harris fort. »Nach seiner Rückkehr packte ich sein Gepäck aus, obwohl sie ihn gleich in das große Haus gebracht haben. Und darin befand sich ein Buch für Sie. Ich habe es im Wohnzimmer auf den Tisch gelegt, dorthin, wo Sie ihm immer vorgelesen haben. Ich dachte, Sie wollen es sich vielleicht abholen.« Jane stieß kaum hörbar den Atem aus.

War es womöglich die Zweitausgabe von Mr. Mansfields Buch?

»Das ist sehr freundlich von Ihnen, Mrs. Harris. Ich werde auf dem Heimweg am Pförtnerhaus Halt machen. Und vielen Dank für alles, was Sie für ihn getan haben.« Jane nahm die Hand der älteren Frau.

»Ach, nicht der Rede wert«, wehrte Mrs. Harris ab. »Ich habe nur gekocht und geputzt, wie ich es auch für jeden anderen tun würde. Sie haben ihm das gegeben, was er brauchte.« Bevor Jane etwas erwidern konnte, schlüpfte Mrs. Harris durch das Tor und eilte zum Haupthaus. Jane bat ihre Familie, nach Hause vorzufahren, während sie ins Pförtnerhaus ging, doch Cassandra bestand drauf, bei ihrer Schwester zu bleiben.

»Also hier hast du all deine Zeit verbracht«, sagte sie zu Jane, als sie vor dem Pförtnerhaus standen. Es wirkte tot. Kein Licht brannte, und ein Arbeiter war damit beschäftigt, die Fensterläden zu verriegeln und das ganze Haus wie eine Gruft zu verschließen.

»Es war ein Ort der Freude für mich«, sagte Jane. »Wir haben uns über Literatur, über das Schreiben und über … andere Dinge unterhalten. Ich brauche nur einen Moment.« Sie wollte nicht lange an dem Ort bleiben, wo sie so viel Freude empfunden hatte und nun nie wieder empfinden würde. Doch als sie in das Wohnzimmer hastete, stockte ihr der Atem. Auf dem Tisch lag kein Buch, und das ganze Zimmer war fast leer. Nur ein einziger schwerer Sessel und der Tisch beim Fenster standen noch da: Alles andere – die Möbel, die Bücher, die Teppiche – war verschwunden. Sogar die Bilder waren von den Wänden genommen worden und hatten weiße rechteckige Flecken mit dunklen Rändern hinterlassen. Jane ging rasch durch das Haus und fand auch die anderen Zimmer leer vor. Wieder vor dem Haus, sprach sie den Arbeiter an, der jetzt auf einer Leiter stand und das Sonnenlicht aus dem Raum aussperrte, der einmal Mr. Mansfields Schlafzimmer gewesen war.

»Bitte entschuldigen Sie, können Sie mir sagen, was aus den Sachen im Haus geworden ist?«

»Die Möbel sind ins große Haus zurückgebracht worden«, antwortete er, ohne seine Arbeit zu unterbrechen und Jane eines Blickes zu würdigen.

»Und Mr. Mansfields Sachen? Seine Bücher und seine restliche Habe?«

»Alles auf Anordnung des Erben verkauft.«

»Des Erben?«

»Mr. Tobias Mansfield«, antwortete der Mann. »Der Sohn. Er hat Wind davon bekommen, dass sein Vater gestorben ist, und hat alles verkaufen lassen.«

»Aber da gab es ein Buch, in dem … Ein Buch, das Mr. Mansfield mir schenken wollte.«

»Ich weiß nur, dass gestern jemand aus Winchester hier war und alles mitgenommen hat. Auch die Bücher.«

In den folgenden Monaten durchstöberte Jane jeden Buchladen in Winchester und suchte nach dem Buch, das Mr. Mansfield ihr mitgebracht hatte – ohne Erfolg. Sie las aufmerksam alle Anzeigen in den Literaturzeitschriften, aber *Allegorische Geschichten und ein warnendes Beispiel* wurde nie angeboten. Als sie schließlich aus *Erste Eindrücke* einen kompletten Roman gemacht hatte, nahm sie an, dass die Originalversion verloren gegangen war.

Das Exemplar der ersten Ausgabe von *Ein kleines Buch allegorischer Geschichten*, das Richard Mansfield Jane Austen gewidmet hatte, ging einen Weg wie Millionen anderer Bücher auch. Der Händler in Winchester verkaufte es einem Geistlichen, der es bis zu seinem Tod behielt. Seine Bücher wurden wiederum von einem Buchhändler aufgekauft, das Buch landete bei einem Leser, und nach dessen Tod wiederholte sich der Ablauf. Das Buch wurde über Generationen weitergereicht, bis es sich schließlich in der kleinen Sammlung befand, die ein Professor seinem College in Oxford hinterließ. Dort wurde es katalogisiert, in ein Regal gestellt und für beinahe ein ganzes Jahrhundert von niemandem mehr beachtet.

Oxford, Gegenwart

Sophie erinnerte sich noch gut an das erste Mal, als Onkel Bertram sie in eine Bibliothek mitgenommen hatte, in der man keine Bücher ausleihen konnte. Er hatte gerade eine Biographie von Archibald Campbell Tait, dem viktorianischen Erzbischof von Canterbury, gelesen und wollte, wie er sagte, mehr darüber erfahren.

»Aber du hast doch das Buch gelesen«, sagte die damals vierzehnjährige Sophie. »Was gibt es da noch mehr zu erfahren?«

»Der Mann, der dieses Buch geschrieben hat, kann unmöglich das gesamte Originalquellenmaterial gelesen haben«, erwiderte ihr Onkel.

»Was ist das?«

»Was glaubst du, woher der Autor so viel über sein Thema erfahren hat? Er kannte den Erzbischof nicht, also musste er seine Briefe, Tagebücher und Predigten lesen.«

»Kannst du dir das alles nicht einfach in einem Buchladen kaufen?« Sophie glaubte inzwischen, dass sich alles irdische Wissen in einem gut sortierten Secondhand-Buchladen finden ließ.

»Nicht alles ist in einem Buch veröffentlicht worden«, erklärte Onkel Bertram. »Wir werden uns jetzt die Originale anschauen, die handgeschriebenen Briefe, Tagebücher und Predigten.«

Er hatte sie zu der Bibliothek im Lambeth Palace mitgenommen, der offiziellen Londoner Residenz des Erzbischofs von Canterbury am Südufer der Themse. Sie hatten an der massiven, in eine hohe Steinmauer eingelassenen Holztür geklingelt. Als die Tür aufschwang, hatte Sophie das Gefühl, in ein privates Schloss eingelassen zu werden. Auf der Straße brauste der Verkehr vorbei, und um sie herum drängten sich Touristen, aber nur sie und ihr Onkel betraten diesen stillen Zufluchtsort. Ein Bibliothekar, der ein alter Freund ihres Onkels zu sein schien, führte sie in einen kleinen Lesesaal, wo zwei oder drei andere Besucher an langen Holztischen saßen. Onkel Bertram bat Sophie, ihm beim Ausfüllen von kleinen Zetteln zu helfen, mit denen er das gewünschte Material anforderte, und wenige Minuten später knüpfte sie vorsichtig Stoffstreifen auf, mit denen Stapel von verstaubten, gefalteten Briefen zusammengehalten wurden. Ob sie sich wohl irgendjemand im letzten Jahrhundert angesehen hatte?

Sophie konnte es kaum fassen, dass sie ein Notizbuch mit Taits Predigten aus den 1840er Jahren und eine Reihe von Briefen an seine Frau anfassen durfte. Wie konnte jemand, der von der Existenz dieser Dinge wusste, sie nicht in der Hand halten wollen, um das Leben und die Wirklichkeit zu spüren, die nicht einmal ein gedrucktes Buch auf diese Weise verströmte?

Sophie begann, sich für originales Quellenmaterial zu begeistern. Es war immer wieder aufregend, ein Stück Papier zu entfalten, das über Jahrzehnte oder sogar Jahrhunderte von niemandem berührt worden war, und etwas herauszufinden, was andere Studierende übersehen hatten. In Oxford verbrachte sie ebenso viel Zeit in Archiven mit dem Studieren von unveröffentlichten Materialien wie in Büchereien mit dem Lesen von gedruckten Büchern.

Das Oxfordshire History Centre war in einer ehemaligen Kirche in Cowley untergebracht. Sophie und Winston gingen hinein, und als Winston sah, wie das Licht durch das hohe Buntglasfenster auf die Besucher im Raum fiel, stieß er einen leisen Pfiff aus.

»Warst du noch nie hier?«

»Warum hätte ich hierherkommen sollen?«

»Für einen Büchersammler musst du noch viel lernen«, meinte Sophie.

Sie erkannte niemanden von dem Nachmittagspersonal und war ganz froh darüber. Falls sie eventuell eine kriminelle Handlung begehen musste, war es nur gut, wenn sie nicht erkannt wurde. Sie zog ein Blatt Papier hervor, auf dem sie die Katalognummern aus dem Archiv der Cowley Grammar School notiert hatte, und übertrug sie auf die Antragszettel. »Jeder Leser darf jeweils nur einen Kasten durchsuchen«, erklärte Sophie. »Also füllst du die eine Hälfte der Anträge aus, und ich die andere.

»Wonach suchen wir?«, wollte Winston wissen.

»Nach allem, was mit Richard Mansfield zu tun hat.«

»Ich komme mir vor wie ein Geheimagent«, flüsterte er ihr ins Ohr. Sie spürte seinen heißen Atem, und einen Augenblick bereute sie es, dass sie nicht mit ihm auf ihr Zimmer gegangen war, aber als der Archivar am Tresen ihre Anträge entgegennahm, wischte sie alle anderen Gedanken beiseite und konzentrierte sich auf ihre Recherchen.

Kurz darauf wühlten sie sich durch die Papiere in den ersten beiden Kästen. Die meisten Unterlagen waren gefaltet und mit schmalen Stoffstreifen zu Bündeln zusammengebunden. Der Stoff war auf der oberen Seite fast schwarz und unten noch weiß, ein sicheres Zeichen dafür, dass sich niemand mehr mit den Papieren beschäftigt hatte. Während die

Uhr an der Wand tickte, schnürten sie vorsichtig ein Bündel nach dem anderen auf, entdeckten aber nur unzählige Rechnungen, Korrespondenz mit Händlern und Auftragsbestätigungen.

Sophie liebte Geschichten, und jedes dieser Papiere erzählte seine eigene. Sie verfolgte das Vorankommen von Studenten, las über die Schwierigkeiten von unterbezahlten Händlern und ließ sich von dem Drama bei der Anstellung eines neuen Mathematiklehrers fesseln. Als Winston verkündete, dass er mit seinem Kasten fertig sei, war Sophie noch mit dem zweiten von mindestens einem Dutzend Bündel beschäftigt.

»Wie hast du das so schnell geschafft?«, fragte sie.

»So wie ich alle meine Aufgaben in Rugby erledige – ich überfliege alles und suche nach den Schlüsselbegriffen. Hier ist nichts über Richard Mansfield dabei, das darfst du mir glauben. Soll ich mir den nächsten Schub holen?«

»Hilf mir zuerst mit meinem Kasten.« Sophie gefiel es nicht, dass er weit vor ihr lag. Wenn es nun wirklich etwas über Mansfield und Austen zu entdecken gab? Und wenn Winston es mit seiner Taktik eher fand als sie? Sophie wurde klar, dass es ihr nicht nur darum ging, Jane Austen zu entlasten, sondern sie wollte auch diejenige sein, der das gelang. Sie reichte ihm das Bündel aus ihrem Kasten, das den geringsten Erfolg zu versprechen schien – ein rußiger Papierstapel mit dem Vermerk »Buchhaltung 1825–27«.

»Das ist viel zu spät für Mansfield«, merkte Winston an.

»Wir sollten es trotzdem überprüfen«, entgegnete Sophie. »Auf die Beschriftung ist nicht immer Verlass.«

Sie steigerte ihr Arbeitstempo und ließ mit Bedauern ein paar vielversprechende Geschichten aus, aber sie schaffte es trotzdem nicht, mit Winston Schritt zu halten.

Sobald sie den dritten Kasten öffnete, sah Sophie es. Sie drehte sich ein wenig zur Seite, um Winston die Sicht zu versperren, aber er durchstöberte schon seine nächste Kiste. Und außerdem war es unwahrscheinlich, dass er etwas bemerkte, Winston war nicht sehr empfänglich für subtile Hinweise. Der Stoffstreifen an einem Bündel wies oben einige helle Stellen auf, also war es, im Gegensatz zu den anderen, vor Kurzem auf- und wieder zusammengeschnürt worden. Vorsichtig knotete sie den Stoffstreifen auf und drehte das Deckblatt um. Darauf stand: »Richard Mansfield 1758-80«. Mit zitternden Fingern faltete sie das erste Dokument auseinander. Es war eine Liste der Studenten, die 1758 in Cowley eingeschrieben waren. Sie nahm das nächste Papier in die Hand.

Die Dokumente schienen in chronologischer Reihenfolge abgelegt zu sein, aber Sophie widerstand dem Drang, sich sofort die letzten anzuschauen. Möglicherweise versteckte sich auch dazwischen irgendein Hinweis. Vieles hatte mit den Alltagsdingen des Schullebens zu tun. Sie glaubte fast schon nicht mehr daran, etwas Wichtiges zu finden, als sie auf ein kleines, etwa zweieinhalb Zentimeter dickes Bündel stieß, das in einem größeren Päckchen steckte. Auch hier wies das Stoffband verräterische helle Spuren auf. Die Kennzeichnung lautete: »R. M., Papiere nach seinem Tod 1796«.

»Hier ist nichts.« Winston schloss seinen Kasten. »Ich nehme mir jetzt den letzten Teil vor. Sie schließen in zwanzig Minuten, also solltest du dich beeilen. Hast du schon etwas entdeckt?«

»Noch nicht.« Sophie drehte rasch das Bündel um, so dass er die Aufschrift nicht sehen konnte.

»Vielleicht hat Mansfield den Text tatsächlich selbst geschrieben.«

Zorn stieg in ihr auf, der jedoch rasch wieder verrauchte. Sie brauchte Winston, um sich gegen Smedley zur Wehr zu setzen; er war groß und stark. Und gut im Bett. Er war kein Gelehrter und auch kein leidenschaftlicher Anhänger von Jane Austen. Und natürlich begriff sie, dass Winston plötzlich von einem berühmten Autor abstammen würde, falls Mansfield tatsächlich *Erste Eindrücke* geschrieben hatte. Vielleicht wollte er sogar, dass Jane Austen in Verruf geriet.

Sophie schob die Gedanken beiseite. Sie hatte nur noch ein paar Minuten Zeit, um sich die Papiere von Mansfield ungestört anzuschauen, während Winston am Tresen auf seinen letzten Kasten wartete. Rasch blätterte sie durch den Stapel. Bei den ersten Papieren handelte es sich um Briefe von Mansfields Nachfolger als Schulleiter, der um Rat in einigen Dingen bat. Sie waren chronologisch geordnet, und der Abstand zwischen den Briefen wurde immer größer, bis schließlich nur noch ein jährlicher Bericht über die Schule erfolgte.

Der letzte Brief stammte aus dem Januar 1796, in dem der Rektor schrieb:

Ich habe mich sehr über Ein kleines Buch allegorischer Geschichten *gefreut. Einige werde ich den Jungen in den nächsten Wochen am Sonntagmorgen von der Kanzel aus nahebringen, und sie werden sie sicher umso mehr zu schätzen wissen, wenn sie erfahren, dass sie von ihrem sehr verehrten früheren Lehrmeister stammen.*

Darunter lagen zwei ungeöffnete Briefe, beide adressiert an Mansfield in der Pfarrei in Croft, Yorkshire. Sie waren mit Siegelharz verschlossen, so wie Jane Austen es oft beschrieben hatte. Sophie warf einen Blick zu Winston hinüber. Er wartete immer noch auf seinen Kasten und plauderte mit der jungen Frau hinter der Theke. Sie brauchte irgendetwas, um diese zwei Briefe zu öffnen, die weder Richard Mansfield noch irgendein anderer jemals gelesen hatte. Ihre Fingernägel waren zu kurz und ihr Bleistift zu dick, also nahm sie ihre Haarspange. Glücklicherweise hatte sie sich heute Morgen für Winston hübsch gemacht.

Sie drehte sich mit dem Rücken zur Theke, schob das Metallteil der Spange unter die Lasche und machte den Umschlag vorsichtig auf. Darin befand sich nur ein einziges Blatt Papier – ein Brief von einem Geistlichen, der sich nach einer freien Stelle als Vikar in der Gemeinde von Croft erkundigte. Sophie seufzte enttäuscht. Als sie den zweiten Umschlag in die Hand nahm, um ihn ebenfalls zu öffnen, bemerkte sie über dem Siegel einen kleinen Schnitt, so als hätte jemand eine Rasierklinge angesetzt. Wer auch immer dieses Bündel durchsucht hatte, hatte auch diesen Brief geöffnet. Aber warum nur den einen und nicht den anderen? Sie zwang sich, auf jeden Hinweis zu achten, bevor sie den Brief herausnahm. Sie drehte den Umschlag noch einmal und betrachtete die Adresse. Handschriften aus dem achtzehnten Jahrhundert waren kaum voneinander zu unterscheiden, vor allem wenn man nur fünf Wörter vor sich hatte, aber irgendwie wirkte diese vertraut.

Sie zitterte am ganzen Körper, als sie vorsichtig den Brief entfaltete. Sie und Winston waren jetzt die einzigen Besucher im Raum, und sie hörte, dass er immer noch mit dem Mädchen an der Theke plauderte. Rasch breitete sie den Brief auf dem Tisch aus und las:

Steventon, 23. November, 1796

Lieber Mr. Mansfield,
ich habe bisher nur Cassandra und meiner Nichte Anna jeden Nachmittag in meinem Zimmer aus Erste Eindrücke *vorgelesen. Anna ist so begeistert, dass sie im Wohnzimmer ständig die Namen Eliza Bennet und Mr. Darcy fallenlässt, und bestimmt brennen jetzt auch die anderen Bewohner des Pfarrhauses vor Neugier, aber bisher bleibt unser kleines Projekt größtenteils noch ein Geheimnis. Ich freue mich auf Ihre Rückkehr.*
In tiefer Zuneigung
J. Austen

Sophie war überwältigt, aber auch betrübt. Sie hatte einen unbekannten Brief von Jane Austen an Richard Mansfield entdeckt, was ihre Verbindung zu ihm bestätigte, aber gleichzeitig darauf hinwies, dass Mansfield der Autor von *Erste Eindrücke* war. Der Brief war zwar kein eindeutiger Beweis, aber die Sache sah nicht gut aus. Die erste Ausgabe von *Ein kleines Buch allegorischer Geschichten* aus St. John's mit dem Eintrag, die Zweitausgabe, die *Erste Eindrücke* enthielt, und dieser Brief verstärkten den Verdacht, dass tatsächlich Mansfield der Urheber war. Aber Sophie weigerte sich, es zu glauben. Jane Austen hatte *Erste Eindrücke* geschrieben – sie konnte es nur nicht beweisen. Noch nicht. Als sie den Kopf hob, sah sie, wie Winston seinen letzten Kasten in Empfang nahm. Ohne weiter darüber nachzudenken, schob sie den Brief rasch in die Gesäßtasche ihrer Jeans. Als Winston an ihren Tisch zurückkam, hatte sie das Mansfield-Bündel bereits wieder verschnürt und zurückgelegt und klappte den Kasten zu.

»Sie hat mir die letzten beiden gegeben und gesagt, wir dürften noch fünfzehn Minuten bleiben«, sagte Winston.

»Schau du sie dir an«, bat Sophie. »Ich muss zur Toilette.«
»Hast du nichts gefunden?«

»Gar nichts.« Sophie gab den Kasten zurück und holte sich aus einem Schließfach im Vorraum ihre Handtasche. In der Toilettenkabine schob sie rasch den Brief von Jane Austen in das Exemplar der allegorischen Geschichten aus St. John's. Zu stehlen fiel ihr offensichtlich von Mal zu Mal leichter.

Als sie in die Lobby zurückgehen wollte, summte ihr Telefon in ihrer Tasche. Sie kramte es hervor und sah, dass sie zwei SMS von Victoria erhalten hatte. Die erste lautete: »Habe Donnerstag frei, komme dich besuchen«, und die zweite: »Ticket für den Nachtzug gekauft. Komme am frühen Morgen in London an.« Sie verspürte Erleichterung, dass ihre Schwester schon bald auf dem Weg zu ihr sein würde. Endlich jemand, dem sie voll und ganz vertrauen konnte. Sie schrieb zurück: »Bin in Oxford. Lass mich wissen, mit welchem Zug du kommst, dann hol ich dich ab. Alles Liebe!«

Beschwingt ging sie in den Vorraum zurück. Victoria würde ihr helfen, sie verstand sich hervorragend darauf, Schlachtpläne zu entwerfen. Jane Austen war noch nicht verloren. Im Lesesaal beugte sich Winston über die Kästen, und hinter dem Tresen saß nur noch eine Bibliothekarin. Sophie dachte wieder an die weißen Stellen an den Stoffbändern und an den winzigen Schnitt an dem Brief. Jemand war vor ihnen hier gewesen. Jemand ohne Erfahrung mit Dokumenten aus dem achtzehnten Jahrhundert hatte das Kuvert aufgeschlitzt und den Brief als Erster gelesen, seit Jane Austen ihn verfasst hatte. Und er war beim Verschnüren des Bündels recht nachlässig gewesen. Vielleicht lag ihm auch nichts daran, seine Spuren zu verwischen.

Sophie ging zum Tresen hinüber. »Entschuldigung, mein Name ist Sophie Collingwood. Ich arbeite in der Bibliothek von Christ Church.« Bibliothekare neigten dazu, ihren Kollegen hin und wieder eine Gefälligkeit außer der Reihe zu erweisen. »Ich recherchiere die Geschichte der Cowley School und würde meine Arbeit gerne allen zur Verfügung stellen, die daran interessiert sind. Könnten Sie mir sagen, ob sich jemand in den letzten Monaten auch dafür interessiert hat?« Sie reichte der Bibliothekarin ihren Antragszettel für den Kasten, in dem sie Austens Brief gefunden hatte.

Die Frau zögerte einen Moment und warf einen Blick zu Winston hinüber. »Sieht nicht übel aus für einen wissenschaftlichen Assistenten, oder?«, sagte Sophie. Die Frau errötete und starrte auf den Antrag.

»Warten Sie einen Moment.« Sie tippte etwas in ihren Computer, und Sophie sah zu Winston hinüber. Er schrieb etwas auf eine Seite, die er aus einem Notizblock gerissen hatte. Vielleicht hatte er etwas Wichtiges gefunden, was gegen die Hinweise in dem Brief sprach?

»Es gab tatsächlich noch einen Besucher, der diesen Kasten angefordert hat«, sagte die Frau und sah von ihrem Bildschirm hoch. »Merkwürdig.«

»Nun, es handelt sich um eine sehr interessante Schule«, erwiderte Sophie ernst. »So merkwürdig ist das daher nicht.«

»Aber die Anfrage stammt von heute. Sie wurde um die gleiche Zeit eingetragen wie Ihre. Um zwei Uhr fünfzehn.«

Sophie wurde abwechselnd heiß und kalt, und ihre Hände begannen zu zittern. Smedley war hier gewesen. Er hatte sich im gleichen Raum wie sie aufgehalten. Vielleicht sogar ihr gegenüber am Tisch gesessen. Mit Sicherheit nahe genug, um zu sehen, was sie recherchierte. Er war ihr gefolgt. Und nun war er ihr einen Schritt voraus.

»Anscheinend hat er alle Akten über Cowley sehen wollen, aber nach dem ersten Kasten hat er die Anfragen für die anderen storniert. Um drei Uhr.«

»Wie ist der Name?«, fragte Sophie, obwohl sie die Antwort bereits wusste.

»Das darf ich Ihnen nicht sagen«, erwiderte die Bibliothekarin.

»Das ist schon in Ordnung«, sagte Sophie. »Ich werde es niemandem verraten. Ich wette, es war mein alter Freund vom Balliol. Wir haben uns ständig über die Geschichte alter Hochschulen unterhalten. Wie heißt er gleich noch? Smedley oder so ähnlich. Es stört ihn bestimmt nicht, wenn Sie es mir verraten.« Die Frau starrte auf ihren Bildschirm, offensichtlich immer noch unentschlossen. Sophie beugte sich über die Theke und flüsterte: »Schon gut, ich bin selbst Bibliothekarin. Es war George Smedley, richtig?«

»Es tut mir leid«, erwiderte die Frau. »Ich darf diese Information nicht weitergeben.« Sophie zuckte zusammen, als Winston die beiden letzten Kästen auf den Tresen stellte. Der Moment der Vertraulichkeit war verflogen.

»Vielen Dank, dass Sie es uns erlaubt haben, unsere Arbeit zu beenden, Fiona. Treiben Sie es heute Abend nicht zu wild.« Sophie beobachtete, wie Winston mit dem Finger leicht über Fionas Handrücken strich. Am liebsten hätte sie ihm eine Ohrfeige verpasst. Sie war so kurz davor gewesen, etwas aus Fiona herauszubekommen, und dann tauchte Winston auf und flirtete mit der Frau. Und das vor ihren Augen.

»Oje, ich habe meine Jacke vergessen«, sagte Winston, und Sophie glaubte zu sehen, dass er Fiona zuzwinkerte.

Er ging los, um sein Sakko zu holen, und Sophie griff nach Fionas Handgelenk. »Sagen Sie mir seinen Namen«, flüsterte sie. »Es war Smedley, stimmt's? Wie sieht er aus?«

»Wir schließen leider jetzt.« Fionas Stimme klang kühl.

»Können wir gehen?« Winston schlang den Arm um Sophies Taille. Einerseits hätte sich Sophie gern an ihn geschmiegt und sich fallen lassen, andererseits wollte sie ihn von sich stoßen und ihm sagen, dass sie das alles auch ohne ihn schaffen würde.

»Ich muss meine Handtasche holen.« Sie schüttelte seinen Arm ab. »Wir treffen uns draußen.« In der leeren Lobby warf sie rasch einen Blick in ihre Tasche. Drei Dinge hatte sie mitgehen lassen: zwei Bücher und einen Brief, die darauf hindeuteten, dass Jane Austen eine Plagiatorin war. Vielleicht sollte sie jetzt einfach aufgeben. Der Polizei alles über Smedley, seine Drohungen und ihren Verdacht berichten, Winston *Erste Eindrücke* veröffentlichen lassen … und ihm auch noch ein paar andere Dinge erlauben. Die Vorstellung war verlockend. Jane Austens Fans würden Sophie sicher beschimpfen, aber das würde ihrem Ruf in den literarischen Kreisen nicht schaden. Sie hätte viel Geld zum Kauf von Büchern zur Verfügung und Winston regelmäßig in ihrem Bett. Außer er würde mit einer Frau wie Fiona durchbrennen.

Und Eric? Was empfand sie für ihn, und hatte er ihr über Winston die Wahrheit gesagt? Schließlich hatte Winston soeben die Bibliothekarin direkt vor ihren Augen angebaggert. Sophie hatte sich noch nie so hin- und hergerissen gefühlt. Aber sie wusste, dass sie Eric noch nicht ganz aufgeben wollte, und Jane Austen schon gar nicht. Und sie war noch nicht bereit, Winston voll und ganz zu vertrauen. Sie konnte Victorias Ankunft kaum erwarten, um endlich mit ihr über alles reden zu können. Bis dahin würde sie einen Kompromiss schließen. Sie würde gemeinsam mit Winston versuchen, Janes Unschuld zu beweisen, ihn dabei aber genau beobachten. Den Brief würde sie ihm nicht zeigen, falls er doch nicht der war, der er vorgab zu sein. Immerhin würde der Verlag, der diesen Text der Welt präsentierte, am meisten von der Enthüllung über *Erste Eindrücke* profitieren.

Hampshire, 1797

Einige Wochen nach Weihnachten saß Jane an ihrem üblichen Platz im Ankleidezimmer und las eine Seite des Manuskripts, das sie soeben beendet hatte. Seit Mr. Mansfields Tod hatte sie nicht mehr geschrieben, weil sie die Beerdigung zu sehr mitgenommen hatte und sie durch die Weihnachtsgäste im Pfarrhaus – ihre Brüder, Schwägerinnen, Nichten und Neffen – zu sehr abgelenkt gewesen war. Die versammelte Familie wollte ständig etwas Neues von ihr hören, aber sie las ihnen nur noch einmal aus *Elinor und Marianne* vor. Bei all der Begeisterung über ihre bevorstehende Karriere als Schriftstellerin fand Jane kaum Muße, um weiterzuschreiben. Im Augenblick herrschte jedoch im Pfarrhaus eine ungewöhnliche Stille, und so hatte sie am Morgen ihre Feder wieder zur Hand genommen und sich dem Projekt gewidmet, das sie nach Mr. Mansfields Tod beiseitegelegt hatte.

»Schreibst du wieder an *Erste Eindrücke*?«, fragte Cassandra und stellte ihrer Schwester eine Tasse Tee auf den Tisch.

»Mr. Mansfield stimmte meinem Vorhaben zu, die Geschichte zu erweitern und aus einem Briefroman eine Erzählung zu machen. Nun ist er nicht mehr bei uns, aber es ist gewiss in seinem Sinn, dass ich diese Arbeit beende.« Jane hielt es sogar für ihre Pflicht, zum Gedenken an ihn *Erste Eindrücke* zu vervollständigen, auch wenn es manchmal sehr schmerzhaft war, den Faden einer Geschichte, die sie ständig an ihren verstorbenen Freund erinnerte, wiederaufzunehmen.

»Und liest du uns aus dem neuen Entwurf vor?«, erkundigte sich Cassandra.

»Natürlich, aber erst wenn ich ein Stück weitergekommen bin. Ich muss euch die Kapitel der Reihe nach vorlesen, doch nun habe ich einiges übersprungen und bin zu einer bestimmten Szene vorgeprescht, die mir schon seit Wochen im Kopf herumgeht. Solange ich sie nicht niedergeschrieben habe, kann ich mit den vorherigen Abschnitten nicht weitermachen.«

»Also gut.« Cassandra blieb an der Türschwelle stehen und lächelte ihre Schwester an. »Wir werden uns in Geduld üben, während deine Gedanken fliegen.«

Es ging um Elizas ersten Besuch auf Pemberley – eine Szene, die Jane bereits seit einem wunderschönen Herbsttag hatte schreiben wollen. Die ungewöhnliche Wärme hatte sie zu einem Spaziergang nach Busbury angeregt, und natürlich hatte sie auf ein Gespräch mit Mr. Mansfield gehofft. Doch leider hatte sie ihn nicht angetroffen. Wahrscheinlich war er bei Lord Wintringham im Haupthaus. Aber sie wollte diese herrliche Gelegenheit nicht ungenutzt verstreichen lassen und eine Weile über das Anwesen von Busbury Park spazieren, wozu sie, wie Mr. Mansfield ihr ausgerichtet hatte, von Lord Wintringham jederzeit eingeladen war.

Sie nahm den vertrauten Pfad hügelabwärts und stand bald im Schatten einiger über das Wasser hängender Zweige. Der See zeigte sich von seiner besten Seite – die Wasseroberfläche kräuselte sich in der leichten Brise und glitzerte im Sonnenschein. Jane bog in den Pfad ein, der um den See herumführte. Sie liebte es, am Wasser entlangzugehen, aber da sie sonst immer mit Mr. Mansfield diesen Spaziergang unternahm und befürchtete, dass die gesamte Umrundung des Sees zu anstrengend für einen Achtzigjährigen sein könnte, hatte sie mit ihm, bevor sie zum Pförtnerhaus zurückgegangen waren, nur ein paar Minuten den See bestaunt. Sie überquerte die Brücke über den Fluss, der den See am anderen Ende speiste, und war verblüfft, als sie in einiger Entfernung Mr. Mansfield auf sich zukommen sah. Offensichtlich kam er den Weg aus der anderen Richtung. Da der Pfad auf ihrer Seite weniger zugewachsen war, konnte sie ihn besser sehen als er sie, und schon bald standen sie sich gegenüber. Jane gab ihrer Freude über die Begegnung mit ihrem Freund Ausdruck, obwohl ihr Plan, den ganzen See zu umrunden, damit zunichtegemacht worden war. Sie wandte sich um und begleitete Mr. Mansfield zurück.

»Ah, Miss Austen«, sagte er, nachdem sie die Brücke überquert hatten. »Ich dachte, Sie seien zu Hause und eifrig damit beschäftigt, einen Roman aus *Erste Eindrücke* zu machen.«

»Mr. Mansfield, Sie sollten sich schämen, in Anwesenheit einer so leicht beeinflussbaren Dame über Romane zu sprechen. Aber da Sie das Thema nun schon angeschnitten haben, kann ich Ihnen mitteilen, dass ich bereits damit begonnen habe, *Erste Eindrücke* zu bearbeiten, um daraus etwas … nun, nennen wir es aus Gründen der Schicklichkeit etwas Umfangreicheres zu machen.«

Mr. Mansfield lachte und bot ihr seinen Arm an, als sie am Rand des Sees in den Pfad zum Pförtnerhaus einbogen. »Dass ich Sie nach dem Beginn Ihrer Arbeit gefragt habe, hat einen bestimmten Grund, Miss Austen«, sagte er. »So wie wir uns soeben ganz unerwartet auf unserem Spaziergang um den See getroffen haben, könnten sich vielleicht auch Eliza und Mr. Darcy bei ihrem Besuch auf Pemberley begegnen.«

»Somit hätte Eliza Zeit, sich zu sammeln«, überlegte Jane.

»Sie sieht ihn aus einer bestimmten Entfernung und hat, da sie ihm, weit weg vom Haus und anderen Ablenkungsmöglichkeiten, gleich von Angesicht zu Angesicht gegenüberstehen wird, keine andere Möglichkeit, als sich mit ihm zu unterhalten. Das gefällt mir, Mr. Mansfield. Sehr sogar.«

Der Sonnenschein und die Fröhlichkeit an diesem Tag waren Traurigkeit und einem dumpfen Schmerz in Janes Herzen gewichen, der bei jedem Gedanken an Mr. Mansfield wieder aufwallte. Für ihn würde sie *Erste Eindrücke* vollenden, aber sie würde bei jedem Federstrich an diesen wunderbaren Tag denken, an dem sie an seinem Arm am See entlangspaziert war und sie für eine Stunde alle Sorgen dieser Welt vergessen hatten.

Oxford, Gegenwart

Sophie schob die Glastür des Oxfordshire History Centre auf und entdeckte Winston, der an einer Mauer am Rand des Parkplatzes lehnte und die Hände in den Hosentaschen vergraben hatte. Meine Güte, wie selbstzufrieden er aussieht, dachte sie, und die Wut über seinen Flirtversuch kochte plötzlich wieder in ihr hoch. »Idiot«, fauchte sie, als sie an ihm vorbeiging.

»Hey, was habe ich denn falsch gemacht?« Winston klang überrascht und versuchte rasch, sie einzuholen.

»Treiben Sie es heute Abend nicht zu wild«, höhnte sie.

»Sophie, was ist los mit dir? Bist du böse auf mich?«

»Du hast sie vor meinen Augen angemacht.«

»Wen? Fiona? Ich habe sie nicht angemacht«, entgegnete Winston. »Ich habe lediglich meinen Charme ein wenig spielen lassen, damit sie uns noch ein wenig Zeit gibt, das war alles.«

»Hast du dir ihre Telefonnummer geben lassen?«

»Natürlich nicht. Sophie, bleib stehen.« Er packte sie am Handgelenk, zog sie zu sich heran und zwang sie, ihm in die Augen zu schauen. »Dieses Mädchen bedeutet mir gar nichts«, betonte er. »Ich habe das nur für dich getan, weil ich wusste, dass du alle verdammten Kästen durchsehen wolltest. Sie war kurz davor, uns rauszuschmeißen, also habe ich ein bisschen mit ihr geflirtet, und es hat gewirkt. Du bist gut im Recherchieren, ich verstehe mich darauf, Mädchen dazu zu bringen, ein Auge zuzudrücken. Für mich ist das gute Teamarbeit gewesen.«

Er hatte recht, er konnte Mädchen tatsächlich dazu bringen, Regeln zu missachten. Mit einem Blick auf seine Hand dachte sie daran, welche Vorschriften sie nur allzu gern sofort hier auf der Straße verletzen würde. Wie gelang ihm so etwas allein durch seine Berührung?

»Dann solltest du mich beim nächsten Mal rechtzeitig über deine Pläne informieren.« Sie zog den Arm zurück. »Ich möchte deine Manöver nicht aus Versehen durchkreuzen.« Eine Weile gingen sie schweigend nebeneinander her, bis Sophie schließlich nach seiner Hand griff und sich damit wortlos für ihren Wutausbruch entschuldigte. Er verschränkte seine kräftigen Finger mit ihren.

»Laufen Recherchen immer so ab?«, fragte Winston, während sie auf der belebten Cowley Road zur Stadtmitte schlenderten.

»Wie meinst du das?«

»Stundenlanges Wühlen in alten staubigen Unterlagen – und das ohne Ergebnis.«

Sophie fühlte sich ein klein wenig schuldig, weil Winston ihre Suche für erfolglos hielt, andererseits war sie jedoch immer noch nicht ganz davon überzeugt, dass sie ihm trauen konnte. »Meistens läuft es tatsächlich so ab«, erwiderte sie. »Umso schöner ist es dann, wenn man etwas Aufregendes entdeckt.«

»Dort drin war es so still«, sagte er. »Das mag ich nicht. Ich hatte ständig das Gefühl, dass mich jemand anstarrte oder hinter meinem Rücken über mich sprach.«

»Oh, das hätte ich beinahe vergessen. Uns hat tatsächlich jemand beobachtet.«

»Was?«

»Jemand hat sich die gleichen Kästen angeschaut wie wir«, erklärte sie. »Das muss Smedley gewesen sein.«

»Heute Nachmittag?«

»Während wir dort waren«, bestätigte Sophie. »Meine Güte, das ist beängstigend.« Erst jetzt wurde ihr bewusst, dass sie wahrscheinlich verfolgt worden waren. Sie drückte sich instinktiv an Winston, und er schlang den Arm um ihre Taille.

»Mach dir keine Sorgen. Ich verstehe mich nicht sehr gut auf Recherchen, aber ich gebe einen passablen Leibwächter ab.«

Mehr als nur passabel, dachte Sophie. Sie waren in die High Street eingebogen und gingen am Magdalen College vorbei, als ihr Telefon klingelte.

»Ich habe schon lange nichts mehr von Ihnen gehört«, sagte Smedley. Sophie wirbelte herum, überzeugt davon, dass er sie beobachtete, aber sie sah niemanden, der ein Handy an sein Ohr hielt. Sie löste sich von Winston und trat einen Schritt zur Seite.

»Woher haben Sie diese Nummer?«, zischte sie leise.

»Oh, Ihr Freund Gusty ist ein hilfsbereiter Mann. Haben Sie heute bei Ihrem kleinen Ausflug etwas Interessantes gefunden?«

»Sie wissen genau, was ich gefunden habe – das Gleiche wie Sie.«

»Ich weiß nicht, was Sie meinen.«

»Wie auch immer, das beweist noch gar nichts«, sagte Sophie. »Wenn Sie sich also an mich gewandt haben, weil ich etwas vom Recherchieren verstehe, dann …«

»Sicherlich wissen Sie inzwischen, warum ich mich an Sie gewandt habe, Miss Collingwood. Nun lasse ich Ihnen noch eine Weile Ihr Vergnügen mit Ihrem Freund, aber ich warne Sie: Meine Geduld ist langsam erschöpft. Sollten Sie gefunden haben, wonach ich suche, wird es Zeit, es mir zu überlassen.«

»Und wenn nicht?«, entgegnete Sophie, ermutigt durch Winstons Beistand. »Stoßen Sie mich dann eine Treppe hinunter?«

»Andere sind eine viel größere Gefahr als ich, aber wenn Sie mir das Buch bringen, kann ich Sie beschützen.«

»Sie glauben doch wohl nicht, dass ich Ihnen traue?«

»Sie werden schon bald keine andere Möglichkeit mehr haben«, sagte Smedley und legte auf.

»Wer was das?«, wollte Winston wissen.

»Bring mich nach Hause«, sagte Sophie leise. »Woodstock Road.«

»Alles in Ordnung, Sophie? Du bist ganz blass.«

»Das war Smedley. Entweder folgt er uns, oder er lässt uns beschatten.«

»Das kann ich mir nicht vorstellen.«

»Glaub mir, er weiß über jeden unserer Schritte Bescheid.«

»Wenn er uns tatsächlich verfolgt, sollten wir nicht in deine Wohnung gehen«, meinte Winston. Er nahm ihre Hand, bog in die Turl Street ein und zog sie rasch in einen schmalen Durchgang. Die nächsten Minuten erlebte sie wie durch einen Schleier. Winston zerrte Sophie einige kleine Straßen entlang, schob sie durch die Eingangstüren von Colleges und bugsierte sie durch die Hintertüren wieder hinaus. Jeder Pförtner in Oxford schien ihn zu kennen, und anscheinend wunderte sich niemand darüber, dass er es so eilig hatte. Immer wieder blieb er kurz stehen, um einen Blick über die Schulter zu werfen und Sophie zu fragen, ob sie jemanden erkannte, bevor sie wieder in eine Straße abbogen. Nachdem sie sich durch Balliol geschlichen hatten, standen sie plötzlich im hellen Sonnenlicht am Martyrs' Memorial, wo Horden von Touristen nach ihrem Besuch in Oxford in Busse stiegen. Winston schob Sophie durch die Menschenmenge vor dem Ashmolean Museum in eine schmale Gasse. Durch eine graue Metalltür gelangten sie in eine dunkle Passage, wo sie einige Minuten schweigend warteten. Nach diesem Spurt durch Oxford dauerte es eine Weile, bis Sophies Atem sich wieder beruhigte. Offensichtlich kannte Winston sich in der Stadt sehr gut aus und schien sich darauf zu verstehen, einen Verfolger abzuschütteln. Sophie wusste nicht so recht, ob sie darüber erleichtert sein oder ob es sie eher misstrauisch machen sollte. Bevor sie etwas zu ihm sagen konnte, holte er sein Telefon aus der Tasche und wählte eine Nummer.

»Derek? Hier ist Winston Godfrey ... Ja, *der* Winston Godfrey. Hör zu, du musst mir einen Gefallen tun. Ich brauche ein Zimmer für heute Nacht unter einem anderen Namen ... Denk dir einen aus ... Der Lastenaufzug.« Winston wartete kurz, ohne den Blick von der Straße abzuwenden. »416. Großartig.«

»Was willst du ...?«, begann Sophie, aber Winston führte sie rasch durch den stahlgrauen Gang. Im Lastenaufzug angekommen ließ er ihre Hand los und lehnte sich gegen die Wand.

»Abenteuerlich«, meinte er. »Hoffentlich haben wir ihn abgeschüttelt.« Kurz darauf öffnete sich die Aufzugtür, und vor ihnen lag ein mit einem geschmackvollen Teppichboden ausgelegter Gang. Winston bog nach rechts ab, und Sophie folgte ihm. Vier Türen weiter befand sich Zimmer 416. Er machte die Tür auf und schob sie hinein. Ein so luxuriöses Hotelzimmer hatte Sophie noch nie gesehen. An dem Himmelbett hingen bestickte Vorhänge, neben dem Fenster standen tiefe Polstersessel und auf einer antiken Kommode ein riesiger Flachbildfernseher.

»Wo sind wir?«, fragte sie.

»Im Randolph. Dem einzigen Hotel in Oxford, das gut genug für dich ist«, erwiderte er. Sophie hatte das elegante Hotel schon etliche Male von der Straße aus bewundert, war aber noch nie drin gewesen. Sie wollte durch das Zimmer gehen, aber Winston hielt sie auf. »Bleib von den Fenstern weg«, befahl er und zog rasch die goldfarbenen Vorhänge zu.

»Hast du nicht gesagt, du könntest dir das Randolph nicht leisten?«

»Derek berechnet mir nicht den vollen Preis.«

»Warum überrascht es mich nicht, dass du jemanden kennst, der dir kurzfristig ein unverschlossenes Hotelzimmer zu einem stark ermäßigten Preis zur Verfügung stellt?«

»Ich gebe zu, dass du nicht die erste Frau bist, mit der ich in dieses Hotel gehe.«

»Ich wette, deine kleinen Studentinnen waren von einem Himmelbett wie diesem begeistert.« Sophie setzte sich auf die Bettkante.

»Es half, sie zu verführen.«

»Damit hattest du sicher nie Schwierigkeiten.« Dass er schon mit anderen Mädchen hier gewesen war, machte ihn noch begehrenswerter für Sophie. Allein mit ihm in diesem Hotelzimmer konnte sie Smedley, die Verfolgungsjagd und die gefährliche Situation, in der sie sich befand, so schnell vergessen, wie Winston ihr gleich die Kleider vom Leib reißen würde.

»Derek und ich sind zusammen aufgewachsen«, erklärte Winston. »Er ist ein paar Jahre älter als ich und hat sich immer ein bisschen um mich gekümmert.«

»Falls wir die Nacht hier verbringen werden, ich habe

nichts zum Übernachten dabei.« Sophie versuchte, ihrer Stimme einen verführerischen Klang zu geben.

»Wir können uns etwas besorgen lassen«, sagte Winston.

»So habe ich das nicht gemeint.«

»Wie dann?«

»Komm her, dann zeig ich es dir.« Sie knöpfte ihre Bluse auf.

Und er kam zu ihr. Und schlief mit ihr in einem Himmelbett in einem Luxushotel auf dem weichsten Laken, das sie jemals auf ihrer Haut gespürt hatte. Es war die reinste Wonne. Sie war glückselig, weil sich ihr Bewusstsein nur noch auf das Bett konzentrierte – und schließlich nur noch auf bestimmte Punkte ihres Körpers. Alles andere war ihr im Augenblick gleichgültig. Diese berauschenden Momente löschten alle Ängste und verwirrenden Sorgen vorübergehend aus.

Nach dem ersten Mal ließen sie sich vom Zimmerservice etwas bringen. Nach dem zweiten Mal schlief Winston ein, und Sophie lauschte im Halbschlaf auf die gedämpften Geräusche des Verkehrs, als ihr plötzlich etwas einfiel. Sie stupste Winston mit dem Ellbogen an.

»Was hast du dir heute Nachmittag aufgeschrieben?«

»Was?«

»Bevor wir das History Centre verlassen haben. Du hast dir etwas notiert. Was war das?«

»Können wir uns morgen früh darüber unterhalten?«

»Ich kann nicht einschlafen, bevor ich es nicht erfahren habe. Was war es?« Sophie setzte sich auf und knipste die Nachttischlampe neben ihrem Bett an. Winston verzog blinzelnd das Gesicht.

»Kommen deine kleinen grauen Zellen nie zur Ruhe?«

»Wahrscheinlich nicht.« Sophie spürte Kampfeslust in sich aufsteigen. Er wollte abstreiten, dass er sich etwas notiert hatte, was ihr Misstrauen ihm gegenüber verstärkte. »Also, was hast du dir aufgeschrieben?«

»Der Zettel steckt in meiner Hose.« Winston setzte sich ebenfalls auf. »Ich habe vergessen, es dir zu erzählen, weil du dich wegen dieser Fiona so aufgeregt hast. In dem letzten Kasten waren einige Zeitungsausschnitte, darunter eine Todesanzeige von Richard Mansfield. Ich hatte sie vorher noch nie gesehen, und weil du gerade auf dem Klo warst, habe ich sie abgeschrieben.«

Sophie hielt bereits Winstons Jeans in der Hand und zog einen zusammengefalteten Zettel aus der Hosentasche. Sie setzte sich neben ihn aufs Bett, strich das Blatt glatt und las:

Rev. Richard Mansfield aus Croft, 80, starb am 4. Dezember in Hampshire. Er erkrankte auf seiner Rückreise dorthin. Die Trauerfeier und das Begräbnis fanden in Busbury Park statt. Mr. Mansfield war sechzehn Jahre lang Pfarrer in Croft und wurde von seiner Gemeinde sehr geschätzt.

»Wo zum Teufel ist Busbury Park?«, fragte Sophie.

»Muss irgendwo in Hampshire sein.«

»Jane Austen lebte in Hampshire. Wenn ich nicht von einem gewissen Mann in ein Hotel geschleppt und ins Bett gelockt worden wäre, könnte ich jetzt auf meinem Laptop nachschauen.«

»Erstens stellt sich die Frage, wer hier wen ins Bett gelockt hat, und zweitens habe ich ein Smartphone.« Kurz darauf hatte er eine kurze Beschreibung gefunden. »Hör dir das an, es steht zum Verkauf. Busbury Park, Nähe East Hendred, Hampshire. Früherer Besitz des Earls von Wintringham. Sechshundert Morgen Park. Das große Gutshaus ist stark reparaturbedürftig. In den Nebengebäuden befinden sich

Ställe, ein Pförtnerhaus, eine Kapelle. Nur ernst gemeinte Anfragen erwünscht.«

»Wo liegt East Hendred?«, fragte Sophie.

»Warte. So wie es aussieht, nur etwa drei Meilen von Steventon entfernt.«

Sie beugte sich über seine Schulter und warf einen Blick auf die Karte auf dem Display. »Bei einem Spaziergang im Jahr 1796 quer über die Felder sogar noch weniger. Wir sollten hinfahren.«

»Nach Busbury Park?«

»Ja.« Sie lehnte sich an seinen Rücken und versuchte zu ignorieren, wie sich seine Muskeln an ihren nackten Brüsten anfühlten.

»Warum?«

»Richard Mansfield wurde dort beerdigt.«

»Was hast du vor? Willst du ihn ausgraben?«

»Wahrscheinlich nicht.«

»*Wahrscheinlich* nicht?«

»Also gut, natürlich nicht. Aber es ist der einzige Hinweis, den wir über Richard Mansfield haben. Wir sollten uns sein Grab anschauen; vielleicht hilft uns das weiter. Außerdem war ich noch nie in Steventon.« Sophie fiel ein, dass sie Erics Einladung, dorthin zu fahren, vor knapp drei Wochen abgelehnt hatte.

»Also, was hast du vor? Morgen früh nach Hampshire zu fahren?«

»Nicht morgen früh«, erwiderte Sophie. »Jetzt.«

»Es ist Mitternacht.«

»Der perfekte Zeitpunkt, um uns unbeobachtet aus der Stadt zu schleichen.«

»Hör zu, ich halte es für keine gute Idee, das Hotel jetzt zu verlassen. Wenn dieser Smedley tatsächlich so gefährlich ist, wie es den Anschein hat, solltest du im Zimmer bleiben, bis ich mich um ihn gekümmert habe.«

»Vielleicht ist das ja nicht der einzige Grund, warum ich hier im Zimmer bleiben soll?« Sophie drückte ihre Brüste an seinen nackten Rücken.

»Lass uns bis morgen warten.«

»Ich kann nicht schlafen.« Sophie sprang aus dem Bett.

»Ich schon.«

»Was ist los mit dir? Hat dich jemand ausgepowert?«

»Das könnte man so sagen«, erwiderte Winston.

»Gut, dann schlaf. Ich werde es mir in dem Sessel bequem machen und etwas von Jane Austen lesen.« Schließlich würde Victoria morgen hier sein. Vielleicht ließ sie sich zu einem Ausflug nach Hampshire überreden. Sophie nahm die Zweitausgabe von Mansfields Buch aus ihrer Handtasche neben dem Nachttisch und stolzierte nackt durch das Zimmer; sie war überrascht, dass sie sich nicht genierte, obwohl Winston sie anstarrte.

»Jane Austen oder Richard Mansfield?«, neckte Winston sie.

Sophie streifte sich den Bademantel über, den sie vorher auf den Boden hatte fallen lassen, und warf sich auf einen der dick gepolsterten Sessel. »Jane Austen«, erwiderte sie mit Nachdruck.

Hampshire, 1797

Obwohl Lord Wintringhams ausdrückliche Einladung an sie, im Busbury Park spazieren zu gehen, wann immer sie wollte, nach dem Tod von Mr. Mansfield weiterhin galt, machte Jane von diesem Privileg nicht oft Gebrauch. Jetzt, fast ein Jahr nach dem Tod ihres Freundes, brachte sie ein unangenehmer Botengang nach Busbury. Der Novemberwind peitschte über die Felder, als sie den kurzen Pfad zur Kapelle einschlug. Cassandra hatte sie beschworen, auf besseres Wetter zu warten, aber Jane hatte entgegnet, dass es bis dahin noch mehrere Monate dauern könne. Ihr Ausflug war für sie von größter Dringlichkeit. Sie hatte auch das Angebot ihrer Schwester, sie zu begleiten, abgelehnt und ihr erklärt, dass sie diesen Besuch allein machen müsse.

Mr. Mansfields Grab war zwar mittlerweile mit Gras bewachsen, aber in Janes Augen sah es immer noch aus wie frisch aufgeschüttet. Der kleine weiße Grabstein schimmerte, obwohl die Sonne nicht schien. Sie blieb ein paar Minuten davor stehen, bis sie schließlich einen Bogen Papier aus ihrer Tasche holte. Der Brief war erst vor einigen Tagen eingetroffen. Er war mit so großen Hoffnungen verknüpft gewesen, und es schien kaum fassbar, dass er nun Jane unter diesen Umständen hierhergeführt hatte. Sie hatte einen Großteil des Frühjahrs und den ganzen Sommer damit verbracht, aus *Erste Eindrücke* einen Roman zu machen. Mit jedem Kapitel, das sie ihrer Familie vorlas, wuchs bei allen die Überzeugung, dass dieses Mal Janes Werk veröffentlicht werden würde. Wenn Leser außerhalb ihres Familienkreises die Geschichte über Mr. Darcy und Eliza Bennet ebenso gut aufnähmen wie die Austens, stellte es vielleicht einen Glücksfall dar, dass die Originalversion nie an die Öffentlichkeit gelangt war.

Im August war sie mit dem Schreiben fertig geworden, und obwohl es nur ein Manuskript war, betrachtete sie es bereits als fertig gebundenes und gedrucktes Buch. Den Ratschlägen ihrer Zuhörer folgend hatte sie noch einige kleine Verbesserungen vorgenommen. Ihr Vater hatte das gesamte Manuskript im Oktober noch einmal gelesen, es für so gut wie jeden gedruckten Roman befunden und sich nach Möglichkeiten der Veröffentlichung umgehört. Schließlich hatte er den Brief verfasst, von dem Jane nun eine Abschrift in Händen hielt. Fest überzeugt davon, dass dieser Brief ihr den Weg zu einer Karriere als Schriftstellerin bereiten würde, hatte sie darauf bestanden, ihn abzuschreiben, bevor ihr Vater das Original auf den Postweg brachte. Jetzt entfaltete sie die Abschrift und las sie Mr. Mansfield vor.

An Thomas Cadell, Verleger
Sir, in meinem Besitz befindet sich das Manuskript eines Romans, der drei Bände umfasst und in etwa den Umfang von Miss Burneys Evelina hat. Mir ist durchaus bewusst, wie wichtig es ist, dass die Erstausgabe unter einem angesehenen Namen veröffentlicht wird, und daher wende ich mich an Sie. Ich wäre Ihnen sehr verbunden, wenn Sie mir mitteilen könnten, ob Sie daran interessiert sind, was die Kosten für eine Veröffentlichung auf Risiko des Autors betragen

würden und was Sie nach Durchsicht des Manuskripts im Fall einer Übernahme als Vorauszahlung anbieten könnten. Bei Interesse sende ich Ihnen gern das gesamte Werk zu.
   Hochachtungsvoll
   George Austen

»Bei Interesse«, wiederholte Jane trübsinnig. Mr. Cadell hatte kein Interesse gezeigt. Er hatte das Angebot schriftlich abgelehnt und damit Janes Träume abrupt zunichtegemacht. Mr. Austen hatte sie Mr. Cadells Antwort auf seinen Brief nicht lesen lassen und behauptete, die knappe Absage sofort ins Feuer geworfen zu haben.

»Er hat das Manuskript abgelehnt«, erzählte sie Mr. Mansfield. »Und nun weiß ich nicht, was ich tun soll. Soll ich weiterhin Geschichten zum Vergnügen meiner Familienangehörigen schreiben? Oder nicht besser meine Zeit mit nutzbringenderen Dingen verbringen? Vielleicht sollte ich den Armen helfen? Ich brauche ganz dringend Ihren Rat, Sir, aber Sie liegen hier, kalt und stumm.« Eine Träne rollte Jane über die eiskalte Wange. Das war der Augenblick, in dem sie sich ein für alle Mal entscheiden musste, ob sie trotz aller Zurückweisungen weiterschreiben oder ob sie ihre Feder zur Seite legen und der Gesellschaft mit einer Tätigkeit einen dauerhaften Dienst erweisen sollte, anstatt nur ihre eigene Familie zu unterhalten. Sie neigte eher zu Letzterem und erwartete keinen Widerspruch von Mr. Mansfield, aber als sie sich hinkniete und ihre Hand auf sein Grab legte, erinnerte sie sich plötzlich an das letzte Mal, als sie ihn gesehen hatte.

Es war vor einem Jahr gewesen; sie und Mr. Mansfield hatten vor dem verglühenden Kaminfeuer im Wohnzimmer gesessen und auf die Kutsche gewartet, die ihren Freund nach

Croft bringen und ihn für immer aus ihrem Leben reißen würde. Mr. Mansfield hatte ihr gestanden, dass er der Reise mit Vorbehalten entgegensah.

»Ich wünsche, dass ein geschäftstüchtiger junger Mann ein Transportmittel erfinden würde, in dem ich auf einer Reise lesen könnte. Bei dem Geholpere kann man ein Buch nie lange genug gerade halten, um einen Satz zu lesen, geschweige denn einen ganzen Roman.«

Jane lächelte. »Sie sind ein Träumer, Mr. Mansfield. Wie stellen Sie sich das vor? Eine Art Raum, der ruhig über die Landschaft gleitet und Sie an Ihr Ziel bringt?«

»So etwas wünsche ich mir sehnlichst.« Mr. Mansfield lachte. »Stattdessen werde ich die nächsten drei Tage durchgerüttelt werden und in Croft geistig unausgelastet und mit Prellungen am ganzen Körper ankommen.«

»Gewiss werden Sie sich schnell von der Reise erholen und sich umso mehr freuen, wenn Sie, umgeben von Ihren eigenen Büchern, wieder in Ihrem Arbeitszimmer sitzen.«

»Erholung dauert in meinem Alter leider etwas länger, Miss Austen, und obwohl ich mich auf meine Bücher freue, so freue ich mich noch mehr auf Ihre Gesellschaft. Ich hoffe, ich werde bald zurück sein. Aber bis dahin müssen Sie mir etwas versprechen.«

»Alles, was Sie wollen, lieber Freund.«

»Versprechen Sie mir, dass Sie bis zu unserem nächsten Wiedersehen, wann immer das auch sein mag, weiterschreiben werden. Versuchen Sie, mit der Aufgabe, die Gott Ihnen zugedacht hat, voranzukommen.«

»Wir werden uns mit Sicherheit noch vor Jahresende wiedersehen«, erwiderte Jane. »Ich werde mein Bestes tun, so dass Sie nach all der Anleitung und Ermutigung, die Sie mir zuteilwerden ließen, stolz auf mich sein können. Und ich werde die geringe Gabe, die ich besitze, als Geschenk Gottes ansehen.«

»Vielen Dank.« Mr. Mansfield erhob sich, als sie den Einspänner heranrollen hörten. »Und Miss Austen …«

»Ja, Mr. Mansfield?" Doch sie erfuhr nie, was er ihr noch hatte sagen wollen, denn in diesem Moment kam der Kutscher zur Tür herein und bestand darauf, sofort loszufahren, damit Mr. Mansfield seine Kutsche nicht verpasse.

Sie fragte sich nun an seinem Grab, was er noch auf dem Herzen gehabt hatte. Wieder einmal wünschte sie sich, dass sie eine Gelegenheit gefunden hätte, ihm zu sagen, wie sehr sie ihn liebte. Sie bedauerte es zutiefst, dass sie ihm das nie gestanden hatte. Aber das zählte nun nicht mehr. Während ihre Hand auf der kalten Erde taub wurde, überlegte sie, ob er gewusst hatte, als er ihr dieses Versprechen abnahm, dass sie sich im Diesseits nicht mehr wiedersehen würden? Auch das spielte keine Rolle mehr. Sie hatte ihm ein Versprechen gegeben und war fest entschlossen, es zu halten.

Zurück im Pfarrhaus warf sie die zerknitterte Abschrift des Briefs in das Kaminfeuer und ging nach oben, um zu schreiben.

Oxford, Gegenwart

Die ersten Sonnenstrahlen bahnten sich ihren Weg durch den Spalt im Vorhang, als Sophie *Erste Eindrücke* zum zweiten Mal durchgelesen hatte. Winston schlief, und sie legte die drei gestohlenen Gegenstände nebeneinander auf den Couchtisch. Sie lehnte sich in ihrem Sessel zurück, betrachtete sie und fragte sich, was sie nun tun sollte.

Was würde Onkel Bertram tun? Alles Winston geben und ihm die Sache überlassen? Eine Pressekonferenz abhalten und als Diebin dastehen, die Jane Austens Ruf zerstörte? Alles verbrennen und Smedley sagen, dass er keinen Grund mehr hatte, sie weiter zu verfolgen? Sophie hatte die Bücher zwar gestohlen, aber sie brachte es wahrscheinlich nicht fertig, sie zu vernichten. Diese Bücher erzählten eine außergewöhnliche Geschichte, aber sie war noch nicht davon überzeugt, dass auf dem Tisch vor ihr bereits alle Kapitel lagen. Sie wusste, was Onkel Bertram tun würde: Er würde nicht ruhen, bis er das Ende kannte.

»Es ist nicht einfach, ein Buch mit so viel Zeugs darin zu lesen«, beklagte sich Sophie an einem Frühlingsnachmittag in den Osterferien. Sie saß mit ihrem Onkel auf dem schmalen Balkon seiner Wohnung und hatte beschlossen, sich ein dickes Buch vorzunehmen. Onkel Bertram hatte *David Copperfield* vorgeschlagen, aber in seiner Ausgabe befand sich beinahe in jedem Kapitel ein Lesezeichen in Form einer Kreditkartenquittung oder einer Theaterkarte. Und das Buch hatte viele Kapitel.

»Weißt du, ich glaube, ich mochte dich lieber, bevor du vierzehn wurdest.« Die Stimme ihres Onkels verriet, dass er es nicht ernst meinte. »Das ist kein ›Zeugs‹.«

»Vielleicht nicht, aber jedes Mal wenn ich umblättere, fällt mir ein altes Stück Papier entgegen, und ich muss aufpassen, dass es nicht vom Balkon auf die Straße geweht wird.«

»Aber es lohnt sich«, entgegnete Onkel Bertram. »Jedes Buch erzählt eine Geschichte, und alle diese kleinen Zettel auch. Ich habe nie ein Tagebuch geschrieben - meine Bücher und meine Lesezeichen sind der Ersatz dafür. Was hast du da?«, fragte er und deutete auf das Stück Papier, das Sophie in der Hand hielt.

»Eine Eintrittskarte für *Das Wintermärchen* im Royal Shakespeare Theatre«, antwortete Sophie.

»Eine Matinee, richtig?«

»Um zwei Uhr.«

»Das war an einem herrlichen Sommertag in Stratford«, erzählte Onkel Bertram. »Nach dem Stück saß ich am Fluss, beobachtete die Schwäne und las das Kapitel, in dem David nach Dover wandert. Dieses Kapitel fand ich immer schwierig, aber es an einem so schönen Ort an einem so wundervollen Tag zu lesen machte es leichter. Immer wenn David in Schwierigkeiten geriet, schaute ich auf den in der Sonne glitzernden Fluss, die weißen Schwäne und das grüne Gras und rief mir ins Gedächtnis, dass er es am Ende schaffen würde. Wie du siehst, erinnert mich dieses Lesezeichen an einen ganz besonderen Tag. Wenn ich diese Eintrittskarte betrachte, fühle ich mich zurückversetzt auf diese Bank am Fluss; ich spüre die warme Brise und befinde mich gleichzeitig mit David auf dieser kalten Straße nach Dover. Das Stück Papier ist wichtig für mich, weil es mich an einen bestimmten Tag erinnert.«

»Aber nicht alle Lesezeichen können so besonders sein«, wandte Sophie ein.

»Da täuschst du dich, meine Liebe. Sie alle können eine Geschichte erzählen, es ist nur nicht immer leicht zu erkennen, welche.«

Nach diesem Gespräch machte Sophie ein Spiel daraus, den Hintergrund eines bestimmten Lesezeichens zu erraten. »Die Quittung für Handtücher von John Lewis erinnert dich sicher an einen Spaziergang am Embankment, bei dem du versehentlich in die Themse gefallen bist, weil du so vertieft in das Kapitel siebenundzwanzig warst«, sagte sie am nächsten Tag.

Onkel Bertram warf den Kopf in den Nacken und lachte schallend. »Jetzt habe ich etwas von dir gelernt«, sagte er. »Meine kleinen Lesezeichen erzählen jedem, der sie findet, eine andere Geschichte.«

»Ja, aber meine stimmt nicht.«

»Eine gute Geschichte muss nicht immer wahr sein, richtig?«

Sophie wünschte sich sehnlich, dass die Gegenstände vor ihr eine gute Geschichte erzählten, die darüber hinaus auch noch stimmte. Und für sie war Jane Austen in einer guten Geschichte eine Heldin und keine Schurkin. Schließlich steckte sie den Brief und die Ausgabe aus St. John's in ihre Handtasche, ließ sich wieder in den Sessel fallen und fing an, *Erste Eindrücke* noch einmal zu lesen. Sie blätterte die ersten Seiten um und war mit einem Mal sehr traurig, dass sich in diesem Buch keine Lesezeichen befanden, obwohl es ihrem Onkel gehört hatte. All die unzähligen Geschichten, die zwischen den Seiten seiner Bücher gesteckt hatten, waren nun für immer verloren, verschwunden in den Papierkörben Dutzender Buchhändler wie wertloser Müll. Für Sophie waren diese Quittungen, Eintrittskarten und Speisekarten-Flyer mehr wert als die Bücher selbst, und auch wenn sie womöglich Onkel Bertrams Bücher zurückkaufte, bekäme sie diese Geschichten nie wieder zurück.

Melancholisch schlug sie in *Erste Eindrücke* die Seite mit ihrem Lieblingsbrief auf.

Meine liebe Miss Bennet,
ich habe mich soeben von meiner Tante verabschiedet, die mir ihren Besuch auf Longbourn so beschrieben hat, dass ich mich ermutigt fühle zu glauben, ein Besuch meinerseits könnte Ihnen nicht ganz unwillkommen sein. Ich bitte Sie inständig, keine Scherze mit mir zu treiben, aber ich erkläre Ihnen aufrichtig, dass meine Liebe und meine Wünsche immer noch die gleichen sind wie im letzten April. Sollten Ihre Gefühle ebenfalls unverändert sein, bitte ich Sie, mir das sofort per Post mitzuteilen; dann werde ich zu diesem Thema für immer schweigen. Aber wenn ich die Andeutungen meiner Tante richtig verstanden habe, würde ich Ihnen sehr gern einen Besuch in Longbourn abstatten, um eine Sache von höchster Wichtigkeit mit Ihnen und Ihrem Vater zu besprechen.
Ihr Fitzwilliam Darcy

Sophie liebte diesen Brief, sogar noch mehr als die dazugehörige Szene in *Stolz und Vorurteil*. Die Vorstellung, dass Darcy verzweifelt auf eine Antwort wartete, berührte sie zutiefst. Sie stellte sich bildlich vor, wie er auf Pemberley jeden Tag an der Tür stand und voll Hoffnung und mit klopfendem

Herzen auf Post wartete - der große, noble Fitzwilliam Darcy durch die Liebe wieder in ein ängstliches Kind verwandelt.

Ob Jane Austen oder Richard Mansfield oder vielleicht beide versuchten, ihr etwas über Liebe zu erzählen? Mit Winston hatte sie Spaß, aber sie würde niemals an der Tür auf einen Brief von ihm warten. Eigentlich konnte sie sich auch nicht vorstellen, dass er ihr jemals wie Eric einen Brief schreiben würde. Sie liebte Winston nicht – zumindest noch nicht –, aber was war gegen ein wenig zwanglosen Sex einzuwenden? Noch einmal las sie den Brief und versuchte, sich vorzustellen, wie es sein mochte, wenn man so verzweifelt auf eine Antwort wartete, dass man jegliches Gefühl für Anstand und Würde vergaß und beim Anblick des Postboten aus dem Haus rannte. Wie aufgeregt sie als kleines Mädchen immer gewesen war, wenn sie einen Brief von Onkel Bertram bekommen hatte. Das war mit Sicherheit Liebe gewesen, aber eine ganz andere Art von Liebe. Der arme Mr. Darcy stand auf den Stufen von Pemberley im Regen und hoffte und wartete … Wie sehr sie ihn um die Gewissheit beneidete, die Richtige gefunden zu haben. Sie sah ihn vor sich, wie er sich mit der Post in der Hand, aber ohne ein Lebenszeichen von Eliza, wieder zum Haus zurückbegab. Ohne an seine Gesundheit oder sein Aussehen zu denken, stapfte er mit schweren Schritten durch den Regen und zählte dabei bereits die Stunden bis zur nächsten Postlieferung.

Als Sophie aufwachte, fühlten sich ihre Glieder steif an, und sie war verwirrt. Mr. Darcy war verschwunden und durch ein schrillendes Telefon auf dem Couchtisch ersetzt worden. Sie musste wohl plötzlich eingeschlafen sein.

»Hallo?«, murmelte sie.

»Soph, hier ist Tori. Ich sitze im Zug und komme in ungefähr zwanzig Minuten in Oxford an.«

»Ich bin im Randolph«, erwiderte Sophie. »Zimmer 416. Du kannst vom Bahnhof zu Fuß gehen.«

»Im Randolph?«

»Ich erkläre dir alles später.«

Winston lag nicht mehr im Himmelbett und stand auch nicht unter der Dusche. Auf der Ablage im Badezimmer hatte er ihr eine Zahnbürste und Zahnpasta hingelegt, sicher eine Aufmerksamkeit von der Rezeption. Daneben lag ein Bogen des steifen elfenbeinfarbenen Hotelbriefpapiers mit einer Nachricht.

Liebste Sophie,
es war mir ernst damit, als ich sagte, ich möchte nicht, dass du dich in Gefahr bringst. Ich glaube, ich weiß jetzt, wie ich diesen Smedley aus seinem Versteck locken und zu einem Geständnis zwingen kann. Es dürfte nur ein paar Stunden dauern. Ich rufe dich am Nachmittag an. Rühr dich bis dahin nicht vom Fleck, und lass dir vom Zimmerservice etwas bringen. Es geht auf mich. Leider musste ich mir deinen Wagen borgen und natürlich das Buch mitnehmen, aber bis zum Abendessen bin ich wieder zurück.
Dein Winston

Sie hastete zum Couchtisch zurück, wo sie *Allegorische Geschichten und ein warnendes Beispiel* hingelegt hatte. Es war weg. Verdammter Kerl! Dass er ihr Auto genommen hatte, war eine Sache, aber das Buch ... Das konnte sie ihm nicht verzeihen, auch wenn es ihr eigentlich nicht gehörte. Hatte es Winston von Anfang an auf das Buch abgesehen? War er tatsächlich so dumm zu glauben, dass sie sich in einem

Hotelzimmer vom Zimmerservice bedienen lassen würde, während er den Verbrecher stellte, der ihren Onkel umgebracht hatte? Entweder ist er ein Scheißkerl oder ein Vollidiot, dachte sie. Sie ging zum Nachttisch hinüber und öffnete ihre Handtasche. Winston hatte zwar ihre Autoschlüssel herausgenommen, das Exemplar von Mansfields Buch aus St. John's und den Brief von Jane Austen aber in der Tasche gelassen. Falls er wirklich ein Gauner war, stellte er sich nicht sehr geschickt an. Nur gut, dass Victoria schon unterwegs zu ihr war. Victoria war eine Frau der Tat, und jetzt musste gehandelt werden.

»Planänderung«, verkündete Sophie Victoria am Telefon. »Wir brauchen ein Auto. Kannst du mit dem Zug bis Kingham fahren und mit dem Land Rover zu mir kommen?«

»Und wo fahren wir hin?«, wollte Victoria wissen.

»Nach Hampshire. An einen Ort namens Busbury Park.«

Sophie wartete vor dem Hotel auf Victoria, als sie eine SMS von Eric bekam. »Ich war gestern bei dir, aber du warst nicht zu Hause«, schrieb er. »Hoffe, alles in Ordnung bei dir. Wenn du etwas brauchst oder einfach nur reden willst, ruf mich an. Ich warte auf eine Nachricht von dir.« Wie lieb von ihm, dachte sie. Sie wusste nicht, ob Winstons Verschwinden an diesem Morgen ein Beweis dafür war, dass Eric recht hatte, oder dafür, dass er sich gründlich irrte.

»Also gut, wir müssen uns zuerst einen Überblick über die Situation verschaffen«, sagte Victoria, nachdem Sophie sie auf den neuesten Stand gebracht hatte. »Was ist mit Winston? Willst du ihn heiraten, umbringen oder mit ihm ins Bett gehen?«

»Na ja, Letzteres ist vergangene Nacht schon geschehen. Zweimal.«

»Gut gemacht, Sophie!«

»Aber nach dieser Nummer, die er heute Morgen abgezogen hat, denke ich ernsthaft darüber nach, ihn umzubringen.«

»Also bei Winston hast du immer noch große Bedenken. Und was ist mit Eric?«

»Ihn will ich ganz bestimmt nicht umbringen«, antwortete Sophie. »Er ist ein netter Kerl. Ein Freund. Aber ob er ein Mann fürs Bett ist, kann ich noch nicht sagen.«

»Dann wirst du ihn also heiraten.«

»Das wage ich zu bezweifeln.«

Eine Weile fuhren sie schweigend weiter. »Ich glaube, heute gibt es Wichtigeres als mein Liebesleben«, sagte Sophie schließlich.

»Ich weiß. Ich wollte nur die Stimmung ein wenig auflockern. Wenn es dir lieber ist, können wir uns gern auch darüber unterhalten, dass Winston ein Dieb ist, Eric ein Lügner und irgendein Kerl namens Smedley möglicherweise Onkel Bertram umgebracht hat und nun hinter dir her ist.«

»Jetzt hinter uns«, verbesserte Sophie sie.

»Stimmt, er könnte hinter uns her sein.«

»Das Schlimmste hast du vergessen.«

»Das wäre?«

»Wenn wir nicht schnell einen Gegenbeweis erbringen können, wird Winston Jane Austen zur Plagiatorin abstempeln.«

»Das ist das Schlimmste?«, fragte Victoria. »Nicht dass uns womöglich gerade jemand an den Kragen will?«

»Für mich schon.«

»Tja, wie auch immer, auf jeden Fall sollten wir uns beeilen.«

Busbury Park zu finden war leicht, aber dort hineinzugelangen erwies sich als schwierig. Sie fuhren auf kleinen Straßen um die große Mauer herum, die das Grundstück umgab, bis sie schließlich nicht mehr weiterkamen. Vor ihnen ragte eine Hecke auf, zu ihrer Linken befand sich die Grundstücksmauer, und zu ihrer Rechten, hinter einer Reihe von alten Schattenbäumen, lagen die weiten Felder von Hampshire.

»Was ist mit dem Pförtnerhaus, an dem wir vorbeigefahren sind?«, fragte Sophie. »Vielleicht können wir dort über das Tor klettern.« Eine andere Möglichkeit gab es nicht, also fuhr Victoria etwa vierhundert Meter zurück und parkte vor dem wuchtigen Eisentor. Auf der anderen Seite waren sie an einem ähnlichen Tor vorbeigefahren, das jedoch noch imposanter gewirkt hatte. Das hier schien der Hintereingang zu sein. Da das Tor jedoch zu hoch war, um rüberzuklettern, schob Sophie sich darunter hindurch.

»Du warst schon immer schlanker als ich«, sagte Victoria. »Ich passe da auf keinen Fall durch.«

»Warte hier. Ich habe eine Idee.« Neben dem Tor stand ein kleines zweistöckiges Pförtnerhaus, eingelassen in die Mauer, die das Grundstück umgab. Die Tür war natürlich verschlossen, aber eines der Holzbretter, mit denen die Fenster vernagelt waren, saß locker, und Sophie löste es mit einem kräftigen Ruck. Die Fensterscheiben waren zerbrochen, und Sophie benutzte das Brett, um das restliche Glas zu entfernen. Einige Sekunden später stand sie in einem düsteren Raum, bedeckt vom Staub der letzten Jahrzehnte. An der gegenüberliegenden Wand befand sich ein Kamin, und zu ihrer Linken sah sie einen massiven geschnitzten Stuhl und einen schweren Eichenholztisch. Helle Flecken an den verrußten Wänden deuteten darauf hin, dass dort einmal Bilder gehangen hatten. Sie ging nach links auf eine Tür zu, als ihr plötzlich ein Schauder über den Körper lief.

»Da hat wohl jemand im Jenseits an dich gedacht«, pflegte ihr Onkel Bertram zu sagen, wenn ihr so etwas in ihrer Kindheit passierte. Sophie glaubte nicht an Geister oder an übersinnliche Dinge, und das sagte sie Onkel Bertram auch jedes Mal, wenn er mit ihr Bücher wie *Dracula* oder *Die Drehung der Schraube* las.

»Ein Mann, der so viele Bücher besitzt, sollte wissen, was real ist und was nicht«, sagte sie ihm an einem Weihnachtsabend, nachdem ihr Vater sie beide in die Bibliothek in Bayfield House gelassen hatte, um *Eine Weihnachtsgeschichte* zu lesen.

Aber Onkel Bertram hatte lächelnd den Kopf geschüttelt und gesagt: »Es gibt mehr Dinge zwischen Himmel und Erde, als wir uns vorstellen können, Miss Sophie Collingwood.«

Nun, Onkel Bertram hatte seine Antworten inzwischen wohl gefunden. Nachdem sie eine Weile still stehen geblieben war und abgewartet hatte, bis dieses gruselige und gleichzeitig tröstliche Gefühl verflogen war, hörte sie Victoria ihren Namen rufen.

Sie öffnete die Tür und betrat ein kleineres, aber helleres Zimmer. Es war unmöbliert, und das Fenster, das auf die Straße hinausging, war unbeschädigt. Sophie riss es auf und rief Victoria. Sie half ihrer Schwester, ins Haus zu klettern, und kurz darauf hatten sie den Riegel an der Vordertür zurückgeschoben und standen auf dem Grundstück von Busbury Park.

»Ich dachte, das sollte ich dir mitbringen.« Victoria reichte Sophie ihre Handtasche. »Wir sollten die gestohlenen Sachen lieber nicht im Auto lassen.«

»Vielen Dank.«

»Und ich habe eine Taschenlampe mitgebracht«, fügte Victoria hinzu. »Nur für den Fall. Also, was nun?«

»Jetzt machen wir uns auf die Suche nach Richard Mansfield«, antwortete Sophie.

Hampshire, 1797

»Du bist schon früh aufgestanden, Schwester.« Cassandra betrat das Ankleidezimmer, wo Jane an einem Tag im Dezember noch vor der Morgendämmerung bei Kerzenlicht an ihrem Schreibtisch saß und schrieb.

»Es ist so friedlich, wenn alle noch schlafen«, erwiderte Jane.

In den vergangenen zwei Wochen hatte sie ihren Schreibtisch kaum verlassen. Seit sie an Mr. Mansfields Grab gewesen war, trieb seine Stimme sie an. Alle Gedanken an Mr. Cadells Absage waren vergessen, und Jane konzentrierte sich nur noch auf die Worte, die ihr auf dem Friedhof in Busbury wieder eingefallen waren: »Versprechen Sie mir, dass Sie bis zu unserem nächsten Wiedersehen weiterschreiben werden.« Beim Schreiben hatte sie noch eine andere Bemerkung von Mr. Mansfield im Kopf. Als sie ihm den Schluss von *Elinor und Marianne* vorgelesen hatte, hatte er zu ihr gesagt: »Die Geschichte könnte noch besser werden, wenn sie als konventionelle Erzählung geschrieben wäre.« Und auf diese Aufgabe hatte Jane sich seit ihrem Spaziergang nach Busbury gestürzt. Durch Mr. Mansfields Ermutigung ging ihr die Arbeit recht leicht von der Hand. Elinor und Marianne und der Rest der Dashwoods waren pausenlos in ihren Gedanken. Da nun einige Weihnachtsaufführungen, Bälle und Besuche von Familienmitgliedern bevorstanden, musste sie ihre Arbeit öfter ruhen lassen. Deshalb stand sie noch eher auf und blieb länger wach als alle anderen im Haus.

»Bist du immer noch mit der Überarbeitung von *Elinor und Marianne* beschäftigt?«, erkundigte sich ihre Schwester. »Ich hoffe, du liest der Familie bald die neue Fassung vor.«

Jane legte ihre Feder nieder und schaute in Cassandras lächelndes Gesicht. »Ich befürchte, ich habe dich in den letzten Wochen vernachlässigt. Ich bin keine gute Schwester, wenn mich eine Geschichte so gepackt hat wie diese.«

»Trotzdem kann ich mir keine bessere Schwester wünschen«, erwiderte Cassandra. »Und schließlich musst du die Gabe nutzen, die Gott dir gegeben hat.«

»Ich weiß deine Geduld zu schätzen.« Jane stand auf und umarmte sie. »Selbstverständlich werde ich deinem Wunsch nachkommen und der Familie aus meinem Roman vorlesen, aber keine Auszüge aus *Elinor und Marianne*.«

»Ach ja?«, stieß Cassandra aufgeregt hervor. »Schreibst du etwa an etwas Neuem?«

»Nein, es geht immer noch um die Dashwoods. Aber ein Freund hat mich darauf hingewiesen, dass ein anderer Titel besser passen könnte, und ich habe endlich einen gefunden, der mir gefällt.«

»Und wer ist dieser Freund, mit dem du über den Kopf deiner Schwester hinweg über deine Arbeit sprichst?«, fragte Cassandra scherzhaft.

»Es geht um einen verstorbenen Freund«, sagte Jane leise.

»Oh, Jane, es tut mir leid. Du meinst Mr. Mansfield, richtig?«

»Ja. Obwohl er nicht mehr unter uns ist, habe ich die Idee für einen neuen Titel von ihm. Als ich heute Morgen die Szene schreiben wollte, in der Willoughby Marianne beim Sturm ins Haus trägt, dachte ich an ihn. Wir waren ein gutes Team, Mr. Mansfield und ich. Ich mit dem ungestümen Eifer der Jugend, und er mit der durch seine Lebenserfahrung erworbenen Bedachtsamkeit.«

»Ungestümes Verhalten kenne ich von dir nicht, liebste Schwester.«

»Früher hielt ich mich dazu auch nicht für fähig.« Jane lachte, als sie daran dachte, wie sie bei ihrer ersten Begegnung mit Mr. Mansfield diesen Fehler abgestritten hatte. »Aber die Weisheit des Alters hat mich glücklicherweise eines Besseren belehrt, denn genau der Unterschied zwischen dem Charakter des alten Mr. Mansfield und der jungen Miss Austen hat mich auf die Idee zu meinem neuen Titel gebracht.«

»Nun spann mich nicht länger auf die Folter, Schwester. Wie lautet der Titel?«

»Ich werde den Roman *Verstand und Gefühl* nennen.«

Sobald sie *Verstand und Gefühl* beendet hatte, wandte sich Jane dem anderen Projekt zu, das sie mit Mr. Mansfield besprochen hatte: eine Satire auf den Schauerroman, in dem sie sich über Bücher wie *Udolphos Geheimnisse* lustig machte. Ihr Vater, der dieses Genre verabscheute, war begeistert.

»Was wird Mrs. Radcliffe wohl davon halten?« Ihr Vater rieb sich die Hände und lächelte. Die anderen versammelten sich gerade im Wohnzimmer, weil Jane ihnen wieder etwas vorlesen wollte.

»Ich möchte weder Mrs. Radcliffe noch einen anderen Schriftsteller beleidigen, Vater. Aber da meine Texte für immer hier im Pfarrhaus bleiben werden, muss ich mir wohl keine Sorgen machen, dass ich die großen Schriftsteller dieses Landes verärgern könnte.«

»Eines Tages wird man deine Geschichten weit über die Grenzen von Steventon hinaustragen«, entgegnete ihr Vater. »Und ich gäbe einiges, um dann Mrs. Radcliffes Gesichtsausdruck zu sehen. Aber nun sind wir schon bei Kapitel sechs angelangt, und du hast uns eine Unterhaltung zwischen Susan und Isabella über ihre Lektüre versprochen.«

Jane machte es sich auf ihrem Stuhl bequem und begann, die Szene vorzulesen, in der sich ihre Heldin, die sie vorläufig Susan Moreland nannte, mit ihrer oberflächlichen und selbstsüchtigen Freundin Isabella Thorpe über Mrs. Radcliffes Roman *Udolphos Geheimnisse* unterhielt.

»Wenn du Udolpho *beendet hast, werden wir gemeinsam*
Der Italiener lesen«, verkündete Susan. »Und ich habe
eine Liste von zehn oder zwölf weiteren Romanen für dich
zusammengestellt.«
    »Und sind sie alle schaurig?«, wollte Isabella wissen.
»Sehr gruselig?«
    »Aber natürlich. Meine gute Freundin Miss Andrews,
ein süßes Mädchen, eines der entzückendsten Geschöpfe auf
Erden, hat jeden einzelnen bereits gelesen.«

»Du musst sie alle nennen!«, unterbrach Mr. Austen Jane. »Lass uns nicht im Ungewissen. Welche herrlich gruseligen Bücher soll Miss Thorpe noch lesen? Ich persönlich würde *Schloss Wolfenbach* auf ihre Leseliste setzen.«

»Und *Die Waise vom Rhein*«, schlug Cassandra vor.

»Oh, und auf jeden Fall *Der Geisterbanner*«, warf Mrs. Austen ein. »Ein so schauerliches Buch habe ich noch nie zuvor gelesen.«

»Und *Die Mitternachtsglocke* und *Geheimnisvolle Zeichen*«, fügte Mr. Austen hinzu.

»Also gut.« Jane hob die Hand. Es war nicht ungewöhnlich, dass sie von ihren Zuhörern unterbrochen wurde, aber dieses Mal klangen die Einwürfe besonders leidenschaftlich.

»Ich werde noch Einzelheiten über Miss Thorpes Lektüre einfügen, aber darf ich jetzt weiterlesen?«

»Natürlich.« Ihr Vater lehnte sich lächelnd auf seinem Stuhl zurück. »Hauptsache, es wird schaurig.«

Jane nannte ihr neues Projekt einfach *Susan*. Der Titel, den Mr. Mansfield ihr vorgeschlagen hatte, gefiel ihr zwar, aber sie hatte das Gefühl, dass ihr unvollendeter Roman ihn nicht verdiente. Als sie im Herbst 1798 die Abenteuer ihrer Heldin weiter ausarbeitete und sie immer weiter in die Nähe des Gebäudes rückte, wo ihr Schicksal sich schließlich entscheiden würde, fragte sich Jane, ob sie daraus einen Roman machen konnte, der dem Titel *Northanger Abbey* gerecht werden würde.

Hampshire, Gegenwart

Die Sommerhitze war bereits am Vormittag drückend. Sophie und Victoria gingen die überwucherte Auffahrt hinauf. Zum Glück spendeten die Bäume ihnen ein wenig Schatten. Nach etwa zehn Minuten gelangten sie an eine Biegung, hinter der sich eine Anhöhe erhob. In einer Entfernung von etwa vierhundert Metern sahen sie eine Mauer, die wahrscheinlich zum Haupthaus gehörte. In dem Tal davor erstreckte sich ein kleiner See, umgeben von einem Wäldchen auf der einen und offenen Feldern auf der anderen Seite. Der Park wirkte ebenso verwahrlost wie das Pförtnerhaus. Einige Bäume waren umgestürzt, das struppige Gras der Wiese, auf der keine Schafe mehr weideten, stand hoch, und selbst aus dieser Entfernung sah man, dass der grüne See mit Algen überwuchert war. Keine Brise regte sich in den Zweigen über ihren Köpfen, der Park lag still da.

Trotzdem konnte sich Sophie vorstellen, wie ihn Jane Austen damals vielleicht betrachtet hatte, so wie Eliza Bennet Pemberley bei ihrem ersten Besuch – Sonnenstrahlen tanzten auf dem blauen Wasser des Sees, der Wind strich flüsternd durch die Bäume, und der ganze Park strotzte nur so von Leben.

»1796 sah es hier sicher besser aus«, meinte Victoria.

»Es muss ein wunderschönes Anwesen gewesen sein.« Sophie seufzte. »Wie traurig, dass der Park jetzt so vernachlässigt ist.«

»Wer weiß, vielleicht wird er ja eines Tages seine alte Schönheit wiedererlangen.« Victoria ging weiter.

Kurz darauf erblickten sie das Haus in seiner vollen Größe. Es war mit Sicherheit einmal prachtvoll gewesen – der Inbegriff eines herrschaftlichen Landsitzes. Eher wie Rosings als wie Pemberley, dachte Sophie, eher einschüchternd als romantisch. Aber als sie sich dem Haus näherte, erkannte sie, dass das an dem heruntergekommenen Zustand und nicht an der Architektur lag. Aus den Mauerritzen wucherte Unkraut, die meisten Fenster waren mit Brettern vernagelt und der Rest mit Fensterläden fest verschlossen. Aus der Fassade waren bereits große Steine herausgebrochen. Das Anwesen bestand neben dem Mittelteil aus zwei Seitenflügeln, und als sie um das Gebäude herumgingen, entdeckten sie wenige Meter hügelabwärts eine Kapelle. Sie wirkte noch älter als das Haus und stand im Schatten einer riesigen Eibe. Sie war von einer niedrigen Mauer umgeben, und nur die Spitze einiger Grabsteine ragte aus dem hohen Gras hervor.

Wortlos lief Sophie quer über das Feld auf die Kapelle zu und zupfte sofort das Gras von einem eindrucksvollen Grabstein.

»Schwer zu lesen«, bemerkte Victoria mit einem Blick über Sophies Schulter.

»Seit zweihundert Jahren hat sich niemand mehr darum gekümmert.« Sophie kniete sich auf den Boden und ließ die Finger über die Inschrift auf dem brüchigen Stein gleiten. »Edward Newcombe«, las sie laut. »Dritter Earl von Wintringham, 1750 bis ... das könnte 1811 heißen.«

»Und hier liegt seine Frau.« Victoria deutete auf den angrenzenden Grabstein.

»Ein Geistlicher, der hier zu Besuch war, hat auf jeden Fall keinen so großen Stein in der Nähe der Tür bekom-

men«, sagte Sophie. »Wir sollten eher am Rand suchen.«
Sie übernahm die eine Seite des Friedhofs, und Victoria sah sich auf der anderen die kleineren Grabsteine an, die an der Friedhofsmauer lagen. Sophie kniete im tiefen Gras und versuchte, die Inschrift auf einem Stein in der äußersten Ecke zu entziffern, als sie mit dem Knöchel an etwas Hartes stieß. Sie unterdrückte einen Schmerzensschrei und wischte die Erde und das Unkraut von einem umgestürzten Gedenkstein, der nur dreißig Zentimeter breit und etwa zweimal so hoch war. Es war keine Inschrift zu sehen, also drehte sie den Stein um und entfernte den feuchten Schmutz. Ihre Hände waren bereits über und über mit Erde bedeckt, als sie die eingravierten Buchstaben und Zahlen erkennen konnte.

R.M. 1796.

Es war Richard Mansfields Grabstein, aber er lieferte keinen Hinweis, brachte sie kein Stück weiter. Sophie ließ sich erschöpft ins Gras sinken. Eigentlich hatte sie erwartet, jetzt endlich die Tränen vergießen zu können, die sich seit Onkel Bertrams Tod in ihr aufgestaut hatten, aber sie spürte nur Leere in sich. Ihre ganze Welt war hohl. Der Verlust ihres Onkels, ihrer Bücher, der Familienbibliothek und ihres literarischen Idols schien ihr wie ein schweres Gewicht den Atem aus ihrem Körper zu pressen. Wahrscheinlich wäre sie für immer hier sitzen geblieben, wenn ihr nicht plötzlich ein Gedanke wie ein tröstlicher Lichtstrahl in der Dunkelheit durch den Kopf geschossen wäre, als sie Victorias Stimme hörte. Sie hatte eine Schwester. Sie hatte immer noch Victoria.

»Hey, Soph, sollen wir mal einen Blick hineinwerfen?«
In die Kapelle? Vielleicht gab es dort einen wichtigen

Hinweis. Es war nur ein kleiner Hoffnungsschimmer, aber sie rappelte sich hoch und ging zur Westseite der Kapelle, wo Victoria vor einer massiven Holztür stand.

»Verschlossen, nehme ich an.« Sophies Hoffnungsschimmer verblasste.

»Das Schloss ist aber schon ziemlich verrostet.« Mit einem Fußtritt sprengte Victoria den Riegel, die Tür flog auf. »Ich habe gewusst, dass sich meine Stunden im Kickboxen irgendwann einmal auszahlen«, sagte Victoria. Sie betraten die muffige, düstere Kapelle.

»Hier riecht es nach Tod.« Sophie schauderte.

»Komm schon, wir schauen uns ein wenig um.«

Durch die schmalen Fenster fiel gerade genug Licht herein, um die Gedenktafeln an der Wand ohne Taschenlampe lesen zu können. Auf der nördlichen Seite entdeckte Sophie zwischen den für etliche Mitglieder der Familie Newcombe kunstfertig geschnitzten Erinnerungstafeln eine kleine Marmorplatte. Mehrmals las sie die Inschrift, bevor sie leise ihre Schwester rief. Victoria schlang den Arm um Sophies Taille, und Sophie las die Worte laut vor:

In liebevollem Gedenken an

RICHARD MANSFIELD

1717–1796
Pfarrer von Croft, Yorkshire
Lehrer, Schriftsteller und geliebter Freund
Errichtet von seinen Schülern

R. N., S. N. und J. A.

»Was bedeutet das?«, fragte Victoria.

»Nun, R. N. und S. N. waren sicher Newcombes.« Sophie strich mit den Fingern über die Inschrift. »Und J. A. steht für Jane Austen. Das heißt, dass sie und Mansfield sich persönlich kannten und nicht nur durch einen Briefwechsel. Und dass er für sie ein Lehrer und Freund war. Wenn sie ihm eine Geschichte gestohlen hätte, hätte sie dann eine solche Gedenktafel für ihn errichten lassen?«

»Du hast recht, aber ein Beweis im Zusammenhang mit *Erste Eindrücke* ist das nicht«, stellte Victoria fest.

»Nein, aber ich habe den Eindruck, dass Jane Austens Beziehung zu Richard Mansfield tiefer war und weniger ... wie soll ich sagen ... weniger ruchlos, als sie bisher erschien.«

»Und was tun wir jetzt?«

»Lass mich bitte eine Minute allein.« Sophie drückte ihre Schwester kurz an sich und löste sich dann von ihr.

»Natürlich.« Victoria gab Sophie einen leichten Kuss auf die Wange, trat in den Sonnenschein hinaus und ließ ihre Schwester in der alten Kapelle zurück.

Plötzlich schienen Sophie ihre gewonnenen Erkenntnisse wie ein Mühlstein um den Hals zu hängen. Gleichgültig, was Winston vorhatte und was Smedley plante, *Erste Eindrücke* und der Beweis in Sophies Handtasche würden wahrscheinlich schon sehr bald an die Öffentlichkeit gelangen. Sie konnte dieses Geheimnis nicht länger für sich behalten. An diesem vergessenen Ort, so abgeschieden vom Rest der Welt, glaubte sie beinahe, sich im Jahr 1796 zu befinden. Und wenn sie jetzt die Kapelle verließ, würde sie Jane Austen und Richard Mansfield sehen, wie sie Arm in Arm am Ufer des Sees entlangspazierten. Aber wenn *Erste Eindrücke* veröffentlicht würde, wäre es mit dem Frieden an diesem Ort vorbei. Menschen aus der ganzen Welt würden hierher strömen, um die Gedenktafel des Mannes zu sehen, durch dessen Arbeit *Stolz und Vorurteil* entstanden war. Oder die wahren Anhänger versammelten sich zornig am Grab von Richard Mansfield, der Jane Austens Ruf ruiniert hatte. Sophie verspürte mit einem Mal eine starke Verbundenheit mit ihm, in gewisser Weise saßen sie im selben Boot. Während er von Jane Austens Anhängern beschimpft werden würde, würde sie noch größeren Hass erfahren.

Sophie streckte die Hand aus und fuhr noch einmal mit den Fingern über die Gedenktafel. »Ich werde mein Bestes tun«, flüsterte sie Richard zu. Als sie die Worte RICHARD MANSFIELD berührte, hatte sie plötzlich eine Eingebung. Sie dachte einen Moment darüber nach und verließ dann rasch die Kapelle. Victoria saß auf der Friedhofsmauer und schaute auf den See hinaus.

»Ich weiß, was wir jetzt tun«, verkündete Sophie überzeugt. »Wir müssen in das Haus einbrechen.«

»Für Action bin ich immer zu haben«, sagte Victoria. »Aber nur aus Neugierde: Warum sollen wir in ein verlassenes Herrenhaus einbrechen?«

»Ich weiß, dass man in solchen Gutshäusern sich über alles Mögliche Aufzeichnungen gemacht hat, über die Namen der Bewohner, die Anzahl der Schafe und so weiter. Einige Gutsbesitzer legten sehr großen Wert auf solche Unterlagen.«

Als sie Richard Mansfields Namen auf der Gedenktafel berührt hatte, war ihr eingefallen, wie einmal ihr Vater und ihr Onkel im Arbeitszimmer ihres Vaters gestanden hatten. Onkel Bertram hatte um einige Aufzeichnungen des Anwesens gebeten, um sie Sophie zu zeigen.

»Warum wollte jemand wissen, wie viele Schafe es 1920 auf Bayfield gegeben hat?«, fragte Sophie, als ihr Onkel ihr die sorgfältigen Einträge in einem muffig riechenden Wirtschaftsbuch zeigte.

»Nun, genau darum geht es«, erklärte Onkel Bertram. »Man weiß nie, ob jemand die Aufzeichnungen jemals brauchen wird, aber wenn, ist man froh, sie zu haben.«

»Und was hat die Anzahl der Schafe mit Richard Mansfield zu tun?«, fragte Victoria.

»Nichts. Aber Mansfield ist 1796 hier gestorben, und in diesem Jahr hat Jane Austen an ihrem ersten Entwurf von *Stolz und Vorurteil* gearbeitet, an der Version, die sie *Erste Eindrücke* nannte.«

»Oder vielleicht an der Version, die Mansfield *Erste Eindrücke* nannte.«

»Möglicherweise«, gab Sophie zu. »Aber Mansfield starb laut Todesanzeige schon bald nach seiner Ankunft hier. Da blieb kaum genug Zeit, um die Rolle eines Lehrers für Jane zu übernehmen. Also hat er sie vielleicht von früheren Aufenthalten schon gekannt. Wer weiß, was uns die Aufzeichnungen über seine Besuche, Feste oder Bälle, die während seiner Anwesenheit stattfanden, verraten können. Möglicherweise existieren sogar Briefe von Mansfield an den Earl. Ich habe keine Ahnung, was wir finden werden, aber es könnte etwas Wichtiges sein.« Sophie wurde immer aufgeregter. Natürlich war es reine Spekulation. Selbst wenn sie in das Haus gelangten und sogar Aufzeichnungen fanden, war nicht garantiert, dass sie ihnen weiterhalfen. Aber es war nun mal ihre letzte Chance, um Janes Unschuld zu beweisen. Dann würde es keine Rolle mehr spielen, wer *Erste Eindrücke* an die Öffentlichkeit bringen würde – sie selbst, Winston oder sogar dieser Mistkerl Smedley. Wenn Sophie beweisen konnte, dass es sich um Janes Originalversion handelte und nicht aus der Feder von Mansfield stammte, wäre Jane Austens Ruf gerettet.

»Glaubst du wirklich, dass wir dort drin Unterlagen finden?«, fragte Victoria. »Das halte ich für recht unwahrscheinlich.«

»Unwahrscheinlich heißt nicht unmöglich«, entgegnete Sophie und zitierte damit einen Lieblingsspruch ihres Onkels. Er hatte ihn immer verwendet, wenn Sophie einen bemerkenswerten Zufall, wie zum Beispiel in einem Roman von Dickens, als unmöglich bezeichnet hatte. Noch nie hatten seine Worte eine so große Bedeutung gehabt.

»Also gut.« Victoria machte sich auf den Weg hügelaufwärts. »Dann lass uns in das Haus einbrechen.«

Hampshire, 1800

Seit Mr. Mansfields Tod vor vier Jahren hatte Jane unentwegt geschrieben. Nur an manchen Tagen hatte sie weniger Zeit dafür gefunden, weil ein Besuch bei den Nachbarn, eine Reise zu ihren Brüdern oder die Vorbereitung auf einen Ball sie in Anspruch nahmen. Trotzdem hatte sie in dieser Zeit eine vollkommen neue Fassung von dem Text geschrieben, der zuerst den Titel *Elinor und Marianne* trug und nun *Verstand und Gefühl* hieß. Da sie ihren ersten Entwurf so stark erweitert und verbessert und nicht nur die ursprüngliche Briefform verworfen, sondern viele Nebenfiguren und die gesamte Handlung ausgebaut hatte, betrachtete sie *Verstand und Gefühl* nicht mehr als Neufassung von *Elinor und Marianne*. Für sie war es nun ein komplett neues Buch. Außerdem hatte sie in diesen vier Jahren *Susan* fertiggestellt, ihre Satire auf den Schauerroman.

Jedes Jahr hatte sie Mr. Mansfields Grab an seinem Todestag aufgesucht. Sie hatte sich auf die Friedhofsmauer gesetzt und ihm eine sorgfältig ausgesuchte Passage aus ihrer Arbeit vorgelesen. Da er derjenige gewesen war, der sie zum Weiterschreiben ermutigt hatte, schien es ihr richtig, ihn daran teilhaben zu lassen. Aber an einem grauen Dezembertag im Jahr 1800 stand sie vor seinem Grabstein, der im Lauf der Zeit verblasst war, und hielt kein Manuskript in der Hand. Was sie mitgebracht hatte, befand sich nur in ihrem Herzen, und es handelte sich in der Tat um eine bedeutsame Neuigkeit. Sie hatte es erst vor drei Tagen erfahren, und sie war sich immer noch nicht ganz im Klaren über ihre Gefühle. Als ihre Mutter es ihr mitgeteilt hatte, war sie vor Schreck beinahe ohnmächtig geworden. Seitdem hatte sie oft das beweint, was sie nun hinter sich lassen musste, aber gleichzeitig aufgeregt auf das ihr nun Bevorstehende geblickt. Alles in allem war sie am Boden zerstört oder zumindest zutiefst enttäuscht.

»Nun, Mr. Mansfield«, begann sie seufzend. »Zuerst haben Sie Hampshire verlassen, und nun muss ich es auch tun, auch wenn ich nicht ganz so weit wegfahre wie Sie. Vater hat beschlossen, sich in Bath zur Ruhe zu setzen, und wir müssen mit ihm gehen. Und nicht irgendwann in ferner Zukunft, sondern bereits im Mai, also schon in sechs Monaten. Oh, Mr. Mansfield, ich weiß nicht mehr weiter. Seit dem Tag, an dem ich an diesem Ort die Nachricht von Ihrer schweren Erkrankung erhalten habe, hege ich eine unüberwindbare Abneigung gegen Bath, auch wenn ich es nie ausgesprochen habe. Die Hektik und der Lärm in einer solchen Stadt lassen mir nur wenig Zeit für die Beschäftigungen, denen ich am liebsten nachgehe und die mich meinem Empfinden nach mit Ihnen verbinden. Ich glaube, Bath bekommt mir nicht, und nun soll es meine Heimat werden.«

Jane wartete schweigend darauf, dass sie in ihrem Inneren die Stimme von Mr. Mansfield vernahm, der ihr wie so oft einen weisen Rat erteilen würde, aber dazu, dass sie die beschaulichen Wege und weiten Felder von Hampshire verlassen und nach Bath gehen musste, gab es anscheinend nichts zu sagen. Ihr fiel lediglich ein, dass er auf einem Spaziergang nach Steventon einmal geäußert hatte: »Wie anregend für den Geist eines Schriftstellers muss diese friedliche Landschaft sein.«

»In der Tat, Mr. Mansfield«, hatte Jane erwidert. »Nichts ist hilfreicher, um sich den nächsten Schritt in einer Geschichte auszudenken, als ein langer Spaziergang auf dem Land. Ich habe großes Glück, dass ich hier regelmäßig solche einsamen Spaziergänge machen kann.«

»Ich hoffe, meine Gegenwart ist Ihrer Kreativität nicht abträglich«, sagte Mr. Mansfield. »Denn allein sind Sie auf unseren Spaziergängen nicht.«

»Nein, Mr. Mansfield. Ihre Gegenwart bietet mir ständige Anregung. So wie der Körper Essen und Trinken braucht, so braucht mein Geist zum Schreiben sowohl Einsamkeit wie auch Gesellschaft.«

Abgeschiedenheit und Ruhe würde sie in Bath wohl nur selten finden. Zum Glück wurde ihr ältester Bruder James Vikar in Steventon, und sie hätte einen Grund, auf einen Besuch hierher zurückzukehren.

»Das ist mit Sicherheit nicht mein letzter Besuch, Mr. Mansfield«, sagte Jane. Der Wind peitschte ihr die Bänder ihrer Haube ins Gesicht, und als sie die Hand auf den Grabstein legte, fühlte sie eine große Leere in ihrem Herzen. Sie fragte sich, wie sie an einem Ort wie Bath überleben sollte, ohne diese ohnehin dürftige Verbindung zu jemandem, der sie so sehr in ihren Hoffnungen bestärkt hatte.

Janes Ängste über ihre Leistungsfähigkeit in Bath waren nicht unbegründet. In den fünf Jahren, die sie in dieser Stadt lebte, begann sie nur einen Roman, den sie jedoch nach wenigen Kapiteln abbrach. Es gelang ihr, *Susan* ein wenig zu überarbeiten, aber das auch nur, weil das Buch zum großen Teil in Bath spielte und Jane, in einem misslungenen Versuch, ihre Meinung zu ändern, ihre Heldin alles an dieser Stadt bewundern ließ, was sie selbst verabscheute. Nach dem Tod ihres Vaters 1801 zogen Jane, Cassandra und ihre Mutter für eine

Weile nach Southampton, und auch hier fühlte sich Jane von den Quellen ihrer Inspiration abgeschnitten. 1809 begann sie daran zu zweifeln, dass sie jemals wieder so schreiben könnte wie damals, als ihre Verbindung zu Mr. Mansfield sie beflügelte. Aber im selben Jahr bot ihr Bruder Edward den Austens an, auf seinen Besitz in ein Häuschen in dem Städtchen Chawton zu ziehen. Nachdem sie beinahe zehn Jahre die Ruhe auf dem Land vermisst hatte, konnte Jane nun wieder in Hampshire leben, und noch dazu auf einem Grundstück, das sie sehr an Busbury Park erinnerte. Die Flamme, die ihr Schreiben befeuerte, ließ sich jedoch nicht so leicht wie bei einer Kerze wieder entzünden, aber sobald sie sich in Chawton niedergelassen hatten, spürte sie, dass die Glut wieder entfacht war. Nun musste sie nur noch warten, bis das Feuer zu lodern begann. Schon nach kurzer Zeit widmete sie sich wieder ihren früheren Romanen und überarbeitete *Verstand und Gefühl* und *Erste Eindrücke*, während sie auf eine neue Eingebung wartete.

Zu Beginn des Jahres 1811 stattete Jane ihrem Bruder in Steventon einen Besuch ab. Obwohl ihre Familie ihr davon abriet, wagte sie sich in die kalte Winterluft hinaus und ging den langen Weg nach Busbury Park.

»Nun, Mr. Mansfield, ich bin wieder in Hampshire«, erzählte sie ihm. »Durch die Großzügigkeit meines Bruders ist es mir möglich, jeden Tag in einem Park spazieren zu gehen. Er ist zwar nicht so groß wie dieser, aber eine willkommene Abwechslung zu den Straßen in Bath und Southampton. Und ich glaube, es könnte jetzt Zeit für eine neue Geschichte sein.«

Und obwohl sie wusste, dass sie nur den Wind in den Bäumen und keine Geisterstimme hörte, glaubte sie doch, die Worte eines alten Freunds zu vernehmen: »Es ist an der Zeit.« Am nächsten Tag kehrte sie nach Chawton zurück und begann zu schreiben.

»Ich wage es kaum, dich nach deiner Arbeit zu fragen«, sagte Cassandra eines Tages, als sie an einem Nachmittag gemeinsam am Kaminfeuer saßen. Jane hatte den Vormittag wie fast immer in den letzten Monaten mit Schreiben verbracht.

»Zu Beginn wäre es mir vielleicht zu gefährlich erschienen, darüber zu reden«, erwiderte Jane. »Aber jetzt hat mich die Geschichte richtig gepackt, und ich werde euch schon bald etwas vorlesen.«

»Das freut mich. Ich habe dich schon seit vielen Jahren nicht mehr so glücklich gesehen, liebe Schwester.«

»Ich bin glücklich, weil ich eine Zeitlang geglaubt habe, alle Quellen seien versiegt, und nun doch auf frisches, sprudelndes Wasser gestoßen bin.«

»Und hast du schon einen Titel?«, wollte Cassandra wissen.

»Ja. Der Roman bekommt einen Titel zu Ehren desjenigen, der mir so oft geholfen hat, die Quelle zu beleben. Er wird *Mansfield Park* heißen.«

Hampshire, Gegenwart

———

»Und wie kommen wir da jetzt rein?«, fragte Victoria, als die beiden Schwestern vor dem Busbury House mit den zugenagelten Fenstern standen.

»Ich befürchte, deine Fähigkeiten im Kickboxen werden uns bei dieser Tür nicht weiterhelfen.« Sophie deutete auf die Vordertür, die mindestens drei Meter hoch und wahrscheinlich so massiv wie eine Steinmauer war.

»Gibt es hinten einen Dienstboteneingang?«

»Das ist einen Versuch wert.«

Zwanzig Minuten später hatten sie das ganze Haus umrundet, ohne eine unverschlossene Tür oder ein zugängliches Fenster zu finden, und standen nun wieder vor dem Vordereingang und starrten auf die Fassade.

»Es gibt keine Möglichkeit, in das Haus zu kommen, aber du willst trotzdem nicht aufgeben, habe ich recht?«, fragte Victoria.

»Du kennst mich doch«, erwiderte Sophie. »Und du weißt, wie dickköpfig ich sein kann. Falls es irgendeine Möglichkeit gibt, der Welt zu beweisen, dass Jane Austen keine Plagiatorin war, werde ich sie finden.«

»Und da dein Freund Winston in diesem Moment *Erste Eindrücke* der Öffentlichkeit präsentieren könnte …«

»Ich werde es beweisen«, sagte Sophie nachdrücklich. »Und er ist nicht mein Freund.«

»Also drehen wir noch eine Runde.«

Dieses Mal blieben sie nahe an der Außenmauer und suchten hinter dem wuchernden Gestrüpp nach einem Zugang. Am linken Gebäudeflügel stolperte Sophie und wäre beinahe gestürzt, aber Victoria hielt sie am Arm fest.

»Was ist das?« Sophie riss das Unkraut weg, um zu sehen, was sie beinahe zu Fall gebracht hätte.

»Vielleicht eine Kohlenrutsche«, meinte Victoria. »Der Deckel sieht ziemlich schwer aus.«

»Zu schwer für die Collingwood-Mädchen?«

»Das habe ich nicht gesagt.« Victoria grinste.

Sie schoben die Finger unter den schmalen Schlitz des breiten Metalldeckels. Allein hätte Sophie es nie geschafft, aber mit vereinten Kräften gelang es ihnen, den Deckel ein Stück hochzuheben und zur Seite zu hieven. Darunter gähnte ein schwarzes Loch.

»Sollten wir jemandem sagen, dass wir hier einsteigen?«, fragte Victoria, während die Schwestern in die dunkle Tiefe starrten. »Nur für den Fall … für den Fall, dass wir nicht mehr aus dem Haus herauskommen?«

»Zuerst einmal gehen nicht *wir* dort hinein, sondern ich«, erklärte Sophie. »Du hältst Wache. Aber ich verstehe deine Bedenken. Wir sollten wirklich jemandem Bescheid geben.«

»Aber nicht der Polizei.«

»Nein. Es wäre nicht sehr klug, den Behörden ein Verbrechen zu melden, das wir selbst gerade begehen.«

»Wem kannst du vertrauen?«

»Eric Hall.« Sophie war überrascht, wie schnell ihr sein Name eingefallen war.

»Ich habe nur noch ein schwaches Signal auf meinem Telefon«, sagte Victoria.

Sophie holte ihr Handy aus der Handtasche. »Ich auch. Aber probieren können wir es.«

»Eric, erinnerst du dich daran, als ich dir versprach, dich anzurufen, falls ich Hilfe brauchen sollte«, schrieb sie rasch. »Ich weiß nicht, ob das jetzt der Fall ist, aber vielleicht könntest du nach Busbury Park in Hampshire kommen. Zum Haupthaus. Es gibt erstaunliche Neuigkeiten über J. Austen. Du könntest recht haben, was Winston betrifft.«

Sie zeigte Victoria die SMS.

»Ein literarisches Rätsel, eine Jungfer in Nöten, und sein Rivale entthront. Wenn ihn das nicht hierherlockt, dann hat er nicht viel von einem Ritter in schimmernder Rüstung«, stellte Victoria fest. Sophie war sich nicht sicher, ob Eric tatsächlich der Typ war, der sich sofort auf ein weißes Ross schwang. Aber es war richtig, ihn zu benachrichtigen. Sie drückte auf die Sendetaste.

»Gib mir die Taschenlampe.« Sophie knipste sie an und richtete den Lichtstrahl in das dunkle Loch. Unter dem Haus verlief der Kohlenschacht in einer leichten Biegung. Wahrscheinlich würde sie sich nicht verletzen. Und wenn doch, nahm sie es in Kauf, schließlich ging es bei dieser Sache um die englische Literatur. Sie setzte sich auf den Boden und ließ ihre Beine in die Dunkelheit baumeln.

»Sei vorsichtig«, mahnte Victoria.

»Du auch«, erwiderte Sophie. »Womöglich ist Smedley uns doch gefolgt.«

»Mach dir um mich keine Sorgen, ich kann gut auf mich aufpassen. Und du wäschst jetzt Janes Namen rein.« Victoria bückte sich und drückte Sophie einen Kuss auf die Wange. Sophie stieß sich ab und rutschte in den Schacht wie Alice in das Kaninchenloch. Kurz darauf landete sie in tiefer Finsternis ohne Probleme auf den Füßen. Sie mochte gar nicht daran denken, dass sie jetzt wahrscheinlich von oben bis unten mit Kohlenstaub bedeckt war, aber Hauptsache, sie war unverletzt. Hastig knipste sie die Taschenlampe an und betrat den Gang.

Es dauerte nicht lange, bis sie den Weg durch den Kohlenkeller in die Küche gefunden und über eine enge Treppe das Haupthaus erreicht hatte. In der Dienstbotenküche funktionierten sogar die Rohrleitungen noch. Das bräunliche Wasser, das aus dem Hahn spritzte, war zwar eiskalt, aber sie konnte sich damit einigermaßen den Ruß und Schmutz von den Händen waschen. In den Räumen mit den hohen Decken im oberen Stockwerk fiel genügend Licht durch die Fensterläden, so dass sie die Taschenlampe nicht brauchte. Das Haus war fast leer; hier und da hingen noch Porträts an den Wänden, und in der Mitte der Zimmer standen vereinzelte, mit Tüchern abgedeckte Möbelstücke. Obwohl es so düster war, fühlte sich Sophie hier fast wie zu Hause. Das Innere erinnerte sie mehr an Pemberley als an Rosings, und Sophie konnte beinahe das glückliche Kinderlachen durch die leeren Räume hallen hören. Sie sah vor sich, wie die Fensterläden an einem strahlenden Sommertag weit geöffnet waren. Die Aussicht über das Tal und den See musste dem Anblick geglichen haben, den Eliza durch Pemberleys Fenster bei ihrem ersten Besuch genossen hatte.

»Der Park war in allen Teilen gut angelegt, und entzückt schaute sie über die Landschaft, den Fluss, die an seinem Ufer verstreut stehenden Bäume und das sich windende Tal, so weit sie es verfolgen konnte«,

zitierte Sophie laut, als sie einem leeren Raum stand, der einmal das Esszimmer gewesen sein musste.

Hatte Jane aus diesen Fenstern geschaut und dabei die Idee zu Pemberley bekommen? Sophie hätte am liebsten die Fensterläden geöffnet und den Ausblick in vollen Zügen genossen, auch wenn der Park jetzt überwuchert und ungepflegt war. Aber so einladend dieses Haus ihr auch vorkam, durfte sie nicht vergessen, dass sie hier eingebrochen war.

Eine Stunde lang durchsuchte sie jedes Zimmer der zwei Stockwerke. Die meisten waren leer. In einem Schlafzimmer fand sie einen schimmelnden Stapel alter Magazine, in einem anderen einige Kupferrohre, als hätte jemand vorgehabt, die Rohrleitungen zu erneuern.

Nachdem sie vergeblich nach Regalen mit Wirtschaftsbüchern und Aktenschränken vollgestopft mit Briefen gesucht hatte, kehrte sie in das Zimmer zurück, das sie am wehmütigsten stimmte – in die Bibliothek. Zuvor war sie nur schnell hindurchgelaufen, weil es sie zu sehr an Onkel Bertrams Bibliothek mit den leeren Regalen erinnerte. Der langgezogene Raum lag an der Vorderseite des Hauses östlich vom Haupteingang und war mit wunderschönem Holz verkleidet; sehr dekorativ, aber so, dass es nicht vom Wesentlichen ablenkte: den Büchern. Doch die Bücher waren nicht mehr da. In den Regalen lag nur noch Staub. In einem Fach links neben dem Kamin entdeckte sie eine Taschenbuchausgabe von *Rebecca*, das war alles. Sophie zog das Buch heraus und starrte auf den grellen Einband.

Hier endete also ihre Suche. Allein in einem stillen, leeren Zimmer. Sie konnte sich gut vorstellen, dass hier schon bald wieder Bücher standen. Wahrscheinlich würde das Zimmer dann »Richard-Mansfield-Bibliothek« genannt werden. Irgendein Unternehmer würde Busbury kaufen, es in Pemberley umbenennen und darauf warten, dass die Touristen herbeiströmten. Einen Moment lang konnte sie sich sogar vorstellen, hier zu arbeiten, als Bibliothekarin. Doch dann dachte sie an den Gesichtsausdruck der vielen Anhänger von

Jane Austen, die vor dem Haus, in dem ihre Heldin gestürzt worden war, aufmarschieren würden. Nein, so gefiel es ihr besser – still und leer.

Als sie das Taschenbuch zurücklegte, summte ihr Telefon und Victorias Nummer erschien. Aber die SMS war nicht von Victoria. »Ich habe Ihre Schwester. Wenn Sie sie lebend wiedersehen wollen, kommen Sie mit meinem Buch zum Pförtnerhaus. Smedley.«

Aber dazu musste Sophie zuerst einen Weg aus dem Haus finden. Sie hatte gesehen, dass die Riegel an der Vordertür hoch über ihrem Kopf angebracht waren. Und sie hatte das Buch nicht mehr. Würde er ihr glauben? War das ihre letzte Chance, diese Ratte, den Mörder ihres Onkels, dazu zu bringen, sein Verbrechen zuzugeben? Die SMS war ein stichhaltiger Beweis. Aber was war mit Victoria? Kam sie wirklich allein zurecht? Wenn sie schon Jane Austen nicht retten konnte, musste Sophie zumindest versuchen, Victoria zu beschützen. Sie schrieb zurück: »George, ich bin im Haus eingeschlossen. Holen Sie mich hier raus, dann gebe ich Ihnen, was ich habe.«

Sophie hoffte, es würde Smedley ein wenig aufrütteln, dass sie ihn mit seinem Vornamen ansprach. Sie konnte nicht lange warten, dann musste sie selbst versuchen, sich zu befreien; wenn sie innerhalb von zehn Minuten nichts hörte, würde sie einen Fensterladen aufstemmen und aus dem Fenster springen. Aber es dauerte nicht lange, und schon hörte sie ein Krachen an der Haustür. Es klang, als würde jemand mit einer Axt die Tür einhauen. Ein Schlag folgte auf den nächsten, und Sophie überlegte fieberhaft, was sie jetzt tun sollte. Sollte sie Smedley entgegentreten oder sich vor ihm verstecken, bis sie einschätzen konnte, wie gefährlich er war? Sie duckte sich hinter das einzige Möbelstück im Zimmer, ein mit einem großen Laken verhängtes Sofa. Von dort aus konnte sie einen Blick auf die Eingangshalle werfen, ohne selbst gesehen zu werden. Smedley würde sicher erschöpft sein, wenn er das Haus betrat. Das Hämmern dauerte weitere zehn Minuten an, bis plötzlich die Haustür aufflog und Licht in das Haus strömte.

Sophie sah ein Paar Männerstiefel durch die Halle stampfen, aber von Victorias Wanderschuhen, die ihre Schwester im Land Rover angezogen hatte, war keine Spur zu sehen. Smedley war allein, somit befand Victoria sich nicht in unmittelbarer Gefahr. Die Stiefel trampelten die Treppe hinauf, und kurz darauf hörte Sophie eine Stimme, die nach ihr rief. Sollte sie ihn jetzt stellen oder fliehen und versuchen, Victoria zu retten? Als sie seine Schritte über ihrem Kopf hörte, beschloss sie, dass Victoria jetzt wichtiger war. Sie stand auf und schlich auf Zehenspitzen durch die Bibliothek in die Eingangshalle.

Gerade als sie die Türschwelle erreicht hatte, hörte sie Smedleys Schritte auf der Treppe. Instinktiv presste sie sich gegen die holzgetäfelte Wand und stellte überrascht fest, dass sie nachgab. Smedleys Schritte näherten sich, und sie drehte sich rasch um. Hinter ihr hatte sich in der Täfelung eine Tür einen kleinen Spalt geöffnet. Sie drückte dagegen, aber anscheinend war sie durch irgendetwas auf der anderen Seite blockiert. Es gelang ihr, sie so weit aufzuschieben, dass sie sich hindurchzwängen konnte. Leise schloss sie die Tür hinter sich und lauschte in der völligen Dunkelheit auf Smedley, der die Bibliothek betrat. Die Tür war so massiv, dass sie seine Rufe kaum mehr hören konnte. Sie wagte es, die Taschenlampe anzuknipsen, und schnappte nach Luft. Der Raum war nur wenige Quadratmeter groß, und an den Wänden ringsum befanden sich einfache Regale. Vor einem kleinen Tisch stand ein Holzschemel und daneben ein Aktenschrank. Es verschlug ihr beinahe den Atem, als sie sah, dass die Regale nicht leer waren – sie quollen über von Journalen, Papierstapeln, dicken Briefumschlägen und Aktenordnern. Sophie hatte die Aufzeichnungen von Busbury Park gefunden.

Hampshire, 1813

Falls Jane sich von der friedlichen Umgebung in Chawton versprochen hatte, endlich als Schriftstellerin Erfolg zu haben, wurde sie nicht enttäuscht. Kurz nachdem sie ihre Arbeit an *Mansfield Park* aufgenommen hatte, erhielt sie die Nachricht, auf die sie gehofft hatte, seit aus ihrem mädchenhaften Gekritzel die ersten Geschichten entstanden waren: Ihre Arbeit sollte veröffentlicht werden. Das Unternehmen von Thomas Egerton hatte sich bereit erklärt, *Verstand und Gefühl* zu drucken, und Jane war sehr glücklich, als sie die ersten drei Druckexemplare in der Hand hielt. Auf der Titelseite stand: »*Verstand und Gefühl* von einer Dame.«

Sie konnte sich Mr. Mansfields Reaktion gut vorstellen. »›Von einem Mädchen‹ wäre passender gewesen, denn als Sie mit *Elinor und Marianne* begonnen haben, waren Sie fast noch ein Kind.«

Aber *Verstand und Gefühl* hatte seit *Elinor und Marianne* einen weiten Weg zurückgelegt, und ein Großteil dieser Entwicklung war Mr. Mansfields Ratschlägen zu verdanken. Nachdem ihr erstes Buch veröffentlicht worden war, schenkte sie all ihre Aufmerksamkeit dem Roman, der ihr am meisten am Herzen lag. Jane hatte den Eindruck, dass *Erste Eindrücke* eigentlich nur noch einen originelleren Titel brauchte – denn diese Bezeichnung hatten sie und Mr. Mansfield vor über fünfzehn Jahren bei ihren ersten Spaziergängen in Busbury Park bereits zwei anderen Büchern gegeben.

»Welches Buch haben Sie am Tag unserer ersten Begegnung gelesen?«, hatte Jane sich erkundigt, als sie an einem Sommertag, an dem ein unerwarteter Regenschauer sie an einem Spaziergang gehindert hatte, im Pförtnerhaus eine Tasse Tee tranken.

»Habe ich Ihnen das nie gesagt? Es war das gleiche Buch, das Sie in jener schicksalhaften Nacht im Garten in Reading gelesen haben. *Cecilia*.«

»Ich habe es erst Jahre später zu Ende gelesen«, sinnierte Jane. »Aber trotz der schrecklichen Erinnerungen, die damit verbunden sind, ist es immer noch eines meiner Lieblingsbücher. Diese Verbohrtheit des Onkels, der sein Vermögen seiner Nichte nur vererben will, wenn sie einen Ehemann findet, der den Familiennamen weiterführen wird ...«

»Genauso stur wie ein Vater, der den Fortbestand seines Familiennamens einer glücklichen Ehe seines Sohnes vorzieht.«

»Solch ein Konflikt würde mir Vergnügen bereiten«, sagte Jane. »Ich wünschte, mir wäre so etwas passiert.«

»Diese ganze unglückselige Geschichte ist nur das Resultat von Stolz und Vorurteil«, zitierte Mr. Mansfield aus dem Roman.

»Und wenn Stolz und Vorurteil die Ursache für deine eigene Misere ist, so sind Gut und Böse wieder ausgeglichen, wodurch auch Stolz und Vorurteil ein Ende finden«, fuhr Jane in Miss Burneys Worten fort.

»Dazu fällt mir plötzlich ein ...«, begann Mr. Mansfield, aber er wurde von Jane unterbrochen.

»Denken Sie womöglich das Gleiche wie ich?«

»Es wäre ein guter Titel«, sagte Mr. Mansfield.

»Richtig«, stimmte Jane ihm zu. »Mit freundlicher Genehmigung von Miss Fanny Burney.«

Damals hatten weder Jane noch Mr. Mansfield diesen Titel für *Erste Eindrücke* vorgesehen, aber nun schien er für dieses Werk perfekt zu passen. Vor allem da er eine Verbindung zwischen dem Roman und jener schrecklichen Nacht in ihrer Kindheit herstellte, die sie letztendlich dazu gebracht hatte, dieses Werk zu verfassen. Und so hielt Jane Ende Januar 1813 wieder drei Bücher in der Hand – Bücher, die für den Rest ihres Lebens eine größere Bedeutung als alle anderen haben würde. *Stolz und Vorurteil* von der Autorin von *Verstand und Gefühl*. Als sie die erste Seite aufschlug und die nun vertraute Eröffnungsszene las, empfand sie gleichzeitig Freude und Trauer. Sie war überrascht, dass ihr beim Anblick dieser einfachen Verbindung von Tinte und Papier eine Träne über die Wange rollte, die auf die Seite fiel und ein kleines, kreisrundes Wasserzeichen hinterließ. Sobald es ihr möglich war, fuhr sie nach Steventon, und am Morgen nach ihrer Ankunft spazierte sie, obwohl es fror, zur Kapelle von Busbury Park.

»Es ist veröffentlicht worden, Mr. Mansfield«, sagte sie. »Ganz anders als der letzte Entwurf, den Sie gesehen haben, aber gleichwohl ist es gedruckt worden. Nur Sie wissen, was mir dieses Buch bedeutet. Ich wünschte, es gäbe eine Möglichkeit, Ihnen für das Glück zu danken, das Sie in mein Leben gebracht haben, selbst nach all den Jahren, seit Gott Sie zu sich geholt hat.« Jane warf einen Blick auf den Grabstein. Er ragte schief aus der Erde, und ringsherum wucherte Unkraut. Am Eingang des Friedhofs lag, neben seiner Frau, der Earl, den Jane kurz kennengelernt hatte. Sein älterer Sohn, Robert Newcombe, war zweifellos der jetzige Lord Wintringham, und sie erinnerte sich, dass Mr. Mansfield in

Busbury Park Robert und seinen Bruder Samuel unterrichtet hatte. Vielleicht, so überlegte sie, gab es doch etwas, was sie tun konnte, um sich bei Mr. Mansfield zu bedanken.

Zwanzig Minuten später – Jane war selbst überrascht von ihrer Kühnheit – wurde sie in das private Arbeitszimmer des Earl von Wintringham eingelassen.

»Miss Austen«, begrüßte der Earl sie. »Wie schön, Sie zu sehen. Wenn ich mich recht erinnere, sind wir uns bei Mr. Mansfields Beerdigung begegnet.«

»Das ist richtig«, erwiderte Jane. »Es überrascht mich, dass Sie sich nach all den Jahren noch daran erinnern.«

»Ich hoffe, Sie wissen, dass die Einladung meines Vaters, im Park spazieren zu gehen, wann immer Sie wollen, nach wie vor gilt.«

»Das ist sehr freundlich von Ihnen, Mylord, und ich gebe zu, dass ich in den letzten Jahren von Ihrer Gastfreundschaft immer wieder Gebrauch gemacht habe, wenn auch nur selten. Ich habe Sie heute aufgesucht, um Ihnen einen Vorschlag zu unterbreiten.«

»Und der wäre?«

»Vermutlich verdanken Sie wie ich Reverend Richard Mansfield einen gewissen Teil des Erfolgs in Ihrem Leben, da er Sie unterrichtet und weise beraten hat.«

»In der Tat. Mr. Mansfield hatte einen ebenso großen Einfluss auf die Bildung meines Charakters wie mein Vater«, erwiderte der Earl.

»Ein Mann, der einen so positiven Einfluss auf andere Menschen hatte, verdient meiner Meinung nach mehr als einen kleinen Grabstein mit seinen Initialen. Was halten Sie davon, eine Gedenktafel für Mr. Mansfield in der Kapelle anzubringen?«

»Das halte ich für eine großartige Idee, Miss Austen, und

bestimmt wird sie auch die Zustimmung meines Bruders finden.«

»Wenn Sie diese Aufgabe übernehmen würden, möchte ich mich gern an den Kosten beteiligen«, sagte Jane.

»Das kommt nicht in Frage.«

»Bitte gestatten Sie es mir. Nur durch Mr. Mansfields Ermutigung und durch seinen Unterricht bin ich in der Lage, Ihnen dieses Angebot zu machen. Seiner Hilfestellung und seinem Rat während meiner Jugend habe ich meinen Erfolg als Schriftstellerin zu verdanken. Ich würde gern fünf Pfund beisteuern, um meinem alten Freund die Ehre zu erweisen.«

»Ich hatte keine Ahnung, dass ich mit einer Literatin spreche«, sagte der Earl. »Wenn es sich so verhält, wie Sie sagen, nehme ich Ihr großzügiges Angebot gern an.«

Zwei Monate später kehrte Jane auf die Einladung des Earls nach Busbury Park zurück, um einer Gedenkfeier beizuwohnen, bei der eine neue Marmortafel in der Kapelle angebracht wurde. Es berührte sie sehr, dass der Earl und sein Bruder nicht nur die von ihr vorgeschlagene Formulierung verwendet, sondern auch ihre Initialen auf der Platte hatten eingravieren lassen.

»Das war sehr großzügig von Ihnen, Mylord«, sagte Jane nach der Feier.

»Mein Bruder und ich waren uns einig, dass Sie auch genannt werden müssen. Schließlich haben Sie sich nicht nur an den Kosten beteiligt, sondern waren sogar diejenige, die diese Ehrbezeugung für unseren Freund angeregt hat.«

»Vielen Dank, Mylord. Darf ich mir erlauben, Ihnen ein kleines Geschenk für Ihre Bibliothek anzubieten? Neben den großartigen literarischen Werken in Ihrer Sammlung mag es verblassen, aber ich würde mich geehrt fühlen, wenn Sie es trotzdem in eines Ihrer Regale stellen würden.« Jane reichte ihm drei schmale Bücher.

»*Stolz und Vorurteil*«, las er mit einem Blick auf den Buchrücken. »Sind Sie die Verfasserin, Miss Austen?«

»Ja, Mylord. Und bei der Entstehung dieses Werks spielten sowohl Mr. Mansfield als auch Busbury Park eine große Rolle.«

»Dann werde ich es mit Freuden in die Bibliothek aufnehmen, allerdings erst nachdem ich es gelesen habe.«

»Ich fühle mich geehrt, Sir.«

Der Earl hatte einen Einspänner nach Steventon geschickt und Jane vom Haus ihres Bruders abholen lassen, aber den Heimweg trat sie lieber zu Fuß an. Vor dem in östlicher Richtung gelegenen Pförtnerhaus, das nach all den Jahren immer noch verschlossen war, machte sie Halt. Einige Minuten lang blieb sie vor der Tür stehen und schaute auf den See hinaus. Der Park war noch kahl, aber Jane gefiel Busbury Park zu jeder Jahreszeit. Sie seufzte lächelnd und legte die Hand an die kalte Haustür des Häuschens. »Danke«, flüsterte sie.

Dann drehte sie sich um, verließ Busbury und kam niemals wieder zurück.

Hampshire, Gegenwart

Solange Smedley im Haus herumstapfte, konnte er Victoria nichts antun, und Sophie konnte sich die Unterlagen anschauen. Sie musste sich beeilen, aber sie würde sich ein wenig mehr Zeit verschaffen. Rasch schickte sie eine SMS auf Victorias Telefon: »Stecke im Dienstbotentrakt fest.« Wenn Smedley die Nachricht las, durchsuchte er sicher die Küchen im Untergeschoss und die Zimmer des Personals im obersten Stockwerk. Nachdem sie die SMS abgeschickt hatte, herrschte einen Moment lang Stille, und Sophie hoffte, dass Smedley die SMS las. Kurz darauf hörte sie ihn zur Hintertreppe gehen. Ihr blieben nur wenige Minuten.

Sophie überflog die Beschriftungen auf den Papierstapeln und den Rücken der Wirtschaftsbücher. Ein Hinweis konnte sich überall verstecken, aber sie hatte nur Zeit, um sich die vielversprechendsten Unterlagen anzuschauen, also ließ sie die mit »Busbury Landwirtschaft«, »Garten« und »Pächtereinnahmen« etikettierten beiseite. Auf dem dritten Regal fand sie eine Reihe von Journalen mit der Aufschrift »Gäste«. Sie zog eines heraus und schlug die Titelseite auf: »Gäste, Busbury Park, 1801–1809«. Zu spät, dachte sie. Das Buch links daneben enthielt jedoch die Jahre 1789–1800.

Sie blätterte es hastig durch, bis sie 1796 fand. Und da stand es: »Richard Mansfield, 15. Juli 1796 bis 14. November 1796 im östlichen Pförtnerhaus.« Er hatte sich also in der Zeit in Busbury Park aufgehalten, in der Jane Austen ihren ersten

Entwurf von *Erste Eindrücke* verfasst hatte. Sophie stellte sich vor, wie der achtzigjährige Geistliche und die zwanzigjährige zukünftige Schriftstellerin am Ufer des Sees von Busbury Park standen und Richard Mansfield sich Jane Austen zuwandte und sagte: »Das wäre ein hübscher Ort für einen Roman. Ich würde ihn Pemberley nennen.«

Ein paar Zeilen darunter entdeckte Sophie einen weiteren Eintrag: »Richard Mansfield, 3. Dezember bis 4. Dezember, Haupthaus. Verstorben am 4. Dezember.« Er war aus Yorkshire zurückgekehrt, weil er erkrankt war, und hatte seine letzten Stunden im Haupthaus anstatt im Pförtnerhaus verbracht. Wo lag das Pförtnerhaus? Sophie sah die Strahlen der Morgensonne vor sich, die auf die Felder fielen, und erkannte, dass es das Häuschen sein musste, in das sie eingebrochen war. Obwohl sie erschöpft war, fiel es ihr plötzlich bei den Worten »östliches Pförtnerhaus« wie Schuppen von den Augen. Das hatte sie schon einmal gelesen, und zwar in derselben Handschrift. Auf dem ersten Regal, das sie durchsucht hatte, lag ein Bündel Dokumente, ebenso mit ehemals weißen Stoffstreifen verschnürt wie die Päckchen im Oxfordshire History Centre. In der Mitte des Stapels fand sie, wonach sie gesucht hatte: Ein Bündel mit der Aufschrift »Östliches Pförtnerhaus«.

Adrenalin schoss durch Sophies Adern, als sie das Päckchen aufschnürte. Während sie die Papiere durchstöberte, hörte sie Schritte auf der Haupttreppe. Smedley hatte offensichtlich seine Suche im Untergeschoss beendet und war nun auf dem Weg zu den Dienstbotenzimmern. Sie hatte nicht mehr viel Zeit. Rasch blätterte sie durch Reparaturrechnungen, Bestandsaufnahmen von Möbeln und Bildern und den Briefverkehr mit anderen Gästen, die im östlichen Pförtnerhaus gewohnt hatten. Sie war schon kurz davor aufzugeben, als ihr Blick auf einen braunen Papierstreifen fiel, auf dem »R. Mansfield, 4. Dezember 1796« stand. Sie atmete tief durch. Diese Unterlagen waren ihre letzte Chance zu beweisen, dass Jane Austen *Erste Eindrücke* selbst geschrieben hatte. Unter der Rechnung eines Bestattungsunternehmers und einer kleinen Gedenkkarte befand sich ein Brief, datiert vom 19. November 1796.

Mein lieber Lord Wintringham,
mit diesem Brief möchte ich Ihnen für Ihre Gastfreundschaft in den letzten Monaten danken. Es war eine große Freude für mich zu sehen, dass Ihre Söhne, meine früheren Schüler, zu so großartigen Männern herangewachsen sind, und es war mir eine Ehre, meine Bekanntschaft mit Ihnen zu vertiefen. Ich hoffe, nach Erledigung der Geschäfte, die mich nach Yorkshire führen, wieder zurückzukehren, und bin sehr dankbar, dass mir Busbury Park jederzeit offen steht. Wie Sie sicher wissen, habe ich mich mit Ihrer Nachbarin Miss Austen angefreundet und hatte sogar die Gelegenheit, einige literarische Projekte mit ihr in Angriff zu nehmen. Ich freue mich daher, den Kontakt mit Ihrer Familie und meine innige Freundschaft zu einer Frau mit so vielversprechenden Aussichten pflegen zu dürfen.
Hochachtungsvoll
R. Mansfield

Das war zumindest ein Beweis dafür, dass Mansfield und Austen nicht nur miteinander befreundet gewesen waren, sondern auch gemeinsam an literarischen Projekten gearbeitet hatten. Aber um welche Projekte ging es? Und wie hatte die gemeinsame Arbeit ausgesehen? Hatte Jane Austen Richard Mansfield die Idee für *Erste Eindrücke* geliefert?

Hatten sie den Roman gemeinsam geschrieben? Oder hatte er ihr die Geschichte gegeben und sie gebeten, daraus einen Roman zu machen? Wahrscheinlich gab es dafür eine ganz simple Erklärung, nämlich dass der alte Geistliche und seine junge Freundin zusammengearbeitet hatten und *Erste Eindrücke* in der zweiten Ausgabe von Mansfields Buch allegorischer Geschichten im Anhang veröffentlicht worden war. Aber sie hatte nur wenige Beweise dafür in der Hand. Und Mansfield hatte in diesem Brief kurz vor seinem Tod von seiner innigen Freundschaft zu Jane Austen gesprochen. Vielleicht würde man ihr eine Anleihe bei einem Freund eher verzeihen als ein Plagiat von einem Fremden. Aber was konnte schlimmer sein, als einem Freund, noch bevor er unter der Erde lag, sein letztes literarisches Werk zu stehlen und es als das eigene auszugeben?

Sophie faltete den Brief wieder zusammen und steckte ihn in ihre Handtasche. Als Letztes stieß sie unter »Richard Mansfield« auf eine Quittung für ein paar Bücher und andere persönliche Habseligkeiten, die nach seinem Tod verkauft worden waren. Das Geld war seinem Sohn Tobias zugekommen. Sophie wollte das Bündel gerade wieder verschnüren, als ihr ein Umschlag ins Auge fiel, der an der Quittung klebte. Vorsichtig löste sie ihn ab. Es war ein ungeöffneter Brief, adressiert an »Richard Mansfield, Busbury Park, Hampshire«.

Sophie war so ungeduldig, dass sie am liebsten alle bei Archivaren üblichen Vorsichtsmaßnahmen missachtet und den Brief einfach aufgerissen hätte, aber dann erinnerte sie sich daran, was Onkel Bertram ihr immer in Bezug auf Urschriften gesagt hatte: »Vergiss nie, dass wir geschichtliche Dokumente für die nächste Generation bewahren müssen.« Also nahm sie wieder ihre Haarklammer und schob sie behutsam unter die Lasche des Kuverts. Das jahrhundertealte

Siegel gab leicht nach, und Sophie zog den Brief heraus und entfaltete ihn. Als sie das Datum sah, wurde ihr klar, warum er nie geöffnet worden war. Richard Mansfield war bereits tot gewesen, als der Brief verschickt wurde.

Leeds, 10. Dezember 1796

Lieber Mr. Mansfield,
es war mir eine Freude, Sie wiederzusehen und das überarbeitete Manuskript von Ein kleines Buch allegorischer Geschichten *entgegennehmen zu dürfen. Nachdem ich die Wörter gezählt habe, gehe ich davon aus, dass Miss Austens »Warnendes Beispiel« etwa fünfzig Seiten zusätzlich in Anspruch nehmen wird, was sich entsprechend auf die Kosten auswirkt. Wir werden, wie von Ihnen vorgeschlagen, die Titelseite einmal mit und einmal ohne Nennung ihres Namens drucken, und ich werde Ihnen beiden die Druckfahnen zusenden. Bei allem Respekt vor Ihren Fähigkeiten als Schriftsteller, für die ich Sie immer bewundert habe, muss ich doch sagen, dass Miss Austens* Erste Eindrücke *äußerst bemerkenswert ist. Es würde mich nicht überraschen, wenn Sie recht behielten und sie eines Tages Miss Burney überflügeln würde.*
Ihr Gilbert Monkhouse

Leeds, 1814

Gilbert Monkhouse hatte ein Exemplar eines neuen Romans mit dem Titel *Mansfield Park* gekauft, zum Teil deshalb, weil ihn der Name an einen alten Freund erinnerte, für den er einmal ein Buch gedruckt hatte. Richard Mansfield war leider schon gestorben, als die Zweitausgabe seines Werks *Ein kleines Buch allegorischer Geschichten* erschienen war. Gilbert wusste noch sehr gut, dass nur eine einzige Ausgabe gedruckt worden war, und diese befand sich in seinem Haus. Theresa hatte ihrer Tochter Sarah daraus vorgelesen, als sie noch klein gewesen war, aber seitdem stand das Buch unberührt in einem Regal. *Mansfield Park*, so hieß es auf der Titelseite, sei von dem Autor von *Verstand und Gefühl* und *Stolz und Vorurteil*. Gilbert hatte die Romane nicht gelesen, aber da ihm und Theresa *Mansfield Park* gut gefallen hatte, bestellte er sich eine Ausgabe von *Stolz und Vorurteil* bei einem Buchladen in der Hauptstraße.

Schon auf der zweiten Seite erkannte er, dass es sich um die Geschichte aus dem einzigen Exemplar von Mansfields Buch handelte, und er erinnerte sich an sein letztes Treffen mit Mr. Mansfield vor beinahe zwanzig Jahren.

»Da ich ohnehin nach Croft musste, um einen neuen Vikar zu suchen, bringe ich Ihnen das Manuskript gleich selbst vorbei, anstatt es der Post anzuvertrauen«, sagte Mr. Mansfield in Gilberts kleinem Büro in der Druckerei.

»Das ist mehr als die überarbeitete Fassung, Mr. Mansfeld.«

Gilbert hob den Papierstapel hoch. »Wenn ich mich nicht irre, ist Ihr Manuskript um einiges umfangreicher geworden.«

»Ja, ein Teil wurde hinzugefügt«, erklärte Mr. Mansfield. »Das warnende Beispiel, wie es im Titel heißt.«

»*Erste Eindrücke*«, las Gilbert laut vor. »Ihr neuestes literarisches Werk, wie ich annehme.«

»Nicht meines«, erwiderte Mr. Mansfield. »Obwohl die Idee zu dieser Geschichte, die die Leser vor vorschnellen Einschätzungen ihrer Zeitgenossen warnen soll, von mir stammt, kann ich mich nicht als Urheber bezeichnen. Die Qualität des Textes übersteigt bei Weitem meine bescheidenen Fähigkeiten mit der Feder. Ich habe zwar mit Ermutigung und auch Kritik dazu beigetragen, aber geschrieben wurde *Erste Eindrücke* von einer jungen Dame – einer guten Freundin namens Jane Austen. Ich habe ihr nur beim Beginn ihrer Laufbahn als Schriftstellerin geholfen, indem ich ihre Arbeit mit meiner verknüpft habe.«

»Ist diese Miss Austen vielleicht die nächste Fanny Burney?« Gilbert lachte leise.

»In der Tat glaube ich, dass sie Miss Burney eines Tages in jeder Hinsicht übertreffen wird.«

»Ein großes Lob«, meinte Gilbert, der Fanny Burney sehr bewunderte. »Nun, dann werde ich die Geschichte ihrer jungen Freundin drucken, vielleicht gehe ich damit in die Literaturgeschichte ein. Wie soll ihr Name auf dem Titelblatt erscheinen?«

»Ich muss gestehen, dass ich mir darüber noch keine Gedanken gemacht habe und auch mit Miss Austen noch nicht darüber gesprochen habe.«

»Sie könnten ›Miss Austen‹ oder ›Jane Austen‹ oder einfach nur ›von einer Dame‹ nehmen. Oft wird der Name im Titel auch gar nicht erwähnt.«

»Ich werde das gleich nach meiner Rückkehr nach Hampshire mit ihr besprechen. Vielleicht könnten Sie in der Zwischenzeit die Titelseite einmal mit und einmal ohne ihren Namen drucken, so dass ich die Wahl ihr überlassen kann.«

»Natürlich.«

Aber Gilbert hatte erst eine Version der Titelseite gedruckt, bevor das Feuer sein Geschäft zerstört hatte – und zwar ohne Miss Austens Namen. In den darauffolgenden Jahren hatte er nicht mehr an Miss Austen gedacht, doch nun hielt er einen Roman von ihr in Händen – eine erweiterte Fassung des Textes, den er vor langer Zeit selbst gesetzt hatte. Er handelte von denselben Charakteren und noch einigen mehr und erweiterte den begrenzten Handlungsrahmen von Mr. Mansfields kleinem Buch. Als er den Roman gelesen und sich *Verstand und Gefühl* bestellt hatte, kam er zu der Überzeugung, dass Miss Austen tatsächlich Fanny Burney in den Schatten stellen könnte. Er dachte darüber nach, ob er vielleicht die Worte »von Jane Austen« in Mr. Mansfields Buch neben den Titel *Erste Eindrücke* am Rand hinzufügen sollte, aber dann wurde er von Joseph Collingwood unterbrochen, der gekommen war, um um die Hand von Gilberts sechzehnjähriger Tochter Sarah anzuhalten. Diese wichtige Unterhaltung verdrängte alle Gedanken an Jane Austen und ihr literarisches Vermächtnis aus Gilberts Kopf, und so blieb *Allegorische Geschichten und ein warnendes Beispiel* ohne Randbemerkungen in seinem Regal stehen.

Hampshire, Gegenwart

Für einen Moment vergaß Sophie Smedley, und ihr stiegen Tränen in die Augen, als sie immer wieder die Worte »Miss Austens ›Warnendes Beispiel‹« las. Jane hatte *Erste Eindrücke* geschrieben, und nun konnte Sophie es beweisen. Das Buch, das Winston mitgenommen hatte, war kein Beweis dafür, dass Jane Austen eine Plagiatorin war; es war die bisher unbekannte Originalversion von *Stolz und Vorurteil*. Plötzlich fiel die Anspannung der letzten Stunden, Tage und Wochen von ihr ab, und sie lachte und weinte gleichzeitig und ließ sich erschöpft auf den Boden sinken. Die Grenzen zwischen Tränen und Heiterkeit verschwammen, und sie konnte die Trauer über den Tod ihres Onkels nicht mehr von der Freude über ihre Entdeckung trennen. Sie merkte nur, dass sie endlich seit dem schrecklichen Vormittag, an dem sie von Onkel Bertrams Tod erfahren hatte, ihren Gefühlen freien Lauf lassen konnte. Irgendwann hatte sie sich wieder gefasst und atmete ruhig und gleichmäßig. Sie rappelte sich auf und steckte die Unterlagen von Mansfield in ihre Handtasche.

Nun hatte sie ein Buch gestohlen – die erste Ausgabe von *Allegorische Geschichten* aus dem St. John's College – und drei Briefe: Janes Brief an Richard aus dem Oxfordshire History Centre, den Brief von Mansfield an Lord Wintringham und den von Gilbert Monkhouse an Mansfield aus den Aufzeichnungen von Busbury Park. Was wohl sonst mit den

Dokumenten geschehen wäre? Das Buch aus St. John's und der Brief aus dem Oxfordshire History Centre wären weiter aufbewahrt worden, aber die Unterlagen in Busbury Park wären nach dem Verkauf des Hauses möglicherweise vernichtet worden. Sie war eine Diebin, das musste sie zugeben, aber vielleicht hatte sie auch dabei geholfen, die Dokumente zu bewahren. Jedes Gericht würde das wahrscheinlich anders sehen, aber zumindest Onkel Bertram hätte ihr wahrscheinlich zugestimmt. Sie klopfte sich den Staub ab. Plötzlich hatte sie das dringende Bedürfnis, Erics Stimme zu hören und ihm die Neuigkeiten zu berichten.

»Eric?«, sagte sie leise. »Hier ist Sophie. Was weißt du über die ursprüngliche Fassung von *Stolz und Vorurteil*?«

»Sophie, ist Winston ...«

»Vergiss Winston. Was weißt du darüber?«

»Dass die Originalversion zwischen 1796 und 1797 geschrieben wurde und dass manche Leute glauben, es sei ursprünglich ein Briefroman gewesen. Der erste Titel war *Erste Eindrücke*.«

Sophie seufzte. Sie hatte den Richtigen angerufen. Und nun versuchte sie, nur an die literarische Bombe zu denken, die sie platzen lassen würde, und nicht daran, dass ihr Puls sich beim Wählen seiner Nummer beschleunigt und sie sich beim Klang seiner Stimme wieder entspannt hatte. Er hatte eine zweite Chance verdient, um seinen ersten Eindruck bei ihr zu revidieren.

»Was würdest du sagen, wenn ich es gefunden hätte?«

»Gefunden?«, fragte Eric. »Wie meinst du das?«

»Ich habe die Originalversion von *Stolz und Vorurteil* entdeckt. Den Briefroman – die Fassung, die *Erste Eindrücke* heißt.«

»Ist das dein Ernst?«

»Natürlich. Über Jane Austen mache ich keine Witze«, erwiderte Sophie. »Das weißt du doch.«

»Sophie, das ist großartig. Aber ist so etwas nicht sehr ... Es muss ein Vermögen wert sein. Hast du es gut verwahrt? Und bist du in Sicherheit?«

»In Sicherheit? Natürlich ...« Sophie hielt inne. Im Haus war es mit einem Mal still. Keine Schritte mehr. Kein Rufen. Smedley war gegangen.

»Komm hierher«, bat Sophie. »Schnell. Zum Pförtnerhaus an der Ostseite des Anwesens.«

Sie verließ das Kabuff mit den Unterlagen, lief zur Vordertür hinaus und die Steintreppe hinunter. Smedley hatte ihr befohlen, zum Pförtnerhaus zu kommen, also hielt er wahrscheinlich Victoria dort fest. Wenn er ihr auch nur ein Haar gekrümmt hatte, würde sie sich nicht mehr damit aufhalten, ein Geständnis aus ihm herauszubekommen – sie würde ihn umbringen. Mit bloßen Händen, wenn es sein musste. Sie eilte über den Rasen neben der Auffahrt, wo ihre Schritte kaum zu hören waren, zum Pförtnerhaus. Einige Meter davor blieb sie stehen. Das östliche Pförtnerhaus. Hatten Jane Austen und Richard Mansfield in diesem kleinen Haus vor dem Kaminfeuer gesessen und sich über den Text unterhalten, aus dem dann *Stolz und Vorurteil* hervorgegangen war? Schon bald würden Millionen Menschen zu diesem unscheinbaren Gebäude strömen, um den Ort zu sehen, wo Pemberley entstanden war. Außer Atem dachte sie kurz darüber nach, ob sie zuerst zum Land Rover gehen und sich dort irgendeine Waffe holen sollte, aber noch bevor sie einen Entschluss treffen konnte, tauchte an der Tür des Pförtnerhauses eine breitschultrige Gestalt auf.

Sophie sprintete die wenigen Meter zu dem Mann hinüber

und versetzte ihm eine Ohrfeige, die ihn beinahe zu Boden warf. Ihre Hand brannte, und das fühlte sich gut an.

»Verdammt!«, rief der Mann. »Sophie, was zum Teufel soll das?« Er wandte ihr sein Gesicht zu, und erst jetzt erkannte sie Winston.

»Du!«, fauchte sie. »Du hast Victoria entführt? Du bist Smedley! Du Mistkerl! Wo ist meine Schwester?« Sie hob die Hand, um ihn noch einmal zu schlagen, aber er ergriff ihr Handgelenk.

»Meine Güte, Sophie, beruhig dich. Victoria holt die Polizei. Ich habe sie nicht entführt, sondern gerettet, verdammt noch mal. Was glaubst du, woher ich das habe?« Er deutete auf sein Gesicht, und Sophie sah, dass er ein blaues Auge hatte und aus seiner wahrscheinlich gebrochenen Nase Blut tropfte. »Du hast einen guten Schlag, aber so kräftig ist er nun auch nicht. Dieser Scheißkerl Smedley versteht sich hingegen hervorragend aufs Boxen.« Er ließ ihr Handgelenk los.

»Du ... du ...« Sophie wusste nicht so recht, was sie glauben sollte. »Was ist passiert?«

»Als ich dich im Randolph nicht gefunden habe, habe ich angenommen, dass du hierhergefahren bist«, erwiderte Winston. »Vor etwa zwanzig Minuten bin ich hier angekommen. Ich habe den Wagen und das offene Fenster des Pförtnerhauses gesehen und bin eingestiegen. Deine Schwester war an einen Stuhl gefesselt, und ich war gerade dabei, sie loszubinden, als Smedley durch die Vordertür hereinkam. Ich habe ihn mit ein paar guten Treffern in Schach gehalten, so dass Victoria aus dem Fenster klettern und wegfahren konnte. Smedley ist ihr nachgerannt, und dann bist du aufgetaucht.«

»Also geht es Victoria gut?«

»Ja, sie ist in Ordnung«, versicherte Winston ihr. »Und was ist mit dir?«

»Ich bin stinksauer. Du hast meinen Wagen gestohlen! Und, noch schlimmer, mein Buch. Wo ist mein Buch?«

»Meine Güte, bist du schlecht drauf. Es ist im Haus. Ich habe dir doch geschrieben, dass ich es mir nur geborgt habe.«

Sophie stapfte an Winston vorbei in das Pfarrhaus. Auf dem Tisch neben dem Fenster lag die Ausgabe von *Allegorische Geschichten* aus Bayfield House. Sie setzte sich auf einen Stuhl, nahm das Buch in die Hand und blätterte zur letzten Geschichte. Es war alles noch da. Nachdem, was geschehen war, hatte sie beinahe damit gerechnet, dass die Seiten plötzlich leer oder verschwunden waren.

»Hast du im Haus etwas gefunden?«, fragte Winston. Sophie zögerte. War er ein Dummkopf oder ein Gauner? Winston hatte ihr zwar ihren Wagen und das Buch zurückgebracht, aber sollte sie ihm wirklich anvertrauen, welche wichtige Entdeckung sie im Busbury House gemacht hatte?

Sie ließ die Finger über die ersten Sätze von *Erste Eindrücke* gleiten, schloss die Augen und versuchte, sich vorzustellen, dass in diesem düsteren Zimmer, in dem sie jetzt saß, ein Kaminfeuer und Öllampen brannten. Eine junge Frau und ein alter Mann saßen auf zwei Sesseln neben dem Kamin und wärmten sich nach einem langen Spaziergang durch den Park auf. »Ich glaube, ich werde ihn Mr. Darcy nennen«, sagte die Frau. »Ein ausgezeichneter Name«, erwiderte der Mann. Sophie stellte sich diese Szene so lebhaft vor, dass sie beinahe erwartete, die beiden vor sich zu sehen, wenn sie die Augen öffnete. Sie konnte ihre Gegenwart förmlich spüren und war völlig überrascht, als Winston Godfrey plötzlich von hinten seine muskulösen Arme um sie schlang. Bevor sie begriff, was mit ihr geschah, waren ihre Arme und ihr Oberkörper mit einem dicken Seil an den Stuhl gefesselt.

Chawton, 1817

»Ich gebe allmählich die Hoffnung auf, jemals wieder gesund zu werden«, sagte Jane, als ihr Bruder ihr Schlafzimmer in Chawton betrat. »Und ich möchte dir einige Anweisungen in Bezug auf meine Werke geben.«

»So solltest du nicht reden«, tadelte Henry Austen sie. »Cassandra bereitest du mit solchen Worten großen Kummer, wie sie mir gesagt hat.«

»Nun, ich fürchte, ich werde recht behalten. Warum sonst spricht James davon, mich nach Winchester zurückzubringen?«

»Nur weil man sich dort besser um dich kümmern kann«, erwiderte Henry.

Bereits vor über einem Jahr hatte Jane sich krank gefühlt. Nun, im Mai 1817, war sie ans Bett gefesselt und konnte seit zwei Monaten nicht mehr schreiben. Ihr derzeitiges Projekt mit dem Titel *Die Brüder* war noch unvollendet, aber sie wollte mit ihrem Bruder über die zwei Bücher sprechen, die zwar abgeschlossen, aber noch nicht gedruckt waren. Die Satire über den Schauerroman, die Mr. Mansfield angeregt hatte, hieß nun nicht mehr *Susan*, sondern *Catherine*. Jane hatte den Titel eigentlich erst ändern und damit Mr. Mansfields Vorschlag annehmen wollen, wenn sie einen Verleger gefunden hatte, aber es hatte sich als sehr schwer herausgestellt, das Buch zu veröffentlichen. 1803 war es an einen Verlag in London verkauft worden, der sich dann jedoch gegen die Veröffentlichung entschieden hatte. Janes Bruder Henry, der mittlerweile als eine Art Literaturagent für sie tätig war, hatte erst vor Kurzem die Rechte wieder zurückkaufen können. Das andere, bereits im Vorjahr vollendete Werk hieß *Überredung*.

»Es ist sehr nett von dir, dass du an meine Genesung glaubst, lieber Bruder, aber ich habe dich zu mir gebeten, um praktische Angelegenheiten zu besprechen. Wie du weißt, haben *Catherine* und *Überredung* in etwa den gleichen Umfang und sind lang genug, um als Roman zu gelten, aber kürzer als die anderen Bücher, die mit deiner Hilfe bereits veröffentlicht wurden.«

»Das habe ich gehört. Allerdings habe ich *Überredung* noch nicht gelesen.«

»Ich habe es versäumt, dir das Manuskript zu geben, lieber Bruder, aber Cassandra wird es dir gleich bringen. Ich könnte mir vorstellen, diese beiden Romane gleichzeitig zu veröffentlichen, vielleicht in einem Satz von vier Bänden.«

»Ich kann sofort mit der Suche nach einem geeigneten Verleger beginnen.«

»Noch nicht, Bruder. Ich glaube, dass sich das Werk durch meinen Ruf – auch wenn ich bisher anonym geblieben bin – viel leichter veröffentlichen lässt, wenn du es als letztes Werk der Verfasserin von *Stolz und Vorurteil* anbietest und posthum verkaufst.«

»Schwester, dieses Wort möchte ich nicht hören.«

»Du bist ein Mann Gottes, Bruder, und ich liebe Gott mehr als alles andere auf der Welt. Ich fürchte mich nicht vor der Reise an das andere Ufer. Wir wollen doch die Wahrheit nicht verleugnen, wenn sie so schön ist.«

»Von der eigenen Schwester bis zuletzt zurechtgewiesen.« Henry beugte sich über Jane und küsste sie auf die Stirn. »Ich werde mit meiner Suche nach einem Verleger bis zum Herbst warten. Bis dahin hat Gott dich sicher genesen lassen oder dich zu sich geholt.«

»Wie auch immer, du sollst nicht darunter leiden.« Jane schenkte ihrem Bruder ein Lächeln.

Während sie in den Schlaf dämmerte, fiel ihr ein, dass sie diese Worte schon einmal gehört hatte, als sie mit Mr. Mansfield über die Ausarbeitung von *Erste Eindrücke* zu einem Roman gesprochen hatte.

»Ich hoffe, die Fertigstellung Ihres Werks noch zu erleben«, sagte Mr. Mansfield.

»Sagen Sie nicht so etwas, Mr. Mansfield«, tadelte Jane ihn. »Sie sind noch bei guter Gesundheit, und ich werde wohl nicht mehr als ein Jahr für meine Arbeit brauchen. Im kommenden Herbst sitzen wir hier und lesen uns Elizas Begegnung mit Mr. Darcy in Pemberley vor.«

»Nächstes Jahr um diese Zeit werde ich entweder hier mit Ihnen das Buch lesen oder bereits zu meinem geliebten Gott geholt worden sein«, erwiderte Mr. Mansfield. »Wie auch immer, Sie sollen nicht darunter leiden.«

»Noch eine Sache, lieber Bruder«, sagte Jane, als Henry sich zum Gehen wandte.

»Ja, Schwester?«

»*Catherine* ist als Titel ebenso wenig geeignet wie *Susan*. Ich möchte das Buch *Northanger Abbey* nennen.«

Hampshire, Gegenwart

»Winston, was zum Teufel soll das?« Sophie versuchte, sich zu ihm umzudrehen, aber er ging um den Stuhl herum und verpasste ihr einen so heftigen Schlag ins Gesicht, dass ihr für einen Moment schwarz vor Augen wurde.

»Das ist für deine Ohrfeige«, sagte er wütend. Bis Sophie sich von diesem Schock erholt hatte, hatte Winston ihr bereits die Beine an den Stuhl gefesselt und zielte mit einer Pistole auf ihren Kopf.

»Du und deine Schwester macht mir eine Menge Ärger. Dieses Miststück hat mich ins Gesicht getreten.« Trotz ihrer misslichen Lage freute sich Sophie. »Aber ich habe ihr das Telefon abgenommen, und der Land Rover ist jetzt fahruntauglich, damit wird sie die Polizei nicht holen können. Zu Fuß braucht sie bestimmt eine Weile. Es wäre alles viel leichter gewesen, wenn du einfach akzeptiert hättest, dass Mansfield *Erste Eindrücke* geschrieben hat und das Buch deinem Freund zur Veröffentlichung überlassen hättest. Aber du musstest ja alles verderben und deine Nase in fremde Angelegenheiten stecken. Also, was hast du in dem verdammten Haus gefunden?« Er hob ihre Tasche vom Boden auf und durchwühlte sie.

»Du Mistkerl. Du hast mich von Anfang an benutzt.«

»Es ist schon erstaunlich, was man erreichen kann, wenn man attraktiv und gut im Bett ist«, sagte Winston.

»Schwein.«

»Ah, was haben wir denn da? Ein Brief von Mansfield an Wintringham. Ist das deine kleine Entdeckung?« Er entfaltete den Brief und las ihn, während Sophie innerlich kochte. »›Wie Sie sicher wissen, habe ich mich mit Ihrer Nachbarin Miss Austen angefreundet und hatte sogar die Gelegenheit, einige literarische Projekte mit ihr in Angriff zu nehmen. Ich freue mich daher, den Kontakt mit Ihrer Familie und auch meine innige Freundschaft zu einer Frau mit so vielversprechenden Aussichten pflegen zu dürfen.‹ Das beweist gar nichts. ›Die Gelegenheit, einige literarische Projekte mit ihr in Angriff zu nehmen‹?« Winston beugte sich vor und flüsterte Sophie spöttisch ins Ohr: »Für mich hört sich das immer noch so an, als habe Mansfield *Erste Eindrücke* geschrieben.«

»Das ist nicht das Einzige, was ich gefunden habe.«

»Du lügst doch.«

»Es gibt einen zweiten Brief. Einen Brief von meinem Vorfahren Gilbert Monkhouse an deinen Vorfahren Richard Mansfield. Er wurde erst nach Mansfields Tod verschickt«, sagte Sophie.

»Und was steht in diesem Brief, den du angeblich gefunden hast?« Winston drückte ihr den kalten Lauf seiner Pistole in den Nacken.

Sie begann zu zittern und zitierte den Inhalt aus dem Gedächtnis. »›Ich glaube, dass Miss Austens ›Warnendes Beispiel‹ etwa fünfzig Seiten zusätzlich in Anspruch nehmen wird.‹«

»Und das soll ich dir glauben?«

»Glaub es oder nicht«, erwiderte Sophie. »Es ist die Wahrheit. Der Brief steckt in meiner Hosentasche.«

»Dann war also tatsächlich Jane Austen die Verfasserin?«

»So ist es.«

»Zu schade, dass das nie jemand erfahren wird.«

»Was hast du vor? Willst du mich kaltblütig ermorden?«

»So einfach ist es nicht.« Er griff in ihre Hosentasche und zog den Brief hervor.

»Und das tust du alles, nur um vorzutäuschen, dass dein Vorfahre *Erste Eindrücke* geschrieben hat?« Sophie traten Tränen in die Augen.

»Oh, Richard Mansfield ist nicht mein Vorfahre.«

»Aber du hast doch gesagt ...«

»Ich habe vieles gesagt, richtig? Nein, es war Eric Hall, der eines Abends in Oxford zu viel getrunken und die alte Familiengeschichte ausgeplaudert hat. Er mag zwar Amerikaner sein, aber er stammt von den Mansfields ab.«

»Eric?« Sophie hatte Schwierigkeiten, das zu begreifen. Was bedeutete das? War Eric auch nur hinter dem Buch her? Oder hatte er ihr die Wahrheit gesagt, als er sie vor Winston gewarnt hatte?

»Dann hat er es auch Smedley erzählt?«, fragte sie.

»Du bist nicht so schlau, wie ich dachte. George Smedley ist mein Geschäftspartner. Er ist für die ... unangenehmen Aufgaben zuständig. Als du mir erzählt hast, dass du mein Buch wahrscheinlich nicht auftreiben kannst, habe ich beschlossen, dich ein wenig zu motivieren, daher die Drohanrufe und das unwiderstehliche Rätsel über zwei Kunden, die nach demselben Buch suchen.«

»Also hat Smedley den Brief im Oxfordshire History Centre gefunden?«

»Ich habe ihm gesagt, dass er auf keinen Fall etwas mitnehmen darf; ich wollte nur sichergehen, dass du mir nichts verheimlichst.«

»Und hat er uns tatsächlich verfolgt?«

»Nun, ich musste ja für dich wie ein Held aussehen. Und nein, George ist kein guter Läufer.«

»Ich nehme an, du hast ihn damit beauftragt, meinen Onkel zu töten.«

»Leider nein«, erwiderte Winston. »Für eine solche Sache fehlt ihm der Mumm.«

»Aber wer ...?«

»Dein Onkel verließ seine Wohnung dummerweise jeden Tag zu einer anderen Zeit. Ich hatte vor, während seiner Abwesenheit dort einzubrechen und seine Bibliothek zu durchsuchen, aber dann machte er gerade in dem Moment die Tür auf, als ich versuchte, in seine Wohnung zu kommen ... tja, eine peinliche Situation.«

»Schmor in der Hölle!«

»Ich glaube, mein Leben nach dem Tod dürfte im Augenblick deine geringste Sorge sein«, meinte Winston.

»Wie bist du überhaupt auf die Idee gekommen, ihn dort aufzusuchen?« Sophie versuchte immer noch, die Abfolge der Ereignisse zu verstehen, die damit geendet hatten, dass Onkel Bertram nun in Oxfordshire unter der Erde lag und seine Bücherregale leergeräumt waren.

»Nach jenem Abend, an dem Eric mir seine Geschichte erzählte, wartete ich zuerst geduldig ab.« Winston lehnte sich gegen den Kaminsims und kostete offensichtlich seinen Triumph aus. »Wir waren gute Kumpel in Oxford. Er sagte mir, er habe diese Geschichte nie geglaubt, aber ich hielt für alle Fälle die Augen offen nach Büchern von Richard Mansfield. Und dann fand ich in St. John's *Allegorische Geschichten*.«

»Die Ausgabe, die er Jane Austen gewidmet hat«, sagte Sophie.

»Als ich Eric das Buch zeigte, vermutete er vielleicht, dass an der Sache etwas dran sein könnte, aber er nahm sie nicht ernst. Er kehrte nach Amerika zurück, und ich ging davon aus, dass ich ihn nie wiedersehen würde. Ich fing an, die

Bücher zu sammeln, die Gilbert Monkhouse gedruckt hatte, in der Hoffnung, in einem einen Hinweis auf das Rätsel um *Erste Eindrücke* zu finden. Vor ein paar Wochen schickte mir dann ein Freund einen Artikel über Bayfield House, der in dem Magazin *Oxfordshire Life* erschienen war. Sie hatten deinen Onkel über die Bibliothek interviewt, und er hatte erwähnt, dass sie von einem Drucker namens Monkhouse begründet worden war. Und Eric hat den Artikel bestimmt auch gelesen.

Ich muss zugeben, er war ein besserer Gegner, als ich vermutet hatte. Die französische Ausgabe war eine nette Geste. Aber während er dir durch Oxfordshire folgte, beschloss ich, die Wohnung deines Onkels zu durchsuchen. Wie schade, dass der gute alte Onkel Bertram völlig vergebens die Treppe hinuntergestürzt ist.«

Sophie wünschte sich nichts sehnlicher, als ihn noch einmal zu schlagen, zu beißen, zu töten, aber er stand auf der anderen Seite des Zimmers, und sie konnte sich nicht bewegen.

»Du hast auch mein Zimmer in Oxford durchsucht, richtig?« Ihr fiel plötzlich ein, dass zwei ihrer Weihnachtsbücher auf dem Regal in der falschen Reihenfolge gestanden hatten.

»Ich habe befürchtet, Eric sei mir zuvorgekommen«, sagte Winston. »Aber bei dir war auch nichts zu finden.«

Sie hatten sie also beide benutzt. Aber gleichzeitig fragte sich Sophie, ob sie Eric gegenüber nicht ungerecht war. Er hatte nicht versucht, sie zu verführen, und er hatte sie vor Winston gewarnt. Eric hatte sie nie angelogen – nur in Bezug auf die wunderschönen französischen Exemplare von Jane Austens Büchern hatte er nicht die Wahrheit gesagt. Im Gegensatz zu Winston hatte er ihren Onkel nicht umgebracht und war auch nicht in ihr Zimmer eingebrochen. Aber hatte er ihr nachgestellt? Ihre Begegnung in Oxford war auf jeden Fall kein Zufall gewesen. Und dann der Kuss. Sophie war jetzt klar, dass Winston ihr von hinten bis vorne etwas vorgegaukelt hatte – jede Zärtlichkeit, jede Umarmung –, aber der Kuss, den Eric ihr gegeben hatte, war vielleicht doch echt gewesen. Möglicherweise war es nicht seine Absicht gewesen, aber für Sophie stellte dieser Kuss das Ehrlichste dar, was sie in den letzten Wochen erlebt hatte. Und selbst wenn er ein Teil dieses Lügennetzes war, konnte sie sich nur schwer vorstellen, dass Eric nicht dasselbe empfunden hatte.

»Und wie geht es jetzt weiter?«, fragte sie leise. Sie war sich fast sicher, dass sie die Antwort darauf bereits kannte und dass der erste Kuss von Eric auch der letzte gewesen war.

»Das werde ich dir verraten«, erwiderte Winston. »In ein paar Wochen werde ich der Welt verkünden, dass ich in meiner umfassenden Sammlung von Büchern, die Gilbert Monkhouse gedruckt hat, die erste Version von *Stolz und Vorurteil* entdeckt habe, geschrieben von Richard Mansfield und plagiiert von Jane Austen. Der Eintrag deines Onkels lässt sich bestimmt leicht entfernen. Ich präsentiere ein Buch von St. John's und einen Brief aus dem Oxfordshire History Centre als zusätzliche Beweise. Dann werde ich *Erste Eindrücke* veröffentlichen und mit dem Gewinn aus dem gigantischen internationalen Verkauf die Investoren bezahlen, die ich vorher angeheuert habe, um Busbury Park zu kaufen.«

»Du willst …«

»Danach werde ich großzügig dem Staat das Buch verkaufen und für Ausstellungszwecke überlassen – für, sagen wir mal, eine Million Pfund – und danach dieses Anwesen renovieren. Und was mir am besten gefällt: Ich werde es in Mansfield Park umbenennen. Du musst zugeben, dass das Jane Austen gefallen würde. Das Gelände und dieses Pfarrhaus werden sich zu einer bedeutenden Touristenattraktion entwickeln, und ich werde an einigen wenigen Wochenenden im Jahr die Tür zu meinem wunderschönen Landhaus öffnen und jedem für den Eintrittspreis von fünfundzwanzig Pfund zeigen, was man mit einem Buch alles erreichen kann.«

»Warum kannst du das nicht alles mit einem Buch machen, das Jane Austen geschrieben hat?«, fragte Sophie. »Der Brief von Monkhouse beweist, dass sie *Erste Eindrücke* verfasst hat.«

»Das ist zwar eine gute Geschichte«, erwiderte Winston, »aber noch viel besser verkauft sich, dass Jane Austen den berühmtesten Roman der englischen Literaturgeschichte plagiiert hat. Und je besser die Geschichte ist, umso mehr bezahlen die Leute dafür.«

»Das ist alles, worum es dir dabei geht? Das Geld?«

»Nun ja.« Winston schwenkte den Brief von Monkhouse vor ihrer Nase. »Schließlich brauche ich einige Mittel, um das Haus nach dem Feuer wieder aufzubauen.«

»Welches Feuer?« Sophie brach der Schweiß aus.

»Das Feuer, in dem die junge Frau umkommen wird, die heute hier eingebrochen ist. Oh, ich werde natürlich versuchen, sie zu retten, bevor ich die Feuerwehr rufe, aber leider wird mir das nicht gelingen.« Er zog ein Feuerzeug aus seiner Tasche und entzündete es.

»Bitte«, flehte Sophie. »Bring mich um, aber verbrenn nicht den Brief. Meinetwegen versteck ihn irgendwo, so dass man ihn erst nach deinem Tod findet. Aber bitte vernichte ihn nicht.« Winston hielt die Flamme näher an den Brief. »Wenn du ihn jetzt verbrennst, wird niemand je die Wahrheit über *Erste Eindrücke* erfahren.«

»Genau darauf baue ich.«

Sophie sah zu, wie die Flamme an den Ecken des Papiers leckte und dann aufflackerte und das düstere Zimmer erhellte. Durch einen Tränenschleier beobachtete sie, wie Winston das brennende Papier an die verschlissenen Vorhänge hielt. Zuerst schien die Flamme auszugehen, aber dann sprang sie auf den Stoff über und fraß sich blitzschnell nach oben. In wenigen Sekunden war das Zimmer taghell, und Rauch breitete sich aus.

»Danke für deine Hilfe, Sophie«, sagte Winston. Er sprang von den Flammen zurück, die bereits die Decke erreicht hatten, beugte sich zu ihr hinunter und drückte ihr einen Kuss auf die Wange, auf die er sie vorher geschlagen hatte. »Tut mir leid, dass es so enden musste.« Er griff nach dem Buch auf dem Tisch, schnappte sich Sophies Handtasche mit dem wertvollen Inhalt und lief zur Tür hinaus.

Winchester, 1817

Jane lag im Schlafzimmer eines Hauses unweit der Kathedrale von Winchester – ihrer Meinung nach eines der großartigsten Bauwerke –, und sie wusste, dass es ihr Sterbebett war. Seit ihrer Ankunft in Winchester vor zwei Monaten kümmerte Cassandra sich liebevoll, aufmerksam und unermüdlich um ihre Schwester. Jane freute es, dass sie geistig noch rege war und kaum Schmerzen hatte. Ihre Brüder, beide Geistliche, besuchten sie oft und erinnerten sie daran, dass ihr Glaube nicht nur Trost, sondern Grund zur Freude war. Am Tag zuvor hatte sie die Kommunion empfangen und dem Gottesdienst aufmerksam folgen können, doch anschließend war sie sofort in einen langen, tiefen Schlaf gefallen. Seit einiger Zeit bestanden ihre Träume aus Erinnerungen, und sie konnte manchmal nur noch schwer unterscheiden, ob sie schlief und träumte oder wach war und sich nur ausruhte, während all die kostbaren Momente ihres diesseitigen Lebens an ihr vorüberzogen. Auch den schicksalhaften Nachmittag mit Mr. Mansfield, der sie auf den Weg zu literarischem Erfolg geführt hatte, erlebte sie noch einmal.

»Sie haben gesagt, dass Sie sündhaft handeln, weil Sie sich in Ihrer Meinung von ersten Eindrücken leiten lassen und dadurch die Schulschwester zu einem Leben in Elend verdammt haben«, begann Mr. Mansfield, nachdem Jane ihnen frischen Tee eingeschenkt hatte.

»Kurz gesagt ist das richtig. Aber es ist eine Sünde, für die ich nicht nur Buße tun muss, sondern die ich in Zukunft nie wieder begehen will.«

»Das ist gut so, denn Gott wird nicht nur Ihre Reue, sondern auch Ihre Läuterung zur Kenntnis nehmen. Aber Sie haben noch nicht alles gehört, was ich als Sühnemaßnahme vorschlage. Sie werden mir nicht nur bei meinen Geschichten helfen, sondern sollten darüber nachdenken, selbst eine Moralgeschichte zu schreiben. Eine Geschichte, in der sich die Heldin von ihren ersten Eindrücken auf den falschen Weg bringen lässt und die somit vor den Sünden warnt, die Sie genannt haben.«

»Das kann ich mir sehr gut vorstellen«, erwiderte Jane aufgeregt. »Ihre Beschreibung von Lady Mary und ihrem Klatsch über die Nachbarn wäre schon ein guter Anfang. Das Schreiben könnte mir helfen, solche Sünden in Zukunft nicht mehr zu begehen, aber wie kann ich anderen helfen, wenn meine Werke nur von meiner Familie gelesen werden?«

»Auch Ihre Angehörigen können möglicherweise noch etwas daraus lernen«, erwiderte Mr. Mansfield. »Aber ich gebe zu, dass ich an eine größere Leserschaft gedacht habe. Wie Sie bereits wissen, plane ich eine Zweitausgabe von meinem kleinen Buch. Wie wäre es, wenn ich Ihre Geschichte in diese Sammlung aufnehme? Die Anzahl meiner Leser erreicht zwar keine Millionenhöhe, aber ein paar Tausend könnten es werden, denn mein bescheidenes Werk hat sich bisher gut verkauft.«

»Diese Ehre habe ich nicht verdient, Sir. Ich bin zu Ihnen gekommen, um eine scheußliche Sünde zu gestehen, und nun bieten Sie mir als Belohnung die Veröffentlichung eines Werks von mir an.«

»Miss Austen, auch ohne mein Zutun werden Ihre Worte

eines Tages auf jeden Fall gedruckt werden. Wenn ich Ihnen bei dieser Aufgabe ein wenig helfen kann und gleichzeitig einen Weg finde, dass die Narbe, die Ihre versehentlich begangene Sünde hinterlassen hat, abheilt, betrachte ich das nicht nur als Dienst an Ihnen und an der Literatur, sondern auch an Gott. Nehmen Sie also meinen Vorschlag an?«

»Ja, ich nehme Ihren Vorschlag demütig an. Und ich fühle mich geehrt, Mr. Mansfield.«

»Ausgezeichnet. Trotz Ihrer Hilfe bei der Überarbeitung entstehen aus meinen Geschichten wahrscheinlich keine großen literarischen Werke, aber möglicherweise werden sie dadurch ein wenig verdienstvoller. Und wenn wir dann noch Ihren Text hinzufügen, wird das Buch mit Sicherheit die Originalversion um einiges übertreffen. Wenn alles fertiggestellt ist, werde ich eine Abschrift für meinen Drucker anfertigen, dem meine Handschrift gefällt. Obwohl meine Fähigkeiten als Schriftsteller zu wünschen übriglassen, habe ich, wie man mir sagte, eine sehr schöne Schrift.«

»Es wird mir ein großes Vergnügen sein, mit Ihnen an Ihren Geschichten zu arbeiten«, sagte Jane.

»Wie schön. Aber zuerst müssen Sie Ihre Geschichte schreiben«, erwiderte Mr. Mansfield. »Sie ist das Wichtigste an dem Ganzen.«

»Und ein passender Tribut an die Schwester«, meinte Jane. »Was halten Sie von dem Titel *Erste Eindrücke*?«

»Jane? Jane, bist du wach?« Sie hörte die Stimme ihrer Schwester, als käme sie vom Ufer eines breiten Flusses, über dem Jane zu schweben schien.

»Mansfield«, flüsterte Jane.

»Sie spricht von ihren Romanen«, sagte Cassandra zu Henry, der neben ihr stand. »Am besten lassen wir sie ruhen.«

Einige Stunden später spürte Jane, wie ihre liebe Schwester ihr Kopfkissen aufschüttelte. Sie hatte das Gefühl, sich bereits von dieser Welt entfernt zu haben, und nahm das Gesicht ihrer Schwester und das Zimmer wie durch einen Schleier wahr.

»Hast du noch einen Wunsch?«, fragte Cassandra.

Jane dachte kurz nach und begriff, dass es auf diese einfache Frage nur eine Antwort gab.

»Ich möchte nur noch sterben«, erwiderte sie lächelnd.

Jane schloss die Augen und spürte wieder, wie sie über den Fluss schwebte, dieses Mal schneller. Und am anderen Ufer sah sie die Gestalten der Schwester und den einzigen Mann, den sie jemals wirklich geliebt hatte. Und sie wusste, dass ihre Worte unausgesprochen blieben, dass niemand auf dieser Seite der Welt ihre Stimme mehr hören konnte. Aber als das Gesicht ihres Freundes näher kam, lächelte sie und sagte leise: »Mr. Mansfield.«

Hampshire, Gegenwart

Wegen des beißenden Rauchs kniff Sophie die Augen zusammen. Die Hitze überrollte sie, und bei jedem Atemzug schmerzte ihre Kehle. Verzweifelt versuchte sie, ihre Fesseln abzustreifen, aber Winston hatte ganze Arbeit geleistet. Sie war erschöpft und drohte, ohnmächtig zu werden, als sie plötzlich Stimmen hörte. Richard und Jane, dachte sie. Sie wollten sie willkommen heißen. Vielleicht würde sie mit den beiden einen Spaziergang im Park von Pemberley machen, wenn das alles vorbei war. Ihr Kopf sank auf ihre Brust, und sie lächelte, als sie einen alten Mann in dem Gewand eines Geistlichen und eine junge Frau in einem blassblauen Kleid mit hoher Taille am Ufer eines tiefblauen Sees entlanggehen sah. »Ich glaube, ich werde das Buch *Erste Eindrücke* nennen«, sagte die Frau. »Sophie.« Der Mann wandte sich ihr zu. »Sophie, bleib bei mir!«

Ihre Fesseln lösten sich, und sie sackte nach vorne in die Arme eines Mannes. Wie hatte er das geschafft? Wie war es dem achtzigjährigen Richard Mansfield gelungen, aus seinem Grab zu steigen, sie aus ihrem Stuhl zu hieven und sie aus dem Pförtnerhaus hinaus in die kühle Abendluft zu tragen? Ein ohrenbetäubender Knall und der Schrei eines Mannes zerrissen die Luft und holten Sophie zurück in die Gegenwart. Sie lag auf dem Boden, hustete den grässlichen Rauch aus und sah Eric Halls Gesicht vor sich.

»Du hast mich angeschossen!«, brüllte jemand. Sophie

drehte den Kopf und sah Winston Godfrey, ebenfalls auf dem Boden liegend. Vor ihm stand Victoria mit einem Jagdgewehr. »Dieses Miststück hat auf mich geschossen!«, wiederholte Winston.

»Das ist nur ein bisschen Schrot.« Victoria bückte sich und hob Sophies Tasche und das Buch mit den allegorischen Geschichten auf. »Nimm es wie ein Mann. Ich hätte noch ganz andere Sachen mit dir gemacht, wenn Sophie nicht lebend aus diesem Haus herausgekommen wäre.«

Sophie war noch nie in ihrem Leben so froh darüber gewesen, dass ihr Vater immer ein Gewehr auf dem Rücksitz des Land Rovers liegen hatte. Mit Erics Hilfe setzte sie sich auf und sog die klare kühle Luft in die Lunge. Hinter ihnen schlugen die Flammen bereits aus den oberen Fenstern des Pförtnerhauses.

»Damit hast du deine heißgeliebte Jane Austen aber noch nicht gerettet.« Winston stützte sich höhnisch grinsend auf den Ellbogen. »Der einzige Beweis, dass sie tatsächlich *Erste Eindrücke* geschrieben hat, ist in Flammen aufgegangen.«

»Das wäre wohl auch passiert, wenn du nicht so unglaublich dumm wärst«, entgegnete Sophie. »Was du angezündet hast, war eine Rechnung für zweitausend Tulpenzwiebeln. Der Brief von Monkhouse liegt glücklicherweise immer noch in meiner Tasche.« Stöhnend ließ sich Winston zurückfallen, und Sophie lachte.

»Die Polizei und die Feuerwehr werden gleich hier sein«, sagte Eric. »Wir müssen dich ins Krankenhaus bringen. Und diesen Abschaum wohl auch.« Er deutete mit einer Kopfbewegung auf Winston.

Sophie konnte jetzt wieder klarer denken, und obwohl sie sich in Erics Armen wohlfühlte, machte sie sich von ihm los und richtete sich auf. »Stimmt es, was Winston mir erzählt hat?«, fragte sie. »Bist du ein Nachfahre von Richard Mansfield? Und hast du dich deshalb an mich herangemacht?«

»Der erste Teil stimmt«, erwiderte Eric. »Aber ich habe dich nicht deshalb verfolgt. Ich war tatsächlich zu Besuch in Oxford und habe jeden Abend im Bear große Reden geschwungen, bis ich den Artikel über Bayfield House entdeckt habe. Ich wusste, auf welche Weise Winston Frauen ausnutzte, und befürchtete, dass er sich auf der Suche nach dem Buch an deine Fersen heften würde. Als ich dann herausfand, dass du in Christ Church arbeitest, wollte ich mal nach dem Rechten sehen.«

»Um mich vor diesem Mistkerl zu schützen oder um dir Zutritt zur Bibliothek in Bayfield zu verschaffen?«

»Ganz ehrlich, ich habe nicht an die Existenz dieses Buchs geglaubt. Ich wollte nur nicht, dass Winston dir weh tut. Und dann war plötzlich alles ganz anders.«

»Weil du festgestellt hast, dass es dieses Buch tatsächlich gibt?«

»Nein, weil ich mich in dich verliebt habe. Ich habe gedacht, das wüsstest du.«

»Wie soll ich das wissen, wenn du es mir nie gesagt hast?« Sophie lächelte.

»Nun, ich sage es dir jetzt.« Eric nahm sie wieder in seine Arme.

»Und du sagst das nicht nur, um an *Erste Eindrücke* zu kommen?«

»Du kannst mit dem Buch machen, was immer du willst«, erwiderte er. »Ich bin nur an dir interessiert.« Sophie glaubte ihm. Sie entspannte sich in seinen Armen und genoss einen Moment seine liebevolle Zuwendung, bis sie in der Ferne Sirenen hörte.

»Was soll ich nun mit dem Buch und den Briefen machen?« Sie sah ihm fragend in die Augen.

»Was du gestohlen hast, gibst du zurück«, riet ihr Eric. »Aber wie ich von deiner Schwester weiß, gehört *Erste Eindrücke* dir.«

»Das Buch habe ich auch gestohlen«, gestand Sophie. »Aus der Bibliothek in Bayfield House.«

»Du hast es nicht gestohlen.« Victoria stand mit dem Buch in der Hand und dem Gewehr unter dem Arm vor ihr. »Onkel Bertram hat das Buch signiert, und ich weiß, dass er dir alle seine Bücher vermachen wollte.«

Sophie nahm Victorias Stimme nur am Rande wahr, denn sie sah immer noch Eric in die Augen. Und sein Blick bestätigte ihr, was er soeben gesagt hatte: Er liebte sie.

»Es tut mir leid, dass ich nicht eher gekommen bin«, flüsterte er. »Ich befürchte, als Beschützer tauge ich nicht viel.«

»Dann küss mich«, forderte Sophie ihn auf. »Wir werden sehen, ob du das besser kannst.«

Epilog

Lieber Gusty,
können Sie sich vorstellen, dass Eric tatsächlich Busbury Park in Pemberley umbenennen wollte? Ich habe ihn jedoch davon überzeugt, dass Winston Godfrey recht hatte – wenn auch nur in dieser einen Sache. Das Anwesen sollte zu Ehren von Richard Mansfield und Jane Austen Mansfield Park heißen. Und daher hätten Sie mir kein schöneres Hochzeitsgeschenk machen können als die Erstausgabe von Mansfield Park, *die einmal meinem Onkel Bertram gehörte. Es war ein viel zu großzügiges Geschenk, aber ich bin Ihnen sehr dankbar, dass Sie es für uns aufgetrieben haben. Und auch dafür, dass Sie so vielen Buchhändlern, die die Bücher meines Onkels erworben haben, meine Lage geschildert haben. Viele der Bücher befinden sich nun hier in der Bibliothek, aber wir werden wohl noch den Rest unseres Lebens darauf verwenden müssen, alle Regale zu füllen. Mein Vater hat mir freundlicherweise die Ausgabe von Newtons* Principia *gekauft, nachdem ich sie dem Händler, dem ich sie entwendet hatte, zurückgegeben hatte. Ich habe nun schon die Hälfte der von meinem Onkel so sehr geliebten Weihnachtsbücher in meinem Besitz.*

Erste Eindrücke *erscheint mittlerweile in der dreiundzwanzigsten Auflage und wird in fünfundvierzig Sprachen übersetzt – und noch ist kein Ende abzusehen. Das Buch hat unseren Literaturagenten und die Verleger auf Trab gehal-*

ten, und ich stelle mir gern vor, dass es Jane Austen gefallen würde, wenn sie wüsste, dass ihre kleine Geschichte Busbury Park zu neuem Leben erweckt hat.

Nächste Woche halten wir in der Kapelle einen Gottesdienst zum Gedenken an Richard Mansfield ab, und ich hoffe, Sie können kommen. Ich gehe immer noch jeden Sonntag zu seinem Grab, ganz gleich, wie das Wetter ist, und danke ihm für das, was er für mich getan hat. Er hat nicht nur Jane Austen dabei geholfen, eine großartige Schriftstellerin zu werden, sondern mich zu meinem wunderbaren Mann geführt. Wahrscheinlich habe ich vorher nie begriffen, wie glücklich Eliza mit Mr. Darcy war, doch jetzt, wo ich mit Eric hier lebe, weiß ich es. Er ruft mich gerade, um mit mir am See spazieren zu gehen, und ich weiß, dass er sich ebenfalls für Ihr schönes Geschenk bedanken möchte.

In herzlicher Zuneigung
Sophie

Anmerkung des Autors

Die Charaktere von Jane und Cassandra Austen, ihren Eltern, Brüdern und ihrer Nichte Anna basieren alle auf historischen Figuren. Die grundlegenden Informationen über ihr Leben – ihre Familienbeziehungen, wo sie lebte und wann sie ihre Romane schrieb und überarbeitete – stimmen im Wesentlichen mit dem Inhalt dieses Romans überein. Jane und ihre Schwester haben ein Jahr in Oxford und in Southampton verbracht, wurden dort von Mrs. Ann Crawley unterrichtet und besuchten die Reading Ladies' Boarding School von 1785 bis 1786. Jane reiste im September 1796 nach Kent. Die kleine Anna Austen war im Alter von viereinhalb »ein sehr intelligentes Kind von schneller Auffassungsgabe, das aufmerksam zuhörte, wenn die junge Schriftstellerin ihrer Schwester aus dem ersten Entwurf von *Stolz und Vorurteil* vorlas, sich die Namen der Charaktere merkte und sie so oft im unteren Stockwerk wiederholte, dass sie ermahnt werden musste; denn die Fassung der Geschichte sollte vor den Älteren noch geheim gehalten werden«. Für diese Information bedanke ich mich bei William Austen-Leigh und Richard Arthur Austen-Leigh, den Autoren von *Jane Austen: Her Life and Letters, a Family Record*.

Die Originalfassung von *Verstand und Gefühl*, zuerst *Elinor und Marianne* genannt, war ein Briefroman, und einige sind der Ansicht, dass das für *Erste Eindrücke* (woraus später *Stolz und Vorurteil* entstand) ebenfalls zutrifft. Die Briefe in meiner fiktionalen Version von *Erste Eindrücke* stützen sich stark auf Jane Austens Wortwahl in *Stolz und Vorurteil*. Der Brief, den Jane Mr. Mansfield in Bath schreibt, aber nie abschickt, enthält die Beschreibung eines Balls, die der in *Northanger Abbey* ähnelt. Der Inhalt des Briefs von George Austen an Thomas Cadell wurde vom Original übernommen.

Richard Mansfield habe ich frei erfunden. Die Zusammenfassungen und Auszüge aus seinem Werk *Ein kleines Buch allegorischer Geschichten* stammen aus einem Buch von einem anonymen Autor aus dem Jahr 1897: *The Selector: Being a New and Chaste Collection of Visions, Tales, and Allegories, Calculated for the Amusement and Instruction of the Rising Generation*. Alle Titel von Mansfields Allegorien wurden diesem Werk entnommen, mit Ausnahme von *General Depravity of Mankind* (*Die allgemeine Sittenlosigkeit der Menschheit*). Hier handelt es sich um eine Kapitelüberschrift in Mary Martha Sherwoods didaktischem Kinderbuch *The Fairchild Family* (veröffentlicht zwischen 1818 und 1847).

Es gab tatsächlich einen Drucker in Leeds namens Griffith Wright, der den *Leeds Intelligencer* druckte, und auch seinen Sohn Thomas, der 1784 das Geschäft übernahm. Der Artikel über die Strafen für den Gebrauch von Feuerwerkskörpern stammt aus der Ausgabe des *Leeds Intelligencer* vom 7. November 1796. Die Figur des Gilbert Monkhouse ist frei erfunden.

Danksagung

Ich bin dankbar dafür, dass ich in einem Haus aufwachsen durfte, in dem Bücher sowohl ihres Inhalts wegen als auch als Gegenstände geschätzt wurden. Vor allem meinem Vater Bob Lovett möchte ich dafür danken, der nicht nur Bücher gesammelt, sondern auch Literatur gelehrt hat. Seine Leidenschaft für das achtzehnte Jahrhundert und für Jane Austen hat mir eine Welt eröffnet, die einen Großteil dieses Romans ausmacht.

Mein aufrichtiger Dank geht an Janice Lovett, die durch ihr Wissen so viel zu *Jane Austens Geheimnis* beigetragen hat, wie auch schon zu meinen anderen Werken; an David Gernet und Anna Worrall, die das Potenzial im Rohentwurf erkannt und mich auf den richtigen Weg gebracht haben; und an Lindsey Schwoeri für ihre fachkundigen redaktionellen Ratschläge. Ein Dank geht auch an die unvergleichliche Kathryn Court, nicht nur für ihr brillantes Lektorat, denn die Energie, diesen Roman zu schreiben, habe ich zu einem großen Teil ihrer Unterstützung und Ermutigung zu verdanken.

Danke auch an Stephanie Lovett für ihre Hilfe bei den lateinischen Begriffen, an Victoria Huxley für einen wunderschönen Ausflug zu Jane Austens Adlestrop, in die Wake Forest University Library, und an Megan Mulder dafür, dass sie mir erlaubt hat, ihre Erstausgabe von *Stolz und Vorurteil* in die Hand zu nehmen (und sogar zu lesen), an Mark und

Catherine Richards für ihre außerordentliche Gastfreundschaft in ihrer mit Büchern angefüllten Wohnung in Maida Vale und an Chris und Delphie Stockwell, die mich einiges über englische Gärten und noch viel mehr über das Leben in Oxfordshire gelehrt haben.

Dank schulde ich auch William Austen-Leigh und Richard Arthur Austen-Leigh für *Jane Austen: Her Life and Letters* und vor allem dem anonymen Verfasser von *The History of Printing*, veröffentlicht 1855 in London von der Society for Promoting Christian Knowledge.

Allen bei der Gernet Company und bei Penguin Books, die meine Arbeit der Welt zugänglich gemacht haben, schulde ich ewigen Dank – vor allem Will Roberts, Rebecca Gardner, Rebecca Lang, Annie Harris und Scott Cohen.

Und zuletzt geht mein Dank natürlich an meine Familie, vor allem an Janice, die ich bereits genannt habe – ohne ihre Geduld, ihre Liebe und ihre Unterstützung könnte ein Autor nicht schreiben. Und an Jordan und Lucy, meine Kinder, die mich nicht nur inspirieren, sondern meine Bücher sogar lesen.

Unsere Leseempfehlung

448 Seiten
Auch als E-Book
erhältlich

Die Schreibblockade erwischt Nantuckets Starautorin Madeline King zum denkbar schlechtesten Zeitpunkt: Ihre Deadline rückt näher, die Rechnungen stapeln sich – nur von Inspiration fehlt jede Spur. Indessen ist Madelines verheiratete Freundin Grace mit der Neugestaltung ihres Gartens beschäftigt – mithilfe eines attraktiven Landschaftsarchitekten. Unwiderstehlich attraktiv ... Könnte Graces Tête-à-Tête die Lösung für Madelines Kreativitätsproblem sein? Liebesgeschichten funktionieren schließlich immer. Also bedient sich Madeline ein bisschen an der Realität – mit ungeahnten Folgen ...

www.goldmann-verlag.de
www.facebook.com/goldmannverlag